BASTEI
LÜBBE

Von George Herman sind die folgenden Bastei Lübbe Taschenbücher erschienen:

15084 Leonardos Turm
15162 Die Tränen der Madonna

Über den Autor:

George Herman wurde 1928 in Norfolk, Virgina, geboren. Nach seinem Universitätsabschluss unterrichtete er mehrere Jahre »Szenisches Schreiben« an amerikanischen Universitäten. Er ist der Autor von insgesamt 23 Theaterstücken, die zahlreiche Auszeichnungen erhielten. Mit seiner Reihe historischer Romane um Leonardo da Vinci konnte er Publikum und Kritiker gleichermaßen begeistern. George Herman lebt mit seiner Frau in Portland, Oregon.

GEORGE HERMAN

Die Schatten von Florenz

Historischer Roman

Aus dem Amerikanischen von
Barbara Först

BASTEI
LÜBBE

BASTEI LÜBBE TASCHENBUCH
Band 15 280

Erste Auflage: März 2005

Bastei Lübbe Taschenbücher ist ein Imprint der Verlagsgruppe Lübbe

Titel der amerikanischen Originalausgabe:
THE FLORENTINE MOURNERS

Umschlaggestaltung: Tanja Østlyngen
Titelbild: Gemälde von Perugino »Beweinung Christi« (Detail)/
AKG-Images, Berlin
Satz: hanseatenSatz-bremen, Bremen
Druck und Verarbeitung: Maury Imprimeur S. A./Malesherbes
Printed in France
ISBN 3-404-15280-8

Für Karl, den Drittgeborenen,
das schreckliche Kind.
Nun begnadetes Talent und warmherziger Freund.
Ihm widme ich dieses Buch im Glauben
an seinen Fleiß und seine Berufung.

Inhalt

VORBEMERKUNG

Zu der Zeit, in der dieses Buch spielt, ist der größte Teil Norditaliens, darunter auch das Herzogtum Mailand, unter französische Herrschaft geraten; die Truppen von Ludwig XII. dringen weiter nach Süden vor, um das Königreich Neapel vom spanischen Haus Aragon zu fordern. Venedig und Florenz sind freie Republiken; Venedig wird von den Dogen und einem Rat der Zehn regiert, Florenz von einem Stadtrat, der Signoria. Mantua wird von der Familie Gonzaga beherrscht, die mit Venedig verbündet ist; die Marchesa von Mantua ist Isabella d'Este. Ferrara wird von den d'Este regiert, Bologna von den Bentivoglio, Urbino von den Montefeltro, Rimini und Cesena von den Malatesta. Während dieser Zeit fallen die Fürstentümer in der Provinz Emilia-Romagna unter die Herrschaft von Caesare Borgia und werden Lehen des Kirchenstaates.

DIE HEIMKEHR

Dunkle Wolken

»Durch die Luft trieben dunkle Wolken;
zerrissen von den gezackten Pfaden
der wütenden Blitze am Firmament.
Sie warfen ihr Licht
mal hierhin, mal dorthin,
inmitten der Finsternis ...«

Leonardo über die Malerei

Rom

»Wo sind die Fackeln?«

Der neunzehnjährige Alfonso d'Aragona, Herzog von Bisceglie, stellte diese Frage an seine beiden jungen Pagen. Die drei standen vor dem alten Gemäuer des Vatikan auf dem weitläufigen düsteren Petersplatz. Die Sonne war schon vor Stunden hinter dem Tiber versunken. Ein gewaltiger Wolkenbruch, der am Nachmittag auf Straßen und Gassen niedergegangen war, hatte Rinnsale hinterlassen, die nun allmählich in den ausgedehnten Kanälen unter der Stadt versickerten. Längst hätten zu dieser Stunde Pechfackeln und Laternen brennen und die Heimstatt der Borgia mit ihrem Licht erhellen müssen; doch keine Leuchte war entzündet worden, und ein unruhiger Wind lieh der Düsternis seine Stimme und flüsterte Warnungen.

Alfonso überlegte, ob die Fackeln vom Regen gelöscht oder gar nicht erst angezündet worden waren. Er erinnerte sich daran, dass der *illuminatore*, ein fauler Junge aus der Lombardei, schon zweimal in diesem Monat bei der Erfüllung seiner einfachen Aufgabe versagt hatte.

»Sebastiano hat schon wieder vergessen, die Fackeln anzuzünden«, bemerkte er.

»Aber die Posten stehen auch nicht auf ihrem Platz, Euer Gnaden«, gab Marsilio, der jüngere Page, zu bedenken.

Alfonso strich eine kastanienbraune Locke zurück, die unter seiner Samtkappe hervorgeschlüpft war. Angespannt versuchte er, hinter dem kleinen Lichtkegel von Marsilios Laterne etwas zu erkennen, und sah, dass die bewaffneten päpstlichen Wachen – für gewöhnlich alle dreißig Schritt um den Platz herum aufgestellt – nicht auf ihren angestammten Posten standen. Dieser Umstand befremdete und beunruhigte den jungen Herzog, dem die Wächter zuweilen wie Marmorstatuen vorkamen; sie stützten Papst Alexander VI. ebenso wie die stattlichen Säulen den bröckelnden Wandelgang des Petersdoms.

Seine scharlachrot und gelb gestreiften Beinlinge und sein mit Goldbrokat besticktes Wams vermochten Alfonso nicht vor der Kälte zu schützen, sodass er unter seinem leichten Umhang zitterte. Er warf einen Blick über die Schulter und sah dichten grauen Nebel vom dunklen Fluss aufsteigen; dieser erschien dem jungen Herzog wie eine Armee rachsüchtiger römischer Geister, die sich erhoben hatten, um gegen die Zerstörung ihrer Domizile und Tempel zu klagen. Mit aller Macht kniff Alfonso die Augen zu und drückte zwei Finger gegen seinen Nasenrücken, um so die leichte Benommenheit loszuwerden, die der reichliche Konsum von Pauillac und Muskatellerwein im Palast der Medici ausgelöst hatte. Im Stillen verfluchte er sich selbst, weil er nicht auf den Rat seiner Frau gehört hatte und an diesem Abend zu Hause geblieben war. Nun überlegte er, ob sie vielleicht etwas geahnt hatte und ihre Andeutung im Grunde eine verschleierte Warnung gewesen war.

Dann hörte er Glöckchen klingeln und schnelle Schritte von in Sandalen steckenden Füßen auf den feuchten Pflastersteinen. Zum ersten Mal wurde dem jungen Herzog bewusst, dass sich noch andere Menschen auf dem großen Petersplatz aufhielten.

Er legte seine behandschuhte Rechte auf die Schulter seines älteren Pagen Gino, um sich zu beruhigen. Plötzlich fiel ihm auf, dass sein kostbares Medaillon, das an einer schweren Goldkette von seinen Schultern herabhing und von seiner Macht und Herkunft kündete, in der Dunkelheit ein gutes Ziel bot, falls die Unsichtbaren auf dem Platz ihnen feindlich gesonnen sein sollten; deshalb trat er aus dem Lichtkreis der Laterne heraus. Eben wollte er Marsilio befehlen, die Lampe ganz zu löschen, doch dann fiel ihm ein, dass er mögliche Feinde im Licht besser sehen und sich folglich besser würde verteidigen können.

Alfonso streckte seine Rechte aus und sogleich reichte ihm Gino die *espada ropera*, den leichten Stoßdegen. Ermutigt spürte der Herzog die Waffe in seiner Hand und führte einen heftigen Probehieb in die Dunkelheit zu seinen Füßen.

Der rothaarige ältere Page ließ die leere Degenscheide zu Boden fallen und zog sein Stilett mit der dünnen, scharfen Klinge aus dem Futteral. Er streckte den rechten Arm aus und schwang die Klinge hin und her wie eine Schlange kurz vor dem Zubeißen.

Unvermittelt erklangen Glöckchen und ein langsamer Gesang setzte ein. Die Verse hallten von den Mauern wider: eine traurige, endlos wiederholte Litanei, die mit jeder Strophe an Intensität gewann. Sie klang wie gedämpfter Donner, der das Kommen eines Gewitters ankündigt.

»Ky-ri-e E-le-i-son.«

Die unsichtbaren Klagenden hielten die letzten beiden Silben durch, bis sie sich zu einem Klagegeheul steigerten.

»Was ist das, Euer Gnaden?«, fragte Marsilio. Die Laterne in seiner Hand zitterte ein wenig. »Wer sind diese Leute?«

»Ich weiß es nicht, Marsilio«, antwortete der Herzog leise.

Noch immer kämpfte er gegen die Folgen der abendlichen Lustbarkeiten an. Langsam zog er mit der Linken seinen Dolch aus der Scheide am Rücken; dann streckte er beide Klingen vor nach Art der Spanier, die einen Feind mit zwei Waffen anzugreifen pflegen.

»Es klingt, als seien es Büßer, Euer Gnaden«, bemerkte Gino leise, der seinem Herrn den Rücken deckte.

»Vielleicht«, murmelte der Herzog, der seine Pagen nicht beunruhigen wollte.

Als ihre Augen sich an die Dunkelheit gewöhnt hatten, sahen die drei jungen Männer sich von Gestalten in weißen kuttenartigen Gewändern umringt; sie waren verschwommene Schemen, dem Grab entstiegene Geister, und verschmolzen mit dem dichten grauen Nebel, der vom Fluss herüberwehte. Die großen Kapuzen waren hochgeschlagen und weit nach vorn gezogen, sodass an der Stelle, wo ihre Gesichter hätten sein müssen, nur dunkle Leere war. Um die Taille trugen sie dicke Seile, jedoch keinen Rosenkranz, und weder Kreuz noch Kruzifix hing von ihren Schultern.

Der Herzog betrachtete die unheimliche Schar. Erschrocken stellte er fest, dass die Gestalten zwar langsam, aber unerbittlich vorrückten, ohne ihren Gesang zu unterbrechen.

Und dann, so jäh, wie sie begonnen hatten, verstummten die Glöckchen und der klagende Gesang.

Die darauf folgende Stille mutete noch unheimlicher an.

Alfonso hörte in der Ferne das heisere Bellen eines Hundes, und er glaubte, den Nebel schneller und wie körperlose Finger in dicken grauen Handschuhen über das Pflaster kriechen zu sehen. »Wer seid ihr?«, herrschte er die grauen Gestalten an. »Was wollt ihr von mir?«

Er erhielt keine Antwort.

Marsilio, der unbewaffnet war, trat zwischen seinen Herrn und Gino. Mit seinem Daumen drehte er einmal an dem großen Rubin, einem Erbstück seines Vaters, das er am Finger trug – das Drehen sollte Glück bringen. Dann nahm er die Laterne in beide Hände und hob sie in die Höhe, um über die Köpfe seiner Gefährten zu leuchten.

Wie auf ein unhörbar gegebenes Signal sprangen fünf, sechs der Gestalten vorwärts. Im flackernden Licht der Laterne erhaschte Alfonso einen Blick auf erhobene Knüppel und Klingen. Da er an den Höfen von Neapel und Aragon von Meistern der Fechtkunst unterwiesen worden war, reagierte er sofort.

Der Kampf begann.

Schreie und Flüche hallten über die Piazza. Im Licht von Marsilios Laterne zuckten Klingen wie kleine Blitze. Körper prallten mit dumpfem Stöhnen aufeinander. Männer zuckten in plötzlichem Schmerz zusammen. Aus offenen Wunden spritzte Blut über Angreifer und Opfer, als verteile ein Priester großzügig rotes Weihwasser.

Der Herzog sah sich in einen Wirbel von Knüppeln und rasenden Armen verstrickt. Geschickt parierte er die Schläge von beiden Seiten, erinnerte sich seiner Übungen: Riposte, Ausfall, Täuschen, erneuter Ausfall. Sein vorgestelltes Bein schritt mit der Gleichmäßigkeit und Schnelligkeit eines Tänzers voran, und er spürte, wie seine Klinge traf, sich leicht bog und dann einen seiner Gegner durchbohrte. Der Verwundete stieß ein furchtbares gutturales Stöhnen aus und fiel dann seinen Gefährten vor die Füße. Rasch zog der junge Herzog die blutbeschmierte Klinge zurück, trat einen Schritt nach hinten, wirbelte herum, erhaschte aus dem Augenwinkel heraus die nächste heransausende Klinge und fintierte, sodass der Angriff fehlging. Dann warf er sich nach vorne und hieb mit der Spitze seines Degens auf das Schwertheft des Gegners. Das Schwert flog dem Mann aus der Hand und verschwand wirbelnd in der Dunkelheit.

Nach und nach wurde der junge Edelmann eines scharfen Schmerzes in der linken Schulter und dem rechten Knie gewahr. Ein Blutschleier trübte die Sicht seines linken Auges. Bleischwer wog das rechte Bein. Nutzlos hing der linke Arm herab.

Dennoch fuhren er und Gino fort zu fechten. Sie machten Ausfälle, parierten Hiebe, drehten sich im Kreis und behielten den verängstigten Marsilio zwischen sich. Der jüngere Page schrie unaufhörlich: »Hilfe! Mörder!«

Von der Anstrengung, sich zu verteidigen, und dem zunehmenden Schmerz abgelenkt, merkte Alfonso kaum, dass zuerst Gino und dann Marsilio blutüberströmt zusammenbrachen. Er hatte nur einen Augenblick Zeit hinzusehen; tiefrot floss ihr Blut aufs Pflaster und mischte sich mit dem Regenwasser, das in die Kanäle und den Fluss strömte.

Als der jüngere Page fiel, zerschellte seine Laterne auf dem Pflaster der Piazza und das brennende Öl breitete sich rasch auf der nassen Fläche aus. Auch die Kutten zweier Angreifer wurden davon benetzt. Sie schrien vor Entsetzen, drehten und wanden sich wie wahnsinnige Marionetten an ihren Fäden. Einige ihrer Kumpane streckten die Arme nach ihren brennenden Kameraden aus, um sie aufs nasse Pflaster zu ziehen.

Das Feuer bildete eine schmale, hell glühende und heiße Mauer, die den Herzog für einen kurzen Augenblick vor seinen Angreifern schützte. Er schaute nach rechts und sah, dass sich dort soeben ein Fluchtweg eröffnet hatte – die Stufen, die zum Arkadengang hinaufführten. Sogleich machte er auf dem Absatz kehrt und rannte über den Platz, wobei er kurz vor Erreichen der Treppe mit zweien seiner Angreifer zusammenstieß. Doch dann hatte er die Stufen erreicht und mühte sich unter Schmerzen hinauf.

Da er sich nun über dem Platz befand, konnte er sehen, wie plötzlich überall Fackeln und Laternen aufblühten. Halb angekleidete Papstwächter stürzten aus ihren Baracken hervor. Sie trugen Hellebarden und Schwerter und brüllten Alarm, während sie auf die Angreifer zustürzten.

Die meisten der Attentäter waren damit beschäftigt, ihre Verwundeten und die beiden verbrannten Kameraden zu bergen; doch drei der verwegeneren hatten Alfonso verfolgt und stürmten nun über den Gang auf ihn zu. Der junge Herzog fühlte sich dem Zusammenbruch nahe, doch er erkannte, dass die Enge des Arkadengangs ihm zugleich einen Vorteil verschaffte; deshalb machte er kehrt und stellte sich seinen Gegnern.

Unversehens war ein hoch gewachsener Mann mit grauem Bart an seiner Seite, der mit gezückter Waffe den Mönchen entgegenging. Im Licht, das aus einer Tür hinter ihm strahlte, erblickte Alfonso die zweischneidige Schiavona-Klinge, die sich ihren blutigen Weg durch die Angreifer bahnte. Daran erkannte er den Beschützer seiner Frau, den ruhigen venezianischen Condottiere, der unter einem einzigen Namen bekannt war:

Sangreal.

Gemeinsam gingen sie nun gegen die gedungenen Mörder vor, die zunächst Widerstand leisteten, dann zurückwichen und schließlich ihr Heil in der Flucht suchten. Sie stolperten über ihre langen Kutten, rappelten sich wieder auf und versuchten, noch einen verletzten Kameraden zu bergen.

Alfonso wandte sich dem Lichtschein zu, der aus der offenen Tür fiel und einen goldenen Pfad über die Fliesen des Gangs zeichnete. Durch eine Wolke von Blut und Schmerz sah er den Umriss der Frau in der Türöffnung. Er stolperte vorwärts, ließ seinen Degen fallen und streckte der Dame Hilfe suchend die Arme entgegen, doch der Blutverlust raubte ihm rasch die letzten Kräfte. Alfonso brach zu Füßen seiner Frau zusammen und wurde von gnädigem Dunkel umfangen.

*

»Wer hat das getan?«, herrschte Donna Lucrezia Borgia Sangreal an, während der hoch gewachsene Mann den blutüberströmten jungen Herzog auf die Arme nahm und ihn in die warme, hell erleuchtete Wohnung im Vatikan trug. Die Dame fuhr herum, klatschte in die Hände und rief zwei verängstigte Mägde herbei. »Holt Wasser und saubere Tücher!« Wieder wandte sie sich an den Retter. »Wo sind seine Pagen? Wer hat das getan? Habt Ihr sie erkannt?«

»Die Pagen sind tot, Madonna«, gab Sangreal ohne sonderliche Erregung Auskunft, während er den Herzog sanft auf das Himmelbett legte. Dann ging er rasch aus dem Zimmer und holte das Schiavona-Schwert, das er fallen gelassen hatte. Im Hineinkommen wischte er die Klinge am Saum seines Umhangs ab. »Sie waren wie Büßer gekleidet«, berichtete er. »Als die Soldaten kamen, sind sie in Richtung der Porta Portese geflohen.«

Lucrezia Borgia, die Herzogin von Bisceglie, war noch keine zwanzig Jahre alt. Ihr Haar war von der Farbe der Sonnenblumen; Sangreal wusste, dass sie es mithilfe von Bleichmitteln und Tinkturen aus Hickorywurzel, Safran und tierischen Ingredienzen goldfarben hielt. Sie war nicht besonders groß, hielt sich jedoch sehr gerade und elegant, sodass kein Zweifel über ihre Herkunft und Bestimmung bestehen konnte.

Hinter Lucrezia erschien nun eine zweite junge Frau und strebte auf das Bett des Herzogs zu. Sie trug wie die Herzogin ein blaues Kleid mit Goldbesatz, doch ihr Haar war schwarz wie die mondlose römische Nacht. Sancia d'Aragona trug es offen und wie ein Wasserfall über ihre Schultern hängend.

»Was fragst du noch?«, fauchte sie, während sie dem Bewusstlosen auf dem Bett die Stiefel auszog. »Wer hasst meinen Bruder denn so sehr, dass er ihn umbringen lassen will?«

Lucrezia trat auf die andere Seite des Bettes und machte sich daran, ihrem Mann das Wams aufzuschnüren. Sie bemühte sich, ihn anzuheben. »Helft mir doch, Sangreal.«

Der große Mann trat nun auch zum Bett und hob den jungen Herzog an der rechten Schulter an, damit Lucrezia das blutige Gewand abstreifen konnte.

Der Herzog stöhnte.

»Er lebt.« Lucrezia lächelte erleichtert.

»Ja, Madonna.« Sangreal nickte.

Sancia spie ihrer Schwägerin ins Gesicht: »Du weißt, wer das zu verantworten hat! Caesare!«

»Nein!«, stieß Lucrezia hervor. »Niemals! Nicht hier und niemals gegen einen Fürsten, der unter dem Schutz des Papstes steht!«

Sancia riss ihrer Magd das Tuch aus der Hand, tauchte es in ein Wasserbecken und rieb behutsam das angetrocknete Blut von Gesicht und Hals des Herzogs. »Dein Bruder würde Gott ins Ohr pissen und ihm drohen, wenn er sich darüber beschwert!« Sie wrang das Blut aus dem Tuch ins Becken. »Du weißt ganz genau, dass es Caesare war! Es ist doch immer Caesare!«

Lucrezia schnürte die Taillenbänder auf, an der die Beinlinge ihres Gatten befestigt waren. Sie sah sich um, ob die Bediensteten noch im Zimmer waren. Dann funkelte sie Sancia wütend an und fragte mit gedämpfter Stimme: »Warum sollte mein Bruder so etwas tun?«

»Du weißt, warum«, flüsterte Sancia. »Weil Alfonso Caesares Herrschaftsansprüche auf die Romagna bezweifelt hat! Und überdies hat er das auch noch bei einer päpstlichen Audienz kundgetan!«

Lucrezia schnippte mit den Fingern, und Sancia gab ihr das feuchte Tuch. Sanft tupfte sie die Wunde am Kopf des jungen Mannes ab. Die Dunkelhaarige nahm ein frisches Tuch von ihrer Magd und widmete sich den Wunden an Alfonsos Armen.

Wieder stöhnte der Herzog.

Lucrezia gab Sangreal ein Zeichen. »Holt Maestro Ambrogio und Caesares Arzt ... Wie heißt er noch gleich? Torella! Sagt ihnen, der Herzog sei angegriffen und verwundet worden!«

»Nein!«, widersprach ihr Sancia. »Ich werde unsere eigenen Ärzte holen lassen! Ich traue euren Borgia-Ärzten nicht!« Ungeduldig hob sie die Hand; die Magd entfernte das Wasserbecken. »Irgendjemand muss Seine Heiligkeit von diesem Angriff in Kenntnis setzen«, fügte sie hinzu.

»Ich werde es Papa sagen«, flüsterte Lucrezia.

»Und *was* willst du ihm sagen? Dass dein Bruder versucht hat, deinen Mann töten zu lassen?«

Lucrezia warf das blutige Tuch ins Becken und wartete, bis die Magd das Zimmer verlassen hatte. »Ich werde ihm genau das erzählen, was Sangreal gesehen hat«, erwiderte sie ruhig. »Dass Alfonso von einer Bande ... Wie hat er sie nochmal genannt?«

»Büßer!«, zischte die Dunkelhaarige.

»Ja!«, nickte Lucrezia. »Dass er von einer Bande Büßer angegriffen worden ist.«

*

In einer dunklen Ecke der Piazza im Schutz eines Portikus zog ein großer Mann rasch das weiße blutbefleckte Gewand aus. Er legte es zu einem kleinen Bündel zusammen und ließ es in eine Spalte zwischen zwei Säulen fallen. Dann betrachtete er die Gegenstände in seiner Hand, die ihm einer seiner Spießgesellen gegeben hatte. Schließlich hüllte er sich in einen langen Kapuzenumhang, der mit Fuchsfell eingefasst war. Einen Augenblick lang sah er den Päpstlichen Wachen zu, die wieder Licht und Ordnung auf den Platz brachten. Kurz erhellten die Fackeln die glatte Oberfläche der weißen venezianischen Karnevalsmaske, die sein halbes Gesicht bedeckte.

»Amateure«, brummte er vor sich hin.

Dann tauchte er tiefer in die schützende Dunkelheit des Torbogens ein, schlug die Kapuze hoch und verschwand in der Nacht.

*

Auf der anderen Seite des Platzes, ebenfalls unter dem Schutz eines dunklen Torbogens, sahen zwei andere Männer schweigend zu, wie die Päpstlichen Wachen die von den Angreifern fallen gelassenen Waffen einsammelten. Obwohl nun die meisten Fackeln brannten, konnten sie den Nebel nicht ganz vertreiben, und so blieben die beiden Beobachter unerkannt. Der Kleinere, ein Mann mit schwarzem Bart, trat ins Licht einer Fackel und betrachtete die Fenster der Wohnung im ersten Stock, die – wie er sehr wohl wusste – vom Herzog und seiner Frau bewohnt wurde.

»Die Medici haben ihn den Mördern direkt in die Hände geliefert«, sagte Herzog Caesare Borgia in gleichmütigem Tonfall. »Was wollen sie mehr?« Er drehte sich zu dem Größeren um. »Nun, im Augenblick interessiert mich das weniger. Mir geht es nur um den derzeitigen Aufenthaltsort und das Wohlergehen des Florentiners. Wo hält er sich zurzeit auf, Michelotto? Ist da etwas bekannt geworden?«

Der andere, ein wahrer Riese, zuckte mit den Schultern. »Maestro Leonardo ist vor zwei Wochen mit dem Zwerg aus Mantua geflohen, mit der Hilfe einer Bande herumziehender Straßenschauspieler. Die Leibwache der Marchesa hat die ganze Provinz nach ihnen abgesucht, aber ohne Erfolg; deshalb nehmen unsere Agenten an, dass er versucht, nach Florenz zurückzukehren.«

Der Schwarzbärtige nickte. »Dann gib Machiavelli Bescheid.« Er grunzte leise, trat wieder unter den Torbogen und fügte hinzu: »Ich muss diesen Mann haben!«

Piacenza

»Nehmt euch in Acht vor dem Mönch mit der dunklen Kapp' ...«

Anna Ponti von der Schauspielertruppe ›I Comici Buffoni‹, die Darstellerin der Lesbino, saß im roten Unterrock im Schneidersitz auf dem Kutschbock des bunt bemalten Wagens. Die Truppe überquerte soeben die Grenze zwischen der Lombardei und der Emilia-Romagna, und Anna sang die erste Zeile eines bekannten mailändischen Saufliedes, das in Text und Melodie an ein frommes, christliches Lied angelehnt war.

Piero Tebaldeo, der kahlköpfige, cholerische Capitano der Truppe, hielt die schweren Zügel in seinen schwieligen Händen und lenkte die beiden Zugpferde in die Stadt.

Der Wagen knarrte und rollte an den missmutigen Bauersfrauen vorbei, die ihre Waren außerhalb der Stadtmauern verkauften, um Steuern zu sparen. Dann fuhren sie durch die dicht gedrängte Menge auf der Piazza dei Cavalli.

Zusammen mit Francesco, dem gut aussehenden Liebhaber der Truppe, stimmte Piero in den Refrain ein: »Mi-ser-i-cordi-a.«

Kleine Gruppen von müde aussehenden Weibern, denen das harte Leben aus den faltigen, mageren Gesichtern sprach, hielten beim Wasserschöpfen aus dem Stadtbrunnen inne und starrten dem kleinen Wagenzug hinterher. Die Kaufleute, die eben noch wie die Teufel gehandelt und geschrien hatten, hielten jäh inne und sahen befremdet auf die vielen Kinder, die sich wie Trauben um den Wagen und den zweirädrigen Proviantkarren scharten.

»Er verspricht das Gute, dann nimmt er's euch ab«, sang Anna.

Prudenza von Siena, die etwas fette und großbusige Colombina, stand mitten auf dem Wagen und sang in kreischendem Sopran: »Mi-ser-i-cor-di-a.«

»Er stiehlt euch alles, euer Weib verführt er«, sang Anna.

»Mi-ser-i-cor-di-a«, jubilierte der Chor.

»Für einen Dukaten das ew'ge Leben schwört er.«

»Mi-ser-i-cor-di-a.«

Unter dem vielfarbigen Baldachin des Wagens schaute der Akrobat und Scapino der Truppe – ein Mann, den man nur unter dem Namen Rubini kannte – von den Stelzen auf, die er für den Zwerg gebaut hatte. Er sah zum Dom, und sogleich wurde seine Aufmerksamkeit von dem eisernen Schandkäfig – der *gabbia* – gefesselt, der am Glockenturm hing.

»Wenn uns irgendso ein Kardinal zuhört«, rief er den Sängern zu, »werden wir alle vor ein Kirchengericht gezerrt und dürfen uns in so einem Käfig zu Tode hungern. Oder wir werden wie Savonarola zu einem hübschen Häuflein Asche verbrannt.«

Diese Anspielung auf den Dominikanermönch, der auf Befehl des Papstes hingerichtet worden war, regte das Quartett nur an, noch lauter zu singen.

»Für einen Florin steht der Ablass bereit.«

»Mi-ser-i-cor-di-a.«

»Eine Krone verschafft dir die Ewigkeit.«

»Mi-ser-i-cor-di-a.«

»Ein Mönch wird zum Mörder, wenn die Kasse stimmt.«

»Mi-ser-i-cor-di-a.«

»Die junge Witwe des Opfers ins Bett er nimmt.«

»Mi-ser-i-cor-di-a.«

Am offenen Ende des Wagens legte Maestro Leonardo di Ser Piero da Vinci eine Pause in seinem Vortrag über die Architektur des Palazzo Farnese ein. Seine Zuhörer – Isabella Corteze, die schöne Liebhaberin, und Turio von Verona, ein junger Mann, der den Pantalone, den alten Geizhals spielte – grinsten einander an. Als er das Lied und Rubinis Warnung hörte, steckte der Meister seine riesigen, von Pigmentfarbe verfärbten Hände tief in die Falten seines Umhangs. Sein langes Haar, das nun eher weiß als dunkel zu nennen war, fiel in weichen Locken um sein Gesicht; hinzu kamen noch ein dichter Schnurrbart sowie ein Vollbart, und seine dunkelblauen Augen glühten unter den buschigen Brauen.

Das Lied weckte eine schmerzliche Erinnerung in ihm: Mit vierundzwanzig war er selbst in Florenz vor ein Kirchengericht zitiert worden. Dort hatte er sich wegen Sodomie verantworten müssen. Irgendjemand hatte eine Klageschrift gegen ihn in einen der ›Münder der Wahrheit‹ gesteckt – steinerne Riesengesichter mit offenen Mäulern an bestimmten Mauern in der Stadt, in die man anonyme Beschuldigungen werfen konnte. Auf dem abgerissenen Pergament waren Leonardo und drei andere junge Männer beschuldigt worden, mit einem Siebzehnjährigen namens Jacopo Saltarelli das ›Spiel von hinten‹ betrieben zu haben. Nachdem er zweimal zu dem Verbrechen – das mit der Todesstrafe geahndet wurde – verhört worden war, hatte das Gericht den Fall zu den Akten gelegt, wahrscheinlich aus Mangel an Beweisen. In ganz Florenz jedoch ging das Gerücht um, dass Leonardos Mitangeklagter Tornabuoni für die Einstellung des Prozesses verantwortlich gewesen war, denn Tornabuci war mit Lorenzo de Medici – dem Prächtigen – verwandt, und dieser habe Druck auf die Richter ausgeübt.

Die Erinnerung an die mürrischen und selbstgefälligen Inquisitoren und an die Demütigung und öffentliche Verhöhnung, die auf das Urteil gefolgt war, würden für immer in Leonardos Innerstem verschlossen bleiben.

Der Künstler und sein Gefährte und Lateinlehrer, Niccolò da Pavia, waren vor einigen Tagen mit den Schauspielern aus Mantua vom Hofe der Gonzaga geflohen. Sie hatten es gewagt, die Wahrheit über eine Diamantkette – die ›Tränen der Madonna‹ – zu offenbaren, die der Marchesa Isabella d'Este gehörte. Das hatte zum vorzeitigen Tod des bevorzugten Auftragsmörders der Dame geführt, und im Gegenzug hatte die Marchesa nun den Tod der beiden Männer befohlen.

Der kleine Wagenzug näherte sich einer Kreuzung, wo wiederum ein Häuflein Kaufleute stand, die sogleich in ihrem Händlergeschrei innehielten und laute Bemerkungen von sich gaben, die jeder in den Wagen hören musste.

»Das sind diese ordinären Wanderschauspieler«, sagte einer von ihnen verächtlich.

»Die sollten sich besser in Acht nehmen«, ließ sich ein besonders beleibter Handelsmann vernehmen. »Pietätlosigkeit mag ja noch von der Kirche toleriert werden, Blasphemie aber niemals!«

»Nein, Blasphemie wird nicht geduldet«, stimmte ihm ein anderer murmelnd zu.

Leonardo dachte über die Begriffe nach, die die Kaufleute benutzten. Was, so fragte er sich, konnte wohl ein Mann als ›ordinär‹ bezeichnen, wenn doch sein Leben daraus bestand, durch An- und Verkauf von Waren Reichtum und Macht anzuhäufen? Er hatte auch schon gehört, dass man Kaufleute als ›ordinär‹ bezeichnete – und zwar aus dem Mund seines früheren Brotherrn, des Herzogs von Mailand.

*

Sechzehn Jahre lang hatte Leonardo am Hofe von Ludovico Sforza gelebt, den man auch Il Moro nannte, ein Wortspiel, das seinen Ursprung in ›Mauro‹, dem zweiten Taufnamen des Herzogs, hatte. Während dieser langen Zeit hatte der Maestro optische Täuschungen und andere Rätsel zur Erbauung seines Herrn erfunden, hatte Szenenbilder für Theaterstücke entworfen und Modelle wunderbarer Maschinen gebaut, mit denen er sein Turmzimmer im obersten Stock des Castello Sforzesco gefüllt hatte. Nun fürchtete er, diese Erfindungen nie mehr wiederzusehen. Zwar hatte er auch gemalt: ein Porträt der Geliebten des Herzogs – ›Die Dame mit dem Hermelin‹ –, eine ›Verkündigung‹, der viel Beifall gespendet worden war, sowie zwei hoch gelobte ›Madonnen‹ ... Doch es gab noch drei weitere Arbeiten, denen er sich mit all seinen Fähigkeiten und dem größten Teil seiner Kraft gewidmet hatte.

Die Erste war ›Vigevano‹, die Vision einer idealen, schönen Stadt, die zudem zweckmäßig angelegt sein sollte. Allerdings hatte das *popolo minuto* – die ›kleinen Leute‹ – einige Kritik an seiner idealen Stadt angebracht, denn Leonardo hatte hoch angelegte Gehwege ausschließlich für die Reichen eingeplant, während die Armen und die von Tieren gezogenen Karren sich mit den niedrig gelegenen Straßen zufrieden geben mussten.

Die zweite Arbeit war ›Das Abendmahl‹, ein großflächiges Wandbild im Refektorium von Santa Maria delle Grazie. Hier hatte er mit Ölfarben experimentiert, eine neue Technik, die in Flandern entwickelt, von einem Sizilianer nach Venedig und schließlich von Domenico Veneziano nach Florenz gebracht worden war.

Das dritte Projekt war die größte Reiterstatue aller Zeiten, ein Ehrenmal für den Vater des Herzogs, Francesco Sforza. Leonardo hegte einige Bedenken gegen das Standbild: Sollte man wirklich einen Kriegsherrn und ehemaligen Söldnerführer verewigen, der sich sein Herzogtum mit Gewalt und Täuschung angeeignet hatte? Aber es war ein monumentales Werk; so groß, dass es sogar Donatellos mächtiges Standbild von Gattamelata vor der Basilika Sant'Antonio in Padua in den Schatten stellen würde.

Doch als die Franzosen zum zweiten Mal innerhalb von zehn Jahren in Italien eingefallen waren, hatten sie die Modellstadt Vigevano in Grund und Boden bombardiert und getrampelt und die Bronze für ihre Kanonen requiriert, die Leonardo zum Überzug der riesigen Reiterstatue gebraucht hätte. Das große, im Maßstab eins zu eins verfertigte Tonmodell des Reiterstandbildes missbrauchten die französischen Söldner aus der Gascogne für Schießübungen, und schließlich wurde es vom Mailänder Mob in Stücke zerschlagen. Ungefähr zur selben Zeit stellte der Künstler erschrocken fest, dass die neue Technik, die er für ›Das Letzte Abendmahl‹ angewandt hatte, ein schlimmes Ergebnis gezeitigt hatte. An den Füßen einer Figur waren winzige Risse aufgetaucht, und der Ton, auf dem die Farbschicht nur hauchdünn auflag, begann, sich vom Mauerwerk zu lösen mit dem Ergebnis, dass nun Schimmel wie Eiter durch kleine Wunden aus dem Wandgemälde brach.

Leonardos Meisterwerk löste sich auf und würde am Ende vollkommen der Vergessenheit anheim fallen.

Drei Meisterwerke.

Drei Fehlschläge.

*

Auf dem Kutschbock des zweirädrigen Karrens, der dem Wagen folgte, mühte sich Niccolò da Pavia, der vielseitige und kluge Gnom, mit der Kunst des Bauchredens ab: Es sollte so wirken, als könnte der Esel Purgatorio, der brav den Proviantkarren zog, wie ein Mensch sprechen.

»Nein«, verbesserte ihn Simone Corio. »Konzentriere dich auf den Esel! Stell dir vor, dass du deine Stimme in seine Kehle versenkst, und versuch nicht, mit aller Macht die Lippenbewegungen zu unterdrücken! Die Illusion beruht darauf, dass man die Stimme ›wirft‹, dass es so scheint, als käme sie aus einer anderen Quelle, und dazu gehört auch, dass man eine Ablenkung schafft, die Aufmerksamkeit der Zuhörer auf einen anderen Punkt lenkt, damit niemand auf deine Lippen achtet. Jetzt versuch es noch einmal!«

Der Zwerg nahm all seine Konzentration zusammen – und eine schrille Stimme schien von einer Stelle irgendwo in der Nähe des Eselsschwanzes aufzusteigen.

»Verdammter Karren!«

»Mit der Richtung musst du wirklich noch üben«, seufzte Simone und wischte sich mit dem Ärmel über die Wange. »Und spuck nicht so beim ›t‹. Damit verrätst du den Trick.«

Rom

In seinen Gemächern im Vatikan war der bandagierte Herzog wieder in der Lage, sich aufzusetzen und seiner schönen Frau zuzulächeln. Sie saß graziös auf der Bettkante und erwiderte sein Lächeln.

»Wie fühlst du dich?«, fragte sie.

»Ich hätte auf deinen Rat hören und niemals an der Feier teilnehmen sollen«, brachte der Herzog durch seine wunden Lippen hervor. »Obwohl sie aus Florenz ins Exil vertrieben worden sind, sind die Medici immer noch sehr mächtig. Signore Piero ist gewiss kein Mann vom Schlage Lorenzos des Prächtigen, aber er herrscht nach wie vor über das Bankenimperium der Familie. Und da habe ich gedacht, meine Anwesenheit als Repräsentant des Königshauses könnte möglicherweise den Interessen unserer Familie dienen.« Er stieß einen leisen Seufzer aus. »Obwohl ich gehört habe, wie einer dieser hochmütigen Kardinäle einem anderen zugeflüstert hat: ›Bei Licht betrachtet ist er eigentlich ein Bastard.‹«

»Nein, mein Geliebter«, entgegnete Lucrezia. »Du bist ein Herrscher, der noch nicht anerkannt ist. Mein Bruder Caesare ist der Bastard.« Der Herzog quittierte den Scherz mit einem leisen Lachen. »Und nun erzähle mir bitte von dieser Orgie, und lass nichts aus!«, sagte Lucrezia.

Der Herzog begann mit einer getreulichen Schilderung der Ereignisse des Vorabends. Er berichtete, wie Signore Piero de Medici jedem seiner Gäste die schönsten und schamlosesten Kurtisanen zugeführt hatte, und wie er selbst, als Ehrengast, mit der beliebtesten und nachweislich klügsten der Prostituierten, Donna Lena Griffa von Venedig, beglückt worden war. Doch die Dame war eigentlich eine Enttäuschung gewesen: Während der Feier und der nachfolgenden Spielrunde hatte sie nur anzügliche Witze in der Gossensprache zum Besten gegeben.

»Als sie mich eingeladen hat, später im großen Salon an der wüsten Ausschweifung teilzunehmen«, fuhr der junge Mann fort, »habe ich es für klüger gehalten, mich zu entschuldigen und eine dringliche Morgenbesprechung mit meinem Schwiegervater vorzuschützen.«

»Sehr klug.« Lucrezia lächelte beifällig. »Papa muss immer den Vorrang haben.«

»Leider nicht klug genug«, seufzte Alfonso. »Zu meinem Erstaunen bestand Signore Pieros jüngerer Bruder Kardinal Giovanni darauf, mich in seiner eigenen Kutsche nach Hause zu fahren. Ich hatte meine Kutsche vorher weggeschickt, da es aber unterdessen heftig zu stürmen begonnen hatte, stimmte ich seinem Anerbieten zu. Jedoch nahm er nicht den direkten Weg über die Piazza del Popolo und die Margheritabrücke, sondern ließ den Kutscher die Via del Corso zum Campidoglio hinunterfahren.«

»Warum?«

»Tja, warum wohl? Der Kardinal ließ seinen Mann die gesamten Ruinen des Forums umfahren, das ja heute allgemein nur *campo vaccino* – ›Kuhweide‹ – genannt wird, und an jeder Ecke hat er geschrien: ›Die Kunst wird vergewaltigt!‹ Er schimpfte auf die Leute, die für den Verfall der Aquädukte verantwortlich sind und die zulassen, dass antike Bauten abgetragen werden, um Marmor und Kalkstein für die neuen Paläste zu gewinnen. Dann krönte er das Ganze noch mit einer scheußlichen Geschichte über einen Priester, der eine Horde Leichtgläubiger um sich geschart hat, mit denen er eine Villa gestürmt und eine prächtige Marmorskulptur der Venus zerstört hat, die vor kurzem erst im Garten des Besitzers ausgegraben worden war. Der Kardinal nannte das Vandalismus der übelsten Sorte.«

»Dieser Heuchler. Die meisten der neuen Paläste sind von Kurienkardinälen in Auftrag gegeben worden – und die empfinden keinerlei Reue, wenn sie heidnische Gebäude zerstören, um mit den Steinen Villen für Christen zu bauen.«

»Ich habe seine Sorge um die Kunstschätze der Antike eigentlich der Kunstliebe seines Vaters zugeschrieben.«

»Guter Geschmack ist nicht erblich, mein Schatz«, bemerkte Lucrezia. »Wie deine Schwester ja täglich mit ihrer Kleidung beweist.«

Der Herzog lachte unwillkürlich auf, doch das Lachen verwandelte sich rasch in ein Keuchen, und er griff sich an die Brust. Nachdem er sich wieder erholt hatte, fuhr er in leiserem Ton fort: »Wie dem auch sei, als die Kutsche wieder nach Norden drehte, habe ich gehofft, den Tiraden des Kardinals zu entkommen, wenn ich an der Engelsburg aussteigen würde. Ich wusste, der *passetto* würde mich schnell und sicher zu unserer Wohnung bringen.«

»Aber er wollte dich nicht aussteigen lassen?«

»Ich hatte gar keine Zeit, darum zu bitten. Bevor ich wusste, wie mir geschah, war die Kutsche an der Burg vorbeigefahren, und ich wurde am Petersplatz abgesetzt, wo meine Pagen mich erwartet haben.«

»Und kommt dir das nicht seltsam vor?«

»Nein. Warum denn?«

»Der Kardinal besteht darauf, dich zum Vatikan zu bringen, lässt einen Umweg fahren, um dir ohne ersichtlichen Grund eine Vorlesung über Vandalismus an antiken Kunstschätzen zu halten, und lässt dich dann mitten auf einem düsteren Platz heraus, wo gedungene Mörder auf dich warten.«

»Du glaubst demnach, dass die Medici hinter diesem Attentat stecken?«

»Ich halte es für möglich.«

»Warum?«

»Weil du mit einer Tochter von Rodrigo Borgia verheiratet bist, mein Schatz, und wenn man dich direkt unter den Mauern des Vatikan ermordet hätte, würde das ein sehr schlechtes Licht auf ihn werfen.«

»Sancia schreibt den Angriff deinem Bruder Caesare zu.«

Lucrezia stieß einen Seufzer aus. »Nun, morgen werden wir vielleicht mehr erfahren.«

»Wie das?«

»Seine Heiligkeit hat alle, die etwas mit dem Attentat zu tun haben könnten, zu einer Audienz bestellt. Caesare muss auch erscheinen. Als Gonfaloniere der Kirche ist er für deine Sicherheit verantwortlich, solange du im Vatikan residierst.«

»Glaubst du denn, dass dadurch die Wahrheit ans Licht kommen wird?«

»Nein.« Lucrezia schüttelte ihre blonden Locken. »Aber es wird interessant sein, die Erklärung meines Bruders zu hören, warum er unmöglich etwas damit zu tun haben kann.«

Modena

Die Wagenkolonne der Wanderbühne holperte über die alte Römerstraße, die Via Emilia, ins Herz der Stadt und bog in die breite Via di Sant'Agostino ein. Sie polterte am Dom mit dem auffälligen Glockenturm aus weißem Marmor und der wie ein Blütenkranz geformten Wetterfahne vorbei und kam auf der großen sonnenüberfluteten Piazza Roma heraus.

Dort wartete der große schwarze Vierspänner auf Leonardo und Niccolò, um sie in die Stadt zu bringen, die der Maestro als seine Heimat betrachtete: Florenz.

Doch inzwischen fragte er sich, was ihn dort wohl erwarten würde.

Die meisten Florentiner Künstler, die er im Laufe seiner Lehrjahre zu schätzen gelernt hatte, waren inzwischen gestorben. Donato di Niccolò de Betto di Bardi, besser bekannt als Donatello, und Fra Giovanni di Fiesole, genannt Angelico, waren schon seit Jahren tot. Ucello, ein guter Freund, war beigesetzt worden, ebenso Leonardos Lehrer Andrea del Verrocchio. Fra Filippo Lippi, der legendäre und lüsterne Mönch, hatte nach einem Leben der Leidenschaft den letzten Atemzug getan, und auch der brillante Architekt Brunelleschi war verschieden. Wie auch Ghiberti und Michelozzo.

Von den alten Meistern lebte nur noch Sandro Botticelli, acht Jahre älter als Leonardo. Allerdings gab es bereits eine neue Generation hervorragender Künstler, von denen Leonardo einen besonders schätzte – wenn auch nicht wirklich bewunderte –, und das war ein junger, leicht cholerischer, aber begnadeter Bildhauer.

Michelangelo di Ludovico Buonarotti Simoni.

*

Marco d'Oggionno, langjähriger Schüler des Meisters und Sprössling einer wohlhabenden und bedeutenden Familie aus Lucca, stand wartend neben der Familienkutsche. Er trug eine prächtige, mit Silberbrokat besetzte Übertunika und Beinlinge in leuchtendem Grün. Seine weiche Kappe lief in einen kegelförmigen Zipfel aus, der unter sein Kinn geschlungen war und bis zur rechten Schulter reichte. Die Stulpenhandschuhe waren aus hellem Leder, und seine Füße steckten in schweren, hohen Stiefeln.

»Wie könnte man nur darauf kommen, dass er einen reichen Vater hat?«, flüsterte Prudenza Piero zu.

»Hat er vielleicht gar nicht«, lautete die ebenso leise Antwort. »Vielleicht dient er auch einer Frau mit Melonentitten, die mit siebzehn Witwe geworden ist und nun junge und hübsche Männer wie ihn zu sich nimmt, damit sie ihr moralische Unterstützung geben.«

»Was du dir alles vorstellst!« Prudenza musste lachen.

»Ist doch möglich.«

»Dann könnte ja auch der Mond vom Himmel fallen und meinen rosigen Hintern küssen.«

»Kann doch auch passieren«, grinste Piero. »Was hat uns Maestro Leonardo doch immer gepredigt?«

»Dass es immer noch eine andere Möglichkeit gibt«, sagten die beiden im Chor.

Als die Wagenkolonne neben der Kutsche hielt, ging d'Oggionno, der vom Familiensitz in Lucca nach Modena gereist war, rasch auf die Schauspieler zu. Er ließ die dreistufige Trittleiter herab und half Leonardo beim Aussteigen.

»Es ist schön, dich wiederzusehen, mein junger Freund.« Leonardo lächelte warmherzig, als er seinen Schüler umarmte.

»Es ist auch schön, Euch zu sehen, Maestro«, gab d'Oggionno zurück. »Wie lange ist es jetzt her? Sechs Monate?«

»Ja«, antwortete Leonardo leise. »Sechs Monate.«

Da kam Niccolò heran und stellte sich neben den Meister.

»Guten Tag, Marco«, sagte der Gnom und musterte die edle Kleidung des Schülers. Seine Jahre in der Certosa hatten ihn gelehrt, darauf zu achten, wie viele Arme mit dem Geld überleben könnten, das die Reichen auf Kleidung und Schmuck verschwendeten, doch diese christliche Haltung hatte ihn nie davon abgehalten, die Patrizier um ihren Reichtum und ihre Macht zu beneiden.

»Guten Tag, Niccolò«, erwiderte der Schüler den Gruß und nickte höflich. Er wusste noch immer nicht genau, wie sein eigener Status in der Hierarchie war, verglichen mit diesem klugen Zwerg, der des Meisters Gefährte, Vertrauter und Freund geworden war. »Wie ich gehört habe, musstet ihr Mantua in unziemlicher Hast verlassen«, fügte er hinzu.

»Wir haben Mantua eigentlich nicht verlassen«, entgegnete Niccolò lächelnd. »Es glich eher einem Spurt ums nackte

Überleben. Ich fürchte, wir haben uns in der Marchesa eine unnachgiebige Feindin gemacht. Sie kommt mir nicht gerade wie eine Frau vor, die leicht verzeiht oder vergisst.«

Leonardo blickte an den beiden jungen Männern vorbei zu der wartenden Kutsche. »Ist Messer Machiavelli nicht mitgekommen? Bei einer kurzen Unterredung in Mantua hat er mir eine hastig gekritzelte Einladung überreicht, und nur deshalb habe ich mich entschlossen heimzukehren.«

»Nein, Maestro«, gestand Marco. »In Florenz herrscht so etwas wie Aufruhr, und Messer Machiavelli kann seine Cancelleria nur immer für ein paar Stunden im Stich lassen. Er sagt, er müsse die Trossen des Staatsschiffes lösen und es auf den nächsten Sturm vorbereiten.«

»Sturm?«

»Kämpfe zwischen widerstreitenden Parteien stören fast täglich den Frieden der Stadt, und sowohl der amtierende Gonfaloniere Piero Soderini als auch der Bargello, der Polizeikommandant, scheinen außer Stande zu sein, sie zu verhindern.«

»Was sind das für Parteien?«, erkundigte sich Niccolò.

Der Schüler seufzte. »Die Aktivsten sind die *piagnoni.* Sie nennen sich selbst die Büßer – ich nehme an, zu Ehren ihres verstorbenen Führers, Fra Savonarola. Es sind hauptsächlich junge, eifrige Dominikaner, die an den Verbrennungen der Eitelkeiten teilgenommen haben. Angeblich werden sie von einem geheimnisvollen Prediger angeführt, den man nur unter dem Namen Manciano kennt. Und sie sollen für den Anschlag verantwortlich sein, der vor kurzem in Rom auf Alfonso, den Herzog von Bisceglie, verübt worden ist.«

»Warum sollten sie Herzog Alfonso ermorden wollen?«

»Weil er mit einer Borgia verheiratet ist und der Papst aus

dem Geschlecht der Borgia hat die Hinrichtung Savonarolas befohlen.« Der junge Mann schüttelte den Kopf. »Außerdem stehen sie im Verdacht, mehrere Gemälde und Standbilder beschädigt zu haben, die, ihrer Meinung nach, die Menschen zur Sünde verleiteten.«

Niccolò drehte sich um und las das Entsetzen in den Augen des Maestros.

»Beschädigt?«, wiederholte Leonardo leise. »Kunstwerke? Du willst damit doch nicht etwa sagen, dass sie die Werke zerstören, oder?«

»Leider doch«, bekräftigte Marco. »Gemälde, Statuen, Fresken, Wandteppiche, alles, was in ihren Augen vulgär oder allzu weltlich erscheint. Sie kommen für gewöhnlich des Nachts in ihren weißen Kutten; manchmal singen sie auch Klagelieder oder klingeln mit Büßerglocken. Sie zerfetzen Gemälde, zerschlagen hölzerne Tafelbilder und fallen mit Hammer und Spitzhacke über Marmorskulpturen her.«

»Unglaublich!«, stieß Leonardo hervor. Er zögerte, bevor er die nächste Frage stellte: »Welche Gemälde? Was ist zerstört worden?«

»Zwei Porträts von Masaccio und ein Werk von della Francesca, Pontormos Lünette mit dem etruskischen Gott und seinem Liebhaber und Bertoldos Relief der Reiterschlacht.«

»Und stellt sich ihnen keiner entgegen?«, rief Niccolò aus.

»O doch, und zwar ganz offen, oftmals sogar mit Gewalt. Die *arrabiati* tun das«, erwiderte Marco. »Die Verrückten.«

»Die Verrückten?« Niccolò grinste.

»Sie heißen so, weil sie sinnlose Gewalt anwenden. Es handelt sich hauptsächlich um junge Männer aus Adelsfamilien, die Savonarola nicht ausstehen konnten, oder denen es einfach Vergnügen bereitet, ab und zu jemanden zu verprügeln. Sie wollen, dass Florenz eine Republik bleibt, obwohl sie früher einmal, wie das Gerücht besagt, Il Moro aus Mailand treu ergeben waren.«

»Ach ja, Il Moro«, sagte Leonardo nachdenklich. »Und wo lebt der arme Herzog derzeit? Weiß man das überhaupt?«

»Wie ich gehört habe, sitzt er irgendwo in Frankreich im Kerker«, antwortete Marco.

Leonardo spürte, wie ihn die vertraute Mutlosigkeit überkam. »Der arme Herzog. Er hat seinen Staat und seinen Besitz verloren und keines meiner Werke für ihn ist jemals vollendet worden.«

»Du hast gesagt, dass fast täglich Kämpfe zwischen diesen – wie hast du sie noch mal genannt – zwischen diesen Büßern und den Verrückten stattfinden, ja?«, hakte Niccolò nach.

Marco nickte. »Und anderen.«

»Welche anderen?«

»Nun ja, es gibt noch eine dritte Partei, die *bigi* oder die Grauen, denn ihre Absichten sind ein wenig nebelhaft«, erklärte er Niccolò. »Sie sind nicht so weiß wie die Dominikaner und nicht so schwarz wie die Verrückten – das soll heißen, sie sehen etwas Gutes sowohl an Savonarola als auch an den Medici.«

»Und wer führt diese Grauen an?«, fragte Niccolò in anzüglichem Ton. »Etwa eine Mutter Oberin?«

D'Oggionnos Stimme wurde immer leiser, bis sie fast ein Flüstern war. »Das weiß keiner. Es hat jedoch Gerüchte gegeben, dass der Anführer ein Mann namens Scarlotti sei, offenbar ein Patrizier und von nicht unbedeutendem Einfluss. Es scheint, als ob die Grauen die Medici wieder an der Macht sehen wollen. Sie sollen nach Florenz zurückkehren.« Er wandte sich an Leonardo. »Ihr erinnert euch vielleicht daran, wie sich die Stadt vor Jahren gegen die Medici erhoben und Piero und seine Brüder Giovanni und Giuliano nach Rom ins Exil getrieben hat. Dann sind Soderini und seine Republikaner in den Palast der Familie eingefallen und haben das meiste von ihrem Besitz konfisziert. Der florentinische Stadtpalast der Medici ist jetzt zugesperrt, und nur noch zwei Hausmeister sehen dann und wann nach dem Rechten.«

Leonardo seufzte. »Ich habe schon genug unter den Intrigen in Mantua und Mailand gelitten. In diese schäbigen politischen Zänkereien möchte ich mich nicht einmischen. Es ist Sache der Behörden, solche Dinge zu regeln.«

»Aber Maestro«, gab Marco leise zu bedenken, »ich fürchte, es steckt doch ein wenig Wahrheit in dem alten toskanischen Sprichwort: ›Wenn es in Rom stürmt, kommt in Florenz die Flut.‹«

Rom

Das Verhör sollte im Palazzo di San Marco stattfinden«, beharrte Sancia auf ihrer Meinung, während sie mit Lucrezia durch den Säulengang zum Vorzimmer ging, das über dem Cortile del Belvedere lag. Sie rauschten um eine Ecke und eilten die östliche Loggia entlang zu den Empfangsräumen. »Glaub mir, Caesare wird irgendeine Entschuldigung zur Hand haben«, fügte sie mürrisch hinzu, »und dein Vater wird sie auf der Stelle annehmen. Caesare könnte eine Schlange zum Singen bringen.«

Ein jäher, ferner Donnerschlag ließ die beiden Frauen erschrocken stehen bleiben. Sie schauten zu den dunklen Wolken hinaus, die von Norden aufzogen.

»Wir kriegen schon wieder Sturm«, sagte Lucrezia.

Plötzlich trat Sancia einen Schritt zurück und starrte ihre Gefährtin an. »Meine Güte! Komm mal hier ins Licht!« Sie legte Lucrezia eine Hand auf den Arm. »Was trägst du denn da, meine Liebe? Ist das dunkelrot?«

Lucrezia strich ihren dunkelvioletten Samtrock mit der Goldbordüre glatt. »Ich wollte nicht, dass es so aussieht, als ob ich Trauer trüge. Schließlich ist Alfonso nicht tot. Dieser dunkle Ton ist gerade richtig, um eine würdevolle Besorgnis auszudrücken.«

»Würdevolle Besorgnis?« Lächelnd schüttelte Sancia den Kopf.

»Besser als das, was du da trägst!«, fauchte Lucrezia.

Sancia betrachtete ihr Gewand aus scharlachrotem Satin, das tief genug ausgeschnitten war, um ihre runden, schönen Brüste zu betonen. »Dunkelrot steht mir aber am besten«, verteidigte sie sich. »Es betont meine grünen Augen.«

»Es betont auch das, was die Männer im Hosenbeutel haben«, bemerkte Lucrezia trocken.

»Dann bist du wenigstens nicht die Einzige, die auffällt.«

Die beiden brachen in Lachen aus, setzten sich wieder in Bewegung und betraten den großen Empfangsraum mit den beiden Erkern, dem Majolika-Boden und den Papstporträts an den Wänden.

*

Rodrigo Borgia, der beleibte Papst mit der Hakennase, war nervös. Er saß bereits auf seinem prächtigen Thron aus dunklem, schimmerndem Holz auf dem Podium unter einem Baldachin aus schwerem, Gold durchwirktem Stoff. Weder trug er seine Tiara noch die Schlüssel, die von seiner Herrschaft zeugten, aber seine Füße steckten in weichen weißen Pantoffeln, die mit Goldfäden und Edelsteinen bestickt waren. Er war in eine makellos rein-weiße Soutane und einen Umhang gehüllt; dazu trug er die lange Schärpe mit den Goldtroddeln, die bis zum Boden herabhingen, und sein persönliches Wappen auf der Brust.

Lucrezia musste lächeln, als sie sah, dass ihr Vater den breitkrempigen hellen Hut mit Goldkordeln gewählt hatte, um seinen fast kahlen Kopf darunter zu verstecken, der durch die Tonsur nur noch betont wurde. Im Gegensatz dazu vermochte die Soutane kaum Rodrigos Figur zu verbergen, die mit den Jahren die Maße eines Schweins angenommen hatte. Lucrezia bemerkte auch, dass sein Teint die Farbe von Asche hatte – wohl eine Folge seiner jüngst überstandenen Krankheit – und dass seine kurzen Wurstfinger die Armlehnen des Throns umspannten, als könnten sie ihm Kraft verleihen.

Die anderen Zeugen waren bereits anwesend. Als die Damen eintraten, stieß der Zeremonienmeister seinen Stab auf den Boden und rief die beiden Männer aus, die verhört werden sollten. Sogleich kamen Caesare und sein riesenhafter Gehilfe Miguel Corella von Valencia, besser bekannt als Michelotto, aus dem Nebenzimmer.

Majestätisch stolzierte der Herzog von Valentinois auf seinen Vater zu. Caesare trug wie gewöhnlich ein schwarzes Samtwams und darüber den Orden des Heiligen Michael, der von seinen Schultern hing; auf seiner Brust prangte das gestickte Wappentier der Borgia, der Stier. Spitz- und Schnurrbart, die einst so hell gewesen waren wie Lucrezias Haar, schimmerten nun nachtschwarz und waren nach venezianischer Mode gestutzt. Im Gegensatz dazu war seine Haut weiß wie Elfenbein. Seine dunklen Augen schienen alles und jeden zu beobachten, doch ein leichtes Lächeln umspielte seine Lippen. Der Mann verströmte ein ausgeprägtes Selbstvertrauen und absolute Macht aus jeder Pore.

»Man kann inzwischen genau voraussagen, was Caesare zu welchem Anlass anziehen wird«, raunte Sancia Lucrezia zu.

Michelotto, der seinen Herrn um Haupteslänge überragte, schlurfte in den Raum wie ein großer Bär und funkelte jeden einzelnen Zeugen wütend an, als ob er sie jeden Augenblick anfallen und verschlingen wollte.

Der Papst war sichtlich erleichtert, als er sah, dass weder sein Sohn noch dessen Gehilfe mit Waffen gekommen waren.

Jäh ertönte ein neuer Donnerschlag und ließ das Zimmer beben. Der Papst zuckte unwillkürlich zusammen und stieß einen leisen Schrei aus. Dann jedoch gewann er seine Fassung zurück und trug langsam und würdevoll, wenn auch nervös, die Anklage vor.

»Caesare Borgia, Herzog von Valentinois und Gonfaloniere der Heiligen Römischen Kirche. Ihr und Euer Untergebener, Miguel Corella von Valencia, seid vorgeladen worden, um auf Anschuldigungen wegen Vernachlässigung Eurer Pflicht zu antworten, derentwegen Ihr indirekt für den heimtückischen und verräterischen Anschlag auf unseren Schützling und Gast und ehrenwerten Schwiegersohn, den erlauchten und bedeutenden Alfonso d'Aragona, verantwortlich seid.« Er beugte sich auf seinem Thron vor. »Unter Androhung der Exkommunikation und der ewigen Verdammnis Eurer Seele bitte ich Euch, ehrlich und zur Sache zu antworten. Was habt Ihr dazu zu sagen?«

Caesare ging zum Podium, wo er das Knie beugte und den Petrusring küsste. »Ich schwöre, die Wahrheit zu sagen, und verspreche vor Gott, dass ich mit meiner Aussage ehrlich auf alle gegen mich erhobenen Anklagepunkte antworten werde.«

»Er lügt schon jetzt«, flüsterte Sancia.

Caesare erhob sich abrupt und ging auf die beiden Frauen zu, was die übrigen Anwesenden mit einem erstaunten Raunen zur Kenntnis nahmen. Er stellte sich unmittelbar vor

Sancia und ergriff ihre Hände. Einen Augenblick lang glaubte Lucrezia, er würde die Dame küssen, die, wie sie wusste, mehr als einmal das Bett mit ihm und ihrem Mann Jofre geteilt hatte.

»Ich versichere Euch, liebste Schwägerin, dass ich Wachen für Euren Bruder aufstellen ließ, und wenn diese in der Erfüllung ihrer Pflicht versagt haben, so liegt das Versäumnis nicht bei mir«, flüsterte Caesare. »Ich gebe Euch mein Wort, dass ich für unseren geliebten Alfonso nur den höchsten Respekt und das tiefste Mitgefühl hege.« Er beugte sich zu ihr vor. »Ein wunderschönes Kleid. Es steht Euch ausgezeichnet.«

Jäh ließ er ihre Hände wieder los, machte auf dem Absatz kehrt und wandte sich erneut dem Gericht und den anderen Zeugen zu. »Ich habe Sangreals Aussage gehört, des vertrauenswürdigen Beschützers und Dieners meiner Schwester, und dieser Aussage entnehme ich ebenso wie der eines der verwundeten Attentäter, die er kurz vor seinem Tode abgelegt hat, dass dieser Anschlag das Werk eines Florentiner Geheimbundes von Dominikanerpriestern gewesen ist, die man als die Büßer kennt.«

»Die Büßer?« Der Papst sah ihn fragend an.

»Ihr müsst Euch darüber im Klaren sein, Eure Heiligkeit, dass sie Groll gegen unsere Familie hegen. Ihr selbst habt Fra Savonarola der Häresie angeklagt und seine Hinrichtung befohlen.«

»Aber wenn sie die Borgia hassen, warum haben sie dann einen Anschlag auf einen Aragonesen verübt?«, brummte der spanische Botschafter.

Der Herzog zuckte mit den Schultern. »Weil Alfonso mit einer Borgia verheiratet ist.«

»Möglich.« Der Papst neigte zustimmend den Kopf.

Caesare ging zwei Schritte auf das Podium zu. »Als Gonfaloniere der Römischen Kirche und Verantwortlicher für den Frieden in diesen Mauern habe ich bereits Schritte eingeleitet, damit solch ein heimtückischer und feiger Anschlag in Zukunft nicht mehr vorkommen kann, Eure Heiligkeit. Ich habe den Befehl gegeben, dass vom heutigen Tage an im päpstlichen Bezirk keine Waffen mehr getragen werden dürfen!«

Der schwitzende Papst runzelte die Stirn, kratzte sich am Kinn und beugte sich schließlich erneut nach vorn. »Ich bin sehr erfreut und zufrieden über die Maßnahmen, die unser tüchtiger Gonfaloniere ergriffen hat, um somit weitere Gewalt zu vermeiden.«

»Ich wusste es!«, murmelte Sancia verbittert.

Der Papst lehnte sich wieder auf seinem Sitz zurück, um zu sehen, welche Wirkung sein nächster Satz auf die beiden Angeklagten haben würde. »Ich habe jedoch zusätzliche Maßnahmen zum Schutz unseres verehrten Schwiegersohnes getroffen. Ab sofort werden sechzehn Päpstliche Wachen um das Bett des genesenden jungen Herzogs von Bisceglie stehen, und zwar zu jeder Stunde, Tag und Nacht.«

Caesare lächelte höflich, verneigte sich und trat ein paar Schritte zurück, bis er neben Michelotto stand. »Das war sehr umsichtig von Euch, Eure Heiligkeit.«

Und als wolle der Himmel seine Worte bestätigen, vernahmen sie einen besonders lauten Donnerschlag.

*

Ein gezackter Blitz fuhr aus den Wolken und traf das hochgehaltene Schwert des Erzengels Michael auf dem Dach des Palastes. Die schwere Statue kippte und fiel gegen einen der altersschwachen Kamine, der seinerseits in sich zusammenfiel und durch das modernde Dach brach. Ein verwitterter Balken nach dem anderen wurde losgerissen und krachte durch die frisch bemalte Decke der Sala dei Pontifici. Splitter von Kristallleuchtern, Kerzen, Gips und Holz regneten auf den goldenen Baldachin herab. Einen Augenblick noch hielt der schwere Stoff stand, dann riss er unter der Last entzwei, und der Schutt begrub den alternden Papst in einer Wolke von weißem Staub.

Sofort rief Capitano Juan Cervillon von der Leibwache um Hilfe. Die vier Posten im Saal und die zwei, die vor der Tür Wache hielten, ließen ihre Hellebarden fallen, rannten zum Thron und räumten mit ihren Handschuhen den Schutt beiseite.

Sancia legte Lucrezia beschwichtigend den Arm um die Schultern. Sie sollte jetzt nicht zu ihrem Vater laufen.

Caesare und Michelotto rührten sich nicht von der Stelle.

Innerhalb weniger Minuten kam der Papst wieder zum Vorschein, hustend und spuckend, Gesicht und Soutane grau gepudert von Staub. Er stützte sich auf die Arme zweier Leibwächter. »Ein Omen!«, kreischte er. »Das war ein Omen!«

»Ein Omen?«, flüsterte Michelotto Caesare zu.

»Natürlich«, gab Caesare ebenfalls flüsternd, doch mit eiskalter Ruhe zurück. Er neigte sich zu Michelotto. »Ein Zeichen für mich, dass ich mich nicht ewig auf die Macht des Papstes werde verlassen können. Papa ist alt und angreifbar geworden.« Wieder wandte er sich seinem Vater zu. »Ich brauche diesen Florentiner. Ich muss Leonardo haben!«

Modena

Wir fahren jetzt los!«, rief Teobaldo, der auf dem Kutschbock thronte. »Wir müssen vor Anbruch der Nacht in Sassuolo sein! Kommt ihr zurecht, Freunde?«

Niccolò nickte und ging noch einmal zu Simone, der ihm vom Proviantkarren aus zulächelte. »Danke für alles. Zweimal habt ihr uns nun schon das Leben gerettet.«

»Unsinn!«, gab Simone zurück. »Leben retten ist keine sonderlich Gewinn bringende Tätigkeit, es sei denn, der Gerettete ist ein Adeliger oder ein Kirchenmann. In eurem Fall waren wir schlicht zur rechten Zeit am rechten Ort.«

»Ich habe so viel von euch gelernt«, fuhr Niccolò fort. »Rubini hat mir beigebracht, auf Stelzen zu laufen und zu jonglieren, und du hast mich gelehrt, meine Stimme zu ›werfen‹.«

»Erzählt ihm doch mal, was *ich* dir beigebracht hab!«, rief Prudenza und schlang die Arme von hinten um den Zwerg.

»Nein!«, fuhr Anna in entschlossenem Ton dazwischen und zerzauste dem jungen Mann das Haar. »Nicht hier vor einer Kirche! Hast du denn überhaupt keinen Sinn für Anstand!«

»Dafür war meine Familie zu arm«, gab Prudenza zurück und seufzte in gespielter Scham. »Wir konnten uns ja nicht mal einen Papa leisten; also mussten wir uns mit Mama und zwei Hunden zufrieden geben. Die Hunde haben wir irgendwann aufgegessen, aber Mama war leider immer zu schnell für uns.«

»Hör nicht auf sie, Niccolò!«, lachte Isabella, beugte sich aus dem Wagen und küsste ihn auf die Wange. »Denk ab und zu an uns, ja?«

»Und übe fleißig, du Akrobat!«, donnerte Rubini vom Wagen herunter, während er Niccolò die reparierten und angepassten Stelzen reichte. »Du wackelst immer noch, wenn du zu lange Schritte machst! Siehst aus wie 'n Kardinal mit Verstopfung, der den Saltarello tanzt!«

Alle wünschten einander Lebewohl; die Männer verbeugten sich oder schüttelten Leonardo die Hand, und die Frauen berührten die bärtigen Wangen des Maestro flüchtig mit den Lippen.

»Lebwohl, Simone!«, rief Niccolò, bevor er in die Kutsche stieg und sich ein letztes Mal umdrehte.

»Fleißig üben!«, gellte der. »Du musst jeden Tag üben! Die Stimme ›werfen‹ ist ein bisschen so wie Liebe machen. Es sieht einfach und mühelos aus, aber man muss Jahre dafür üben.«

»Weshalb Simone ja auch so ein guter Liebhaber ist«, rief Anna. »Er übt mit sich allein – jeden Tag.«

»Wir müssen los!«, schrie Piero wieder. Er deutete nach Nordosten. »Da braut sich ein schrecklicher Sturm zusammen!«

DIE BOTTEGA

»Damit das Wohlsein des Körpers
nicht dem Wohlsein des Geistes schade,
muss der Maler oder Zeichner allein bleiben ...
Wenn du aber trotzdem Gesellschaft haben möchtest,
suche sie dir in deinem Atelier ...
Jegliche andere Gesellschaft könnte äußerst schädlich
für dich sein.«

Leonardo über die Malerei

Florenz

Die Kutsche mit dem Maestro, Marco und Niccolò ratterte nach Südosten, von Modena nach Bologna und dort geradewegs durch den mittelalterlichen Kern der alten Stadt. Mit stetigem Klipp-Klapp trotteten die vier Apfelschimmel über die Piazza del Nuttuno, doch an der Porta Ravegnana wurden sie fast eine Viertelstunde lang aufgehalten, weil Zimmerleute und Schreiner den Garisendaturm um ein Drittel kleiner machten. Dann rollte das Gefährt weiter die Via Santo Stefano entlang, ließ die Stadt hinter sich und erklomm gemächlich die Hügel bei Vernio. Eine Weile fuhren sie am Idice entlang, bis der Fluss in den Arno mündete, an dessen Ufern weiter im Südosten Florenz lag.

In der Ferne war Donnergrollen zu hören, als sie sich der Porta San Gallo, dem Nordtor, näherten. Dort wurde ihr Gepäck von den für die Salzsteuer zuständigen Beamten untersucht, und nach gründlicher Prüfung wurde ihnen Einlass in die Stadt gewährt.

Niccolò, der ja den größten Teil seines jungen Lebens im Kloster verbracht hatte, bestaunte ehrfürchtig den Florentiner Dom mit seinem turmhohen Campanile. Er lachte über die Kaufleute, die sich auf jeder Piazza tummelten wie Schafe und ihre Preise für die neuesten Waren herausbellten. Überall sah er neue Gebäude oder Restaurierungsarbeiten an alten Palästen, und ihm fiel auf, dass die Architektur in dieser Stadt eine ganz andere war als in Mailand mit seinen vielen Waffen- und Goldschmieden oder in Mantua, in dem jahrhundertealte Gebäude das Straßenbild bestimmten. Vor den Torbögen der Kirchen lungerten junge, gefährlich aussehende Burschen herum, die so genannten *bravi*. Sie spielten mit ihren Stilettos oder ließen ihre Hände auf den Knäufen langer Schwerter ruhen. Niccolò fiel auf, dass sie sich stets in dunkle Winkel drückten, im Unterschied zu den Universitätsstudenten, die mitten auf der Straße wirre Theorien über Kunst oder Philosophie diskutierten. Er musste grinsen, als er in der Via Ricasoli an den Tischen einer Trattoria besonders stutzerhafte Studenten erblickte, die geschliffene Witze rissen und den hübschen Huren mit den safrangelben Tüchern ordinäre Bemerkungen zuriefen. Für den Gnom war dies die modernste aller italienischen Städte: ein Bienenstock von Menschen, die um die riesigen Marmorstatuen und Brunnen mit kristallklarem Wasser summten. Und hoch über ihren Häuptern ragten die vereinzelten Türme gen Himmel, die einst zu hunderten diese Stadt überragt hatten.

Für Leonardo bedeutete es Heimkehr. Als sie über die Piazza San Firenze rollten, warf er einen Blick in die Via della Prestanza, wo das erste Haus seines Vaters gestanden hatte, bevor die Familie Gondi das Grundstück gekauft und darauf einen anderen Palazzo gebaut hatte. Er fragte sich, in welcher Straße sein Vater nun mit seiner vierten Frau wohl leben mochte, und ob seine Brüder Lorenzo, Antonio und Giuliano noch immer in ihren Professionen tätig waren. Voller Sorge stellte er sich vor, sie könnten sich zufällig begegnen ... Was hätten sie einander denn noch zu sagen? Nur zu gut erinnerte er sich an Lorenzos Tirade, eines vorgeblich frommen Mannes, Ladeninhabers und Mitgliedes der Florentiner Wollzunft, als Leonardo wegen Sodomie angeklagt gewesen war. Er dachte auch an seine Mutter Caterina, und einen Augenblick lang wog die Erinnerung schwer und versetzte ihn in Melancholie, doch der vertraute Anblick der alten Plätze seiner frohen Lehrzeit wischte den Kummer rasch beiseite. Die außerordentliche Schönheit der Stadt, der die Römer den Namen ›die Blühende‹ gegeben hatten, bestärkte Leonardo in seinem Entschluss, sich von den Krieg führenden Parteien fern zu halten. Dies waren Mächte, die seinen letzten Zufluchtsort zerstören konnten, so wie sie seine Traumstadt Vigevano niedergetrampelt hatten.

Als sie die Piazza della Signoria erreichten, wurde die Kutsche langsamer und kam vor dem alten Rathaus, dem Palazzo Vecchio, zum Stillstand. Hoch ragte der mit Zinnen versehene Turm mit der großen weißen Uhr gen Himmel. Einst hatte Leonardo geglaubt, von dieser Uhr könnten Engel die Zeit ablesen.

Die Pferde dampften und glänzten vor Schweiß, weil der Kutscher sie hart angetrieben hatte. Sie wieherten, stampften ungeduldig mit den Hufen und warteten auf ihr Futter und den Stall. Der Kutscher nahm die Kappe ab und wischte sich mit dem Ärmel den Schweiß von der Stirn.

Leonardo musste lächeln, als er Messer Niccolò Machiavelli auf den Stufen des Rathauses entdeckte. Der Mann sah aus wie eine Statue von Donatello, die man in die verschiedensten Färbetiegel getunkt hatte. Machiavelli war ein schlanker, bartloser junger Mensch mit scharfen Gesichtszügen. Er war geradezu luxuriös in ein Wams und Beinlinge von der Farbe fruchtbarer Erde gekleidet; darüber trug er einen schwarzen

Umhang mit Hermelinbesatz und Goldstickerei. Die Ärmel seines Wamses waren nach der so genannten *finestrelli*, der Fenster-Mode, aufgeschlitzt, sodass man das Leinenhemd darunter sah. Sein Haar, das er kurz geschnitten trug, war fast vollständig unter einer jener modischen, scharlachroten Kappen verborgen, deren langer Zipfel unter das Kinn geschlungen und dann über eine Schulter geworfen wurde. Nur Leonardos scharfes Auge sah die ausgefranste Ecke am Kragen und die glänzende Stelle am Ellenbogen des Hemdes. An der linken Hand trug das Mitglied des Magistrats einen mächtigen Wappenring. Leonardo fiel auch das Schwert sowie der in einer Scheide steckende Dolch auf, die Machiavelli am Taillengürtel trug. Es stand zu befürchten, dass ein städtischer Beamter diese Waffen mittlerweile nötig hatte und ständig bei sich tragen musste. Unter der Herrschaft der Medici in Leonardos Jugend waren sämtliche Waffen in Verwahrung genommen worden, so lange ihre Träger in der Stadt weilten.

Neben Machiavelli stand ein zweiter, jüngerer Mann, ebenfalls bartlos, mit braunen Augen und dichtem Haar, das aussah wie ein dunkles, von einem Sturm aufgewühltes Meer. Leonardo fiel auf, dass der junge Mann ungeachtet seiner teuren, mit mancherlei Schmuck versehenen Gewandung in Grau und Silber ebenfalls Schwert und Dolch trug. Die kleinere Klinge steckte in einer vergoldeten Scheide mit einem funkelnden Rubin, der das Licht einfing und es in lauter winzige Sterne zerlegte.

Der Diplomat stieg die Treppe herab, trat auf die Kutsche zu und öffnete die Tür. Er verbeugte sich angemessen vor ihnen und sagte, während er die Hand ausstreckte: »Ah, guten Tag, Maestro.«

»Es ist schön Euch wiederzusehen, Messer Niccolò«, erwiderte Leonardo lächelnd den Gruß und schüttelte die dargebotene Hand. Dabei fiel ihm der schwielige Mittelfinger auf, das Ehrenabzeichen eines Mannes der Feder.

»Erlaubt, dass ich Euch Messer Francesco Guicciardini vorstelle«, sagte Machiavelli und nickte in Richtung des jüngeren Mannes. »Er ist erst neunzehn und leicht zu beeindrucken, und er hält Euch für den größten Künstler ganz Italiens.«

Leonardo belohnte den jungen Mann mit einem Nicken und einem Lächeln. »Ich fühle mich geehrt.«

»Ich warne Euch: Er ist überzeugter Anhänger der Republik«, sagte Machiavelli, als sie einstiegen und er neben Leonardo Platz nahm. »Außerdem Jurastudent. Aus irgendeinem seltsamen Grund fühlt er sich berufen, alles niederzuschreiben, was er sieht und hört. Achtet also darauf, was Ihr zu ihm sagt. Er hat darauf bestanden, mit uns zu kommen, da Eure neue Werkstatt genau gegenüber dem Palazzo seines Vaters liegt.«

»Es ist mir eine Ehre, den berühmtesten unserer Künstler wieder in Florenz begrüßen zu dürfen, Maestro«, sagte Guicciardini und schloss die Tür von außen. Dann kletterte er auf den Bock neben den Kutscher.

»Seht Ihr?«, meinte Machiavelli leise. »Der geborene Diplomat.«

»Der geborene Schmeichler«, flüsterte Niccolò Marco zu.

»Diese Begriffe sind austauschbar«, erwiderte Marco darauf.

*

In diesem Augenblick schaute ein junger Mann mit flammend roten Haaren vom Dach eines Hauses auf die Piazza del Mercato hinunter. Er steckte zwei Finger in den Mund und stieß einen gellenden Pfiff aus. Sofort stürmten vier junge Männer auf den Platz. Sie trugen lediglich Hemden und Beinlinge und rannten die breite Straße entlang, die zur Piazza San Lorenzo führte. Hier trafen sie auf eine weitere Gruppe, die um eine Ecke des zugesperrten Medici-Palazzos bog. Die jungen Männer hielten eine kurze, hitzige Besprechung ab; dann drehten sie um und marschierten in Viererreihen die Straße entlang.

Als die *miserabili* – die zerlumpten Bettler und schmutzigen Waisenkinder, die Passanten auf der Piazza um Almosen angingen – sahen, dass sich der Pöbel sammelte, rappelten sie sich rasch in die Höhe und folgten den jungen Männern auf der Via Ricasoli. Vielleicht würde sich ja eine Gelegenheit zur Plünderung ergeben.

*

Zur gleichen Zeit beobachtete ein junger Mann, der auf einem Hausdach gegenüber des Palazzo Pitti kauerte, einen einsamen Reiter, der über den Ponte San Trinita galoppierte. Sofort feuerte er seine Arkebuse ab. Auf dieses Zeichen hin kamen ein paar junge Männer aus den Gassen rund um den Oltr'arno hervor und stürmten über den Ponte Vecchio nach Norden. Auf dem Weg klaubten sie an einigen Baustellen Steine und Holzstäbe auf.

Als die ansässigen Händler sahen, was sich da zusammenbraute, schlossen sie schleunigst ihre Geschäfte und ließen die

Läden herunter; dann krochen sie mit ihren Angestellten auf die Dächer, um von dort aus entweder ihren Favoriten zuzujubeln oder die feindlichen Parteien mit verfaultem Obst und Gemüse zu bewerfen. Mütter packten ihre kleinen Kinder an der Hand, zerrten die heulenden Sprösslinge in die Häuser und verriegelten die Tore. Hunde kläfften und schnappten nach den Fersen des herannahenden Mobs, und Hühner und Schweine, die sich frei auf den Gassen tummelten, suchten quiekend und gackernd nach einem Unterschlupf. Freche Huren riefen anstößige Witze und Einladungen aus dunklen Korridoren oder Fenstern im ersten Stock, bis ihre Wirtinnen sie zurückrissen und die Fensterläden zuschlugen.

*

Guicciardini dirigierte die Kutsche mit Leonardo, Machiavelli, Marco und Niccolò zur Via por Santa Maria. Nachdem sie die erbärmlichen Marktstände und Marktschreier auf dem Ponte Vecchio hinter sich gelassen hatte, rollte die Kutsche in gemächlicherem Tempo dahin und gelangte über den Fluss in den südlichen Teil der Stadt.

Niccolò lehnte sich aus dem Fenster und lauschte – und erst da fiel ihm auf, dass es sich bei dem Lärm um eine wütende Menschenmenge handelte, die rasch näher kam.

»Nicht schon wieder«, seufzte Guicciardini.

Die Kutsche hielt vor einem zweistöckigen Gebäude an, und der junge Adelige sprang mit gezücktem Schwert heraus. Im gleichen Augenblick kam ein kleiner Stein geflogen und schrammte an der Kutsche entlang, um Haaresbreite an Guicciardinis Kopf vorbei. Von irgendwo in der Nähe stieg ein Schrei empor und hallte von den Häuserwänden wider.

»*Viva il popolo!*«

Niccolò sprang aus der Kutsche. Erstaunt sah er den wütenden Haufen, der auf sie zu stürmte und dabei »Alle Macht dem Volk!« schrie. Er spürte sein Herz pochen und fühlte, wie der Zorn der Menge auf ihn übersprang. Aus den Gassen strömten immer mehr Menschen mit schweren Holzbrettern und Knüppeln in Händen; sie hielten nur kurz, um einen Stein oder ein faules Ei auf die stillstehende Kutsche zu schleudern. Der Gnom zog das kurze Schwert, das eigens für seine Körpergröße von den Schmieden des Herzogs von Mailand gefertigt worden war.

Machiavelli half Leonardo und Marco beim Aussteigen und führte sie ins Haus.

Guicciardini und Niccolò wirbelten auf dem Absatz herum – gerade noch rechtzeitig, denn schon wälzte sich ein neuer Haufen junger Männer auf sie zu, diesmal aus der Gegenrichtung. Sie schrien irgendetwas Unverständliches. In diesem Augenblick stellte Niccolò erleichtert und verblüfft fest, dass nicht er und Leonardo das Ziel dieser geballten Wut waren, sondern dass sie dummerweise zwischen zwei der widerstreitenden Parteien geraten waren.

»Die Verrückten und die Grauen!«, brüllte Guicciardini, um den Tumult zu übertönen.

»Was schreien die denn da?«, rief Niccolò und deutete auf eines der näher kommenden Streitheere.

»*Palle!* Der Schlachtruf der Medici!«

Plötzlich drehte sich Guicciardini auf dem Absatz um und stieß Niccolò unsanft durch die Werkstatttür. Im selben Augenblick prallten die beiden wütenden Haufen wie stürmische Wellen in einem Hagel von Knüppeln, Flüchen und wilden Kriegsschreien aufeinander.

*

Selbst hinter den geschlossenen Türen der Werkstatt hörten Leonardo und die anderen die Glocken des Campanile des Palazzo Vecchio, die das ganze Viertel warnten. Sogleich rückten die Florentiner Stadtsoldaten aus dem Palazzo del Bargello aus, mit schimmernden Brustpanzern, Lanzen und Arkebusen bewehrt. Sie teilten sich unverzüglich in zwei Abteilungen: Eine marschierte nach Süden über den Ponte alla Grazie, die andere über den Ponte Vecchio. Sie wollten versuchen, die Aufrührer am Südufer des Flusses in die Zange zu nehmen.

*

Guicciardini drückte seine Schulter gegen die Tür der Werkstatt, die soeben wieder von einem Stein getroffen worden war. Doch allmählich wurde der Kampflärm schwächer. Nur noch vereinzelt brandeten Schreie auf. Man hörte viele rennende Füße und ab und an einen halb erstickten Fluch.

»Diese jungen Männer machen reichlich Krawall; zuweilen fließt auch Blut«, erklärte Machiavelli. »Aber wenn sie einer disziplinierten Truppe gegenüberstehen, ergreifen sie stets die Flucht.«

»Nun denn!« Guicciardini lächelte, straffte die Schultern und steckte sein Schwert in die Scheide. »Willkommen daheim, Maestro!«

Niccolò öffnete die Tür, damit der Kutscher nach seinen Pferden sehen konnte. Rasch spähte er über die von Steinen übersäte Straße und kam zu dem Schluss, dass der kurze Kampf zwischen den Verrückten und den Grauen nun wirklich zu Ende war. Die verängstigten Pferde beruhigten sich beim Anblick ihres Herrn, der beruhigend auf sie einredete. Niccolò schüttelte den Kopf ob des Chaos, das die Aufrührer hinterlassen hatten. Da er eine ausgeprägte Fantasie besaß und vielleicht seit seinen letzten Erlebnissen in Mantua und Mailand ein wenig unter Verfolgungswahn litt, fragte er sich, ob dieser Aufruhr, der ja direkt vor der neuen Werkstatt des Meisters stattgefunden hatte, womöglich arrangiert worden war.

Konnte das eine Warnung gewesen sein? Wollten die Aufrührer andeuten, dass man sich noch immer gut an Leonardos angebliche Tat erinnerte? Dass er für die Selbstgerechten nach wie vor ein ehrloser Mensch war? Dass ihm die Büßer diese Todsünde niemals vergeben würden?

*

Nachdem wieder ein wenig Ruhe und Ordnung eingekehrt waren, führte Machiavelli die kleine Gesellschaft durch die neue Werkstatt. Nun erst merkte Leonardo, dass man ihm – und warum, das wusste er wirklich nicht – eine *bottega* gegeben hatte: Räume von unterschiedlicher Größe auf zwei Stockwerken, eine Art Fabrik, in der mannigfaltige Artefakte hergestellt werden konnten. Er hatte geglaubt, er werde lediglich eine Einzimmer-Werkstatt zugewiesen bekommen, mit angrenzendem Laden, der zur Straße hinausging und für den

Direktverkauf gedacht war – so, wie sein Lehrer Verrocchio es gehalten hatte.

»Das kann ich mir nicht einmal annähernd leisten«, murmelte er. »Ich dachte, ich könnte mir Räume in einem der Klöster nehmen oder ...«

»Die Kosten spielen keine Rolle«, unterbrach ihn Machiavelli lächelnd. »Betrachtet es als Spende eines Bewunderers, der Euch für Eure Heimkehr nicht mehr wünscht, als dass Ihr alles vorfinden sollt, was Ihr für Eure Arbeit braucht.«

Niccolò fiel auf, dass ein Raum sehr viel größer war als die anderen und auch höher; er reichte bis zum Dach. An einer Wand befanden sich viele hochgelegene Fenster, die sowohl Licht boten als auch – vielleicht – Schutz vor Gegenständen, die während der Aufstände von draußen geschleudert werden mochten.

Auch Leonardo betrachtete nachdenklich die Decke. »Es wird schwierig sein, die Räume zu heizen«, bemerkte er. »Aber vielleicht kann ich Klappen konstruieren, die das Licht dorthin lenken, wo ich es brauche.«

Der Diplomat lächelte verschmitzt. »Die Höhe ist notwendig, Maestro. Die Signoria möchte wohl Euch und Maestro Michelangelo in ein oder zwei Jahren mit der Ausführung großer Wandgemälde für den neuen Ratssaal beauftragen, und daher habe ich angenommen, Ihr würdet hohe Decken brauchen, um ein Werk von dieser Größe vorzubereiten.«

Leonardo starrte ihn unter seinen mächtigen Brauen heraus finster an. »Michelangelo? Ich habe geglaubt, der feine Herr lebe glücklich und anerkannt als Bildhauer in Rom. Wie ich gehört habe, verachtet er die Malerei.«

»Das ist wahr, aber er hat Florenz nur deshalb verlassen,

weil Savonarola seine Werke bedroht hat. Nun, da der Mönch tot ist, plant er seine Rückkehr.«

»Aber Ihr habt mir doch von den Schändungen erzählt, die Savonarolas Anhänger verüben. Folglich sind auch sie von Hass gegen die Künstler ergriffen«, wandte Leonardo ein.

Machiavelli senkte die Stimme; Leonardos implizite Anklage gegen den Magistrat, dessen Mitglied er war, schien ihn zu beschämen. »Sie hassen nicht die Künstler, sondern die Kunstwerke, und ich versichere Euch, dass diese Büßer bald gefasst sein werden, Maestro. Der Bargello und der Gonfaloniere dieser Stadt, Piero Soderini, führen bereits Ermittlungen durch, und soweit ich weiß, hat auch der Herzog von Valentinois, der Gonfaloniere von Rom, seine Agenten hergeschickt, um den Anschlag auf seinen Schwager zu untersuchen.«

»Der Herzog glaubt also, dass diese Büßer für den Anschlag auf seinen Schwager verantwortlich sind?«, fragte Niccolò.

»Wollen wir es mal so ausdrücken: Er glaubt, dass eine gewisse Verbindung bestehen könnte«, antwortete Machiavelli.

»Ich habe gehört, manche hätten den Herzog selbst in Verdacht«, erklärte der Zwerg.

»Man traut dem Herzog einfach alles zu«, erwiderte Machiavelli. Das Lächeln war ihm vergangen. Plötzlich machte er auf dem Absatz kehrt und reichte Leonardo einen weichen Lederbeutel. »Alsdann! Um Euch ein wenig Einkommen zu verschaffen, Maestro, bin ich von den Servitenbrüdern ermächtigt worden, Euch den Auftrag für ein Bildnis der ›Heiligen Anna Selbdritt‹ zu erteilen und die nötigen Mittel auszuhändigen, damit Ihr sogleich mit der Arbeit beginnen könnt.«

Leonardo wog die Börse in der Hand und war im Augenblick ein wenig überrascht, doch dann entsann er sich wieder

der Gerüchte, denen zufolge Machiavelli in der Stadt beträchtlichen Einfluss besaß. »Und wie haben die guten Patres herausgefunden, dass ich soeben mit der Arbeit an einem solchen Bild begonnen habe?«

»In Italien gibt es keine Geheimnisse«, gab der hagere Mann lachend zurück.

Leonardo beschlich ein unbehagliches Gefühl, während er die Werkstatt genauer in Augenschein nahm. Alle Materialien, die er irgendwann einmal für seine Arbeit benötigen mochte, lagen hier bereit. Offenbar hatte jemand ganz genau darauf geachtet, was er benötigte und mochte, denn auf den Arbeitstischen lagen zwei mathematische Texte, ein Pentaeder, ein Kompass und ein Zeichendreieck. Der Maestro zählte vier Staffeleien, die für Tafelbilder und Rahmen verschiedener Größe eingestellt werden konnten; ein paar vorbehandelte Leinwände; Lindenholztafeln, die auf den Alabasteranstrich warteten; Behälter mit Kohlestiften und Rötel, den er persönlich für schnelle Skizzen bevorzugte; Gips aus Paris für *gesso*; verschiedene Sikkative, die zum Trocknen gebraucht wurden; Kreide und Pflanzenfarben; Wachs in Kapseln für Wachsmalerei; Tiegel mit Krapprot, Brauneisenstein, Lapislazuli, kirschrotem Hämatit und hellgrünem Malachit, dazu eine stattliche Anzahl Mörser, um die Farben fein zu zerstoßen; ferner Paletten und Palettenmesser sowie Spatel; Behälter mit Harz und Schellack; Krüge mit verschiedenen Ölen und Terpentin; Klumpen aus feuchtem Ton, die unter feuchten Tüchern auf Töpferscheiben lagen; Drahtinstrumente und Bildhauermesser; Messruten mit Silberspitze und Lineale; ein viereckiger Rahmen mit einem Seilgitter, um bei Skizzen die Perspektive zu bestimmen; ein Winkelmesser und viele Pinsel, darunter auch äußerst feine aus Zobelhaar, wie er sie bei seiner Flucht aus Mailand hatte zurücklassen müssen.

Mit der linken Hand – Leonardo war Linkshänder, konnte jedoch mit beiden Händen schreiben – nahm er einen der Pinsel und freute sich, wie angenehm er zwischen Daumen und Zeigefinger lag.

»Ja, nun kann ich arbeiten«, sagte er leise.

*

Niccolò und Leonardo verließen das Hauptatelier und gingen in einen der Nebenräume, wo sie zu ihrem Erstaunen lebensgroße Modelle der Erfindungen des Meisters vorfanden. Wie seine Pigmentfarben und Pinsel, die er im Stich hatte lassen müssen, als Mailand und das Castello Sforzesco an die Franzosen gefallen waren, waren auch Leonardos Entwürfe unbeschädigt hierher gelangt und harrten der Hand des Maestro.

Der Zwerg erkannte die vielen Flaschenzüge und Pendel, die er zuletzt in Mailand gesehen hatte, und die neuartigen Sichelwagen, die Pferden den Tod auf dem Schlachtfeld ersparen sollten. Dort war auch die neu entwickelte Traubenpresse, die hervorragende Maschine zur Herstellung von Feilen, die neuen und größeren weißen Wasserschuhe sowie die neuesten Schwingenflugzeuge, die Leonardo entworfen hatte, nachdem Niccolò die ersten getestet hatte. Die neuen Schwingen hatten nicht mehr so viel Ähnlichkeit mit Fledermausflügeln und konnten wohl einen ausgewachsenen Mann tragen. Wenn dieser die Aufwinde nutzte und die Pedale angemessen bediente, konnte er damit weiter fliegen als Niccolò bei seinem ersten Probeflug in den herzö[illegible] Mailand. Der Gnom erspähte auch die mit [illegible] gestopfte Eidechse. Es gab einen Schmelzo[illegible] gen, Schöpfkellen, Blei und Zinn in Blöcken [illegible] größeren, feuerfesten Brennofen. Destillierkolben, Trichter, Phiolen, riesige Krüge und winzige Flaschen. Auf Regalen lagerten mannigfaltige Metalle, Salze, Wismut, Arsen, Kupfer, Laugen, Säuren, Kräuter und Öle – alles in allem ein Tempel zur Lobpreisung von Astronomie und Physik, Chemie, Anatomie und Mechanik.

»Ich danke Euch, mein Freund«, wandte sich Leonardo an Machiavelli, sichtlich bewegt durch die Rettung seiner Erfindungen. »Ich habe nie ... Ich hätte nie geglaubt ... Ich meine ... Ich dachte, ich würde all dies nie wiedersehen.«

»Dafür kann ich keinen Dank in Anspruch nehmen, Maestro«, erwiderte der hagere Mann. »Die meisten dieser Dinge wurden in Mailand in Kisten verpackt und hierher gebracht, und zwar auf direkten Befehl und unter dem Schutz Eures glühenden Bewunderers.« Er legte eine bedeutungsvolle Pause ein, fuhr dann fort: »Seiner Gnaden, Herzog Caesare Borgia.«

Der Name des Mannes, der Mailand im Auftrag der Franzosen eingenommen und Leonardos Herrn, Il Moro, aus seinem Herzogtum vertrieben hatte, bewirkte, dass es plötzlich kälter im Raum wurde.

»Das war dann ja auch nicht schwer zu bewerkstelligen«, bemerkte Niccolò trocken, »da Mailand jetzt unter der Herrschaft seiner Verbündeten steht.«

»Ihr dürft nicht alles glauben, was Ihr über Il Valentino gehört habt«, sagte Machiavelli und benutzte damit den bekannten Spitznamen des Borgia-Fürsten. »Herzog Caesare ist nicht der typische Kriegstreiber.«

»Er hat nicht zufällig Hörner und einen Schwanz?«, fragte Niccolò und grinste finster.

Machiavelli beachtete den Einwurf nicht. »Ihr könnt ihn zum Beispiel nicht mit dem Herzog von Mailand vergleichen.«

»In der Tat nicht«, beharrte Niccolò. »Seine Gnaden ist nun an der Macht, und Il Moro sitzt im Gefängnis.«

Nun verging dem Diplomaten das Lächeln. »Der Herzog ist überaus großzügig und freundlich zu jenen, die er respektiert, meine Freunde, und Euch, Maestro, bewundert er sehr. Es ist höchst bedauerlich, aber leider wahr, dass er zuweilen Handlungen ausführen muss, die vielleicht ... fragwürdig erscheinen, doch meiner Erfahrung nach heiligt der Zweck in der Politik für gewöhnlich die Mittel.«

Leonardos besorgte Miene verriet, dass er am Wahrheitsgehalt der letzten Behauptung starke Zweifel hegte.

Machiavelli musterte den Künstler eindringlich. Er wusste genau um dessen Gefühle, die nur allzu verständlich waren. Immerhin hatte Leonardo zusehen müssen, wie zwei seiner Meisterwerke von den französischen Truppen zerstört worden waren. »Ich muss zugeben, dass Caesare Borgia ein Mann von beträchtlichem Temperament ist«, bemerkte er daher schlicht.

»Natürlich«, sagte Niccolò und kletterte auf einen der hohen Arbeitshocker. »Immerhin ist er Italiener mit spanischem Blut. Da ist es wohl nicht weiter verwunderlich, wenn er stets kurz vorm Überkochen ist.«

Leonardo musste über die Bemerkung lächeln, schüttelte

aber fast unmerklich den Kopf, um seinen jungen Freund vor weiteren Kommentaren zu warnen. »Wie ich gehört habe, möchte der Herzog Fürst der Romagna werden«, sagte er.

»Ja. Und in jenen Städten, die er bereits eingenommen hat – Forli und Imola –, hat ihm die Bevölkerung zugejubelt; zumindest haben meine Agenten berichtet, dies mit eigenen Augen gesehen zu haben.«

»Sehr klug von der Bevölkerung«, sagte Niccolò von seinem Hocker herab.

Leonardo schaute sich in dem reich ausgestatteten Raum um, in dem seine eigenen Werkzeuge und alles andere lagen, was er für seine Arbeit brauchte. »Ich ... Ich kann das nicht annehmen«, sagte er.

»Ich fürchte, im Augenblick habt Ihr, was das betrifft, keine andere Wahl«, erwiderte Machiavelli. »Florenz ist eine einzige Baustelle. Das muss Euch doch sofort aufgefallen sein. Unsere Bevölkerung wächst in unglaublichem Maße, und sämtliche passenden Quartiere – sogar Mönchszellen in Klöstern – sind bereits belegt. Bitte Maestro, nehmt diese Bottega zumindest zeitweilig in dem Sinne an, wie sie Euch angeboten wird. Betrachtet sie als Tribut an einen großen Künstler von einer dankbaren Stadt und einem ergebenen Wohltäter.«

Leonardo stieß einen Seufzer aus. »Dann ... muss ich wohl«, murmelte er. »Aber versteht mich nicht falsch: Ich nehme das Angebot nur an, weil mir nichts anderes übrig bleibt. Ich brauche einen Arbeitsplatz und Werkzeuge, um mir mein Brot zu verdienen, aber ich will niemandem verpflichtet sein. Habt Ihr verstanden?«

»Vollkommen«, antwortete der Diplomat grinsend.

Rom

Unsere Agenten berichten, dass Maestro Leonardo nach Florenz zurückgekehrt ist.«

Piero de Medici, dunkelhaarig und mit seinen zweiunddreißig Jahren noch immer ein gut aussehender, drahtiger Mann, flegelte sich hinter seinem Schreibtisch im ersten Stock des prächtigen Familienpalazzos in der Nähe der Porta Pinciana. Er spielte mit einem neapolitanischen Dolch herum, balancierte ihn auf der Fingerspitze und stieß ihn dann mit der Spitze voran in einen dünnen Stapel Pergamente. Sein jüngerer Bruder, der beleibte und sanfte Kardinal Giovanni saß aufrecht unter dem Porträt des amtierenden Papstes, Alexander VI. Der Kardinal hatte die Hände gefaltet, und seine Zeigefinger ruhten auf seinen vollen Lippen, als sei er im Gebet versunken.

»Ja«, stimmte er nun mit leiser Stimme zu. »Aber ich sehe seine Rückkehr nicht als Problem – zumindest jetzt noch nicht. Was mich jedoch beunruhigt, ist die Reaktion hier in Rom auf das Attentat auf den Herzog von Bisceglie, auch wenn es heißt, dass er bald wieder genesen wird.«

»Die Borgia haben die Geschichte verbreitet, dass du ihn absichtlich davon abgehalten hättest, in jener Nacht den Passetto zu benutzen«, sagte Piero. »Sie stellen es so dar, als hättest du ihn den wartenden Mördern in die Hände gespielt.«

Kardinal Giovanni seufzte. »Der Herzog war doch schon halb bewusstlos von deinem Paulliac. Man kann schon verstehen, dass er sich nicht mehr so gut verteidigen konnte.«

Piero riss die Messerspitze aus den Pergamenten und steckte den Dolch in die Scheide. »Herr im Himmel, ist das ärgerlich, Giovanni! Sehr ärgerlich sogar! Ich habe geglaubt, es sei inzwischen allgemein anerkannt, dass unsere Familie nichts mit einer dieser Parteien zu tun hat, dass unser Rückzug aus Florenz unsere unpolitische Haltung zeigt! Aber solche Geschichten bringen uns mit den Büßern von Florenz in Verbindung! Das können wir nicht zulassen! Es schadet unseren Geschäften!«

»Natürlich steckt Caesare dahinter«, murmelte der Kardinal. »Er versucht mit allen Mitteln, eine Mittäterschaft seiner Familie abzustreiten. Er hat vor aller Öffentlichkeit erklärt, dieser vereitelte Anschlag sei ein Versuch unserseits gewesen, die Borgia in Misskredit zu bringen, denn damals bei der Wahl des Pontifex habe ich ja gegen seinen Vater gestimmt.«

»Ich hatte dich gewarnt!«, herrschte Piero ihn an. »Ich habe dir befohlen, für Ferdinands Kandidaten zu stimmen, aber du hast deine Stimme an Ascanio Sforza weggeworfen, einen Kardinal, der nicht die geringste Chance hatte zu gewinnen. Und so hat Rodrigo Borgia die Tiara dann *kaufen* können!«

Es schien, als beachte Giovanni den Vorwurf seines Bruders gar nicht. Seit der Wahl von Alexander VI. hatten sie etliche Male darüber diskutiert, und er konnte Piero einfach nicht davon überzeugen, dass er nur so gestimmt hatte, um Rodrigo davon abzuhalten, noch einen Kardinal zu kaufen.

»Andererseits«, fuhr Giovanni mit sanfter Stimme fort, »ist den meisten klugen Leuten klar, dass unsere Familie – die immerhin Savonarola bekämpft hat – sich wohl kaum mit ihnen gegen die Borgia verbünden wird. Das Problem ist vielmehr, dass Caesare, das Unschuldslamm, seine Agenten nach Florenz geschickt hat, um etwas über die Büßer in Erfahrung zu bringen. Das könnte wirklich Folgen haben.«

Piero fuhr zu seinem Bruder herum. »Nun, für uns ist das Wichtigste, weiterhin so zu tun, als hätten wir von diesen Dingen keine Ahnung! Wir dürfen nicht zulassen, dass all diese Gerüchte unseren Geschäften schaden.«

Der Kardinal nickte. »Ich werde tun, was ich kann, aber eines muss ich dir noch sagen, Bruder, und zwar über unseren Agenten in Mailand: Ich misstraue einem Mann, den ich nie kennen gelernt habe, und es ärgert mich, Botschaften nur über Brieftauben oder per Kurier austauschen zu können – selbst dann noch, wenn er sich in Rom aufhält.«

Piero hob die Schultern. »Ich verstehe dich ja, Bruder, aber die Ergebnisse sind doch genau nach unserem Geschmack, findest du nicht? Vielleicht ist es klüger, wenn wir unseren Florentiner Agenten nicht kennen lernen; er besteht ja sogar selbst darauf. Wenn er enttarnt wird, können wir unter Eid aussagen, dass wir den Herrn nie getroffen haben.«

Wieder nickte der Kardinal. »Ich schätze, du hast Recht.« Nun lächelte er. »Und ich schätze, das Attentat auf den Herzog hat auch nichts zu bedeuten, denn der arme Alfonso ist ohnehin schon verdammt.« Er stieß einen Seufzer aus. »Dieser vereitelte Anschlag wird den Venezianer nicht stoppen können. Ich fürchte, der Herzog ist so gut wie tot.«

Florenz

Hingerissen sah Niccolò zu, wie Leonardo an seinem Karton für die ›Heilige Anna Selbdritt‹ arbeitete.

Die Figuren hatten Lebensgröße; da die beiden Frauen jedoch hintereinander saßen, war das Bild nicht übermäßig groß. Niccolò sah, dass das Kind vielleicht zwei oder drei Jahre zählen mochte und aus den Armen seiner Mutter wegstrebte, um mit einem Lamm zu spielen. Die Madonna beugte sich vor und an ihrer eigenen Mutter, der Heiligen Anna vorbei, als wolle sie das Kind einfangen. Die ältere Frau jedoch, die sich eben aus einer sitzenden Position erhob, schien die Madonna hindern zu wollen, das Kind vom Spiel mit dem Lamm abzuhalten.

»Das Lamm«, erklärte Leonardo mit leiser Stimme, »steht für die Leiden Christi, denn das Lamm ist ein Opfertier. Die Haltung der Madonna steht für den Versuch der Mutter, ihrem Sohn die Schmerzen und die Qual seines Todes am Kreuz zu ersparen.«

»Ich verstehe«, sagte der Gnom.

»Die Heilige Anna hingegen steht für die Kirche, die sich bewusst ist, dass dieses Opfer gebracht werden muss, um die Menschheit zu erlösen; daher versucht sie die Jungfrau zurückzuhalten, damit das Versprechen Christi an seinen himmlischen Vater erfüllt werden kann.«

»Ihr meint, die Heilige Anna will ihre Tochter nicht in undurchsichtige Machenschaften verstrickt sehen?«, fragte Niccolò.

Leonardo verstand die Anspielung durchaus: Wiederholt hatte der Meister seinen Entschluss bekräftigt, sich aus der Politik und den Intrigen der Stadt herauszuhalten. Deshalb lächelte er nun und sagte kopfschüttelnd: »Manchmal finde ich dich außerordentlich *sinistro*, mein Freund.«

*

Jede Woche stellte Marco eine Kopie des geänderten Bildnisses her. Leonardo war ständig mit Veränderungen beschäftigt, verbesserte eine Linie hier, einen Schatten dort und legte sodann eine Pause ein, um das Werk ausführlich zu studieren. Stundenlang saß er davor und schaute es finster an, während er unablässig Bartsträhnen um seine Finger drehte. Nach ein, zwei Tagen war er wieder so unzufrieden mit seinem Werk, dass er erneut eine Armbeugung oder Kopfneigung änderte und dabei die Skizze mit Kohle und Kreide traktierte, als wäre sie sein Feind. Zuweilen ließ er die Arbeit daran vollkommen ruhen und widmete sich zusammen mit Niccolò einem auf Lateinisch geschriebenen Buch über Mathematik oder stellte Versuche mit Licht und Schatten an, und immer legte er seine mannigfachen Beobachtungen in seinen Lehrschriften nieder, wobei er sein einzigartiges Verschlüsselungssystem benutzte: die Spiegelschrift.

Niccolò seinerseits hatte seine eigenen, in rotes Leder gebundenen Bücher, und er hielt alles fest, was er für wert hielt, sich daran zu erinnern, auch die Ereignisse bei ihrer Ankunft, die Maestro Leonardo nur die drei Worte »In Florenz angekommen« gekostet hatten.

Wenn er nicht Leonardo und Marco beim Kopieren und Verbessern der Skizzen zusah, verbrachte der Zwerg viele Stunden dieses warmen Sommers mit der Erkundung der Stadt. Er schwelgte in der Schönheit der Skulpturen und Brunnen und bewunderte die mit Zinnen versehenen Türme, die in den Himmel ragten. Wenn er auf den großen Plätzen Studenten begegnete – die seine Verbundenheit mit Leonardo kannten – luden sie ihn zu einer anregenden Debatte über das Wesen Gottes und die Kunst in eine der Tavernen ein. Fremde sprachen ihn höflich an und ein paar stellten ihn ihren Freunden vor, stets mit der Erklärung, er sei »das Auge des Maestro, der nun heimgekehrt ist«.

»Gewiss nicht«, widersprach ihnen Niccolò dann lächelnd. »Bernhard von Chartres hat einmal gesagt, wir sind wie Zwerge auf den Schultern von Riesen. So können wir besser und in weitere Fernen sehen. Es liegt nicht daran, dass wir besonders gute Augen oder sonst eine besondere Fähigkeit hätten, sondern dass wir sehr hoch getragen werden. Und deshalb sehe auch ich manchmal Dinge sehr klar, weil ich, obschon ein Zwerg, auf den Schultern von Maestro Leonardo da Vinci stehe.«

*

An einem sonnigen Sommertag spazierte Niccolò durch die Via dei Speziale, die Straße der Apotheker, und die Via Saponai, die Straße der Seifensieder. Er blieb vor den Tontafeln der Zünfte stehen, die an San Michele angebracht waren, und streifte durch den Viccolo dell'Onesta, benannt zu Ehren der Stadtoberen, die den Prostituierten ihr Gewerbe auf der Straße der Schönen Frauen ermöglichten. Auf dem Ponte Vecchio schaute er kurz auf den Arno hinunter und stellte fest, dass der Fluss Hochwasser führte und schnell dahinströmte.

Was ihm hingegen nicht auffiel, war der Mönch in weißer Kutte, der vor Santa Maria del Carmine stand und ihn seit dem ersten Tag beobachtet hatte, da er die Bottega verlassen hatte und durch die Stadt gestreift war.

*

Um sich in der Werkstatt zu beschäftigen, kam Niccolò zuweilen den üblichen Lehrlingspflichten nach und zerstieß Pigmente im Mörser, reinigte Pinsel oder bereitete Leinwände und Holztafeln vor – sehr zum Unwillen Marcos, der die Erfüllung dieser Pflichten für sich in Anspruch nahm.

Um die Mitte des Sommers hatte sich die Bottega des Meisters etabliert.

Leonardo nahm Tagesschüler auf, darunter Giovanni Beltraffio und Andrea Salaino. Sie wohnten nicht wie Marco beim Meister, sondern hatten eigene Zimmer. Jeden Tag erschienen sie in der Werkstatt und bekamen vom älteren Schüler Arbeiten zugeteilt: Sättel mit Goldeinlagen verzieren; vorgezeichnete Muster auf den kleinen Kästchen nacharbeiten, die bei den jungen Damen in Florenz zurzeit so sehr in Mode waren; oder Heiligenbildchen nach einem Original Leonardos in Massen nachzumalen. Manche mussten auch Banner und Fahnen für Feste malen oder Dekorationen für die Feiertage herstellen. Dies waren alltägliche Arbeiten, die Haupteinnahmequelle der Bottega.

*

An einem Frühsommertag überquerten Leonardo und Niccolò den Fluss und spazierten zur Piazza San Marco. Dort erhob sich das große Kloster der Observanten, einem besonders streng lebenden Zweig der Franziskaner von Fiesole. Gemächlich schlenderten sie durch den Kreuzgang des Heiligen Antonio mit den Kolonnaden und dem kleinen Garten, der grünte und blühte und eine Vielzahl Vögel beherbergte. Wie immer nutzte Leonardo den Ausflug für einen Vortrag über die Fresken von Fra Angelico.

Der Künstler und der Zwerg durchquerten den Kreuzgang des Heiligen Dominik und betraten das Stiftshaus. Sie wanderten durch das kleine Refektorium mit Ghirlandaios Fresko des Letzten Abendmahls. Niccolò sah, wie Leonardo sich im Vorübergehen abwandte; er glaubte, dass es den Meister an sein eigenes, der Verdammnis anheim gefallenes Bild im Refektorium von Santa Maria della Grazie in Mailand erinnerte.

Doch den Maestro bewegten ganz andere Gedanken: Was, wenn die Büßer dieses Werk ebenfalls schänden und zerstören würden?

Am Ostende des Kreuzgangs, unter dem Kreuzgewölbe und hinter den Marmorsäulen mit den ionischen Kapitellen, betraten sie die Loggia. Niccolò fiel auf, dass an jeder Biegung die ›Pillen‹ oder Kugeln des Medici-Wappens prangten, die sich von der ursprünglichen Arzttätigkeit der Familie herleiteten. Sie waren in Mauern eingeritzt, in Eisen geschmiedet an den Fensterrahmen oder auf Lünetten über den Türen zu sehen. Ebenso fiel ihm auf, dass die Signoria nach dem Exil der Familie rote Kreuze über die Wappen hatte malen lassen.

»Cosimo de Medici hat die Mittel gestiftet, mit denen das Kloster wieder aufgebaut werden konnte«, erklärte Leonardo.

»Da hat er aber auch etwas für seine Großzügigkeit bekommen, würde ich sagen«, flüsterte Niccolò. »Sieht aus, als wäre hier alles mit den Kugeln der Familie geschmückt.«

Leonardo grinste. »Man ist sich überdies nicht einig, wie viele Kugeln einem Medici zustehen. Ursprünglich waren es zwölf, aber mein Lehrer Verrocchio hat nur sechs auf die Gedenkplatte in San Lorenzo gemalt, und an der Decke der alten Sakristei sind es acht. Das Papstwappen zeigt sechs.«

»Wenn die Medici ins Exil gegangen sind, warum sind dann noch ihre Wappen hier?«, verlangte Niccolò zu wissen. »Warum hat man sie nicht einfach abgekratzt, statt sie mit roter Farbe zu übermalen?«

»Die Medici mögen zwar in Rom sein«, gab Leonardo mit gedämpfter Stimme zurück, »aber sie haben einen langen Arm, und der hat die Herzen – und die Geldbörsen – vieler Florentiner fest im Griff. Sie sind noch immer die Bankiers der Stadt.«

»Wohin gehen wir?«, fragte Niccolò, als sie Korridor um Korridor passierten.

»Zur Biblioteca Laurenziana der Medici, um einen kleinen Blick in ein paar der zehntausend bemerkenswerten lateinischen und griechischen Manuskripte zu werfen«, erklärte Leonardo. »Als die Familie die Stadt verließ, hat Savonarola

– so besagt das Gerücht – die Signoria veranlasst, die gesamte Bibliothek zu beschlagnahmen und hierher zu bringen.«

»Tatsächlich?« Niccolò dachte nach. »Ein Bücherverbrenner hat die Bibliothek der Medici gerettet? Warum sollte er so etwas tun? Um sie zu erhalten ... oder um sie vor den Blicken anderer zu schützen?«

»Das weiß ich auch nicht.«

»Übrigens verwirrt mich diese Sache mit Savonarola, Maestro. Bücher verbrennen und Gemälde zerstören – und seine Anhänger setzen dieses Werk fort. Was ist dabei zu gewinnen? Tun sie so etwas nur aus Freude an der Gewalt? Ist es lediglich ein Bubenstreich? Oder will der Vandale das zerstören, was zu schaffen er selbst nicht fähig ist?«

»Ich weiß es nicht, Niccolò. Was auch immer ihre Gründe sein mögen – sie glauben Gutes zu tun, und deshalb dürfen wir sie nicht vorschnell verurteilen.«

Sie gingen weiter. »Ihr seid den Schwächen anderer gegenüber duldsamer als die meisten Menschen. Ihr seid wahrhaftig kein gewöhnlicher Mann.«

Wieder hielt Leonardo inne und starrte seinen Schüler an. »O Niccolò«, murmelte er, »das macht mir wirklich Angst.«

Schweigend schritten sie weiter und erklommen die Treppe zu dem hellen, luftigen Raum, der von Michelozzo als Antithese zu den düsteren Bibliotheken der Vergangenheit entworfen worden war.

Niccolò steckte seine Nase in jedes Fach und wählte dann eine Kopie der ›Poetik‹ des Aristoteles, die er Leonardo zeigen wollte. »Aristoteles war Platons Schüler und Platon war Sokrates' Schüler«, tönte der Gnom, während er das kostbare Buch auf ein Lesepult legte und aufschlug. »Aber Sokrates ist zum Tode verurteilt worden, weil er die Jugend in Dingen der Religion und des Glaubens auf den falschen Weg geführt hat, und Aristoteles war lange Zeit seines Lebens Lehrer von Alexander dem Großen, dem mazedonischen Kriegsherrn.«

Leonardo fühlte, wie ihm der Atem stockte. »Ein Gelehrter, der lange Zeit seines Lebens einen Kriegsherrn unterwiesen hat? Worin denn?«

Niccolò zuckte mit den Schultern. »Vielleicht in Schönheit und Wahrheit.«

»Und hat dieser Kriegsherr ihm zugehört – und etwas gelernt?«

»Mag sein.« Wieder hob Niccolò die Schultern. Er wusste, dass Leonardo an Caesare Borgia dachte. »Doch wie es scheint, hat Alexander Aristoteles auch ein paar Dinge beigebracht, denn es heißt, dass der Philosoph sich einmal auf Drängen des Kriegsherrn hin niedergelassen und eine nackte Dirne auf sich reiten gelassen hat wie auf einem Maultier.«

Ja, dachte Leonardo, dazu hat es wohl kommen müssen.

Rom

Ein Karmelitermönch in weißer Kutte trat aus dem Zimmer, in dem Alfonso d'Aragona lag und sich von seinen Verletzungen erholte. Die Holzperlen seines Rosenkranzes aus dünnem Draht waren um seine Finger geschlungen, und er hatte die Kapuze hochgeschlagen, um sein Gesicht zu verbergen, obwohl er bereits zum Zeichen der Unterwerfung unter das Sakrament der Buße eine glatte, blasse Maske trug. Der Mönch hatte ein vom Papst unterzeichnetes und mit Siegel versehenes Dokument vorgelegt, das ihn ermächtigte, dem Herzog die Beichte abzunehmen, sodass er am nächsten Morgen an Mariä Himmelfahrt aus der Hand des Pontifex die Hostie empfangen konnte. Da die Beichte vertraulich war, durfte der Mönch einige Minuten mit dem Herzog allein bleiben, während die Leibwachen sich im Korridor vor der Tür postierten.

Als der Mönch aus dem Zimmer kam, neigte er den Kopf zum Gruß, dankte dem Offizier der Leibwache, schlug das Kreuz und schritt durch die Gasse, die von den Wächtern gebildet wurde.

Der Offizier ging unverzüglich ins Zimmer des Herzogs und sah ihn im Licht der Kerzen im Nachtgewand am *prie-dieu*, am Betstuhl, knien und stumm das Bußgebet sprechen.

Der Wächter lächelte erleichtert, drehte sich um und befahl die Wachen wieder in den Raum. Erneut nahmen sie ihre Posten zu beiden Seiten des Bettes und an den Wänden ein.

Da er den Herzog nicht beim Gebet stören wollte, blieb der Offizier lange neben dem Bett stehen und wartete, ob Alfonso Hilfe benötigen würde, wenn er sich wieder hinlegen wollte. Irgendwann räusperte er sich dann, um den jungen Edelmann auf seine Anwesenheit aufmerksam zu machen, doch die kauernde Gestalt am *prie-dieu* regte sich nicht. Der Offizier ging auf den Herzog zu und legte ihm vorsichtig die Hand auf die Schulter. »Darf ich Euer Gnaden wieder ins Bett helfen?«, fragte er.

Alfonso brach unter seiner Hand zusammen und stürzte neben dem Knieschemel zu Boden.

Rasch beugte sich der Offizier über den am Boden Liegenden und sah die runden, tiefroten Flecken, die sich wie eine Kette um den weißen Hals zogen.

Verdammt! Er verfluchte seine Gutgläubigkeit. Mit einem Rosenkranz erdrosselt!

Ein gedungener Mörder!

*

Es dauerte keine Stunde, da stand Lucrezia Borgia wütend und verzweifelt im Schlafzimmer ihres Vaters und zerrte an den weiten Ärmeln des päpstlichen Talars. »Sancia hatte Recht! Caesare steckt dahinter! Ihr wisst sehr gut, dass es Caesare war!«

Auch Sancia stand an der Tür mit Wut im Blick. Sangreal und Capitano Cervillon betraten leise den Raum und nahmen mit unbewegter Miene ihre Posten zur Linken des Papstes ein. Dessen kühler Schreiber Pater Francesco Troches glitt durch die andere Tür herein und schützte die rechte Schulter des Pontifex.

»Aber, aber, Tochter«, sagte der Oberhirte sanft, »wir wissen doch nur, dass es ein Mann gewesen ist, der wie ein Mönch gekleidet war – in Weiß – genau wie diese Büßer, die den ersten Anschlag auf ihn verübt haben. Ich werde mich persönlich um die Angelegenheit kümmern, aber ich bitte dich – keine hysterischen Ausbrüche mehr.«

Er riss ihr den Ärmel aus der Hand und winkte Sangreal, vorzutreten und seiner Herrin den Arm zu reichen, doch Lucrezia wandte sich brüsk von ihrem Beschützer ab. Sie ging rasch zur Tür und stellte sich neben Sancia. Still, doch voller Zorn schauten die beiden Frauen den Papst an.

Der winkte Troches zu sich. »Dass hier nicht die Hölle losbricht!«, zischte er seinem Schreiber zu. »Wir müssen den spanischen Botschafter informieren, ebenso wie die Familie des Herzogs in Neapel.«

»Ich werde mich darum kümmern, Eure Heiligkeit.«

»Lass die Leiche in die Kapelle von Nostra Signora della Febbre bringen. Dann finde diesen Offizier, diesen Idioten, der dem Mönch Zutritt zum Schlafzimmer des Herzogs gewährt hat, und sichere das Dokument, das angeblich von mir unterzeichnet und mit meinem Siegel versehen worden ist.«

»Ja, Eure Heiligkeit.«

»Nimm es ihm ab, und verbrenn es! Es ist wieder einmal eine Fälschung von Flores! Als dieser Schuft enttarnt wurde, haben wir alles in seinem Zimmer gefunden – von päpstlichen Bullen bis hin zu Ablassbriefen! Alle mit meiner angeblichen Unterschrift, und er hat sie zu Höchstpreisen verkauft ... Verdammt soll er sein!«

»Ich soll das Dokument verbrennen, Eure Heiligkeit?«

Der Papst funkelte ihn wütend an. »Natürlich, du Schwachkopf! Wer würde denn glauben, dass es gefälscht ist und dass mich keinerlei Schuld an dem Mord trifft?«

»Wie Ihr befehlt, Eure Heiligkeit.«

»Wir müssen sämtlichen Verdacht von unserer Familie ablenken! Soll Caesare in seiner Stellung als Gonfaloniere doch – ach, ich weiß auch nicht, wen – verhaften! Die Ärzte des Herzogs! Ja! Das ist eine Idee! Diese verdammten argonesischen Ärzte sollen sofort verhaftet werden! Ich habe ihnen ohnehin nie getraut!«

»Sofort, Eure Heiligkeit!«

»Und dieses kleine Ungeheuer, dieser Leibdiener, der mit dem Buckel! Du weißt schon, wen ich meine! Dieser kleine Hurensohn, der auf meinen Teppich gespuckt hat!«

»Natürlich, Eure Heiligkeit.« Wieder nickte der Schreiber. »Und was ist mit ... mit Donna Lucrezia?«

»Ach ja«, flüsterte der Papst und warf einen Blick auf seine zornige Tochter. »Das kann ich jetzt überhaupt nicht gebrauchen: eine Witwe, die ihren eigenen Bruder des Mordes bezichtigt! Da muss ich überlegen.« Er legte die Hand an sein bartloses Kinn und strich nachdenklich darüber. »Sag Caesare, dass er eine bewaffnete Begleitmannschaft zusammenstellen soll, die Lucrezia, Donna Sancia und ihren Mann Jofre nach – ja, wohin eigentlich bringen soll?«

»Vielleicht nach Nepi?«, schlug Troches vor. »Eure Villa in den etruskischen Hügeln?«

»Genau!« Ein Lächeln breitete sich auf dem Gesicht des

Pontifex aus. »Genau dorthin? Sehr abgelegen und kaum zugänglich. Spätestens bis morgen Mittag müssen sie die Stadt verlassen haben ... bevor der Mord offiziell bekannt wird. Hast du mich verstanden?«

»Ja, Eure Heiligkeit.« Troches nickte. »Und wenn jemand während Donna Lucrezias Abwesenheit nach ihr fragt?«

»Dann sag einfach, dass die Witwe des Herzogs in Trauer ist. Ist doch verständlich, oder? Lucrezia und Sancia dürfen niemals, *niemals* etwas darüber verlauten lassen, so lange ich es ihnen nicht erlaube! Kein Wort – zu niemandem!« Den letzten Befehl bezog der Schreiber auch auf sich. Der Papst legte den Zeigefinger auf die Lippen.

»Omerta!«

*

Im Palazzo der Medici auf der anderen Seite der Stadt betrat Kardinal Giovanni das Kontor seines Bruders und sagte mit leiser Stimme: »Es ist vollbracht und soweit ich gehört habe, ist der Venezianer bereits fort und auf dem Weg nach Mantua.«

Piero de Medici, der mit seinem Schreiber Einträge in ein Kontobuch vornahm, schaute kurz auf und lächelte seinem jüngeren Bruder zu. »Geflohen?«

»Zurückgekehrt«, berichtigte ihn der Kardinal.

Florenz

Binnen einer Woche war die Stadt in Aufruhr, zum einen wegen der Ermordung Alfonso d'Aragonas in Rom und zum anderen wegen eines neuen Aktes von Vandalismus, diesmal in Florenz: Ein Reiterbild von Martini war in seinem Rahmen zerschlitzt und dann verbrannt worden. Von dem Werk waren nur verkohlte Fragmente übrig geblieben.

Leonardo hatte die Nachricht von Guicciardini erhalten. Sie setzte ihm so sehr zu, dass er den jungen Mann, der auch Zeuge der Verbrennung der Eitelkeiten gewesen war, zum Bleiben einlud. Er wollte mit ihm über Savonarola und dessen Lehre sprechen, die seine Anhänger offenbar nun zu diesen barbarischen Taten veranlasste.

Die beiden setzten sich zusammen mit Niccolò vor den Kamin im kleinen Salon im ersten Stock und nippten an einem trockenen Wein aus der Toskana.

»Ich möchte nur verstehen, wie diese Büßer denken«, begann Leonardo. »Warum muss ein spanischer Adeliger umgebracht werden? Und warum zerstören sie Kunstwerke? Ihr habt doch zu jener Zeit in Florenz geweilt, als Savonarola gepredigt hat. Ich war damals in Mailand. Was könnt Ihr mir über diesen Mann sagen, dessen Anhänger nun anscheinend alles zerstören wollen, was sie für dekadent oder weltlich halten?«

»Zunächst einmal«, begann Giucciardini zögernd, erwärmte sich jedoch bald für das Thema, »müsst Ihr etwas über seine äußere Erscheinung erfahren. Er war, unter uns gesagt, klein und schmächtig und nicht besonders ansehnlich. Er hatte eine lange, gebogene Nase – was wir eine römische Nase nennen –, eine hängende Unterlippe und tief liegende, grüne, eng beieinander stehende Augen. Er trug immer eine Kutte aus grober Wolle und eine Kapuze, die fast die Augenbrauen bedeckte und unter dem Kinn fest zusammengeschnürt war.«

»Hättet Ihr ihn als einen hässlichen Menschen bezeichnet?«, warf Niccolò ein.

»Diese Beurteilung sei jedem Einzelnen selbst überlassen.« Giucciardini wandte sich wieder Leonardo zu. »Er trank nur selten Wein und sprach auch selten mit Frauen, außer wenn er ihnen Vorträge über Demut und Eitelkeit gehalten hat. Sein Leben lang hat er auf einem Bett aus Stroh geschlafen und ein härenes Hemd unter der Kutte getragen.«

»Hört sich wie der typische Büßer an«, meinte Niccolò.

»Aber wenn er von der Kanzel von San Marco predigte – das war die reinste Magie! Er hatte keine eindrucksvolle Stimme, versteht mich nicht falsch. Nicht wie unser Freund Machiavelli, der Worte aneinander reiht wie Noten einer Melodie und sie mit flötengleicher Stimme vorträgt. Oder wie die Medici, die alle mit Engelsstimmen gesegnet sind. Tatsächlich muss man zugeben, dass Fra Girolamos Stimme äußerst rau und kratzig war.«

»Wirklich?«

»Doch ungeachtet dieser Fehler vermochte er Höllenbilder heraufzubeschwören, die unsere Einbildungskraft überstiegen und für immer in unsere Seelen eingebrannt waren. Er malte uns mit Worten eine Welt, in der die Folter ewig währte, und er sagte, diese Bilder seien ihm in Visionen erschienen. Zudem beschrieb er sie mit solcher Lebendigkeit und bis in die kleinsten Einzelheiten, dass alle, die ihn hörten, vor Furcht zitterten.«

»Dann hat er also versucht, die Moral mittels der Furcht anzuspornen«, schloss der Zwerg.

»O ja! Darin war er ein wahrhaftiger Sohn der Kirche. Von den Kirchenoberen im Vatikan unterschied er sich nur insofern, als dass er jegliche Frivolität strikt ablehnte, sei es der Karneval, das Glücksspiel, üppige Kleidung, Schminke oder Schmuck. Er forderte, dass Dirnen die Prügelstrafe erhalten und Sodomiten verbrannt werden sollten.«

Leonardo schüttelte den Kopf. »Und alle haben ihm zugejubelt?«

»Nein, aber alle haben ihm zugehört, und ich muss zugeben, dass viele, wirklich viele Florentiner an seine Visionen geglaubt haben. Er predigte, er habe Gottes Hand gesehen, die einen Dolch über die Stadt hielt, und wenn wir nicht bereuen und uns von den Versuchungen der Welt abwenden würden, bedeute das unser aller Ende.«

»Entsetzlich«, flüsterte Leonardo.

»O ja. Ich schwöre Euch, Maestro, so viele vornehme Frauen und junge Mädchen sind nach Anhörung seiner Predigten ins Kloster gegangen, dass man von der Piazza San Marco bis zur Festung Belvedere laufen konnte und nichts weiter sah als alte Fischweiber. Und selbst die Damen, die in der Stadt geblieben waren, gingen nur noch in einfachem Linnen oder grober Wolle einher.«

»Hat er denn irgendwelche anderen Beweise außer seinen Visionen vorgelegt?«, verlangte Niccolò zu wissen. »Hat sonst noch jemand Erscheinungen gehabt?«

»Nein, aber seine Predigten waren dennoch sehr wirkungsvoll. Es war vollkommen nutzlos, in einer Taverne Wein zu bestellen – man bekam ihn einfach nicht an jenen drei Wochentagen, an denen die ganze Stadt bei Wasser und Brot fasten musste!« Der junge Mann musste unwillkürlich lächeln. »Die Äbte der Klöster versteckten ihre goldenen Kerzenleuchter und juwelenbesetzten Kelche, damit niemand sie erblickte und es Fra Savonarolas Anhängern verraten konnte. Kinderbanden – Kinder!, versteht mich recht – mit geschorenen Haaren und einem leidenschaftlichen Feuer in den Augen, das ihrem Alter unangemessen war, streiften durch die Straßen und trugen Kreuze oder Ölbaumzweige. Sie brachten die erwachsenen Anhänger Savonarolas in die Häuser und leiteten die Suche nach all den eitlen Dingen, die dann in die Fegefeuer geworfen wurden.«

Leonardo beugte sich gespannt vor. »Erzählt mir von diesen Fegefeuern.«

»Es waren eigentlich nicht so besonders viele«, bekannte Guicciardini schulterzuckend, »doch in ihnen verbrannten hunderte von Parfümflaschen und Puderdosen, Rougetiegel und Kartons mit prachtvollen Perücken. Sie warfen Schmuck, Karnevalsmasken und Schachbretter in die Flammen, Würfel und Kartenspiele, Bücher, die sie weltlich nannten, und Bilder oder Skulpturen, die sie für unanständig hielten.«

»Sie haben Bilder und Bücher verbrannt!«

»Viele wurden zerstört. Manche Künstler warfen ihre eigenen Werke ins Feuer. Besonders gut kann ich mich noch an

Botticelli und Fra Bartolommeo erinnern, denn ein Venezianer bot ihnen noch an, sie zu kaufen, um sie vor den Flammen zu retten, doch sie lehnten ab.«

»Wie grausam!«

»Ja und nein.« Giucciardini nickte. »Es stimmt, viel Tand, den der Adel so liebt, ist verbrannt worden; aber ich muss Euch sagen, Maestro, es war eine unglaubliche Zeit und Savonarola war ein unglaublicher Mann. Niemals zuvor oder danach ist Florenz so – nun ja – *gläubig* gewesen. Selbst heute noch denke ich manchmal, dass sein leidenschaftliches Streben, das Richtige zu tun – bewundernswert war. Auch wenn dieses Streben mitunter seltsame Formen annahm.«

Leonardo musterte den jungen Mann eingehend. »Findet Ihr?«

»In gewissem Sinne schon.« Giucciardini nickte heftig. »Und nicht nur ich, ganz Florenz ging damals mit diesem Mann konform. Savonarola hatte außer den Franziskanern eigentlich nur zwei Feinde.«

»Und die waren?«

»Die Medici – die einst eine Heerschar gegen ihn aufgebracht hatten – und natürlich die Borgia«, fügte er gelassen hinzu. »Es war der Papst aus dem Haus Borgia, der seine Hinrichtung befahl, und Savonarolas Anhänger bewahren den Hass auf die Familie bis zum heutigen Tag.«

»Seid Ihr auch mit jenen einer Meinung, die glauben, die Büßer seien für den kürzlich verübten Anschlag auf den jungen Herzog in Rom verantwortlich?«, meldete sich Niccolò wieder zu Wort. »Und ihm sei nur deshalb so geschehen, weil er mit einer Borgia verheiratet war?«

Wieder nickte Giucciardini. »Möglich ist aber auch, dass

der Vatikan als Tatort gewählt worden ist, um Seine Heiligkeit in Misskredit zu bringen«, gab er zu bedenken.

»Merkt Ihr eigentlich nicht, was Ihr da sagt?«, fragte Niccolò ein wenig gereizt. »Dass diese Büßer, die früher Vandalen waren, nun allmählich zu Mördern werden?«

»Alles ist möglich auf dieser Welt.« Giucciardini stieß einen Seufzer aus.

Das Gespräch dauerte noch den ganzen Nachmittag bis in die Abenddämmerung. Guicciardini schilderte, wie unfähig die mächtigen Medici und der Rat der Zehn – der für das tägliche Regierungsgeschäft zuständige Teil der Signoria, die nach dem Vorbild der venezianischen Republik gestaltet war – gewesen waren, Savonarola zu zügeln.

»Am Ende lag es zum großen Teil an Savonarolas Einfluss, dass die Signoria die Medici auf Dauer ins Exil geschickt«, schloss er, »und ein Kopfgeld auf Piero und Giovanni ausgesetzt hat. Zu dieser Zeit gelang es dem Kardinal in der Maske eines Dominikaners, ein paar der Familienerbstücke aus dem Palazzo nach San Marco zu retten.«

Leonardo horchte auf. Er saß nun schon längere Zeit einfach so da, und Niccolò hatte schon geglaubt, er sei eingeschlafen.

»Kardinal Giovanni?«, fragte der Maestro. »Es war also nicht Savonarola, der die Rettung der Bibliothek befahl?«

»Meines Wissens nach nicht. Dem Kardinal war die Pflege der Schätze anvertraut, die das Weiterbestehen und die Macht der Medici sichern sollten. Fra Girolamo hat sich der Auslagerung der Manuskripte aber auch nicht widersetzt.«

»Ich verstehe«, sagte Leonardo leise.

*

Drei Tage später beobachtete Niccolò leicht belustigt die Ankunft eines Bekannten von Leonardo, des Mathematikers und Franziskanermönchs Fra Luca Pacioli, der unter lauten Begrüßungsrufen vor der Werkstatt eintraf. Der ungestüme Geistliche schmetterte Leonardos Namen und umarmte ihn im selben Augenblick, da er aus der Kutsche stieg.

Pacioli war einen ganzen Kopf kleiner als der Maestro, stellte Niccolò fest. Er hatte eine breite Stirn und kleine Augen, die wie Sterne funkelten. Sein Bart war sorgfältig gestutzt und stark gekräuselt, und wenn er redete – was er ohne Unterlass tat –, kamen die Worte klar und knapp heraus, als wolle er seine Gedanken so rasch wie möglich loswerden, um dann zur Erklärung eines noch komplexeren Theorems oder Prinzips fortzuschreiten.

Seine Ankunft führte dazu, dass Niccolòs Ausflüge mit dem Meister zu Bildern, Fresken und zum Studium der florentinischen Architektur Brunelleschis seltener wurden. Der Maestro und Pacioli begannen, an einem Buch über Technik zu arbeiten; daher wurde die Arbeit an der ›Heiligen Anna Selbdritt‹ augenblicklich eingestellt, und die Kunst musste ruhen, um der Wissenschaft Raum zu geben.

Der Mord an dem aragonesischen Herzog und die zerstörten Kunstwerke waren fast schon vergessen.

Der Gnom merkte bereits, wie sehr Leonardo es genoss, jemanden um sich zu haben, mit dem er schöpferische Gespräche über Mechanik und Geometrie führen konnte. Entzückt lauschte er ihren Debatten über die an einem Hebelarm wirkenden Kräfte, über den unterschiedlichen Einfluss von Energie auf einen ruhenden und einen sich bewegenden Körper – Themen, mit denen der Zwerg durch das Studium vieler Texte durchaus vertraut war, die er mühelos im Kopf behalten hatte. Dennoch fühlte Niccolò zum ersten Mal in seinem Leben, dass seine Kenntnisse bestenfalls oberflächlich und nutzlos waren. Er behielt stets alles, was er jemals gehört oder gelesen hatte, sogar Abhandlungen über die Bewegung der menschlichen Iris oder die wissenschaftlichen Gesetze von Licht und Schatten; aber er konnte sich nicht vorstellen, wie er sein Wissen auf etwas wahrhaft Neues anwenden sollte wie zum Beispiel die Erfindung der ›Schwarzen Kiste‹.

Die Schwarze Kiste war ein Apparat, der ein bleibendes Abbild von einem Objekt aufnehmen sollte, genau so, wie es in der Natur existierte. Leonardo und Pacioli beschäftigten sich intensiv mit der Entwicklung eines Mediums, das dieses Bild irgendwie festhalten und bewahren konnte. Eines Nachmittags versetzten sie Niccolò in Staunen: Sie hingen ein weißes Blatt Papier an eine dunkle Wand der Bottega, stellten die Kiste in ein offenes Fenster, und Niccolò sah staunend zu, wie ein Miniaturbild des Palazzo Pitti auf dem Papier erschien. Im gleichen Augenblick flog noch ein Vogelschwarm vorbei und schuf einen unregelmäßigen dunklen Pfeil vor dem strahlenden Himmel.

Es war eine Zeit voller Wunder, und eine Woche lang wurde nicht mehr über den Mord in Rom oder die Kunstzerstörungen in Florenz gesprochen.

*

An einem kühlen Nachmittag eine Woche später, als sich die Sonne hinter den Wolken verbarg, nahmen Leonardo und Pacioli Niccolò mit in das Florentiner Findelkinderhaus, das

Ospedale degli Innocenti. Sie wollten untersuchen, wie Architekten die Grundsätze der Geometrie auf ihre Kunst anwandten.

»Schau dir diesen Säulengang an, Niccolò!«, rief Fra Luca und deutete mit dem Finger in die entsprechende Richtung. »Das Quadrat und der Kreis! Siehst du das? *Siehst* du das? Schau unter die Grundlinie der Bögen, mein Freund, und was siehst du da? Eine Reihe vollkommener Würfel! Und über den Bögen eine Reihe sich schneidender Halbkugeln! Und diese geometrische Ordnung wird in Vollkommenheit mittels korinthischer Säulen und Kapitelle ausgedrückt!«

Gehorsam folgte Niccolò der Aufforderung und schaute zum Säulengang, schaute pflichtbewusst auf alles, worauf der Finger des Mathematikers deutete. Er bemerkte die Symmetrie der Gebäude, das genau berechnete Spiel von Licht und Schatten an jedem Teil der achteckigen Säulen, die Zwickel zwischen den Bogenschenkeln, die Brunelleschi ursprünglich hatte frei lassen wollen, in denen aber nun Rundschilde aus Terrakotta mit den Bildnissen engelhafter Babys hingen, gefertigt von della Robbia. Mühsam bewahrte er seine Aufmerksamkeit, als Pacioli seine Liebe zum Kreis, der »geometrischen Vollkommenheit an sich«, näher ausführte, doch je länger der Mathematiker vor sich hin plapperte, desto mehr langweilte sich Niccolò. Sein Kopf konnte fast nichts mehr aufnehmen. Endlich raffte er sich auf, und während Leonardo gerade die Loggia in sein Skizzenheft zeichnete, fragte er in dem Versuch, das Thema zu wechseln: »Wie viele Babys sind hier eigentlich untergebracht, Fra Luca?«

»Ich weiß es nicht genau«, antwortete Pacioli in einem Tonfall, der besagte, dass er diese Frage nicht für besonders wichtig hielt. »Ich würde sagen, so ein paar hundert. Das ist ja auch verständlich, nicht wahr? Wir leben in harten Zeiten.« Er hob die Schultern. »Oft werden Kinder, besonders kleine Mädchen, einfach ausgesetzt.«

Niccolò, der sich noch gut daran erinnerte, dass er selbst an der Certosa ausgesetzt worden war, fand es überhaupt nicht ›verständlich‹, sagte aber nichts dazu.

Die drei schritten weiter durch den breiten Korridor, der den Bogengang vom Chiostro delle Donne trennte, dem Schlafsaal für die weiblichen Bediensteten, und Pacioli fuhr leise fort: »Zumeist werden sie nicht anerkannt, diese Kinder meine ich, denn viele von ihnen sind in Sünde empfangen worden.«

Leonardo blieb unvermittelt stehen und sagte leise: »Ich selbst bin ein Bastard, Fra Luca. Mein Vater hat mich erst anerkannt, nachdem seine rechtmäßige Frau sich als unfruchtbar erwiesen hatte.«

Der Mathematiker lief rot an. »Das habe ich nicht gewusst, Maestro.«

»Ich wurde meiner Mutter Caterina weggenommen und ins Haus meines Vaters gebracht, der mich bis zu diesem Zeitpunkt nicht beachtet hatte«, erzählte Leonardo. »In meiner Jugend war ich meistens mit meinem Onkel Francesco zusammen, mit dem ich über die Hügel und Wiesen gestreift bin. Schließlich hat mein Vater erkannt, dass ich ein gewisses Talent besaß, und hat mich nach Florenz gebracht. Auch er lebt jetzt in der Stadt. Irgendwo. Wie auch einige meiner Brüder. Zumindest glaube ich das. Wir ... Wir haben uns aus den Augen verloren.«

Pacioli legte die Stirn in Falten. »Ich frage mich, Maestro, wie Euer Leben wohl verlaufen wäre, wenn Ihr in dem Bauernhaus in Vinci aufgewachsen wärt.«

»Manchmal grüble ich selbst darüber nach«, gab der Künstler mit leiser Stimme zu.

Pacioli deutete auf das horizontale Rad, das in die Hauswand eingelassen war. »Dorthin bringen sie die Kinder. Sie legen das Kleine in einen Korb, stellen ihn auf das Rad und drehen es, um das Kind in den Schutz des Hauses zu schicken. Zuweilen bereut eine Mutter später ihre Tat und will ihr Kind zurück; deshalb legen sie manchmal eine Nachricht in den Korb zum Baby, sonst aber nichts.«

»Nein!«, widersprach Leonardo. »So ist das nicht ganz richtig. Es gibt immer auch ein wenig Liebe und Reue in diesem Korb.«

*

Als der Maestro, Niccolò und Pacioli am frühen Abend das Ospedale verließen, rannte Marco d'Oggionno atemlos auf sie zu.

»Habt Ihr es schon gehört, Meister?«, rief der junge Mann zornig. »Könnt Ihr Euch das vorstellen? Verstümmelt und dann das Wenige, das übrig geblieben ist, verbrannt!«

»Verstümmelt?«, wiederholte Leonardo. »Was wurde verstümmelt?«

»›Pallas und der Zentaur‹, Maestro!«, rief d'Oggionno. »Meister Botticellis Bild, das kürzlich erst auf Leinwand übertragen wurde! Irgendwer ist gestern Nacht in die Villa di Castello eingebrochen und hat es zerstört!«

Pacioli sah den Schmerz in Leonardos Augen, doch dann

strich der Künstler sich mit der Linken über den Bart und sagte leise: »Nun, das ist Sache der Signoria.«

Marco starrte Leonardo nur mit weit aufgerissenen Augen an. Tiefe Falten zerfurchten seine Stirn. »Aber, Maestro ...!«

»Das geht uns nichts an!«, lautete die barsche Antwort.

*

Noch ein wenig später spazierten sie über die Piazza San Marco und mussten stehen bleiben, um eine Schar junger Männer vorbeizulassen, die zu einem Gebäude auf der rechten Seite des Platzes strebten. Alle schwatzten und lachten. Sie trugen graue Beinlinge und Hemden sowie große doppelte Schürzen, die mit dünnen Silbergürteln um die Taille geschnürt waren.

»Was sind das für Männer?«, wollte Leonardo wissen.

Marco war froh, über etwas anderes reden zu können als über Botticellis zerstörtes Bild. »Dies sind die Schüler von Maestro Vincente Ferrucci. Das hier ist seine Bottega.«

»Ferrucci? Ich habe noch nie von ihm gehört.«

»Er kommt aus Venedig, glaube ich, und hat den größten Teil seines Lebens dort verbracht und gearbeitet. Ich selbst habe nie eines seiner Gemälde gesehen, aber soweit ich weiß, sind die meisten Auftragsarbeiten und hängen in Privathäusern.«

»Ach ja?«

»Seine Studenten lehrt er die Grundsätze der Kunst, indem er sie die großen Werke der Griechen und Römer und die besten unserer Zeitgenossen studieren lässt.«

»Kopieren ist gut, um jemandem die Grundlagen der Technik beizubringen«, sagte Leonardo. »Die meisten Lehrer arbeiten so. Ich ziehe es allerdings vor, nach der Natur zu malen. Es gibt allein vier Grundregeln: Beobachtung, Zergliederung ...«

»Berechnung und Experiment«, vervollständigte Niccolò.

»*Sinistro.*« Leonardo zeigte sein schwaches Lächeln.

Sie wollten eben weitergehen, als Leonardo plötzlich stehen blieb und den letzten der jungen Männer anstarrte, der soeben im Gebäude verschwand.

»Was ist mit Euch, Maestro?«, fragte der Mönch. »Habt Ihr einen Geist gesehen?«

»Für einen Augenblick«, sagte Leonardo, »habe ich geglaubt, ich sähe ...«

Pacioli sah Trauer in den Augen des Künstlers. »Wen?«

»Einen früheren Lehrling«, antwortete Niccolò grimmig und wandte sich an Leonardo. »Ich habe ihn auch gesehen.«

»Ja«, nickte der Meister, der sich nur zu gut an den hübschen jungen Mann erinnerte, den er in Mailand aus seinen Diensten hatte entlassen müssen, weil er ihn bestohlen und gegen ihn intrigiert hatte. Ein goldhaariger Junge, der im Alter von zehn Jahren als Schüler zu ihm gekommen war.

»Ich glaube, es war ... Salai«, murmelte er.

*

Da die Arbeit an der ›Heiligen Anna Selbdritt‹ eingestellt war, beschäftigte sich Marco zunehmend mit den alltäglichen Pflichten in der Bottega. Er kaufte ein und kochte, zählte die benötigten Materialien nach und trug die täglichen Ausgaben für Pergament und Farbe ins Hauptbuch ein.

Auch Niccolò hatte nichts Besonderes zu tun und erfüllte

wieder einige der Pflichten der Tagesschüler, ewig sich wiederholende Aufgaben, die ihn schrecklich anödeten: Sättel vergolden und für die Festumzüge Farbe und falsche Edelsteine in Pferdezäume einarbeiten. So war er ausgesprochen schlechter Laune und mehr als nur ein wenig unzufrieden, als er gegen Ende August eine Mitteilung von der Gräfin Bergamini erhielt.

»Eure Anwesenheit in Cremona ist dringend erwünscht.«

Am Nachmittag des folgenden Tages verließ er Florenz.

*

Als die Kutsche mit Niccolò aus der Stadt rollte, wurde sie von zwei Männern von verschiedenen Plätzen aus beobachtet.

Der Adelige im langen Umhang wandte sich an den jungen Rothaarigen, der neben ihm unter den Säulen der Kirche Santa Felicita stand. »Finde heraus, wohin er fährt, Luigi.«

Der Rotschopf nickte. »Ich werde mich darum kümmern, Ser Scarlotti.«

*

Der Mönch in weißer Kutte, der die Fahrt der Kutsche in der Via de Serragli beobachtet hatte, schritt rasch die Straße hinab, betrat ein großes Haus und begab sich in die ihm zugewiesene Zelle. Dort setzte er sich ans offene Fenster, das auf die Piazza del Carmine hinausging, nahm ein Pergament und begann zu schreiben.

»Höchst erhabene und edle Dame: Ich habe den Eindruck

gewonnen, dass Leonardos Lebensführung zufällig und in großem Maße unvorhersehbar ist. Er scheint von einem Tag in den anderen zu leben. Seit er nach Florenz gekommen ist, hat er lediglich den Karton für ein Gemälde gefertigt, das noch immer unvollendet ist. Er beschäftigt sich zurzeit ausschließlich mit Geometrie und scheint für die Malerei keine Zeit erübrigen zu können. Bis jetzt hat er sich weder über den Vandalismus der Büßer noch über den Mord am Herzog von Bisceglie öffentlich geäußert. Sein Zwerg hat die Stadt heute Nachmittag in der Kutsche d'Oggionnos verlassen. Ich weiß nichts über sein Reiseziel, werde jedoch den Auftrag Euer Gnaden fortsetzen und Euch über jede Bewegung der beiden Männer in Kenntnis setzen. Ich empfehle mich Euer Gnaden und erflehe für Euch den Segen Gottes.«

Schwungvoll unterzeichnete er den Brief.

»Fra Pietro de Novellara, Prior des Karmeliterordens.«

Binnen einer Stunde war der Brief per Kurier auf dem Weg nach Mantua zu der Marchesa, die einst den Tod Leonardos und des Gnoms befohlen hatte.

Isabella d'Este.

ALTE GESCHICHTEN

Das Wunder der Frauen

»Mädchen und Frauen sollten nicht
mit angehobenen oder gespreizten Beinen
dargestellt werden,
denn dies würde Keckheit
und fehlendes Schamgefühl andeuten.
Geschlossene Beine hingegen
zeigen die Furcht vor Schande an.«

Leonardo über die Malerei

Cremona

Niccolòs Reise von Florenz nach Cremona verlief ereignislos. Der Kutscher wählte eine Route, die am Rande der Berge entlang führte, dann durch einen schmalen, windigen Pass und über die Grenze der Republik Florenz in den Kirchenstaat. Sie streiften die Territorien von Mantua und Ferrara im Norden und erreichten schließlich das von den Franzosen besetzte Herzogtum Mailand. Sie übernachteten in Gasthöfen und Klöstern in Vernio, Bologna, Modena und Reggio. Als sie Parma erreichten, wurde es unerträglich warm, und Niccolò kaufte in einer Apotheke der Benediktiner einen Kräutertrank, um besser schlafen zu können.

Beim Anblick der dreistöckigen Villa Bergamini mit den Wandelgängen und großen Innenhöfen überkam Niccolò das Gefühl heimzukehren. Das hatte er in der Certosa nie empfunden, obwohl die Mönche äußerst sanft mit ihm umgegangen waren und ihm eine vorzügliche Erziehung hatten angedeihen lassen. Zum Hof der Contessa jedoch war er als erwachsener – wenn auch sehr kleiner – Mann gekommen und stets mit Respekt behandelt worden.

Die Kutsche hielt im innersten Hof. Sogleich eilten zwei Lakaien, deren Tuniken die *impresa* der drei Bäume trugen, die Treppe hinab und halfen Niccolò beim Aussteigen. Einer der Diener rief nach den mürrischen Pferdeknechten, die daraufhin sich an den Hintern kratzend aus den Ställen kamen und aufs Pflaster spuckten.

Der andere Lakai drehte sich zur Treppe um und schickte sich an hinaufzugehen; dabei verneigte er sich und bedeutete Niccolò, ihm zu folgen. Er führte ihn einen langen Korridor entlang und passte seinen Schritt dem des Zwerges an.

Der Flur hing voller Fresken und Gemälde, die Niccolò gut kannte. Er erinnerte sich an den Masaccio zur Rechten, den della Francesca links. Crivellis ›Verkündigung‹ hing noch immer in ihrer Nische und wurde von einem geschickt angebrachten Kerzenleuchter erhellt. An der Wand genau vor ihm fand sich im sanften Licht eines Leuchters Leonardos Porträt der Contessa Cecilia Gallerani aus der Zeit, da sie die Geliebte Il Moros gewesen war. Auf dem Bild war sie erheblich jünger; die langen schlanken Finger spielten mit einem Hermelin, und ihr Gesicht war zur Seite gewandt, als spräche sie mit jemandem, der ein wenig rechts hinter dem Betrachter stand.

Der Gnom war noch immer in Betrachtung des Bildes versunken, als die Contessa ihn aus einem offenen Zimmer zu sich rief. »Komm, und küsse mir die Hand, Niccolò«, befahl sie.

Die Gräfin empfing ihn in dem gleichen hohen Stuhl wie bei seinem letzten Besuch. Sie war nach wie vor eine strahlend schöne Frau mit viel Anmut und unfehlbarem Charme; dazu war ihr eine Stärke und Entschlossenheit zu Eigen, die man auf den ersten Blick nicht wahrnahm. Sie trug ein enges, hochgeschlossenes grünes Kleid mit Perlenstickerei – ein viel förmlicheres Gewand als jenes, mit dem sie Niccolò bei ihrer ersten Begegnung empfangen hatte; damals hatte der Stoff ihren ganzen Hals und einen Großteil ihrer milchig weißen Schultern enthüllt. Ihr Haar war noch immer glatt, nach hinten gekämmt und unter dem Kinn gebunden wie auf dem Porträt, und ihr Haarband bestand aus dunklem Samt mit einem kleinen aufgesetzten Edelstein. Auch der Mittelfinger ihrer rechten Hand trug noch den Ring mit dem Wappen der Bergamini; am Zeigefinger hingegen steckte der Diamant, den Il Moro ihr bei der Geburt seines Sohnes geschenkt hatte.

Die Contessa führte Niccolò ins Zimmer, und der Diener schloss die Tür hinter ihnen.

»Es ist mir ein Vergnügen, Euch wiederzusehen, Contessa«, sagte Niccolò und berührte die schlanken Finger sacht mit seinen Lippen.

Die Contessa bedeutete ihm, auf dem hohen Stuhl ihr gegenüber Platz zu nehmen, und er bediente sich gern des niedrigen Schemels davor, um hinaufzusteigen. Dann ließ er sich auf dem Samtkissen nieder.

»Es ist schön, *dich* wiederzusehen, Niccolò«, sagte die Dame mit einer leisen Stimme, die noch immer so warm und rührend wie früher klang. »Wie ist es dir ergangen?«

Der Gnom zuckte mit den Schultern. »Gut, Contessa.«

»Und Meister Leonardo?«

»Ihm geht es ebenfalls gut, Contessa.«

»Das freut mich zu hören.« Sie lächelte und wirkte einen Augenblick lang abgelenkt. »Mein Freund«, begann sie dann mit leiser Stimme, »allmählich wird mir bewusst, wie wenig ich über dich weiß, außer dass du sehr geschickt in der Ausführung geheimer Aufträge bist, dich in der Kunst der Intrige verstehst und dass du eine Vorliebe für Kuchen und guten Wein hast. Natürlich weiß ich von deinem vortrefflichen Gedächtnis, aber was die ... die persönliche Einschätzung angeht: Wie siehst du dich selbst?«

Die Frage verwirrte Niccolò ein wenig. »Wie ich mich selber sehe, Contessa?« Er dachte einen Moment darüber nach, dann sagte er: »Nun, ich bin klein, zwar nicht eigentlich ein Gnom – obwohl ich gegen die Bezeichnung nichts einzuwenden habe. Der Maestro nennt mich eine *Mücke*, was ich immer für eine Art Fliege gehalten habe. Ich bin ... Ich habe dunkle Haare, bin dünn, aber drahtig.« Er lachte leise. »Jedenfalls hat das Rubini behauptet. Er meint, ich sei der geborene Akrobat.« Nun fiel ihm auf, dass die Contessa weder lachte noch zustimmend lächelte.

»Ja, ja, ja«, sagte die Dame ungeduldig. »Das ist ja alles sehr interessant, aber das ist das Bild, das du nach außen trägst. Mich interessiert mehr, wie du dich selber siehst. Hältst du dich zum Beispiel für einen Ehrenmann?«

»Für einen Ehrenmann? Nun, ich nehme doch an, dass ich das bin.«

»Kann man sich auf dich verlassen? Dir vertrauen?«

Dieses sanfte Verhör beunruhigte Niccolò allmählich, und er überlegte, worauf sie wohl hinauswollte. Er entsann sich der beiden Geheimaufträge, die sie ihm erteilt hatte: Wie er Il Moro zu seiner eigenen Sicherheit nachspioniert hatte, und wie er die Wahrheit über die verschwundene Halskette, die Tränen der Madonna, hatte herausfinden sollen. »Habt Ihr einen neuen Auftrag für mich, Contessa?«, fragte Niccolò voll Hoffnung.

»Nein«, antwortete die Gräfin. »Ich versuche nur, mir ein Bild von dir zu machen, Niccolò, damit ich weiß, wie ich dich am besten auf ... auf gewisse Umstände vorbereiten kann.«

Irgendetwas an dieser einfachen, deutlichen Eröffnung

versetzte Niccolò in Furcht, und er rutschte unbehaglich auf seinem hohen Stuhl hin und her. »Was für Umstände, Contessa?«

»Magst du die Jagd oder die Falknerei? Magst du Pferde?« Es schien der Contessa wirklich ernst zu sein; sie steuerte auf etwas zu, das Niccolò nicht erkennen konnte, und besonders ihre nächste Frage ließ ihn sowohl bangen als auch stutzen. »Magst du Frauen?«

»Ob ich ...?«

Er vermochte nicht auszumachen, wohin diese Fragen führen sollten, ließ sich aber aus Respekt und Liebe für die Dame halbherzig auf das Verhör ein. Plötzlich fiel ihm der riesige prächtige Hengst Pazzo ein, der von Kindern misshandelt worden war; am Hof von Mantua war einst ein Komplott gegen ihn geschmiedet worden, in dem das rasend gewordene Tier die Rolle der Mordwaffe hatte spielen sollen.

»Nun, was die Jagd und die Falken angeht«, murmelte er, »würde ich auf jeden Fall das Reiten vorziehen. Dazu brauche ich aber ein gutes Pferd, also nehme ich an, dass ich lieber ein Pferd hätte, das zu meiner Statur passt.«

»Und Frauen?«

»Nun, was Frauen angeht, nun ja, natürlich. Ich meine, ich finde, sie sind ... ein Wunder.«

Die Dame lächelte noch immer nicht. Stattdessen fuhr sie leise fort: »Und Kinder, magst du Kinder?«

Diese Frage kam nun wirklich völlig überraschend. »Ja«, antwortete Niccolò verblüfft und ein wenig ärgerlich. »Ich glaube schon. Sie sind – manchmal – sehr drollig.«

»Ich freue mich, das zu hören«, sagte die Dame unvermutet laut, »denn in Kürze wirst du beides haben.«

»Was?«

»Eine Frau und ein Kind«, erklärte die Contessa. Sie beugte sich ein wenig vor und sagte nun wieder leise: »Donna Eleonora ist schwanger.«

Niccolò war wie vor den Kopf geschlagen. »Meine ... Unsere Eleonora?«

»Nein! Die Donna Eleonora, die zurzeit mit dem Erzbischof von Nimes lebt!«, donnerte die Contessa. »Natürlich unsere Eleonora! Glaubst du, ich würde dich nach Cremona rufen, um über eine andere Donna Eleonora zu reden? Unsere Eleonora, deine Eleonora, wird bald ein Baby bekommen!«

»Ein Baby?«

»Das sind kleine Menschen, Niccolò. Gewiss hast du irgendwann einmal eins auf deinen Fahrten gesehen!«, fuhr sie ihn an.

Niccolò spürte, wie ihm der Schweiß ausbrach. Verzweifelt suchte er nach Worten. Schließlich fragte er so ruhig er konnte: »Ist es ... meines?«

Sogleich war die Contessa auf den Beinen. »Ist das eigentlich immer die erste Frage, die einem Mann in den Sinn kommt, wenn er hört, dass er Vater wird?« Wütend rauschte sie auf ihn zu. »Was glaubst du denn, woran sich deine Dame erfreut? Natürlich ist es dein Kind!«

»Ihr müsst mir nicht zürnen, Contessa!«, murrte Niccolò überrascht von seiner eigenen Reaktion. »Ellie war keine Jungfrau mehr, als ich zum ersten Mal mit ihr geschlafen habe, das wisst Ihr! Im Gegenteil, sie hat mir einen Ausschlag verpasst, den sie sich angeblich vom Metzgersburschen gefangen hatte.«

»Was hat das mit der Sache zu tun?«, erwiderte die Contessa unwillig. »Was hat es zu besagen, dass sie mit dem Metzgersburschen geschlafen hat? Oder mit dem Metzger selber? Oder mit der ganzen Zunft – jeden Tag ein anderer?« Plötzlich machte sie auf dem Absatz kehrt und schritt vor Niccolò auf dem Teppich auf und ab. »Du erinnerst mich ja so sehr an meinen Trottel von Ehemann! Es sollte ihm gleich sein, dass ich einst Il Moros Geliebte war! Das war vor unserer Hochzeit! Ich bin dem Grafen treu gewesen, seit ich in der Kirche an seiner Seite das Ehegelöbnis abgelegt habe!«

»Natürlich, aber ...!«

Die Gräfin ging wieder zu ihrem Stuhl und nahm Platz. »Dann, mein lieber Niccolò, erwarte ich, dass du das Ehrenhafte tust und die Dame um ihre Hand bittest. Wir müssen uns beeilen, denn das Aufgebot muss noch bekannt gegeben werden, und das braucht nun mal seine Zeit.«

»Ich soll heiraten?«

»Fällt dir eine andere, gesellschaftlich achtbare Möglichkeit ein?«

»Nein.«

»Nun, dann würde ich auf jeden Fall einen Heiratsantrag vorschlagen.«

»Nun ja. Gewiss.«

»Sie ist im Nebenzimmer. Ich erwarte, dass du zu ihr gehst und das Rechte tust. Ich werde meine ganze Willenskraft zusammennehmen und versuchen, nicht zu lauschen.«

*

Kaum hatte Niccolò das Zimmer verlassen, öffnete sich die Tür zum Korridor, und herein spazierte Graf Ludovico Bergamini. Er war viel älter als die Contessa, etwas größer als der Durchschnitt, mit kleinen dunklen Augen und nervösem Gebaren. Sein dünner Schnurrbart bog sich zu den Winkeln seines breiten Mundes. Die Contessa lächelte ihm freundlich zu, als er zu ihr trat und sich hinter ihren Stuhl stellte.

»Was habt Ihr Niccolò gesagt, meine Liebe?«

»Nur so viel, wie er im Augenblick wissen muss«, antwortete sie. »Diese Schwangerschaft ist der göttlichen Vorsehung entsprungen.«

»Ich mache mir Sorgen wegen Alfonsos Ermordung in Rom. Ich ... äh ... Ich hoffe, wir verstricken uns nicht in etwas, das ... nun ja ... das gefährlich werden könnte«, sagte der Graf leise.

»Das wäre durchaus möglich«, sagte die Contessa und zuckte mit den Schultern. »Besonders im Hinblick auf diesen Mord – aber das ist nur ein Grund mehr, warum wir dieses Unternehmen wagen müssen.«

Der Graf trat um ihren Stuhl herum. »Euch ist natürlich klar, dass Maestro Leonardo dieses Spiel durchschauen könnte. Denkt auch daran, dass diese Stadt den Franzosen, den Verbündeten Caesares, lehenspflichtig ist, und der Borgia wird gewiss früher oder später herausfinden, was wir vorhaben.«

»Dann wollen wir darauf vertrauen, dass das später sein wird«, erwiderte die Contessa lächelnd.

*

Im Nebenzimmer war Ellie nicht, sondern in dem viel kleineren Studierzimmer dahinter.

Dort entdeckte Niccolò sie, eine aufgeblähte, blonde, junge

Frau, angetan mit einem lose drapierten Gewand aus zerknittertem Samt und gekrönt mit einer weichen Kappe, verziert mit Perlen und einer Pfauenfeder. Sie saß am Fenster auf einem kleinen Berg aus Kissen auf einer gepolsterten Couch, und die Herbstsonne, die von draußen hereinschien, verlieh dem goldenen Haar einen besonderen Glanz. Auf einem Lesepult vor ihr lag ein großes Manuskript. Als Niccolò eintrat, hob die junge Frau den Blick und nickte ihm zu, ohne zu lächeln.

»Guten Tag, Niccolò«, grüßte sie ihn ungerührt.

Langsam schritt er auf sie zu. »Guten Tag, Ellie.« Er kam sich unbeholfen vor, wie ein Kind, das vor den Lehrer tritt und weiß, dass es die Lektion nicht gelernt hat. Doch er zwang sich zu einem Lächeln und sagte in beiläufigem Tonfall: »Du liest, wie ich sehe?«

»Ja«, antwortete Eleonora trocken und blätterte um. »Ich würde zu Ehren deiner Rückkehr ja gern die Tarantella tanzen, aber leider habe ich meine Füße schon seit einem Monat nicht mehr gesehen.«

Niccolò stand dicht vor ihr und überlegte, ob sie ihn wohl zum Sitzen auffordern oder ihm das Lesepult an den Kopf werfen würde. »Du bist ... äh ... Du siehst gut aus«, brachte er hervor.

»Dann stimmt etwas nicht mit deinen Augen!«, fuhr sie ihn an. »Ich sehe aus wie eine Melone kurz vor dem Platzen und fühle mich wie ein Kapaun, den man mit zu viel Pilzen und Sellerie gefüllt hat. Ich gehe nicht mehr, ich watschele, und wenn du genau hinhörst, kannst du in meinem Bauch die Gezeiten rumoren hören.«

»Ich habe doch nur gemeint, dass ...«

»Am frühen Morgen ist mir übel, am frühen Abend bin ich völlig erschöpft. Ich bettele um exotische Früchte und Gemüse, doch manche davon existieren nur in meiner Vorstellung. Ich brauche Hilfe, um mir morgens die Pantoffeln anzuziehen und um aufzustehen und mich zu setzen. Ich versichere dir, Christi Himmelfahrt war weniger anstrengend.«

»Es tut mir Leid zu hören, dass ...«

»Tagsüber muss ich mich ungewöhnlich lange mit meiner Garderobe beschäftigen, nachts mit dem Nachttopf. Meine Kleider passen nicht mehr, und es gibt keine Schuhe auf der Welt, die meine Füße als bequem empfinden würden.«

»Vielleicht solltest du ...!«

»Die ständigen Rückenschmerzen werden nur noch von den Schmerzen in meinen Schenkeln und Waden übertroffen, und ich habe Albträume, dass Gott zur Strafe unserer Sünde meine Schwangerschaft ins Unendliche ausdehnen wird, wodurch ich wahrlich zu einem medizinischen Kuriosum werden würde.«

»Das ist wirklich zu ...!«

»Abgesehen von diesen geringfügigen Unpässlichkeiten geht es mir gut.«

Niccolò deutete auf einen kleinen Lehnstuhl an der Wand. »Darf ich mich setzen?«

»Wenn du es ohne meine Hilfe kannst«, gab sie ruhig zurück.

Er zog den Stuhl heran und kletterte darauf. »Ich ... äh ... habe von deinem Dilemma gehört.«

»Meinem Dilemma?«

»Ich meine: unserem Dilemma.«

»Dilemma?«

»Ich meine, du – soviel ich gehört habe – erwartest ein Kind.«

Eleonora schloss das Buch mit einem Knall. »*Ich* bekomme ein Baby!«, brüllte sie ihn an. »Es sei denn, dein Maestro Leonardo hätte eine neue Methode entwickelt, nach der *du* das Kind austragen und zur Welt bringen würdest, wofür ich ihm wirklich unendlich dankbar wäre. Bis zu meinem Todestag würde ich ihn dafür in meine Gebete einschließen.«

»Nein ... Ja ... Natürlich ...«, stammelte Niccolò verwirrt, den Blick auf eine leicht ausgefranste Stelle des Teppichs gerichtet. »Natürlich bekommst du das Baby, aber was ich sagen will ... Bin ich der Vater?«

»Ist das eine Frage oder eine Behauptung?«

»Nein! Ich *bin* der Vater!«, stieß Niccolò hervor. Dann merkte er, wie gezwungen das klang, und so fügte er etwas leiser hinzu: »Daran besteht kein Zweifel. Überhaupt kein Zweifel.«

»Jetzt bin ich aber erleichtert«, murrte die junge Frau.

Niccolò wusste nicht, wie er das Thema angehen sollte oder was jetzt von ihm erwartet wurde, doch er holte tief Luft und begann: »Glaubst du, ich meine, ist es möglich, dass das Kind meine ... Behinderung geerbt haben könnte?«

»Welche Behinderung denn?« Die Frage schien Eleonora zu ärgern. »Was soll das heißen? Willst du wissen, ob das Baby ein Zwerg wird? Das möchte ich doch stark hoffen, zumindest während der Geburt. Danach mag er oder sie wachsen oder nicht, wie es Gott gefällt. Größe habe ich nie als besonderen Vorzug empfunden, egal ob bei Männern oder bei Misthaufen.«

Niccolò fühlte, dass er nun am besten seinen Antrag machen und danach schnell den Rückzug antreten sollte, bevor er sie noch mehr in Rage brachte. »Nun denn, willst du ... Kannst du ... dir vorstellen, mich zum Mann zu nehmen, Ellie?«

»Haben wir denn eine andere Wahl?«, seufzte Eleonora. »Die Welt sagt, wir müssen heiraten, sonst wird unser Kind das Stigma des Bastards tragen. Zwar lässt sich der Adel dadurch nicht davon abhalten, sich mit allen zu vermehren, von seinen Mätressen bis hin zu seinen Maultieren, ich aber würde es vorziehen, unser Kind für ehelich zu erklären.«

»Natürlich! Selbstverständlich!«, pflichtete ihr Niccolò wieder mit zu viel Nachdruck bei.

Seine deutlich sichtbare Verwirrung schien sanftere Gefühle in Eleonora zu wecken, denn sie rang sich ein leises Lächeln ab. Dann jedoch erinnerte sie sich ihrer misslichen Lage, und das Lächeln verschwand, doch immerhin hatte ihre Stimme nun einen sanfteren Ton angenommen. »Wir müssen um des Kindes willen diesen Schritt tun, Niccolò.« Sie blickte auf ihre Hände, die auf der Schwellung unter dem Samt ruhten. »Aber ich muss dir gestehen, dass ich dich nicht gerade für einen geeigneten Ehekandidaten oder Vater halte.«

Diese Einschätzung überraschte Niccolò. »Warum nicht?«

»Du langweilst dich schnell, Liebster, und das bedeutet Unglück für die Braut und für die Ehe. Nach einem Monat oder spätestens nach einem Jahr wirst du darum betteln, wieder mit dem Maestro auf und davon zu ziehen, zu irgendwelchen Plänen und Ränkespielen ... Wenn er dich ruft, dann gehst du.«

»Ich gehe nicht, nur weil der Maestro mich ruft!«

»Als er dich gebeten hat, ihn nach Mantua zu begleiten, hast du mich ohne weiteres hier bei Hof zurückgelassen, obwohl ich damals schon gewusst habe, dass ich schwanger bin. Ich habe sogar versucht es dir zu sagen.«

»Wie ...?«

»Aber natürlich, Dummkopf!«, fuhr sie ihn an. »Da du ja so ein hervorragendes Gedächtnis besitzt, wirst du dich doch an diesen Nachmittag erinnern, an dem wir die Vorstellung der Komödianten gesehen haben. Erinnerst du dich noch an die Szene mit der Schwangeren, die alle so lustig fanden? Warum, denkst du wohl, habe ich so große Furcht vor einer Schwangerschaft gehabt?«

»Ich hab doch nicht geglaubt ...!«

»Natürlich nicht!«, giftete sie.

Niccolò war bestürzt ob dieser Anklage, die er ungerecht und taktlos fand. Er begann, vor Eleonora auf und ab zu schreiten. »Das ist alles sehr ... verwirrend!« Er blieb unvermittelt stehen und drehte sich zu ihr um. »Ich frage dich noch einmal: Willst du mich nun heiraten oder nicht?«

Eleonora schüttelte den Kopf. »Das ist nicht die eigentliche Frage.«

»Was?!«

»Das sagt dein Maestro Leonardo doch immer zu dir: Stelle die eigentliche Frage.«

»Ich frage, ob du mich heiraten willst!«, donnerte Niccolò. »Also was ist jetzt: ja oder nein?«

»Natürlich will ich dich heiraten!«, kreischte Eleonora.

»Na also! Ausgezeichnet!«, schrie er zurück und wanderte weiter ruhelos herum. »Wirst du dann deine Krallen einziehen und mir erlauben, dir zu sagen, dass ich dich liebe?« Er blieb vor ihr stehen und sie sah ihn lange schweigend an. Endlich fragte er mit leiserer, unsicherer Stimme: »Liebst ... du mich?«

Nun erblühte ein warmes Lächeln auf ihrem jungen Gesicht. »*Das* ist die eigentliche Frage«, erwiderte sie ebenso leise.

Niccolò beugte sich zu ihr und küsste sie sanft und dankbar auf die Lippen. Sie hörten nicht, wie hinter ihnen die Tür geöffnet wurde und die Contessa den Raum betrat.

»Wie ich sehe, habt ihr euch geeinigt«, verkündete sie fröhlich. »Wie schön! Ich werde den Vater Abt der Certosa bitten, euch zu trauen. Das Aufgebot werde ich in unserer Privatkapelle verlesen lassen.« Rasch ging sie auf das Paar zu. »Ist euch das recht so?«

»Oh! Ja! Natürlich!« Niccolò nickte eifrig. »Ich glaube, es wäre – ein Trost – für mich, das Gelöbnis in dem Haus abzulegen, in dem ich meine Jugend verbracht habe.«

»Du bist der Bräutigam«, wandte die Contessa ein. »Die Braut ist diejenige, die Trost braucht.«

Niccolò fiel etwas ein. »Aber wird der Abt es überhaupt tun? Ich meine, wenn er sieht, dass Ellie ...«

»Du meinst, er könnte ablehnen, weil die Braut ganz offensichtlich schwanger ist? Ich glaube nicht, dass der Vater Abt in der Lage ist, das abzulehnen. Ich könnte ihn beispielsweise daran erinnern, dass ein Kardinalsrat Donna Lucrezia Borgia als *intacta* eingestuft hat, und das, obwohl sie schon seit drei Monaten einen kleinen Sforza unter dem Herzen getragen hat! Solch eine elegante Lösung für die Borgia sollte einer Dame vom Hof der Bergamini ebenfalls zustehen – und außerdem sind wir ja Untertanen seiner französischen Verbündeten.«

Niccolò musste über die Hartnäckigkeit der Dame lächeln. »Natürlich«, sagte er nur.

»Wenn das Baby geboren ist, könnten wir es doch auch in

der Certosa taufen lassen«, fuhr die Contessa fort. »Möchtest du nicht Meister Leonardo bitten, der Pate zu werden?«

Der Vorschlag überraschte den Gnom zunächst, doch dann fand er es passend, einen Mann als Paten für das Kind zu haben, mit dem ihn so viele Abenteuer verbanden. »Nun ... Ja. Natürlich. Wenn er einverstanden ist und der Abt die Erlaubnis dazu gibt.«

»Warum sollte sich der Abt einer Taufe widersetzen?«

»Er könnte etwas gegen den Taufpaten haben. Einige Mönche halten den Maestro für einen Diener des Teufels«, erklärte Niccolò. »Sie stören sich daran, dass er Leichen seziert.«

»Wir bitten doch nur darum, dass er das Kind bei der Taufe halten darf«, zürnte die Contessa. »Er soll es doch nicht aufschneiden!«

»Aber ...«

»Ich werde mich um die Zustimmung des Abtes kümmern«, fiel die Contessa ihm ins Wort. »Du solltest vielleicht in der Zwischenzeit eine Nachricht an den Maestro schicken, dass du bald Vater wirst und dass seine Anwesenheit hier in Cremona kurz nach der Geburt des Kindes erwünscht ist.«

»Ich werde heute noch schreiben«, sagte Niccolò. »Es kann aber sein, dass er ablehnt, da Florenz zurzeit unter Vandalen leidet, die einen regelrechten Krieg gegen Kunstwerke führen, die ihrer Meinung nach sündhaft sind. Vielleicht will der Meister bleiben und seine Bottega verteidigen.«

»Schreib ihm, dann weißt du es«, bestimmte die Contessa. »Natürlich musst du von jetzt an einen ordentlichen Rang bekleiden. Mein Mann wird dich als Höfling mit sämtlichen Privilegien ausstatten. Vielleicht solltest du einer unserer Gesandten werden. Donna Eleonora wird eine meiner Hofdamen bleiben.«

»Vielen Dank.«

»So!«, sagte die Contessa munter und strich Ellie zärtlich über das Haar. »Ich habe euch doch mit bemerkenswertem Geschick aus eurer anfänglichen Wut und Verzweiflung erlöst, findet ihr nicht?«

Florenz

Sanftes Zwielicht herrschte in Florenz, der ›Blühenden‹; dies war die Tageszeit, zu der das Licht für Leonardo an Substanz gewann.

Er arbeitete gerade an einem neuen Karton für die ›Heilige Anna Selbdritt‹, als ein Kurier den Brief von Niccolò brachte, in dem von der bevorstehenden Hochzeit und Niccolòs baldiger Vaterschaft die Rede war. Zuerst war Leonardo völlig überrascht, dann befiel ihn Unruhe. Er entsann sich noch gut des Briefes, den er an seinen Bruder geschrieben hatte, als dieser Vater geworden war.

»Du schätzt dich glücklich«, hatte er damals geschrieben, »weil du einen wachsamen Feind gezeugt hast: Dessen ganzes Trachten ist letztlich darauf gerichtet, die Freiheit zu gewinnen, die nur durch deinen Tod zu erlangen ist.«

Traurig schüttelte Leonardo bei der Erinnerung den Kopf, dann setzte er sich und kritzelte einen kurzen Glückwunsch an Niccolò. Er erwähnte nicht die Überzeugung seines Großvaters, der ihm in seiner Jugend eingehämmert hatte, dass »es die vornehmste Pflicht des Weibes ist, in Küche und Kinderzimmer zu herrschen und sich der Einmischung in die wichtigeren Angelegenheiten der Männer zu enthalten. Ein Mann wäre ein Narr, wollte er auf den Verstand eines Weibes vertrauen.«

Stattdessen schrieb Leonardo: »Aus meinen Beobachtungen weiß ich, wenn der Liebende im Einklang ist mit dem Gegenstand seiner Liebe, wird das Ergebnis Freude und Zufriedenheit sein. Wenn er mit seiner Liebsten vereint ist, findet er Frieden.« Er hielt inne und fügte dann lächelnd hinzu: »Und wenn sie ihrer Last ledig ist, findet er Ruhe.«

Als strenger Vegetarier nahm der Maestro ein leichtes Mahl mit Gemüse, Brot und süßer Butter zu sich; dabei überfiel ihn kurz ein Gefühl der Verlassenheit. Niccolò war nun in Cremona und stand kurz davor, zu heiraten und Vater zu werden, und Pacioli war nach Rom gefahren, um mit anderen Mathematikern »öffentlich über die Theoreme der Pyramide zu diskutieren«.

Leonardo hatte soeben zu Ende gespeist, als ein beleibter, heftig schwitzender Mann in mittleren Jahren an der Tür der Bottega erschien und bat, empfangen zu werden. Marco führte den Besucher ins Empfangszimmer und holte den Meister.

Der Mann war sehr elegant gekleidet. Er trug ein schweres, mit Brokat besetztes Wams, wollene Beinlinge in Gelb und Grün und eine große, modische Kappe. Bevor er seine Handschuhe auszog, musste er zunächst die schweren, edelsteinbesetzten Ringe abstreifen. Trotz seines zur Schau gestellten Reichtums wirkte er so, als würde er sich eher in einer Wechselstube oder dem Lagerhaus eines Kaufmannes wohl fühlen.

»Womit kann ich dienen?«, fragte Leonardo lächelnd.

»Ich benötige ein Porträt«, sagte der Mann mit hoher und irgendwie nervös klingender Stimme.

»Von Euch, Ser ...?«

»Von meiner Frau.«

»Zu Diensten.«

»Ich gestehe besser gleich, dass wir uneins waren, wer von den Florentiner Künstlern den Auftrag erhalten sollte. Ich persönlich, das sage ich lieber gleich, hätte einen anderen vorgezogen, einen jungen, viel versprechenden Mann, der mir von Ferrucci empfohlen wurde. In dessen Werkstatt, so habe ich gehört, wird gute Arbeit geleistet und in einer Vielzahl von Stilen gemalt.«

»Und viel preiswerter noch dazu«, sagte Leonardo grinsend.

»Ich sage es Euch lieber gleich: Ich bin kein Anhänger von da Bisticce. Ich glaube weder, dass Frauen leichtsinnig und eitel sind und mit den Kindern im Haus eingeschlossen werden sollten, noch, dass sie nur schweigend eine Kirche betreten dürfen. Was ich nun sagen will: Meine Gattin hat Euer Porträt der Donna Ginevra Benci gesehen, und nun besteht sie darauf, dass nur Ihr sie malen könntet.«

»Ich fühle mich geehrt.«

»Ich muss Euch gestehen, sie ist eine wunderbare Frau, muss aber stets ihren Willen durchsetzen. Ich gebe ihr auch immer nach, jedoch muss ich Euch sagen, Maestro, dass ich einige Bedenken hege wegen Eures Honorars. Soviel ich gehört habe, geht Euch ein eindrucksvoller Ruf voraus, und es ist wahr, dass ich ein sehr gutes Jahr hinter mir habe, vier volle Frachten gekauft und mit beträchtlichem Gewinn losgeschlagen, aber ...!« Der Mann begann zu stottern, als fürchte er, zu viel über seinen Reichtum verraten zu haben – ein schlechter Schachzug, da er soeben im Begriff stand, über das Honorar für ein Porträt zu verhandeln. Doch rasch hatte er sich wieder gefangen und fuhr fort: »Ich werde Euch natürlich bezahlen, was immer Ihr verlangt. Ich bin kein Pantalone, dem der Reichtum im Beutel von der Taille baumelt und mit Ketten am Wams befestigt ist. Ich muss Euch gestehen, ich möchte kaufmännisch vorgehen. Immerhin gehöre ich zum *popolo grasso*!«

Leonardo verstand, was der Mann damit andeuten wollte: nämlich dass er über den ›kleinen Leuten‹ stehe und andere Menschen in Diensten halte; dennoch musste er über das Wort lächeln, denn wörtlich übersetzt bedeutete es ›fette Menschen‹. »Ich verstehe«, gab er ruhig zurück.

»Ich meine, ich möchte nicht als Geizhals angesehen werden, der seiner schönen, liebenden Frau selbst kleinste Geschenke verweigert. So einer bin ich doch nicht, oder findet Ihr das etwa, Maestro?«

»Nein.«

Der Mann brabbelte weiter. »Wenn Ihr einverstanden seid, lege ich Euch keine zeitliche Einschränkung auf, obschon ich sagen muss, dass ich das Porträt gern vor unserem Hochzeitstag im Frühling hätte.«

Leonardo versuchte, seine Belustigung zu verbergen, und nickte. »Und Ihr seid Ser ...?«

Der Mann starrte ihn an, als hätte Leonard gefragt, ob am Morgen die Sonne aufgegangen sei. »Ihr kennt mich nicht?«, erwiderte er ungläubig.

»Ich bin erst vor kurzem nach Florenz zurückgekehrt«, log Leonardo, »und mit den berühmten und gefeierten Kaufleuten unserer schönen Stadt nicht so gut bekannt.«

»Aber mein Name ist in ganz Europa berühmt! Er steht auf den Kisten mit Seide und Gewürzen, die uns aus dem Morgenlande erreichen! Er ist in den Hauptbüchern jedes Händlers und Kaufmanns zwischen Brügge und Aragon verzeichnet!«

»Verzeihung«, wandte Leonardo leise lächelnd ein. »Ich habe leider in letzter Zeit kaum Gelegenheit gehabt, Kisten oder Hauptbücher zu betrachten, Ser ...?«

Die Entschuldigung schien nun endlich die gewünschte Wirkung zu haben. Der feine Herr wischte sich die schwitzende Stirn mit einem Leinentaschentuch, das mit Brabanter Spitze gesäumt war. »O ja, natürlich. Ich verstehe. Ich hätte nicht überrascht sein dürfen. Ich komme ja aus einer ganz anderen Welt.« Er stopfte das Tuch in die Falten seines Wamses und setzte leiser hinzu: »Ich bin Francesco del Giocondo.« Nun legte er eine Pause ein, als erwarte er eine Reaktion von Leonardo. Da diese nicht erfolgte, fuhr er fort: »Meine Frau ist die hoch geehrte Donna Lisa.«

Leonardo verschlug es für einen Augenblick die Sprache. Der Name war ihm – und halb Florenz – wohl bekannt, denn die schöne junge Frau von dreiundzwanzig Jahren war angeblich die Geliebte eines jungen und einflussreichen Mannes gewesen, der vor einiger Zeit ins Exil gegangen war: Giuliano de Medici, der jüngere Bruder von Piero und Kardinal Giovanni.

Pavis

Niccolò befiel ein unbehagliches Gefühl, als die Kutsche mit ihm und dem dösenden Grafen Bergamini auf die Certosa zurollte. Er hatte das Kloster, sein wahres Heim, vor fast zwei Jahren verlassen; nun steckte er den Kopf aus dem Fenster, um Omodeos Fassade und die erst kürzlich fertig gestellte Kuppel besser sehen zu können. Er erinnerte sich an den Tag – und wie viel Zeit schien seitdem vergangen –, als er ein Attentat von gedungenen Mördern des ›Greifen‹ auf Il Moro hatte verhindern können. Die Täter hatten vom Dach einen Block Carrara-Marmor auf den Herzog werfen wollen. Es erstaunte Niccolò noch immer, dass diese einsame Heldentat ihn an den Hof des Herzogs von Mailand gebracht hatte. Dadurch hatte er die Bekanntschaft Leonardos gemacht und war in die Welt des Adels von Cremona und Mantua eingeführt worden.

Die Gräfin Bergamini hatte ihm mitgeteilt, dass der Abt sich einverstanden erklärt habe, die Hochzeitszeremonie abzuhalten, doch aus unerklärlichen Gründen bestand sie darauf, es müsse vor dem Hauptaltar geschehen und nicht in einer der Seitenkapellen. Diese Entscheidung hatte ängstlichen Widerspruch bei Donna Eleonora hervorgerufen, die sich Sorgen wegen ihres angeschwollenen Bauches machte. Doch die

Schneiderinnen der Contessa hatten ein Kleid genäht, in dem meterweise weißer Satin und wogende Spitze verarbeitet war. Als Ergebnis schien die Braut nur aus einem Kopf und einer Brust zu bestehen, die wie durch ein Wunder über einer umgedrehten Halbkugel schwebten.

Niccolò warf einen Blick auf die Kutsche hinter ihnen und stellte sich vor, wie es seiner Braut im Augenblick ergehen mochte. Die schlechte Straße und ihre Schwangerschaft setzten ihr gewiss arg zu. Er seufzte, während er an ihr Ungemach dachte.

*

Als der junge Mann die Certosa betrat, wurde er sogleich in eine kleine Kammer neben der Kapelle geführt und von einer Abordnung seiner alten Freunde und Lehrer begrüßt. Bruder Pax, der Bibliothekar, bereitete ihm einen warmherzigen Empfang. Bruder Theophilus, der Niccolò gewarnt hatte, dass Leonardo ›der Geliebte des Teufels‹ sei – womit er nicht nur die Moral, sondern auch das Geschlecht des Meisters infrage gestellt hatte – umarmte den jungen Mann. Bruder Antonius, der majestätische Herr der Küche, der für das leibliche Wohl der Gäste zuständig war, durfte wieder einmal in der Kreation von Kuchen und kalten Platten schwelgen, und Bruder Fraternum, nach dessen fester Überzeugung die Welt ein Ort schwarzer Magie und böser Zauberer war und der Niccolò vor Menschen gewarnt hatte, die einem ›die Seele aussaugen‹ könnten, sagte kaum ein Wort zur Begrüßung, sondern besprenkelte ihn sogleich mit Weihwasser und legte ihm ein Skapulier um.

Der Pater Abt, der erste und einzige Vater, den Niccolò je gekannt hatte, wirkte ein wenig verärgert, da Ernst und Ruhe in seinem Kloster wieder einmal von der lauten, und wie er meinte, dekadenten Welt gestört wurden. Doch im Bewusstsein, dass ein Weiterbestehen der Klöster ohne die Unterstützung und das Wohlwollen der Adeligen unmöglich war, hatte er sich dazu entschlossen, die Trauung zu vollziehen, den Empfang durchzustehen und dann die illustren Gäste so schnell wie möglich loszuwerden. Er begutachtete Niccolòs besticktes Wams, seine Beinlinge, den kurzen Umhang und die Lederhandschuhe und fand, dass der Gnom für den Anlass passend gekleidet war. Rasch klärte er den Bräutigam auf, dass jeglicher Beischlaf, der guten Christen vor der Ehe strikt verboten war, nun seine Pflicht sein werde, die er mit dem Segen der Kirche und obendrein geschickt vollziehen müsse. Ein letzter Rat noch in Bezug auf die Florentiner Welt der schwarzen Magie und bösen Zauberei, dann schob er den jungen Mann vor den Altar und führte ihn zu seinem Betstuhl.

Die Trauung war kurz und schmerzlos.

Nach italienischer Sitte trug Donna Eleonora den gewaltigen Schleier vor dem Gesicht und bezeugte damit ihre Unberührtheit. Sie war ein wenig erbost über die Flut von Anweisungen, die ihrem Gefühl nach hauptsächlich die Braut betrafen. Der Vater Abt gebrauchte grässliche Befehle wie »ehre, achte und gehorche dem Manne« und gab ihr zu verstehen, dass dieser Schritt nicht rückgängig zu machen sei und bis in alle Ewigkeit gelte. Dennoch gab Eleonora die erwartete Antwort, als der Abt sie fragte, ob sie den heiligen Bund der Ehe eingehen wolle.

Wie die meisten frisch gebackenen Ehemänner trieb Niccolò steuerlos auf einer See von Angst, Argwohn, Hingabe und leichter Belustigung dahin. Leicht benebelt und in der Hoffnung, dass die Zeremonie bald zu Ende sein möge und er das Rechte und von ihm Erwartete tun würde, konnte der Gnom nur schwer den Drang bekämpfen, seine Stimme zu ›werfen‹ und die Statue des Heiligen Antonius singen zu lassen.

Doch als die Braut den Schleier hob, um ihren Ehemann zum ersten Mal zu küssen, fühlte er wieder die alte Wärme und tiefe Liebe für sie. Er betrachtete ihre leuchtende Haut, die vollen, lockenden Lippen, die dunkelbraunen Augen und verliebte sich aufs Neue.

Sowohl Braut als auch Bräutigam waren sehr erstaunt, als sie sich nach der Zeremonie umwandten und hinter sich eine Menschenmenge sahen, die fast zwei Drittel der Kapelle einnahm. Die meisten Zuschauer waren dem Paar unbekannt und Niccolò überlegte, warum all diese elegant gekleideten Leute zur Hochzeit eines ehemaligen Pagen und einer unbedeutenden Hofdame gekommen waren.

*

Der folgende Empfang wurde dank Bruder Antonius' Kochkünsten und der Üppigkeit der Bergaminischen Keller ein voller Erfolg. Frisches Brot und Kuchen kam aus den Öfen der Certosa, und Gemüse war in Form von Blumen, Engeln und Schwänen geschnitten, denn Bruder Antonius hatte gehört, dass die Schwäne einen Gefährten fürs Leben nehmen, und er hoffte dasselbe für Niccolò und Eleonora. Es gab wahre Berge von Marzipan mit Zimt und Mandeln, bestäubt mit Puderzucker, der bei allen Essern weiße Schnurrbärte hinterließ. Muscheln schmückten Platten mit Schellfisch, und Forellen waren so filettiert und arrangiert worden, dass sie wie weiße filigrane Spitze wirkten.

Alles in allem amüsierten sich die Mönche, die unbekannten Gäste und die ausgewählten Adeligen des Hofes der Bergamini leidlich und beäugten einander nur wenig. Die festliche Atmosphäre geriet erst dann aus dem Gleichgewicht, als ein Hummer deutlich vernehmbar über das heiße Wasser klagte, in dem er gekocht worden war.

Das war natürlich Niccolò, der seine neu erlernte Bauchrednerkunst demonstrierte.

Die Braut, die für jede Ablenkung dankbar war, fand den Trick lustig. Die Contessa und ihr Gefolge lächelten höflich, doch die Brüder Antonius, Theophilus und Pax schlugen rasch das Kreuzzeichen und trauerten insgeheim um Niccolò, der sich nun offenbar auch in den teuflischen Künsten übte.

Die Contessa war die Erste, die den nicht eingeladenen Kleriker im weißen Gewand bemerkte, der ganz allein am Eingang der Kapelle saß. Sie zeigte ihn dem Abt, doch der Geistliche kannte ihn nicht, und bald nach der Trauung verschwand der Fremde.

Erst einige Zeit später fiel einem Freund der Contessa ein, dass der Unbekannte ein Prediger aus Florenz war, nebenbei tätig als Informant für Isabella d'Este, die Marchesa von Mantua:

Fra Pietro de Novellara von den Karmelitern.

Mantua

Andrea Meneghina, Kammerherr am Hofe der Gonzaga, stolzierte in seinem scharlachroten Wams mit Goldbesatz durch die Säulenhalle des Palastes. Er warf einen Blick in den Innenhof und hielt vergebens Ausschau nach bewundernden Blicken. Dann betrat er den Hauptflügel, ärgerte sich, dass die Wachen starr geradeaus blickten, und ging an den leeren Zimmern der Hofnarren vorbei. Er öffnete die Doppeltür der Camera degli Sposi – der großen Empfangshalle, deren Wandbilder Mantegnas Werk waren – und blieb wie angewurzelt stehen. Erstaunt und zornig stellte er fest, dass der Nachmittagsempfang ohne ihn vonstatten gegangen war. Noch mehr erzürnte ihn, dass die Marchesa von Mantua, Isabella d'Este, noch prächtiger aussah als er: Sie bot ein erhabenes Bild in scharlachrotem Brokat mit zierlichen Juwelen, das auf einem hochlehnigen, handgeschnitzten Stuhl unter einem goldenen Baldachin auf einem Podium thronte. An einer schweren goldenen Kette hing das Herrschaftsmedaillon, das die Abwesenheit ihres Gatten von seinem Lehen anzeigte und ihr somit während dieser Zeit die Regierungsgewalt übertrug. Ein großer Smaragdring glitzerte am Mittelfinger ihrer linken Hand, und ein kleinerer schwarzer Onyxring mit dem Wappen der Gonzaga zierte den Mittelfinger der rechten.

Ihre kleine Hündin Aura hatte es sich auf dem Schoß der Herrin bequem gemacht.

Die Dame bedeutete Meneghina vorzutreten. Der Kammerherr schlurfte auf das Podium zu, breitete die Arme aus und verneigte sich. Wortlos überreichte er ihr den versiegelten Brief.

Isabella d'Estes Blick fiel sofort auf das Wort *citissime*, das den Inhalt als ›äußerst dringend‹ kennzeichnete. Sie brach das Siegel und überflog rasch den Brief. Plötzlich stieß sie einen Wutschrei aus und knüllte ihn zusammen.

»Der Gnom ist in Cremona!«, fuhr sie den Hofmeister an. »Er hat eine schwangere Dirne geheiratet, und sobald das Kind geboren ist, werden sie Maestro Leonardo zum Gevatter laden.«

Meneghina rümpfte die Nase. »Ist das so wichtig, Madonna?«

»Es ist wichtiger, als es auf den ersten Blick scheint. Schau, wer alles zur Taufe eingeladen ist!«, fauchte Isabella und warf ihm das zerknitterte Pergament an die Brust. »Warum stehe *ich* nicht auf der Gästeliste?«

Der Hofmeister überflog den Brief und hob die Schultern. »Wir haben keine Einladung erhalten«, sagte er in gleichmütigem Tonfall.

Isabella erhob sich brüsk aus ihrem Stuhl und begann mit dem Hund in der Armbeuge ruhelos auf dem Podium auf und ab zu wandern. »Meine Verwandte Elisabetta Gonzaga steht auf der Gästeliste.« Sie blieb stehen und streichelte wütend den kleinen Hund, der daraufhin knurrte. »Ich könnte ja einen kleinen Besuch in Urbino machen und wenn Elisabetta dann zufällig nach Cremona zur Taufe will, könnte ich sie doch begleiten. Wen sollte das stören?« Zufrieden mit ihrem Einfall lächelte sie. »Es könnte auch der beste Zeitpunkt sein, um dem Venezianer Maestro Leonardo und seine giftige Kröte zu zeigen. Vielleicht bringt das Schwung in so eine öde Feier.«

Der Kammerherr verneigte sich wieder und sagte ruhig: »Ich werde dem Herrn diesbezügliche Anweisung erteilen.«

Florenz

Als Leonardo erfuhr, dass die Geburt von Niccolòs Sohn recht bald nach der Hochzeit erfolgt war, war er verblüfft und belustigt zugleich. Es überraschte ihn, dass Niccolò – entweder aus mangelnder Vorstellungskraft oder aus einer bis dahin gut versteckten Eitelkeit heraus – das Kind nach sich selbst benannt hatte. Fortan würde der bedauernswerte Junge als ›Ser Niccolò di Ser Niccolò da Pavia‹ durchs Leben gehen müssen.

Überdies enthielt die Nachricht von der Geburt eine Einladung an ihn, bei der Taufe Pate zu stehen. Leonardo überlegte, ob die frommen Mönche der Certosa ihn der geistigen Vaterschaft für fähig hielten, denn die Anklagen gegen ihn konnten sie nicht vergessen haben. Außerdem wunderte er sich, dass ausgerechnet er zum Paten erkoren worden war, da es doch am Hofe der Bergamini genug Adelige von Reichtum und Ansehen gab. Zwar verband ihn mit der Contessa eine enge Freundschaft, seit sie ihm für ein Porträt Modell gesessen hatte, und hinzu kam, dass Niccolò sein Leben mit dem Leonardos verwoben hatte ... Aber, so dachte er, es musste doch geeignetere Kandidaten für das Amt des Gevatters geben als einen alternden Sonderling wie ihn, dessen ehrgeizige Unternehmungen sämtlich fehlgeschlagen oder zerstört worden waren.

Der Brief war jedoch von der Contessa mit eigener Hand geschrieben worden, und sie drängte Leonardo, zu kommen und die Patenschaft anzunehmen, da »Ihr in allen italienischen Staaten als ein Mann von Ehre und Anstand geltet«. Sie versprach, binnen zwei Wochen ihre Kutsche zu schicken, damit er nach Cremona reisen konnte. Überdies wünschte sie, unter vier Augen ein Gespräch mit ihm zu führen.

Nachdem Niccolò nach Cremona gefahren war, hatte es in Florenz zwei weitere Akte von Vandalismus gegeben, beide gegen säkuläre Bilder von Agnolo Gaddi gerichtet. Leonardo grämte sich ob der Zerstörung der Werke, war aber mehr denn je entschlossen, sich aus der Sache herauszuhalten. Dies war Aufgabe der Behörden. An seiner ›Heiligen Anna Selbdritt‹ konnten die Büßer keinerlei Anstoß nehmen – aber vielleicht an dem neuen Auftrag, dem Porträt der reichen Kaufmannsfrau, die Gerüchten zufolge die frühere Geliebte eines Medici gewesen war. Also beschloss er, doch lieber in Florenz zu bleiben, um seine Werkstatt zu bewachen, und die Einladung der Contessa höflich abzulehnen.

Am Nachmittag des nächsten Tages lernte er Donna Lisa del Gioconda kennen.

*

Auf Marco wirkte die Dame lediglich wie eine junge, leicht übergewichtige Florentinerin, die keine besonderen Charakteristika aufzuweisen hatte außer sehr schlanken Fingern an wunderschönen Händen. Zur ersten Sitzung trug sie ihr Haar in der Mitte gescheitelt – glattes dunkles Haar, dessen

Spitzen mithilfe warmer Eisen nach oben gewellt waren. Ihr Kinn, fiel Marco auf, war irgendwie spitz, die Lippen schmal. Sie kam in modischem Brokat, das sowohl von ihrem Geschmack als auch vom Reichtum ihres Gatten zeugte.

Leonardo schüttelte den Kopf ob dieses Aufzugs. »Es ist unbedingt erforderlich, Donna Lisa«, tönte er belehrend, »dass die Kleidung der Zeit und der Form des Themas angepasst ist und den Stil der eigenen Ära so weit als möglich meidet.«

»Heißt das etwa, dass ich mich nicht der Mode gemäß kleiden darf?«, klagte Donna Lisa.

»Die Mode ändert sich, Madonna«, fuhr Leonardo dann etwas sanfter fort, »und wir wollen doch nicht, dass künftige Betrachter über die verrückten Erfindungen unserer Zeit lachen, nicht wahr? In meiner Jugend trugen die Männer Säume mit Zacken darin, und diese wurden so beliebt, dass man selbst die Zacken noch auszackte, bis sämtliche Ränder an Kleidungsstücken damit geschmückt waren. Kapuzen und Schuhe sahen aus wie Hahnenkämme. Dann kamen Schlitze in Mode und alles wurde geschlitzt, um das Futter darunter zu zeigen, und schlussendlich wurde auch noch das Futter geschlitzt! Heutzutage finden wir solche Zierde lächerlich, und in Eurem Porträt möchten wir doch für alle Zeiten Eure Würde und Schönheit festhalten, nicht wahr?«

Offenbar verstand die Dame, was Leonardo meinte, denn zur nächsten Sitzung erschien sie in einfacher Bluse mit viereckigem Ausschnitt, und darüber trug sie einen einfachen Umhang ohne Besatz.

Zur Belohnung ließ Leonardo vier Musiker kommen, die zu den Sitzungen aufspielen sollten; und so kam Donna Lisa zweimal in der Woche in der Abenddämmerung und saß für ihr Porträt Modell, während Leonardo sie in verschiedenen Posen zeichnete. Schließlich wählte er eine Dreiviertelansicht, die Hände über der Brust gefaltet, das Haar in der Mitte gescheitelt und glatt herabhängend, sodass es ihr Gesicht einrahmte.

Leonardo war auch keineswegs erstaunt, als ein Kurier erschien und die erste Anzahlung für das Porträt von Messer del Giocondo überbrachte – dieser Kurier trug einen Ring mit dem Wappen der Medici.

*

Zwei Tage später – Leonardo fertigte gerade eine weitere Skizze an – zogen sechs Mönche in weißen Kutten langsam durch die Via dei Banchi auf die große Piazza di Santa Maria Novella. Sie trugen Glöckchen, das Zeichen für Büßer oder Trauernde, aber sie beteten weder den Rosenkranz noch andere Gebete. Sie hielten nicht vor den *avelli*, den Grabnischen der Familie Baldesi, um dort die üblichen Gebete für die Toten zu sprechen, und sie schlugen nicht das von der Tradition diktierte Kreuzzeichen, als sie unter dem *typanum* hindurchschritten. Sie wanderten an den Halbsäulen mit den korinthischen Kapitellen vorbei und unter den grün und weiß gemusterten Bögen weiter zur Tornabuoni-Kapelle; dort hielten sie dann lange genug an, um die mitgeführten Kerzen anzuzünden. Anschließend betraten sie den Grünen Kreuzgang durch das südöstliche Tor und gingen durch ein anderes, kleineres Tor in den Chiostrino dei Morti, das kleine Kloster der Toten. Sie warfen einen kurzen Blick auf das heldenhafte Porträt von Lorenzo de Medici, geschaffen von Domenico Ghirlandaio.

Dann gingen sie ans Werk.

*

Die Nachricht von der Zerstörung des Medici-Porträts erreichte Leonardo am nächsten Morgen. Marco berichtete ihm, dass das Bild, das nur vorübergehend im Kloster aufbewahrt werden sollte, aufgeschlitzt und teilweise verbrannt worden war. Die Signoria und der Bargello seien in Aufruhr, denn dieser Anschlag war in der Abenddämmerung und in einer berühmten Kirche verübt worden. Die Hauptverdächtigen seien natürlich diese geheimnisvollen Büßer – deren toter Anführer ja von Anhängern der Medici bedroht worden war – und daher sei das Motiv für die Zerstörung eines Medici-Porträts durchaus gegeben.

Dieser neue Akt der Barbarei erzürnte und bedrückte Leonardo. Er war hin und her gerissen zwischen dem Wunsch, diese Stadt zu verlassen – die er sein Heim nannte und in der doch solche Scheußlichkeiten verübt wurden – oder zu bleiben und seine Werke zu verteidigen. Doch er erinnerte sich noch gut an die Zerstörung von Vigevano und des Reiterstandbildes und fasste aufs Neue den festen Entschluss, sich keiner der politischen oder religiösen Parteien anzuschließen, welche die Stadt spalteten.

Das war Soderinis Angelegenheit, und der Maestro würde sein Vertrauen zu den Behörden beweisen, indem er den

Schutz seiner Werke der Signoria und dem Bargello überließ.

Er selbst hingegen würde nach Cremona reisen.

*

Um die Monatsmitte traf die Kutsche von Graf Ludovico Bergamini ein. Der müde Kutscher verbrachte die Nacht in der Bottega, wo auch die edlen Pferde sich ausruhten, getränkt und mit frischem Hafer, Äpfeln und Alfalfa gefüttert wurden.

Am nächsten Morgen packte Leonardo ein paar Habseligkeiten und erinnerte Marco daran, dass er noch zwei silberne Sattelknöpfe kaufen müsse. Dann solle er noch bei »Giulio dem Kerzengießer hineinschauen und fragen, ob die bestellten sechs schon fertig sind«. Ferner könne »Jacopo Tedesco kommen, um den Karolin* zurückzugeben, den ich ihm vor Wochen geliehen habe«. Leonardo gab dem jungen Lehrling eine Geldbörse, um die täglichen Auslagen zu bestreiten, und Marco drängte dem Meister ein Päckchen auf, in dem ein paar Scheiben Brot, Käse, Selleriestangen, Möhren und ein mit Wachs verschlossener Weinkrug waren. Leonardo dankte ihm und machte es sich in den roten Samtkissen bequem.

---

* Karolin = alte deutsche Goldmünze, Anm. des Übersetzers

Cremona

Leonardos Reise an den Hof der Bergamini ging trotz mancher Irrwege und Erkundigungen an den Grenzen von Kirchenstaat und Herzogtum Mailand rasch vonstatten. Das Wetter war gut, die Kutsche einigermaßen bequem, und die Unterkünfte, die sie während der Reise bezogen, boten immerhin saubere Betten, üppige Mahlzeiten und passablen Wein.

Das Grafenpaar Bergamini schien ehrlich erfreut, Leonardo wieder in seinem Haus zu haben. Beide standen bei seiner Ankunft bereit, um ihn persönlich willkommen zu heißen.

Besonders die schöne Contessa sprudelte förmlich über und begrüßte den Meister mit zurückhaltenden, aber herzlichen Worten. »Mein Gatte und ich fühlen uns durch Euren Besuch zutiefst geehrt. Der Graf hat vorgeschlagen, Ihr möget Porträts von uns und unserem Sohn anfertigen, doch darüber können wir später noch sprechen.«

Graf Ludovico neigte galant den Kopf zum Gruß, und Leonardo erwiderte die Geste. Dann wurde der Maestro in den Palazzo geführt. Seine Gastgeber gingen rechts und links neben ihm, als wollten sie ihn beschützen.

Oder, dachte er, um ihn zu bewachen, damit er nicht fliehen konnte.

Im kleinen Empfangszimmer neben der großen Halle sah Leonardo zu seiner Belustigung und Freude Niccolò, elegant in Brokat und Spitze gehüllt. Niccolòs Wams war mit der *impresa* der drei Bäume bestickt und wies ihn somit als Würdenträger des Hofes aus.

»Ich bin erleichtert, dass Ihr gekommen seid, Maestro«, sagte er, »und es ist mir eine Ehre, dass Ihr für das Kind Pate stehen wollt.« Er wandte sich an die junge Frau, die hinter ihm saß und das Baby im Arm hielt. »Das ist meine Frau, Donna Eleonora.« Er strahlte vor Freude. »Und dies ist mein Sohn.«

Leonardo schaute mit Ehrfurcht auf das wunderhübsche, wohl genährte Baby, das in Decken und Liebe gewickelt im Arm der strahlenden jungen Mutter lag. Wieder spürte er einen leichten Stich im Herzen, wenn er daran dachte, was die Zukunft für den Kleinen bereithalten mochte; er erinnerte sich an seinen eigenen Vater, der ihn verlassen hatte, an die späte Versöhnung, die nie ausgesprochene Verletztheit – kurz, er erinnerte sich an die gleichen Gefühle, die er beim Besuch des Ospedale degli Innocenti empfunden hatte.

Niccolò legte ihm die Hand auf den Arm und führte ihn ein wenig beiseite. »Ich verstehe das nicht, Maestro«, flüsterte er. »Ihr würdet nicht glauben, wie viele Adelige bei unserer Hochzeit zugegen waren, und ich habe gehört, dass Einladungen zur Taufe an fast jeden Hof in den Marken und der Romagna geschickt worden sind.«

»Ich bin sicher, dies ist nur ein Ausdruck des bergaminischen Reichtums und ihrer Großzügigkeit«, beruhigte ihn Leonardo, doch auch er selbst war ein wenig verwirrt ob der formellen und ein wenig vorsichtigen Begrüßung der Contessa, die doch immerhin eine alte Freundin war.

Irgendetwas, darin stimmte er mit Niccolò insgeheim überein, war hier nicht in Ordnung.

*

Diese Vorahnung plagte Leonardo auch noch am nächsten Tag, als er, die Eltern, das Kind und einige ausgewählte Edle des Hofes in vier Kutschen zur Taufe in der Certosa fuhren.

Bei ihrer Ankunft fanden sie zu ihrem Erstaunen eine Unzahl eleganter Kutschen vor, die bereits im Innenhof des Klosters standen. Leonardo und Niccolò erkannten die Wappen der Orsini, der Bentivoglio, der Sforza, der Este, der Colonna, der Gonzaga, der Manfredi, der Varano und der Alviano. Der Vater Abt fegte wie ein Blitz aus der Kirche und eilte auf die Contessa zu. Er flüsterte ihr etwas ins Ohr, doch Leonardo konnte es deutlich verstehen.

»Ein Abgesandter der Herzoginwitwe von Bisceglie ist aus Nepi angereist. Ein Repräsentant von Donna Borgia. Und die Marchesa. Donna Isabella d'Este ist hier. Mit einem einäugigen Mann. Sie waren nicht eingeladen.«

Bei der Erwähnung der Marchesa von Mantua wechselten die Contessa und Leonardo besorgte Blicke.

»Lasst uns höflich bleiben«, flüsterte der Meister der Contessa zu, während er ihren Arm nahm, um sie in die Kapelle zu geleiten, »bis wir herausgefunden haben, wen von uns beiden die Böse Sieben aus Mantua ermorden lassen will.«

*

Im größeren der beiden Empfangszimmer in der Certosa trafen Leonardo, Niccolò, Eleonora, ihr Baby und die Vertreter des Cremoneser Hofes auf die erlauchten Gäste.

Von den drei adeligen Damen war die Marchesa die Erste, die vortrat und dem Grafen und der Contessa die Hand zum Gruß bot. Leonardo fiel auf, dass sie sich noch immer den Stolz bewahrte, den sie sowohl von den Este als auch den Gonzaga geerbt hatte, eine Eigenschaft, die er in ihrem Bildnis einzufangen versucht hatte. Ihr Kleid aus weißem und goldenem Brokat war mit kleinen Staubperlen besetzt und die Tränen der Madonna glitzerten auf ihrem Busen – nur ein Zeichen mehr für ihre unbeschreibliche Arroganz und Entschlossenheit.

»Meine liebe Contessa«, begrüßte sie die Gräfin Bergamini überschwänglich, »ich habe mich ja so gefreut, als ich von der Hochzeit unseres lieben Freundes gehört habe, dass ich unbedingt habe kommen müssen, um ihm alles Gute zu wünschen.«

»Im Namen von Ser Niccolò, seiner Frau und seinem Kind heiße ich Euch willkommen, Marchesa«, sagte die Contessa lächelnd.

»Erlaubt, dass ich Euch einige Herrschaften vorstelle, die auch zu kommen wünschten, um an diesem denkwürdigen Ereignis teilzunehmen«, fuhr Isabella fort. Sie winkte einer schlanken, großen blonden Frau vorzutreten. »Darf ich Euch meine Verwandte vorstellen, die erlauchte Herzogin von Urbino, Donna Elisabetta Gonzaga. Die Herzogin ist mit mir und meiner verstorbenen Schwester Donna Beatrice zusammen aufgewachsen. Wir haben gemeinsam bei Maestro Vittorino da Feltre und Guarino da Verona gelernt.«

Auf Leonardo wirkte Elisabetta Gonzaga viel zu jung, um mit der Marchesa aufgewachsen zu sein. Überrascht stellte er fest, dass die Herzogin den Gruß des Grafenpaares nur flüchtig erwiderte und sich dann direkt zu ihm begab.

»Maestro«, begann sie mit samtweicher Stimme, »es ist mir eine große Ehre, Euch endlich kennen zu lernen. Euer Bildnis ›Thronende Madonna und Kind mit Heiligen‹ hat mich auf den ersten Blick fasziniert, ja regelrecht verzaubert! Süperb! Welch eine Harmonie! Welch eine Ruhe der Figuren! Und die Ausgewogenheit der Bewegung! Es ist eine Dreiecksstruktur, nicht wahr? Und die Körperhaltung! Die Gesten! Alles so wunderbar!«

Leonardo lächelte und dankte der Dame.

Die nächste Dame, Donna Laura de Gonzaga, wurde dem Grafenpaar von der Herzogin von Urbino vorgestellt. »Meine Verwandte und höchst erlauchte Hofdame am Hofe von Donna Lucrezia Borgia, die zurzeit in Nepi weilt. Dort trauert sie um ihren verstorbenen Gatten, den Herzog von Bisceglie.«

Die Dame ließ den Bergamini die üblichen Höflichkeiten angedeihen und wandte sich dann ebenfalls sofort Leonardo zu, grüßte ihn mit tiefem Knicks, sah ihm jedoch nicht in die Augen. »Maestro«, sagte sie leise, »im Namen meiner Herrin, der Herzogin von Bisceglie, überbringe ich Euch und dem jungen Ser Niccolò die herzlichsten Glückwünsche zu diesem freudigen Ereignis. Wie Euch die Herzogin bereits mitgeteilt hat, befindet sich meine Herrin in Trauer um ihren verstorbenen Gatten, der, wie wir annehmen, von einer Florentiner Geheimbruderschaft ermordet worden ist.«

Die Anspielung, dass der Herzog von Einwohnern aus Leonardos Heimatstadt ermordet worden war, entging dem Maestro nicht.

Niccolò fand, dass Laura de Gonzaga eine junge Frau von erstaunlicher Schönheit und Reife war. Dennoch legte sie eine gewisse einstudierte Liebenswürdigkeit an den Tag, die sie vermutlich von ihrer Herrin gelernt hatte.

Leonardo hingegen, der an manchen Menschen Ähnlichkeiten mit Vögeln oder anderen Tieren zu entdecken pflegte, wurde durch den Anblick der Dame an einen Calandrino erinnert: an jenen Vogel, der, wenn er an das Bett eines Todkranken gebracht wird, diesen nicht anschauen will.

*

Der Meister bemerkte, dass es unter den Gästen einen gab, der weder den jungen Eltern noch ihm vorgestellt wurde. Dabei handelte es sich um einen ungewöhnlich großen Mann mit dichtem rotgoldenen Haar, der alle anderen um Haupteslänge überragte. Er fiel auf, denn auf einer Gesichtshälfte war eine furchtbare Narbe zu sehen: ein von einem geschwollenen Lid überlappter Schlitz an der Stelle, wo sein rechtes Auge hätte sitzen müssen. Anders als die anderen Männer unter den Geladenen hatte er die Unverfrorenheit besessen, zu einer Taufe mit Schwert und Dolch bewaffnet zu erscheinen – beides war ihm jedoch sogleich vom Vater Abt abgenommen worden.

Während sie sich auf die Zeremonie vorbereiteten und die Gäste bereits in die Kapelle strömten, hörte Leonardo, wie die Marchesa den Mann mit den anderen Gästen bekannt machte.

»Gestattet mir, Euch Ser Pagano vorzustellen. Er stammt aus Venedig und steht in meinem Dienst. Er ist soeben aus Rom zurückgekehrt.«

Eben aus Rom zurück?, grübelte Leonardo. *Ein Venezianer? Vielleicht von der Janus-Schule?*

Er musterte Schwert und Dolch, die steife Haltung des Mannes, die zusammengepressten Lippen. Der Venezianer war gut gekleidet, doch offenbar besaß er keinen Titel. Er war nicht so förmlich vorgestellt worden wie die Adeligen, demnach nahm er vermutlich am Hofe der Gonzaga eine geringere Stellung ein, war möglicherweise ein Bevollmächtigter, der für die Marchesa einen besonderen Auftrag erfüllte. Leonardo musterte den Mann genauer und stellte fest, dass dieser seinerseits ganz besonders an ihm und Niccolò interessiert zu sein schien, denn er warf ihnen oft verstohlene Blicke zu, als wolle er sich ihre Erscheinung einprägen.

Wieder betrachtete Leonardo die Haltung des Mannes, und nun spürte er eiskalte Gewissheit.

Ja, sagte er zu sich selbst. *Dieser Mann ist ein berufsmäßiger Mörder. Was hatte er wohl in Rom zu tun? Vielleicht einen spanischen Herzog ermorden, der mit einer Borgia verheiratet war?*

Und in wessen Auftrag? Herzog Caesare? Die Medici? Vielleicht im Auftrag eines Florentiner Priesters namens Manciano, der diese Bande von Dominikanern anführte, die man nur als die Büßer kannte?

Und was wollte er hier?

*

Die Taufe wurde in einer feierlichen, jedoch leicht verwirrten und nervösen Stimmung vollzogen.

Leonardo murmelte dem Priester die Worte nach »entsage Satan und all seinen Werken« und bemühte sich, das weinende Kind während der Segnung mit Salz und Öl nicht ins Becken fallen zu lassen. Er überlegte, ob seine Zerstreutheit während der Zeremonie den Segen unwirksam machen könnte, kam dann aber zu dem Schluss, dass dies kein Sakrileg darstelle, da die meisten der Anwesenden mit ihrem Erscheinen bei der Taufe ohnehin ganz andere Ziele verfolgten.

*

Der nachfolgende Empfang im Palazzo Bergamini war ein voller Erfolg, doch fast augenblicklich verschwanden die meisten der adeligen Gäste, um das Grafenpaar zu einer Privataudienz in den Kammern jenseits der großen Halle aufzusuchen. Ihre lauten Stimmen hallten durch die Flure.

»Ich versteh das nicht«, murmelte Niccolò Leonardo zu. »Ich kann mir nicht vorstellen, welche gemeinsamen Interessen sie haben könnten.«

»Ich schon«, entgegnete Leonardo. »Schau dir doch nur mal an, wer hier versammelt ist.« Er warf einen Blick auf die Diener und Lakaien, an deren Kleidern die unterschiedlichsten Wappen prangten. »Ich fürchte, dies ist nicht nur ein Empfang zu Ehren deines Sohnes, Niccolò.«

»Was?«

»Ich glaube, dies ist eine vorzügliche Gelegenheit für einen geheimen Kriegsrat der Feinde der Borgia, mein Freund. Und das an einem Ort, wo man solch eine Verschwörung am wenigsten erwarten würde: in einem Lehensstaat von Caesares Verbündeten, den Franzosen!«

Niccolò erbleichte und fluchte leise vor sich hin.

»Es ist nur natürlich, dass die Contessa eine Feindin von Caesare Borgia ist, denn er hat ihren Geliebten Il Moro von Mailands Thron vertrieben«, fuhr Leonardo fort. »Und wer würde schon eine Verschwörung vermuten, wenn die Verschwörer sich auf französisch kontrolliertem Territorium in friedlicher Absicht einfinden, um eine Hochzeit und eine Taufe zu feiern?«

»Aber wenn dies eine Verschwörung der Feinde der Borgia ist«, wandte Niccolò ein, »warum ist dann Laura de Gonzaga hier? Sie steht doch im Dienst einer Borgia.«

»Sie hat aber keine Einladung erhalten, erinnerst du dich? Und sie ist mit der Herzogin von Urbino verwandt. Entweder ist sie mit sich selbst uneins, wem ihre Loyalität gilt – oder sie ist ein Spion im Auftrag ihrer Herrin.«

»Warum wurde dann die Marchesa nicht eingeladen?«, fragte Niccolò. »Als Verwandte sowohl der Este als auch der Gonzaga ist es doch nur logisch, dass sie an einer Besprechung von Feinden der Borgia teilnehmen sollte.«

»Vielleicht wollte die Contessa uns vor ihr schützen«, sagte Leonardo und zuckte mit den Schultern. »Sie weiß doch genau, dass die Marchesa uns einst hat ermorden lassen wollen.«

Doch seiner Hauptsorge verlieh Leonardo keinen Ausdruck: Warum hatte die Marchesa von Mantua einen Meuchelmörder mitgebracht? Einen Mann, der zu der Zeit in Rom gewesen war, als der Herzog von Bisceglie ermordet wurde. Sie würde es doch hier, auf geheiligtem Boden und vor solch cincr Menge von Zeugen, nicht auf einen Mordversuch ankommen lassen ... oder?

Leonardo trank einen hastigen Schluck des starken Weins und schüttelte den Kopf, als könne er so all seine Zweifel vertreiben.

*

Im Großen und Ganzen wurden Eleonora und Niccolò höflichst ignoriert. Die Kriegsherren der Romagna genossen Verschwörung und Marzipan, sprachen und scherzten miteinander und sonderten nur wenig Misstrauen ab.

Die Herzogin von Urbino und ihre Verwandte Donna Laura reisten schon bald nach den vertraulichen Gesprächen mit ihrem Gefolge ab und baten das gräfliche Paar, »uns zu vergeben, doch wir müssen noch zu einer anderen Beratung«.

Der Vater Abt und die Brüder Pax und Theophilus sahen sie mit Freuden ziehen, besonders, da Donna Laura die Gäste mit Geschichten über die Syphilis unterhalten hatte, die zurzeit in Rom grassierte. Überdies nannte sie Anzahl und Namen der Kardinäle, die von der Seuche befallen waren.

Die meisten der minder wichtigen Würdenträger reisten ebenfalls zeitig ab, doch Leonardo bemerkte, dass sich am letzten Morgen viele der gut gekleideten Herren wieder einmal in den Kammern zu einer – dieses Mal sehr kurzen – Unterredung mit dem Grafenpaar trafen, und er hörte einen von ihnen zu einem anderen sagen: »Es ist ein guter Plan.«

*

Später am Nachmittag wurde der Maestro selbst von der Contessa in eine Kammer gerufen.

»Es freut mich sehr«, begann sie, »dass Ihr meine Einladung angenommen habt, Maestro.«

»Es war mir eine Ehre«, erwiderte Leonardo, doch er war auf der Hut. »Ihr wisst, dass ich den höchsten Respekt für Euch und Euren Gatten hege, und Niccolò bin ich besonders eng verbunden.«

»Ich habe mir Gedanken über meinen Sohn Caesare gemacht«, wechselte sie nervös das Thema, als sei es das gar nicht, worüber sie mit ihm sprechen wollte. »Glaubt Ihr, Ihr könntet ihn zu gegebener Zeit als Schüler aufnehmen?«

»Wenn er Talent hat, sicher«, antwortete Leonardo. Er wollte das Thema nicht vertiefen, und plötzlich fielen ihm wieder die jungen Männer ein, die er in der Nähe des Findelkindheimes gesehen hatte. »Aber es gibt noch mehr gute Bottegas in Florenz, wo der junge Mann lernen könnte. Zum Beispiel die Schule von Ferrucci.«

»Ferrucci? Von dem habe ich noch nie gehört.« Sie schwieg einen Moment. »Vor einem Jahr ungefähr gab es einen Ferrucci in Rom. Ich erinnere mich daran, weil es hieß, er werde sich mit Donna Bianca Tornabuoni verloben und damit in die Familie der Medici einheiraten. Das wäre gelinde gesagt ein Skandal gewesen, denn die Dame war um einiges älter als Ferrucci, hatte bereits zwei Ehemänner begraben und war angeblich zur gleichen Zeit mit einem illegitimen Sohn des Herzogs von Brabant verlobt.« Wieder hielt sie inne. »Wie heißt dieser Ferrucci mit Vornamen?«

»Vincente.«

»Ja«, nickte die Contessa. »Das klingt mir vertraut. Aber

ich möchte bezweifeln, dass es der gleiche Mann ist. Soweit ich mich erinnern kann, war er bei einem Edelmann als Restaurateur für antike Kunstwerke angestellt.«

Das stimmt, dachte Leonardo, *und er kam vor ungefähr einem Jahr nach Florenz – zu der Zeit, als die Zerstörung von Kunstwerken ihren Anfang genommen hat.*

Der Verdacht traf ihn wie ein Schlag: Was, wenn der Anführer der Büßer, dieser Manciano, gar kein Priester war?

Sondern ein Künstler?

Die Contessa räusperte sich und näherte sich endlich dem Thema, das ihr am Herzen lag. »Ich mache mir Sorgen wegen einiger Gerüchte, die mir zu Ohren gekommen sind. Wollt Ihr Euch von Eurer ausgezeichneten Arbeit in Florenz abwenden und nur noch als Baumeister tätig sein? Einer, der Festungsmauern entwirft und für Caesare Borgia arbeitet? Ich habe gehört, dass er Euch Angebote unterbreitet hat.«

»Der Herzog von Valentinois hat sich mir gegenüber gewiss wiederholt großzügig gezeigt, doch weder offiziell noch inoffiziell hat er mich gebeten, in seine Dienste zu treten.«

»Er wird es aber noch tun«, beharrte die Contessa. »Meinem Gatten ist zugetragen worden, dass die Gier des Herzogs sich auf die gesamte Emilia-Romagna und vielleicht noch auf Umbrien und die Marken erstreckt.«

Jäh begriff Leonardo, dass die Dame vor Furcht zitterte bei der Aussicht, Caesare Borgia könne nicht nur die Romagna, sondern vielleicht sämtliche italienische Staaten erobern und sie mit den Provinzen des Kirchenstaates verschmelzen. Deshalb hatte sie also so hartnäckig darauf bestanden, dass er Pate wurde und zu diesem Zweck nach Cremona reiste: Sie wollte ihn, einen Freund, davon überzeugen, dass er niemals dem Herzog dienen dürfe!

»Caesare Borgia arbeitet im Verborgenen, Maestro«, fuhr die Gräfin nun fort. »Ich könnte Euch hunderte von Beispielen aufzählen, wie der betrügerische Valentinenser zunächst die Unterstützung von diesem oder jenem angefordert und sich später dann gegen ihn gewandt und ihn vernichtet hat. Wenn Ihr Euch seinem Hofstaat anschließt, wird es so aussehen, als würdet Ihr seine Heuchelei unterstützen. Ich flehe Euch an, Maestro! Lauft Ihr zu dem üblen Borgia über, könnte das Eure Vernichtung bedeuten!«

Will sie mir etwa drohen?, fragte sich Leonardo verwundert.

»Es ... äh ... Es tut mir Leid, dass die Marchesa heute anwesend war«, murmelte die Contessa, »doch sie kam, wie Ihr wohl wisst, ohne Einladung.«

»Und mit einem gedungenen Mörder an ihrer Seite.« Leonardo gab seine Meinung über den Mann preis, den die Marchesa als Ser Pagano vorgestellt hatte.

»Ihr haltet ihn für einen Meuchelmörder?«

»Ich halte es für sehr wahrscheinlich, dass er der Janus-Schule entstammt.«

»Wer ist sein anvisiertes Opfer?«

»Niccolò – oder vielleicht auch ich – oder gar wir beide. Ich glaube, die Marchesa hat ihn mitgebracht, damit er sich mit unserem Aussehen und unseren Gewohnheiten vertraut machen konnte.«

»Oder vielleicht hat er es auf Niccolòs Frau oder das Kind abgesehen«, sagte die Contessa leise.

»Ja.« Leonardo blickte finster drein, und endlich ließ er den abscheulichen Gedanken zu. »Wenn es um ihren Stolz geht, ist sich die Böse Sieben von Mantua auch nicht zu fein dafür, unschuldige Kinder ermorden zu lassen.«

»Nun, es gibt nur eine Möglichkeit festzustellen, wer das Opfer ist«, seufzte die Contessa. »Kehrt mit Niccolò nach Florenz zurück. Wenn der Mörder dort auftaucht, wissen wir, dass die Marchesa Euch oder Niccolò im Visier hat. Wenn der Mörder hingegen in Cremona bleibt, ist offenbar, dass Donna Eleonora oder ihr Kind das Opfer sein sollen.« Sie erhob sich und trat auf Leonardo zu. »Wenn es sich um Eleonora oder das Kind handelt, kann ich die beiden in ein Versteck schicken und die Söldner meines Gatten gegen den verhinderten Mörder antreten lassen.«

»Und wenn Pagano uns nach Florenz folgt«, nickte Leonardo bedächtig, denn nun sah er eine Möglichkeit, mit der misslichen Lage fertig zu werden, ohne sich persönlich zu engagieren, »dann haben wir dort mächtige Freunde, die mehr Erfahrung im Umgang mit solchen Dingen haben.«

Die Contessa sah aus dem Fenster. »Ich habe nur ein Problem«, sagte sie. »Wie soll ich Donna Eleonora erklären, dass ihr Gatte sie und das Kind so rasch verlassen muss? Ich möchte sie nicht beunruhigen und ihr sagen müssen, dass sie – oder ihr Kind – vielleicht das Ziel eines gedungenen Mörders sind.«

*

Doch an diesem Abend wurde das Problem ebenso rasch wie wirksam gelöst. Die Contessa sagte Donna Eleonora, sie müsse Niccolò für kurze Zeit nach Florenz schicken; als Kurier habe er »einen Auftrag von höchster Wichtigkeit für unseren Hof«.

»Gott sei Dank«, lächelte die junge Mutter. »Wenn mich noch einmal ein totes Ding angesprochen hätte, ich hätte Niccolò mit dem Tranchiermesser traktiert.«

DER STICH DES SKORPIONS

»Nichts gibt es, das uns stärker täuscht
als unser Urteilsvermögen ...
Hass und Liebe sind die stärksten Kräfte,
die man unter den Menschen findet, (und) ...
der Hass ist mächtiger als die Liebe,
denn der Hass zerstört die Liebe ...«

Aus Leonardos Arbeitsheften

Florenz

Während der Rückreise aus Cremona besprachen Leonardo und Niccolò die nächsten Schritte und beschlossen, es sei am besten, wenn sie in Florenz ihrer üblichen Tätigkeit nachgehen würden. Der Gnom betonte, dass der mutmaßliche Mörder ihnen nichts anmerken dürfe, dann würde er seines Erfolges zu sicher und werde unachtsam.

Obschon Leonardo noch immer fest entschlossen war, sich in diesem Konflikt neutral zu verhalten, stimmte er zu.

»Unser Problem mit diesem Pagano«, sagte er seufzend, »ähnelt dem deiner Hochzeit und der Geburt deines Sohnes. Es ist die Folge von Handlungen, die in der Vergangenheit liegen. Diese Bedrohung ist eine alte Geschichte, die beigelegt werden muss, bevor wir uns wichtigeren Dingen zuwenden können: nämlich meiner Arbeit und deiner Familie.«

In dem Versuch, ihre normalen Gewohnheiten aufrechtzuerhalten, verbrachten sie weiterhin zwei Tage in der Woche zwischen den ledergebundenen Folianten der Biblioteca Laurenziana und studierten Latein und Griechisch.

Während einer dieser Sitzungen nahm Niccolò ein Blatt aus einem der großformatigen Manuskripte, benetzte es mit einem Schwamm und bearbeitete die Tinte mit einem Bimsstein. Einen Augenblick später waren die Worte verschwunden. Aufgeregt hielt Niccolò die Seite gegen das Licht, damit Leonardo es sehen konnte.

Nun stand dort ein ganz anderer Satz, wie man an den Vertiefungen im Pergament erkennen konnte.

»Es ist Latein«, sagte der Gnom, »transkribiert aus dem Griechischen, ein Satz von Aristoteles.« Langsam übersetzte er: »*Amicus Plautus, sed magis amica veritas.* ›Platon ist mir teuer, doch teurer noch ist mir die Wahrheit‹.« Er grinste, als er Leonardos entgeisterten Blick sah. »Die Kirchenväter wollten keine heidnischen Manuskripte erhalten, jedoch auch kein wertvolles Pergament verschwenden, also haben die Mönche die Worte Aristoteles' weggekratzt und sie mit christlichen Psalmen und Gebeten überschrieben.«

Doch teurer noch ist mir die Wahrheit.

Das hat ein Philosoph geschrieben, der im Dienste eines Kriegsherrn stand?, dachte Leonardo.

*

Als sie eines frühen Abends in die Via Giucciardini einbogen, sahen sie ihn aus dem Schatten der gegenüberliegenden Palazzi treten. Er blieb lange genug im Licht stehen, sodass sie ihn wiedererkennen konnten.

»Jetzt wissen wir immerhin, dass meine Frau und mein Kind in Cremona in Sicherheit sind«, flüsterte Niccolò.

Pagano, der Meuchelmörder im Dienste der Marchesa, war ihnen nach Florenz gefolgt.

*

Während der folgenden Tage vergrub sich Leonardo in seine Arbeit, weil er den Meuchelmörder und die möglichen Folgen für sich und Niccolò vergessen wollte. Er beschäftigte sich mit der ›Heiligen Anna Selbdritt‹ und malte eine neue Figur hinzu – Johannes den Täufer als Kind –, änderte somit die zu Grunde liegende Dreiecksstruktur des Bildes und machte ein Viereck daraus. Er trat ein Stück zurück und studierte die Wirkung, als plötzlich sein ältester Schüler atemlos in den Raum stürzte.

»Die Büßer haben wieder zugeschlagen!«, rief Marco und lehnte sich erschöpft an den Türrahmen. »Und diesmal ist es ein Werk von Eurem Lehrer, Maestro!«

Niccolò rutschte von seinem Hocker, wo er gerade etwas in sein rotes Buch eingetragen hatte, und ging auf Marco zu.

»Es ist schon wieder ein Kunstwerk zerstört worden«, fuhr dieser fort. »Eine Brunnenverzierung von Meister Verrocchio, ein Junge, der einen Wasser speienden Fisch in der Hand hält. Der Brunnen steht auf dem Terrazo di Giunone, im Hof des Palazzo della Signoria.«

»Ich weiß, wo er steht«, sagte Leonardo leise.

»Nur noch ein paar Reste sind übrig geblieben.« Marco schaute die beiden Männer und die Tagesschüler an, die sich nun um ihn versammelt hatten. Er senkte die Stimme. »Doch dieses Mal haben sie noch etwas gefunden.«

»Was?«, verlangte Niccolò zu wissen.

»Einen Fetzen braunen Wollstoff. Wie es heißt, tragen die Mönche eines gewissen Ordens derlei Kutten.«

»Die Franziskaner?«, fragte Leonardo bestürzt.

»So sieht es aus«, antwortete der junge Mann.

*

Es lag nicht nur am jüngsten Akt von Vandalismus und der Entdeckung des braunen Stofffetzens, dass Niccolò und Leonardo endlich den Palazzo Vecchio aufsuchten. Der Maestro hatte entschieden, dass es nun an der Zeit sei, Gonfaloniere Piero Soderini und den Kommandanten der Polizei, den Bargello, von Paganos Anwesenheit in der Stadt zu unterrichten. Der Venezianer war offensichtlich in Florenz, um entweder Leonardo oder Niccolò oder gar beide zu töten, und der Maestro bestand darauf, dass dies ein Fall für die Behörden sei.

Niccolò war eher für eine unmittelbare, persönliche und gewalttätige Aktion.

In der Halle stießen sie auf einen sichtlich zornigen Herrn, der eine Hand voll verlegener Schildwachen und den mürrischen Kommandanten beschimpfte. Es handelte sich um einen mittelgroßen Mann im dunklen Florentiner Bürgergewand – ein langes Obergewand mit Kapuze, das man *lucco* nannte. Sein kastanienbraunes Haar war schulterlang.

Niccolò fiel auf, dass der Mann ein Schwert in brauner Lederscheide umgegürtet hatte und Arme und Hände ziellos durch die Luft schwenkte wie eine schlecht geführte Marionette. »Das muss unser Mann sein«, flüsterte er Leonardo zu.

Als er die Neuankömmlinge bemerkte, senkte Soderini rasch die Stimme und entließ den Bargello und die Posten mit der Drohung, er werde »sie alle um einen Kopf kürzer machen, wenn diese Vandalen nicht vor Gericht gebracht werden!«. Dann ging er auf Leonardo zu. »Maestro!«, rief er. »Ich muss mich entschuldigen. Es ist eine Katastrophe! Nichts Geringeres als eine Katastrophe!«

»Ja«, stimmte ihm der Meister leise zu.

Der Gonfaloniere legte beide Hände auf die Brust, als habe

er soeben einen Stich ins Herz erhalten. »Ich bin außer mir, Maestro. Dieses Stück war wahrlich eine Pracht! Wahrlich eine Pracht!«

»Ja.«

»Es war von den Medici für ihr Haus in Careggi in Auftrag gegeben worden, müsst Ihr wissen, und als die Familie vertrieben wurde, hat man das Werk konfisziert und hier im Palazzo Vecchio aufgestellt. Es geht über meine Vorstellungskraft, wie diese Ungeheuer es wagen konnten, ausgerechnet in diesem Palazzo zuzuschlagen. In *diesem* Palazzo!«

»Das ist wirklich ein Rätsel, nicht wahr?«, warf Niccolò ein. Er musste an sich halten, um nicht über die lächerliche Gewohnheit des Mannes zu lachen, seine jeweils letzten Worte zu wiederholen.

»Genau vor unserer Nase!«, klagte Soderini. »Vor unserer Nase!«

Niccolò betrachtete den Raum mit dem fachmännischen Blick eines Diebes, der für seine nächtlichen Raubzüge in den Speisekammern von Mailand und Mantua berüchtigt war. »Wie sind die bloß in den Palazzo hineingekommen, was glaubt Ihr?«

»Wer vermag das schon zu sagen?« Soderini senkte die Stimme zu einem Flüstern. »Wie Ihr Euch vorstellen könnt, ist Messer Machiavelli vor Wut außer sich. Außer sich!«

Leonardo fuhr sich mit der Hand durch den Bart, wobei sein linker Zeigefinger kleine Kreise beschrieb. »Ich verstehe«, sagte er nur.

»Wie man uns erzählt hat, habt Ihr ein Stück abgerissenen Stoff gefunden. Ist das korrekt?«, fragte Niccolò.

Soderini nickte und reichte dem Gnom den braunen Fetzen Wollstoff. »Das gehört einem Franziskaner. Versteht Ihr? Einem Franziskaner!«

»Vielleicht.« Niccolò zuckte mit den Schultern. »Oder es ist vom Umhang eines Geldwechslers, vom Überwurf eines Kaufmanns. Vielleicht stammt es auch vom Winterrock einer Fischersfrau.« Er gab den Fetzen an Leonardo weiter.

»Was?!«

»Das ist doch nur ein Stück brauner Stoff. Er könnte von praktisch jedem Kleidungsstück stammen. Es bedeutet aber keinesfalls, dass es sich bei den so genannten ›Büßern‹ einwandfrei um Franziskanermönche handelt. Eure eigenen Zeugen haben ausgesagt, dass die Büßer Weiß tragen. Das ist die Farbe der Dominikaner.«

»Aber die Franziskaner liegen seit Ewigkeiten mit den Dominikanern im Streit. Das ist Euch doch wohl bekannt, oder?«, erinnerte sie Soderini. »Und es stimmt: Wir haben bisher angenommen, dass die Büßer Dominikaner sein müssen wie Savonarola, aber vielleicht sind es in Wirklichkeit Franziskaner, die einen rivalisierenden Orden in Verruf bringen wollen.« Die Genialität seiner Schlussfolgerung ließ ihn strahlen. »Einen rivalisierenden Orden in Verruf bringen«, wiederholte er.

»Das wäre möglich«, murmelte Leonardo. »Selbst Fra Angelico, der Dominikaner war, hat ein Fresko gemalt, in dem Franziskaner in der Hölle schmoren, und ich erinnere mich noch daran, dass einst die Franziskaner die Dominikaner hier in Florenz zu einem Wettstreit herausgefordert haben: Sie sollten über glühende Kohlen schreiten, um zu prüfen, welchen Orden Gott bevorzugt.«

»Nein!« Es kostete Niccolò einiges an Mühe, um nicht lauthals aufzulachen.

»Ja, so war es in der Tat.« Leonardo nickte ernst. »Und der Rat der Zehn muss diesem Wettkampf zugestimmt haben, denn auf dem Palazzo della Signoria wurde eine Schicht weißglühender Kohlen aufgeschüttet. Dann traten die Preiskämpfer beider Orden an. Eine riesige Menschenmenge war zugegen, um zu sehen, welche Kongregation dem Herrn die Liebste sein würde.«

»Und was ist passiert?«

»Als die Streiter eben ihre nackten Füße auf die Kohlen setzen wollten, öffnete der Himmel seine Schleusen und ein Sturzbach ging hernieder. Da beschlossen beide Orden, dies sei vermutlich ein Zeichen Gottes, ihren Streit beizulegen, und die Kämpfer kehrten unversehrt in ihre jeweiligen Klöster zurück.«

»Herrlich!« Nun musste Niccolò doch lachen.

»Aber die Franziskaner haben Savonarola stets verachtet«, fuhr Leonardo fort. »Scheint es dann logisch, dass sie nun sein Werk fortführen und Dinge der eitlen Welt zerstören? Und warum sollten sie den Herzog von Bisceglie töten, dessen Familie immer den Orden des Heiligen Franziskus' unterstützt hat?«

Soderini legte die Stirn in Falten und kratzte sich an der Wange. »Wollt Ihr damit andeuten, dieser Stofffetzen sei absichtlich am Tatort hinterlassen worden? Vielleicht sogar von den Dominikanern? Von den echten Büßern? Um meine Aufmerksamkeit auf die Franziskaner zu lenken? Ich meine – auf die Franziskaner?«

»Wäre doch möglich, oder?« Wieder zuckte Niccolò mit den Schultern.

»Aber es gibt stets noch eine andere Möglichkeit«, murmelte Leonardo und strich nachdenklich über den Stoff. »Ihr sagtet, diese Brunnenverzierung sei von den Medici in Auftrag gegeben worden?«

»Ja.«

»Und das verstümmelte Porträt von Lorenzo wurde auch von den Medici in Auftrag gegeben?«

»Ja.«

»Und die anderen? ›Pallas und der Zentaur‹? Oder der Masaccio?«

»Da bin ich nicht sicher«, antwortete Soderini und legte die Stirn in Falten. »Aber möglich wäre es.«

»Könnte es dann nicht sein, dass diese Taten gar nicht von den Büßern verübt worden sind?«, gab Leonardo zu bedenken. »Sondern – vielleicht – von einer ganz anderen Gruppe – den Grauen vielleicht?«

Niccolò sah, wie Leonardo heimlich den Fetzen einsteckte.

»Die Grauen?«, stieß Soderini entsetzt hervor.

»Warum nicht? Die Kunstwerke standen unter dem Schutz der florentinischen Signoria, nicht wahr? Vielleicht haben die Grauen sie zerstört, um die Verwaltung der Stadt in Verlegenheit zu bringen – um zu zeigen, dass die Republik Florenz nicht in der Lage ist, ihr Eigentum zu schützen, und auf diesem Wege die Rückkehr der Medici an die Macht zu rechtfertigen.«

Soderinis zappelnde Hände malten hektisch kleine Kreise in die Luft. »Ich nehme an, das wäre eine Möglichkeit«, stöhnte er. »Eine Möglichkeit.« Seine Stirn bestand mittlerweile nur noch aus Falten. »Aber würden die Grauen, die ja keine wirklichen Gegner der Medici sind, mediceisches Eigentum vernichten? Ich meine, Eigentum der Medici?«

»Aber es ist doch gar nicht mehr Eigentum der Medici«, betonte Niccolò. »Die konfiszierten Werke gehören jetzt der Stadt Florenz.«

»Doch es gibt stets noch eine andere Möglichkeit«, sagte Leonardo lächelnd. »Da die Brunnenverzierung nach der Auffassung eines Savonarola ›heidnisch‹ war und das Porträt allzu weltlich, könnte es *doch* das Werk seiner Dominikaneranhänger gewesen sein.«

»Ja, ja.« Soderini nickte eifrig.

»Oder aber – denn ich sehe keinen Sinn darin, ein Bild erst aufzuschlitzen und dann noch zu verbrennen – es war das Werk der so genannten ›Verrückten‹.«

Soderini gab einen Laut von sich, der klang, als würde er gleich ersticken. »So viele verschiedene Möglichkeiten, Maestro?«

Leonardo lächelte und wandte sich an Niccolò, der gerade eingehend die Tür betrachtete. »Ich glaube, wir haben den Mann jetzt genug verwirrt«, flüsterte er.

Niccolò nickte und wandte seine Aufmerksamkeit wieder dem nervösen Würdenträger zu. »Andererseits, Messer Soderini, haben die Vandalen so leicht Zugang zu diesem Palazzo erlangt, dass möglicherweise auch ein Mitglied der Signoria in die Sache verwickelt ist.«

»Ein Mitglied der Signoria?!«

»Vielleicht gehört jemand aus der Administration heimlich den Büßern an«, erklärte Niccolò. »Vielleicht ist jemand aus der Signoria dieser mysteriöse Manciano, der Anführer der Büßer.«

»Oder der mysteriöse Scarlotti, der den Grauen gebietet«, fügte Leonardo hinzu.

Genau in diesem Augenblick kamen Machiavelli und Guicciardini herein. Der Diplomat schäumte sichtlich, während das Gesicht des jungen Edelmannes wie aus Granit gehauen wirkte. Rasch gingen sie auf den Maestro und Niccolò zu, umarmten Leonardo und schüttelten dem Gnom heftig die Hand. Es war deutlich zu sehen, dass beide Soderini absichtlich ignorierten. Der Gonfaloniere funkelte sie wütend an, neigte brüsk den Kopf und machte sich lautlos davon.

»Seht Ihr?«, begann Machiavelli mit leiser Stimme. »Wir sind hier so ungefährdet wie auf offenem Weideland. Bei der Sicherheit, die die Schätze der Signoria genießen, könnte ich die Kunstwerke ebenso gut an Bäume hängen und von den Büßern wie reife Früchte pflücken lassen.«

»Es ist schon seltsam, dass die Vandalen in den Palazzo eindringen konnten, ohne gesehen zu werden«, bemerkte Niccolò.

»Und soweit ich verstanden habe, wurde das Kunstwerk in Stücke geschlagen«, sagte Leonardo. »Ich vermute, von Hämmern und Spitzhacken. Das würde doch einigen Lärm machen, findet Ihr nicht?«

Machiavelli nickte. »In der Tat.«

»Aber niemand hat etwas gehört?«

»Keinen Laut.«

»Es ist unmöglich, mit diesen Büßern zu verhandeln«, warf Giucciardini ein. »Man kann nicht jene belehren, die glauben, dass sie im Sinne Gottes handeln. Es ist, als wolle man in einen Sturm hineinrufen, damit er seine Richtung ändert.«

Wieder nickte Machiavelli. »Dann sollten wir ihre Maßstäbe anlegen, und wenn wir ihrer habhaft werden, keine Gnade zeigen. In der Bibel steht es ja deutlich: ›Auge um Auge, Zahn um Zahn.‹«

»Wenn wir nach dieser Richtschnur handeln«, seufzte Leonardo, »wird die Menschheit bald nur noch aus zahnlosen Blinden bestehen.«

Der Diplomat hob in gespieltem Bedauern die Schultern. »Guicciardini und ich jedenfalls glauben – und dies ist auch die Meinung eines gemeinsamen Freundes –, dass man einem Angriff mit einem Gegenangriff begegnen sollte. Wir müssen daran denken, streitbarer gegen diese Gruppierungen vorzugehen, die den Frieden der Stadt stören. Denn dies ist meine erste Sorge: der Frieden der Stadt. Eine der drei verfeindeten Parteien ist für diese Zerstörungsakte verantwortlich. Wenn zwei Unschuldige für die Verbrechen der Schuldigen leiden müssen, dann ist das eben so.«

»Ich gehe in dieser Hinsicht nicht mit unserem gemeinsamen Freund überein«, sagte Leonardo, der wohl verstanden hatte, dass Caesare Borgia gemeint war. »Niccolò und ich zum Beispiel sind in genau diesem Augenblick die anvisierten Opfer eines Befürworters von Gewalt. Sollen wir ihm etwa mit gleicher Münze heimzahlen?«

»Was wollt Ihr damit sagen?«, forschte Guicciardini. »Wer bedroht Euch?«

Leonardo erzählte den beiden von der Taufe und vom Erscheinen der Marchesa von Mantua in Begleitung des Meuchelmörders. »Er ist hier«, setzte der Maestro leise hinzu. »Hier in Florenz.«

»Wirklich?«, brummte Guicciardini. »Woher wisst Ihr das?«

»Wir haben ihn gesehen. In letzter Zeit ziemlich oft.«

»Wo?«, fragte Machiavelli.

Schulterzuckend antwortete Niccolò: »Gestern erst habe ich ihn gesehen, wie er frech mit einer Frau am Arm durch die Cascine bei der Porta al Prato stolziert ist.«

»Seid Ihr sicher, dass es der Mörder war?«

»O ja.« Der Gnom nickte nachdrücklich. »Er trug zwar einen großen Hut mit breiter Krempe, die seine vernarbte Gesichtshälfte bedeckte, doch als er mich sah, hob er die Krempe an – das kann ich beschwören! –, als wolle er sagen: ›Ja, ich bin es. Ich warte‹.«

»Pagano?«, sinnierte Machiavelli. »Der Name ist natürlich falsch. Diese Männer benutzen selten ihre richtigen Namen aus Angst, ihre Freunde oder Verwandten könnten einer Vendetta zum Opfer fallen.« Er rieb sein gut rasiertes Kinn. »Und Ihr glaubt, er sei hier, um Euch zu töten?«

»Niccolò oder mich oder vielleicht auch uns beide«, antwortete der Maestro in nachdenklichem Ton. »Doch da er *uns* nach Florenz gefolgt ist, wissen wir glücklicherweise Donna Eleonora und den kleinen Niccolò außer Gefahr.«

»*Wenn* wir die einzigen Opfer sind«, setzte Niccolò leise hinzu, »und nicht bloß die ersten.«

Machiavellis dünne Lippen bildeten eine gerade, harte Linie; es sah aus, als dächte er angestrengt über die beste Vorgehensweise nach. Seine dünnen Brauen bildeten hohe Bögen. »Dieser Pagano ist offenbar ein Berufsmörder. Ihr seid ihm auf keinen Fall gewachsen, und wir können nichts gegen ihn unternehmen, bevor er nicht gegen das Gesetz verstößt.« Er legte dem Maestro die Hand auf den Arm und senkte die Stimme. »Ihr braucht einen Mann, der in ähnlicher Profession tätig ist und Euch beschützen kann.«

»Ich verstehe nicht, was Ihr meint«, sagte Leonardo.

»Es gibt einen gewissen Herrn, der Erfahrung in solchen Dingen hat. Auch er entstammt der Janus-Schule, steht jedoch im Dienst von Donna Lucrezia Borgia. Vielleicht könnten wir sie davon überzeugen, ihn uns zur Verfügung zu stellen, bis das Problem gelöst ist.« Er warf einen unsicheren Blick auf Leonardo und fuhr fort: »Ich schlage vor, wir appellieren an seine Gnaden Herzog Caesare, dass er seine Schwester um den Gefallen ersucht.«

»Ich werde ganz bestimmt keinen eigenen Meuchelmörder anheuern«, versicherte ihm Leonardo.

»Und ich bezweifle, dass Donna Lucrezia solch einem Gesuch stattgeben würde«, fiel Niccolò, der praktisch Denkende, ein. »Zumal sie doch, wenn wir den Gerüchten glauben wollen, der Überzeugung ist, dass es ihr Bruder war, der ihren Mann hat ermorden lassen.«

»Sicher, aber ich stimme Messer Machiavelli zu«, sagte Guicciardini. »Ihr habt doch gesehen, wie unfähig Soderini ist – und er ist die höchste Autorität der Stadt! Was den Mord an Alfonso betrifft, so glauben einige, dass die Ermordung des jungen Herzogs von den Medici befohlen wurde. Die wurden ja zu Gegnern der Borgia, als ihr Kandidat für das Pontifikat geschlagen wurde. Und da, wie Ihr sagt, jener Pagano zu der Zeit in Rom war, könnte er Alfonso im Auftrag der Medici ermordet haben.«

»Doch mir hat man zu verstehen gegeben, dass seine Herrin schon immer die Marchesa von Mantua war«, warf Niccolò ein.

»Vielleicht hat die Marchesa diesen Pagano an die Medici ausgeliehen. Das kann man mit den Spionen und Meuchelmördern der Janus-Schule tun. Doch unser Freund hier schlägt das einzig Vernünftige vor: dass Sangreal kommt, um Eure Sicherheit zu gewährleisten. Dieser Mann versteht sein Fach. Wie könnt Ihr diesen Vorschlag ablehnen?«

»Ihr müsst den Vorschlag auf jeden Fall bedenken«, sagte der Diplomat. »Und was die Beziehung Seiner Gnaden zu seiner Schwester angeht – da kann er sehr überzeugend sein.«

»Selbst wenn wir einverstanden sind, würde es diesen – Herrn doch Zeit kosten, das Gesuch an seine Schwester zu richten, oder?«, gab Niccolò zu bedenken. »Und wenn der Mörder nun schon heute oder morgen zuschlägt?«

»Nein, wir haben Zeit«, sprach Leonardo dagegen. »Offenbar hat die Marchesa ihm befohlen, in aller Öffentlichkeit und an allen Orten aufzutauchen, um uns zu erschrecken und unseren Willen zu lähmen. Das ist eben ihre Art. Und deshalb müssen wir sie ebenfalls als treibende Kraft hinter der Ermordung Alfonsos annehmen. Denkt nur an die Künstlichkeit des Auftritts auf dem Petersplatz: Mönche in weißen Kutten, die in der Dunkelheit auf die Rückkehr des jungen Herzogs von einem Festmahl warten. Warum nicht ein rascher Stich mit einem Stilett in einer dunklen Gasse? Warum nicht Gift oder Pfeil, abgeschossen von einer Armbrust in den Händen eines sicheren Schützen auf einem Dach? Oder ein Unfall? Und dann der Mord an sich – ein Rosenkranz in der Hand eines unechten Mönchs? Das ist doch reines Theater! Nein, die Marchesa wird nicht eher zufrieden sein, bevor das Spiel nicht seinen gesamten Lauf genommen hat. Vielleicht dauert es nur eine Woche oder zwei, vielleicht sogar einen ganzen Monat, doch wie dem auch sei, wir haben noch Zeit.«

»Ich werde Seine Gnaden binnen weniger Tage in Rimini

aufsuchen«, versprach Machiavelli, »und ihm, wenn Ihr erlaubt, die Angelegenheit darlegen.«

»Ich will kein Blut ...!«, ereiferte sich Leonardo.

»Es wird in aller Stille geregelt werden«, beruhigte ihn Machiavelli.

Plötzlich zog Leonardo den braunen Wollfetzen aus der Tasche, hielt ihn einen Moment in der Hand und reichte ihn dann Machiavelli, der ihn dem jungen Edelmann weitergab. »Das wurde am Ort der Zerstörung gefunden«, erklärte der Meister.

»Franziskaner?«, fragte Guicciardini ungläubig, als er Leonardo das Stück Tuch zurückgab.

»Ich kann nicht glauben, dass es Franziskaner waren«, sagte der kopfschüttelnd und dachte an Pacioli, den Mönch ... seinen Freund. »Sie gehören nicht zu den Angreifern. Im Laufe der Geschichte sind sie stets mehr Opfer denn Mörder gewesen.«

Rimini

»Dies war einst eine Franziskanerkirche«, erklärte Serafino Cimino, »doch Sigismondo Malatesta nahm sie den Mönchen weg und ließ sie zu einem Grabmal umgestalten für sich und seine Lieblingsmätresse, die unbeschreiblich schöne Isotta.«

Der Dichter stand zusammen mit Caesare Borgia, Machiavelli und Agapito Gherardi, dem borgiensischen Schreiber, im weitläufigen Innenraum des Tempio Malatestiano. Cimino war mager und wirkte zerbrechlich, fast schon weibisch. Seine langen Finger zeichneten Muster in die Luft, während er ins Schwärmen geriet, und seine Stimme hob und senkte sich, als spiele er auf der Bühne.

»Dieses Bauwerk ist ein Denkmal für die ewige Liebe.« Er wandte sich an Caesare Borgia. »Die Liebenden in Dantes ›Inferno‹ waren Malatesta, wie Ihr vielleicht wisst, Euer Gnaden: Paolo und Francesca.«

»Ich weiß nur, dass Francesca zu jener Zeit mit Paolos Bruder verheiratet war«, warf Machiavelli trocken ein, »und dieser ließ beide wegen ihrer Untreue ermorden. Ebenso erinnere ich mich, dass der *Frauenheld* Paolo seine erste Gemahlin verstieß, die zweite erwürgen ließ und die dritte vergiftete.«

Caesare stieß ein freudloses Lachen aus. »Die Malatesta

sind eine Familie, die eng zusammenhält. Erinnert mich an meine eigene.«

Sie traten aus dem Bauwerk in die helle Sonne, die jedoch kaum wärmte. Dann schritten sie den Corso hinab. In der Ferne wölbte sich der graue Bogen, höher als alle anderen Gebäude der Stadt.

»Was gibt es Neues aus Florenz?«, erkundigte sich Caesare bei Machiavelli.

»Der Maestro bittet um einen Gefallen«, flüsterte der florentinische Diplomat.

Der Herzog blieb abrupt stehen, und sogleich bildeten die anderen einen Kreis um ihn. »Ach, tatsächlich?«

»Die Marchesa von Mantua hat einen Meuchelmörder auf Ser Niccolò angesetzt, vielleicht auch auf den Maestro selbst. Nun scheinen die beiden nicht gewillt, selbst einen berufsmäßigen Mörder dagegen zu schicken«, sagte Machiavelli, »doch ich denke, genau das wird in diesem Falle gebraucht. Genauer gesagt habe ich da an Donna Lucrezias Beschützer gedacht.« Einen Moment herrschte Schweigen, dann fuhr er fort: »Wenn das Problem zu seiner Zufriedenheit gelöst wird, könnte sich der Maestro – sehr dankbar zeigen.«

Caesare lächelte. »Glaubt Ihr?«

»Ich glaube, der Maestro wäre Euch *über die Maßen* dankbar«, betonte Machiavelli.

Caesare blickte nachdenklich drein und strich sich über den kurzen Bart. Dann wandte er sich an Gherardi. »Agapito, schickt einen Kurier mit einem Brief zu meiner Schwester. Wo, sagt bitte, hält sich die Dame dieser Tage auf?«

»Sie ist nach Rom zurückgekehrt, Euer Gnaden.«

»Dann ist ihre Trauerzeit vorüber«, schloss Caesare. »Sehr

gut. Schickt ihr einen Brief, in dem Ihr – höflich natürlich – darum bittet, dass sie unseren Familienbeschützer für kurze Zeit in die Dienste von Messer Machiavelli nach Florenz schicken möge. Legt zwei der von Caterina Sforza konfiszierten Smaragde bei ... Nein. Einer genügt.«

»Jawohl, Euer Gnaden.«

»Legt auch ein Schreiben in meinem Namen bei, in dem Ihr aufs Neue meine Unschuld am Tod ihres Gatten darlegt, und schreibt, dass der Smaragd aus den Besitztümern des Sultans von Konstantinopel stammt«, befahl Caesare. »Schreibt, falls jemand, der reinen Herzens ist, den Stein lange genug betrachtet, werde er die Auferstehung Christi sehen. Damit dürfte sie eine Weile beschäftigt sein.«

»In der Tat«, stimmte ihm Machiavelli lachend zu.

Rom

Müde flatterte die Taube in den Käfig, der vor einem Fenster am Palazzo Medici angebracht war. Ein Bediensteter öffnete die kleine Tür, griff vorsichtig nach dem Vogel und barg ihn sanft in der Hand. Er zog das gefaltete Pergament aus dem kleinen hölzernen Behältnis, das die Taube am Hals trug, verließ das Zimmer, stieg die Treppe hinab und näherte sich einer Tür, vor der zwei Leibwächter wie Statuen standen.

»Eine Nachricht aus Florenz für Messer Piero«, sagte der Bedienstete.

Einer der Wächter grunzte zustimmend, nahm das Pergament entgegen und klopfte leise an die Tür. Nachdem er von drinnen ein »Herein« vernommen hatte, öffnete er sie und ging auf den Schreibtisch zu, hinter dem sich Piero de Medici über einen Stapel Hauptbücher beugte.

»Eine Nachricht aus Florenz, Euer Gnaden.«

Der dunkelhaarige Mann nahm das Pergament entgegen, entfaltete es und las. Dann schaute er seinen Bruder an, der mit seinem Brevier in der Ecke saß.

»Unser Agent in Florenz berichtet, dass Pagano aus Mantua eingetroffen ist und Maestro Leonardo im Besitz eines Stofffetzens ist, der am Terrazzo di Giunone gefunden wurde. Soderini hält es für ein Stück einer Franziskanerkutte, aber der Maestro glaubt das nicht.«

»Der Maestro ist ein kluger Mann«, lautete der Kommentar des Kardinals.

»Ja«, murmelte Piero, »und das könnte sich als Problem erweisen.«

»Wenn man die Kräfte bedenkt, die in Florenz und Mantua am Werke sind«, sagte der Kardinal mit einem leichten, gleichgültigen Schulterzucken, »dann könnte es seinen Tod bedeuten.«

Florenz

Nach seiner Rückkehr berichtete Machiavelli Leonardo und Niccolò, dass in ihrem Namen ein Gesuch gesandt worden sei, um sich der Dienste des borgiensischen Beschützers zu versichern. Sowohl der Gnom als auch der Künstler protestierten gegen diese Machenschaften, doch Machiavelli versicherte ihnen, dass nur ein versierter Mörder angemessen mit der Situation umgehen könne.

»Eure Hände«, so schloss er, »werden dabei nicht besudelt.«

*

In der nächsten Woche wurde es kälter, und in der Luft hing ein eiskalter Hauch, der eisigen Regen ankündigte. Der Wind fegte durch schmale Gassen und Durchgänge und über die weiten Plätze, wo er die Tauben aufscheuchte.

Der Maestro und Niccolò mussten gar nicht erst nach Pagano Ausschau halten, denn der Meuchelmörder stellte sich mehr und mehr in der Öffentlichkeit zur Schau. Er schien überall zu sein, nahm an jedem Ereignis teil, bei dem auch sie zugegen waren. Im Studio Fiorentino tat er sich in flammend rotem Brokat hervor. Vor dem Krankenhaus Santa

Maria Nuova stand er im beißenden Wind und belehrte eine offenbar vor seiner Gelehrsamkeit im Boden versinkende junge Dame über die Bauweise des Gebäudes. Niccolò sah ihn scherzend mit zwei älteren Frauen – eine an jedem Arm – auf einer Ausstellung im Hause des Poggio Imperiale, und Leonardo wiederum entdeckte ihn neben einer prächtig gekleideten Dame in der Sansetti-Kapelle von Santa Trinità. Er schien stets in Begleitung einer Dame zu sein, doch selten war es dieselbe. Zuweilen trug er sogar eine weiße, starre Maske nach Art der Venezianer im Karneval, doch niemals ging er ohne Waffen.

Niccolò fiel auch auf, dass er immer an einem großen Rubinring herumspielte, den er am Mittelfinger der linken Hand trug. Einmal sprang der Stein aus Unachtsamkeit auf, und es zeigte sich, dass er an einem Scharnier hing.

Pagano beeilte sich, den Stein wieder zu schließen.

*

Nachdem mehrere Tage verstrichen waren und Leonardo und Niccolò kein Wort mehr über den borgiensischen Beschützer gehört hatten, glaubten sie allmählich, dass Machiavellis Gesuch von Donna Lucrezia zurückgewiesen worden war.

Als sie von einem Besuch der Biblioteca Laurenziana zurückkehrten, waren sie daher bass erstaunt, einen hoch gewachsenen, graubärtigen Mann allein im großen Atelier vorzufinden. Er betrachtete Leonardos neueste Skizzen zur ›Heiligen Anna Selbdritt‹. Der Mann trug einen dunklen Umhang mit zurückgeschlagener Kapuze. Links war das Gewand hochgeschlagen und enthüllte so das Schiavona-Schwert, das er an der Seite trug. Einen seiner Stulpenhandschuhe hatte er abgelegt.

»Süperb, Maestro«, sagte er leise und drehte sich dann zu ihnen um. »Mein Name ist Sangreal.«

*

Bald schon setzte sich das Trio bei Kerzenschein um einen Werktisch mit Platten voller Käse und frischem Gemüse, Brot und Obst; sogar ein wenig Schinken war für den Gast und Niccolò angeschnitten worden. Eine Karaffe des besseren Weins stand auf dem Tisch, dazu die Silberbecher, ein Geschenk der Contessa Bergamini. Marco wartete ihnen auf, doch Sangreal bestand darauf, dass der Schüler anschließend den Raum verlassen und niemand außer denen anwesend sein sollte, die von Pagano bedroht wurden.

Als Marco die Tür hinter sich schloss, begann Sangreal folgendermaßen: »Meine Herrin Donna Lucrezia hat mir befohlen, Euch bei Eurem Problem zur Seite zu stehen, und Messer Machiavelli hat mich in die Einzelheiten eingeweiht.«

»Er hat uns nicht gesagt, dass Ihr kommt«, sagte Leonardo.

»Ich bin seit drei Tagen in Florenz«, gab Sangreal ruhig zurück.

»Seit drei Tagen?«, wiederholte Niccolò ungläubig.

»Ich habe mich umgesehen«, erklärte Sangreal. »Zwei Männer sind mir aufgefallen, die Euch auf Schritt und Tritt verfolgen. Es sind Priester.«

»Priester?« Leonardo mochte es nicht glauben.

»Einer trägt ein schwarz-weißes Gewand, mithin ist er Dominikaner. Er muss als Spion für einen fernen Auftraggeber arbeiten, denn er unterhält eine ganze Voliere voller Botenvögel. Der andere trägt zumeist die braune Franziskanerkutte, doch ich habe ihn niemals eine Abtei oder ein Kloster betreten sehen.« Er schenkte sich Wein nach, schnitt eine Scheibe Käse ab und nahm sich etwas Brot.

»Wisst Ihr, warum er uns ermorden will?«, fragte Niccolò.

»Das ist nicht wichtig«, erwiderte Sangreal. »Niemand fragt den Skorpion, warum er sticht.« Er nahm einen tiefen Schluck. »Wie dem auch sei, ich habe den Herrn beobachtet. Er ist geübt. Klug. Ein Meister des Messers. Er trägt ein Schwert mit Ringknauf und Parierstange, deren Enden zum Gegner hin gebogen sind – eine relativ neue Mode, die wahrscheinlich von irischen Söldnern eingeführt worden ist. Außerdem trägt er gleich zwei Dolche: einen Stoßdolch für die linke Hand und ein Stilett mit langer Klinge, wie es die Soldaten benutzen. Ich könnte mir vorstellen, dass er mit beiden kämpft wie ein Löwe, besonders mit dieser speziellen Linkshänderwaffe.«

»Woher wollt Ihr das wissen?«, fragte Niccolò. »Habt Ihr ihn kämpfen sehen?«

»Ich habe gesehen, wie er Dinge anfasst. Ich sah, wie er das Handgelenk dreht, wie seine Finger mühelos und doch fest zugreifen, wie er aus der Schulter heraus gestikuliert und den rechten Ellenbogen stets eng am Körper hält.«

»Ihr seid ein ausnehmend guter Beobachter«, gab der Gnom bewundernd zu.

»Er sehnt sich nach der Aufmerksamkeit von Frauen. Vielleicht, weil ihn seine Hässlichkeit so sehr bedrückt. Er arbeitet hart daran, den Frauen Freude zu bereiten.«

»Er ist also liederlich«, bemerkte Leonardo.

»Nein. Bei ihm ist es nicht egoistische Lust, sondern reine, selbstlose Liebe. Als Absolvent der Schule besteht seine Hauptaufgabe darin, seinem Herrn oder seiner Herrin zu dienen, und auf diese Weise liebt er auch. Ich würde sagen, er *dient* den Frauen – manchmal ohne jeglichen Lohn für sich selbst. Sein Lohn ist der Stolz, da er weiß, dass er gut geliebt hat – vielleicht besser als andere Männer, besonders gut aussehende Männer ohne Narben.«

»Ich verstehe«, murmelte Leonardo.

»In den letzten Tagen habe ich feststellen können, dass er keiner Dame den Vorzug gegeben hat, und da die meisten seiner Eroberungen tatsächlich etwas für ihn empfinden, würde es schwer fallen, eine zu finden, die mit uns zusammenarbeiten und ihm Gift verabreichen würde.«

»Ich will nicht, dass er vergiftet wird!«, protestierte Leonardo.

Sangreal schien ihn nicht gehört zu haben. »Der Signore hat keine festen Tagespläne. Er kommt und geht, wie es ihm beliebt. An ein und demselben Nachmittag mag er vielleicht in einer Villa dem Glücksspiel frönen, mit einer Kurtisane schlafen und danach den Dom besuchen. Das macht es ja so schwer, einen Unfall zu arrangieren.«

»Muss er denn getötet werden?«, wollte Leonardo wissen. »Ich muss Euch sagen, Ser Sangreal, dass ich einen Mord ganz und gar nicht gutheißen kann.«

»Dieser Herr ist keine lästige Mücke, die ihr mit einer Handbewegung verscheuchen könnt, Maestro. Er hat den Auftrag, Euch oder Ser Niccolò oder gar Euch beide zu töten; wenn nicht sofort, dann auf ein gegebenes Signal hin, das er mit seinem Auftraggeber vereinbart hat. Sie spielen mit Euch Katz und Maus.«

»Aber Mord ...!« Empört runzelte Leonardo die Stirn.

Sangreal studierte das Gesicht des Meisters. »Wollt Ihr in ewiger Furcht leben, dass er jederzeit aus einer Tür treten und einen Dolch in Euer Herz jagen könnte?« Er drehte sich zu Niccolò um. »Oder dass er plötzlich eine Zeit lang verschwinden könnte? Und Ihr sitzt hier und ängstigt Euch, dass er in Cremona weilt und Eurer Frau und Eurem Kind auflauert?« Er senkte die Stimme. »Wollt Ihr beide so weiter leben und Euch fragen, ob dieser Wein, ob dieses Stück Brot vielleicht vergiftet sein könnte?«

»Nein, das wollen wir nicht«, antwortete Niccolò leise.

»Dann bleibt uns wohl kaum eine andere Wahl«, schloss Sangreal und sprach dem Wein tüchtig zu. Er studierte Leonardos Gesicht und sah den inneren Kampf, der sich darin spiegelte. Das rührte ihn. »Schön, schön. Immerhin kann ich Euch eines versprechen, Maestro«, sagte er sanfter. »Ich verspreche Euch, dass ich den Mann nicht töten werde.«

*

Die Frau war viel versprechend und die Gelegenheit ebenso.

Pagano war nun fast einen Monat in Florenz und wartete geduldig auf den Befehl, seinen Auftrag auszuführen. Mit seinem gesunden Auge betrachtete er die breite Piazza dei Pitti im Lichte der Fackeln und Grasso-Laternen und fingerte unter seinem Wams nach der zerknitterten Nachricht, die ihm am Morgen von der hübschen Kammerzofe überbracht worden war.

Wieder las er die wenigen Zeilen: »Nach Mitternacht. Der Königsflügel im Palazzo Pitti. Mein Mann und die Diener sind nicht da. Ich bin allein und warte. Ich bitte Euch, seid vorsichtig – und diskret.«

Die Nachricht war von einer Dame, die sich selber nur als »Donna C« zu erkennen gab – das gleiche Initial, das auf ihrem Briefpapier eingeprägt war. Diese geheimnisvolle Dame hatte ihm im Laufe der vergangenen Woche täglich geschrieben, dass sie ihn zu verschiedenen Anlässen in der Stadt gesehen habe. Freimütig gestand sie, wie sehr sie vom Anblick seiner venezianischen Maske angetan sei und wie sein Ruf – der im Kreise ihrer Freundinnen viel diskutiert worden war – sie jeglicher Selbstbeherrschung und Scham beraubt habe. Die Briefe rochen nach Verbenen und waren von zarter Hand geschrieben; das war deutlich zu erkennen.

Und doch, dachte Pagano, könnte es eine List sein, eine Falle, von einem eifersüchtigen Ehemann gestellt, denn die Dame mit den Briefen war nicht die einzige Ehefrau, die er »nach Mitternacht« erfreut hatte. Doch der Meuchelmörder wäre niemals so alt und erfolgreich geworden, wenn er nicht stets sorgfältig beobachtet und geplant hätte. So wusste er auch, dass er in Florenz verfolgt wurde: von einem großen graubärtigen Mann in einem Umhang mit Kapuze. Es war ihm zweimal gelungen, den Verfolger abzuschütteln, daher fürchtete er keine Schwierigkeiten von jener Seite.

Dennoch war er auf der Hut.

Er hatte unter seinen weiblichen Bekannten nach einer hoch gestellten Dame mit dem Initial ›C‹ herumgefragt, die es auf ihn abgesehen haben könnte. Daraufhin hatten die Damen eine Fülle von Möglichkeiten genannt, beginnend mit der für ihr heißes Blut berüchtigten Nichte des Kardinals Carranza von Toledo, die Pagano flüchtig in der Villa Palmieri kennen gelernt hatte, bis zu der vernachlässigten, verzweifelten und wunderschönen Frau des Achille Tiberti da Cesena, der als General für Caesare Borgia kämpfte. Nachdem Pagano schlussendlich aufgegangen war, dass seine Fragen keine Früchte trugen, hatte er einen heftigen Flirt mit der Kammerzofe begonnen, welche die Briefe ihrer Herrin überbrachte. Mithilfe einer kleinen Bestechung brachte er sie dazu, den Namen der Dame preiszugeben; es war Donna Cannacci, die junge Frau eines Kaufmanns und Bankiers, der den Palazzo dei Pitti seit fünf Monaten gemietet hatte.

Soweit Pagano bekannt war, war der Palazzo Pitti noch immer nicht vollendet. Ursprünglich als Domizil für Cosimo de Medici geplant, war der große Palast von Luca Pitti erworben worden, der bei dem Versuch, das Haus zu möblieren und fertig zu bauen, Bankrott gegangen war. Die derzeitigen Bewohner, die Cannacci, waren in der Florentiner Gesellschaft noch nicht etabliert, obwohl der Familienname in Rom und Mailand alt und angesehen war. Pagano hatte mittlerweile herausgefunden, dass Ser Giovanni Cannacci die Stadt vor zwei Tagen verlassen hatte, um »in Geschäften gen Süden zu reisen«, und erst zu Allerheiligen zurückerwartet wurde.

Nachdem er solcherart die Identität der Dame herausgefunden hatte und ohnehin geduldig auf das Zeichen zur Beendigung seines Auftrages warten musste, hatte Pagano zweimal Gelegenheit gehabt, Donna Cannacci zu beobachten. Sie war eine Schönheit, Haare in der Farbe wie die seinen, wahre Feuerkränze, die sie in festen, um den Kopf geschlungenen Zöpfen zu tragen pflegte und stets mit einer weichen

Kappe und einem Schleier bedeckte. Ihr Hals war ein wenig zu lang, doch Pagano stellte sich vor, wie er seinen Mund in die verlockende Mulde vergraben würde, wo ihr Hals in die weiße Schulter überging. Ihre Figur war unter den üppigen Kleidern nicht gut zu erkennen, doch sie besaß eine schmale Taille und vermutlich volle Brüste. Ihr Mund war klein und unter dem Kinn sah man den Schatten eines Grübchens. Volle sinnliche Lippen. Wenn sie einherschritt, war es, als stehe sie auf einer Wolke, die mühelos über dem Erdboden schwebte, und ihre Stimme war wohlklingend, wenn auch ein wenig nasal.

Alles in allem eine lohnende Bettgenossin, die Pagano in die Feinheiten der Liebe würde einweihen können, und die Tatsache, dass die Dame so viel riskiert hatte, um ihm ihre Gefühle mitzuteilen, machte sie ihm nur umso liebenswerter.

Nun stand er im Schutz der langen Fassade an der Piazza und studierte den Palast. Kein Licht brannte, doch das war verständlich. Pagano überquerte langsam den Platz und zog seinen schweren wollenen Umhang enger um Hals und Schultern, um sich gegen die beißende Abendkälte zu schützen. Er betrat das Haus durch die Ostpforte, die nicht verriegelt war. Vorsichtig schlich er durch die Eingangshalle, eine Hand auf der Klinge seines *main gauche*, die andere auf dem Knauf seines irischen Schwertes.

Es war still.

In einem Messinghalter auf dem Pfosten am Fuße der Treppe brannte eine einsame Kerze, die ihm wohl den Weg weisen sollte. Zoll um Zoll schlich er die Treppe hoch und betrat jede Stufe so nahe wie möglich an der Wand, um das verräterische Knarren zu vermeiden.

Als er schließlich zum obersten Stock gelangte, erblickte er einen schwachen Lichtschimmer, der auf halber Länge des Korridors unter einer Tür hervordrang. Reglos blieb er eine Zeit lang vor der Tür stehen und drückte sein Ohr gegen das Holz, horchte auf Stimmen. Doch er hörte nichts als das viel versprechende Knarren eines Bettes. Dennoch blieb er wachsam und drehte vorsichtig den Türknauf. An die Wand im Korridor gedrückt, schob er fast unmerklich die Tür auf.

Vorsichtig spähte er um die Tür herum und erblickte ein großes Zimmer mit prächtigen Möbeln, in dessen Mitte ein riesiges Himmelbett stand. Die Luft im Zimmer roch stark nach Verbena. Im Licht des schwach brennenden Kaminfeuers konnte Pagano die Frau mit abgewandtem Gesicht im Bett liegen sehen. Ihr kupferfarbenes Haar war nun offen und ergoss sich über die Berge von Satinkissen wie kleine Bäche, die auseinander strebten und sich wieder vereinten. Über der Bettdecke waren eine weiße Schulter und ein schlanker Arm zu sehen. Sie schien zu schlafen; ihr Atem ging in langen, gleichmäßigen Zügen.

Pagano stahl sich über die Schwelle und stand im Zimmer. Langsam schritt er aufs Bett zu, behielt dabei jedoch stets das übrige Zimmer im Auge. Die Wandteppiche waren von auserlesener Qualität. Vor den Fenstern hingen schwere Damastvorhänge; deshalb hatte auch kein Licht auf die Piazza dringen können. Drei oder vier Polsterstühle mit der *impresa* einer Kette; auf einem Stuhl häuften sich bezaubernde, reich gefältelte Kleider und zarte Spitze. Das Feuer aus dem Kamin tauchte den Raum in warmes Licht.

Pagano entdeckte eine Kristallglaskaraffe mit einer blutroten Flüssigkeit und zwei Trinkbecher auf einem Tisch neben dem Bett. Dann fielen ihm einige Bilder an zwei Wänden und ein Kruzifix an einer anderen Wand ins Auge. Sonst gab es kaum etwas zu sehen.

Seine berufsbedingte Aufmerksamkeit für Details sagte ihm sogleich, dass das Zimmer nur eine Tür hatte: die, durch die er eingetreten war. Der Schlüssel steckte von innen. Er drehte ihn herum und hörte, wie das Schloss einrastete.

Nun erlaubte er sich ein Lächeln. Jetzt konnte er nicht mehr überrascht oder in die Enge getrieben werden.

Behutsam stellte er die Kerze auf einen kleinen Tisch neben der Tür und begab sich auf die andere Seite des Bettes, um zu sehen, ob die Dame wirklich schlief. Ihre regelmäßigen Atemzüge verrieten es. Pagano sah die Satinpantöffelchen neben dem Bett und das Nachthemd, das wie aus Spinnweben gewebt schien, über eine Stuhllehne geworfen. Daher nahm er an, dass die Frau unter der Decke nackt sein musste. Er stellte sich die weiche Haut vor, das tiefe dunkle Tal zwischen ihren Schenkeln, die aufgerichteten Nippel ihrer vollen Brüste. Er drehte dem Bett den Rücken zu und befühlte die Seide und die zarten Spitzen auf dem Stuhl. Dann wandte er sich wieder zum Bett und ließ endlich den Umhang zu Boden fallen. Sein Auge erfreute sich an der Schönheit der schlafenden Frau. Pagano löste den schweren Gürtel, an dem sein Schwert und die Dolche hingen, und ließ ihn geräuschlos zu Boden gleiten. Er ging um das Bett herum, wollte nackt hinter der Dame zwischen die Laken gleiten und sie umfangen. Rasch löste er sein Wams, um es von den Schultern zu streifen.

Plötzlich spürte er, wie die Ärmel sich strafften, als ob ihn jemand von hinten am Wams zöge! Im gleichen Augenblick stand wie aus dem Nichts ein kleiner Mann mit dunklem, gestutztem Schnurrbart und Knebelbart vor ihm – ein Mann, den er nie zuvor gesehen hatte – und er spürte den kalten, glatten Stahl der Klinge, die genau unterhalb seines Brustbeins ins Fleisch eindrang. Der Venezianer zuckte zusammen und schnappte nach Luft. Mit weit aufgerissenen, ungläubigen Augen sah er, wie der Mann wieder und wieder zustach. Pagano sah sein Lebensblut über sein Hemd fließen wie eine tiefrote Wolke.

»Wi... Wie?«, brachte er noch heraus, bevor der zweite Mann, der ihn von hinten festgehalten hatte, seinen Griff lockerte und ihn fallen ließ.

Der Mann mit dem schwarzen Bart wandte sich um und winkte in Richtung des engen dunklen Durchgangs, der von einem der Wandteppiche verborgen war. Rasch trat eine junge Kammerzofe aus dem Geheimgang und kam zum Bett. Sie hatte einen Morgenmantel aus Flanell in der Hand, setzte sich auf die Bettkante und weckte die Schlafende behutsam auf.

Ungeachtet ihrer Vorsicht erschrak die Dame und setzte sich kerzengerade auf. Sogleich legte ihr die Zofe den Mantel um die Schultern. Benommen und entsetzt starrte Donna Cannacci auf den toten Mann, ihren Gatten und den großen graubärtigen Fremden. »Giovanni! Was ... Was ist das? Was ist passiert?«

Rasch reichte Ser Giovanni das Stilett dem Grauhaarigen, der sich hinabbeugte und die Klinge am Umhang des toten Meuchelmörders abwischte. Stolz schritt der Gatte auf seine Frau zu und nahm sie in die Arme. »Nichts, worüber du dir Sorgen machen müsstest«, tröstete er sie. »Nur eine Frage der Ehre.« Er wies auf Sangreal. »Unser Freund hat mir erzählt, dass er diesen Abschaum in einer Taverne belauscht hat, wie er damit prahlte, dich zu ›besitzen‹ – um es feinfühlig auszudrücken, Liebes –, entweder durch Verführung oder, wenn nötig, mit Gewalt.«

Erschrocken riss die Dame die Augen auf und schüttelte sacht den Kopf.

»Durch Gottes Gnade«, fuhr ihr Mann fort, »und weil ihm Tugend und Reinheit so wichtig sind, kam er sofort zu mir, und zusammen schmiedeten wir den Plan, der den Unhold glauben machen sollte, ich befände mich auf Reisen. Maria hat in deinem Namen ein paar Briefe geschrieben, und so haben wir es zu Wege gebracht, dass er heute Nacht hergekommen ist. Wir haben uns im Geheimgang versteckt und auf ihn gewartet.«

Die Frau wirkte noch immer erschüttert und zutiefst verwirrt.

»Nun, Liebes, die Gefahr ist vorüber. Du musst es vergessen und versuchen, ein wenig zu schlafen«, befahl Ser Giovanni sanft, während er auf den kleinen Tisch zuschritt und die Kerze nahm. »Maria wird bei dir bleiben, nicht wahr, Maria?«

Die Zofe nickte, machte einen Knicks und ließ sich auf einem der Stühle nieder.

»Ich schulde Euch unendlichen Dank, mein Freund«, sagte der Gatte zu Sangreal.

»Ich bin froh, dass ich Euch zu Diensten sein konnte, Ser Giovanni«, erwiderte dieser leise. »Tugend und Reinheit unserer Frauen müssen geachtet werden.« Rasch ging er auf die Zofe zu, nahm ihre Hand in die seine und drückte einen Kuss darauf. »In welchem Zustand wäre unser Land ohne tugendhafte Frauen?« Dann ging er zu der Dame und beugte das

Knie, um ihr gleichfalls die Hand zu küssen. »Ihr seid sehr tapfer gewesen, Madonna«, sagte er.

»Muss ... Musste er sterben?«, fragte Signora Cannacci zaghaft.

»Jeder Mann in Florenz wird mir beipflichten, dass Euer mutiger Gatte keine andere Wahl gehabt hat, Madonna«, erwiderte Sangreal. »Er musste so handeln, um die Ehre seiner Familie zu schützen. So wird es von einem Ehrenmann erwartet!«

Ser Cannacci lief rot an und sah beschämt und erfreut zugleich aus. Er schloss die Tür zum Korridor auf und warf seinen Umhang zurück; auf dem Wams, das er darunter trug, prangte das Familienwappen.

Sangreal trat zu ihm. »Dürfte ich vorschlagen, dass wir die Angelegenheit für uns behalten?«, fragte er flüsternd. »Dieser Mann war ein Vergewaltiger und ein betrügerischer Hund, aber es kann sein, dass er Freunde hat.« Jäh beugte er sich zu der Leiche hinab und betastete sie. Dann richtete er sich wieder auf. »Es gibt nichts mehr, das seine Identität verraten könnte. Ich schlage vor, dass wir dieses Bündel nun in den Garten tragen und dort vergraben. Dann können im Frühling Blumen darüber wachsen.«

Sie machten sich ans Werk.

*

Am nächsten Tag unterrichtete Sangreal Leonardo, dass die Bedrohung namens Pagano ›beseitigt‹ sei. Als Beweis präsentierte er Niccolò das irische Schwert und die beiden Dolche.

»Ihr habt ihn ermordet?«, fragte Leonardo ungläubig.

»Nein«, gab Sangreal ruhig zurück. »Ich habe Euch doch gesagt, ich würde ihn nicht töten, und ich habe mein Wort gehalten. Aber er stellt nicht länger eine Bedrohung für Euch dar.« Er streckte die Hand im Stulpenhandschuh vor: Darin lag ein Ring mit einem großen Rubin und ein Rosenkranz mit dunklen Holzperlen. »Dieser Ring gehörte einem Pagen von Herzog Alfonso d'Aragona. Er war ein Geschenk von seinem Vater, als er auf dem Sterbebett lag. Ich habe ihn viele Male gesehen.« Mit der anderen Hand berührte er den Rosenkranz. »Dieser Rosenkranz ist mit einem Draht verstärkt. Damit wurde der Herzog erdrosselt.« Er legte beides auf einen Werktisch. »Nun ist klar, wer der Anführer der Büßer beim Attentat auf den Herzog in Rom gewesen ist und wer den fehlgeschlagenen Plan letztendlich in die Tat umgesetzt hat. Doch die Frage bleibt: In wessen Diensten stand Pagano? Wie ich war er als Absolvent der Janus-Schule vertraglich an eine Familie gebunden, um ihr zu dienen und sie zu beschützen, doch er konnte auch von der Familie ›ausgeliehen‹ werden. Und dieser Umstand wirft viele Fragen auf: Handelte der Mörder im Auftrag der Marchesa, als er Alfonso tötete, und wenn ja, welcher Vorteil konnte ihr daraus erwachsen? Oder arbeitete er mit Erlaubnis Donna Isabellas für jemand anderen? Für die Medici? Oder vielleicht – wie meine Herrin einst vermutet hat – für meinen Herrn, den Herzog Caesare? Und falls dies die Wahrheit ist, warum sollte die Marchesa so gefällig sein, ihren Beschützer an einen Borgia auszuleihen, für den sie keine sonderliche Achtung hegt? Und welche Allianz besteht zwischen den Büßern und Pagano? War er vielleicht ihr geheimnisvoller Anführer mit Namen Manciano? Falls dies der Fall sein sollte, muss ich Euch warnen, Maestro.

Es könnte jemanden geben, der nach Vergeltung für sein – Verschwinden strebt.«

Leonardo fragte sich immer noch, wie das ›Problem‹ mit Pagano ›gelöst‹ worden war, doch er hielt es nicht für klug, den Graubärtigen in dieser Hinsicht weiter zu bedrängen.

Doch Sangreal, der die Frage vorausgeahnt hatte, fügte ruhig hinzu: »Die Liebe hat ihn vernichtet, Maestro. In meinem Beruf bedeutet Liebe Schwäche. Sie macht einen verwundbar.«

*

Am nächsten Morgen verkündete Sangreal, dass er nach Rom zurückkehren müsse, um Weihnachten wieder bei seiner Herrin Donna Lucrezia zu sein. Leonardo begleitete ihn zur Tür. In der Hand hielt er noch immer einen Rötelstift und ein Blatt getöntes Papier, da er mitten in der Arbeit unterbrochen worden war.

An der Tür drehte Sangreal sich noch einmal um und schaute Leonardo ernst an. »Soweit ich verstanden habe, Maestro, seid Ihr ein Mann, der stets nach Wissen strebt.«

»Ich hoffe, dass ich ein Suchender bin.«

»Sucht Ihr nach umfassendem Wissen, Maestro?«

»Ich verstehe nicht recht, was Ihr damit meint.«

»Es gibt einige Quellen des Wissens und der Wahrheit, die nicht – wie soll ich das bloß ausdrücken? – die nicht der Allgemeinheit zugänglich sind, denn sie stören den Seelenfrieden und sorgen nur für Verwirrung in den Köpfen mancher Menschen. Trachtet Ihr danach, auch solche Wahrheiten zu erforschen?«

Das Zitat des Aristoteles kam Leonardo in den Sinn.

Doch teurer noch ist mir die Wahrheit.

»Ja«, erwiderte er.

Sangreal lächelte verständnisvoll. »Wie ich gehört habe, studiert Ihr Geometrie.«

»Ich habe wohl ein wenig den Euklid studiert«, gab Leonardo zu.

»Dann sagt mir: Welche Form erhält man, wenn man ein sechsseitiges Vieleck in einen Kreis zeichnet und danach Linien zieht, um alle Punkte zu verbinden, an denen die Winkel den Kreisbogen schneiden?«

Die Frage überraschte Leonardo und erfreute ihn zugleich. Niemals hätte er sich träumen lassen, dass ein Meuchelmörder im Dienste der Borgia sich für geometrische Rätsel interessierte. Er stellte sich das Bild im Geiste vor und antwortete nach kurzem Nachdenken: »Einen sechszackigen Stern.«

»Sehr gut«, sagte der Beschützer. »So ist es. Zwei Dreiecke. Eines, das nach oben zeigt und eines mit der Spitze nach unten. Die Vereinigung der Gegensätze. Das Siegel des Salomon.« Plötzlich nahm er Leonardo das Blatt und den Rötel aus der Hand und zeichnete auf die Rückseite ein kleines *p* sowie ein *s*, die durch einen Halbkreis miteinander verbunden waren. Dann gab er Leonardo seine Utensilien zurück. »Ist Euch dieses Zeichen vertraut, Maestro?«

»Nein.«

Wieder lächelte der große Mann. »Nun, Maestro«, flüsterte er, »bei unserer nächsten Begegnung werden wir darüber sprechen.«

Und er verließ das Haus.

Die ›alten Geschichten‹ waren zu den Akten gelegt.

DIE VANDALEN

Der Tod des Frühlings

»Zu der Zahl der Dummen
gehört eine gewisse Sekte, die so genannten Heuchler,
die ständig überlegen, wie sie ... andere täuschen können,
aber ... in Wahrheit täuschen sie mehr sich selbst
als die anderen.«

»Der du die Malerei verachtest ...
dann verachtest du ...
philosophische und scharfsinnige Spekulation.«

Aus Leonardos Arbeitsheften

Florenz

Der Vollmond warf sein bleiches Licht in den Hof von San Marco. Leise glitten sechs geisterhafte Gestalten in weißen Kutten ins Stiftshaus. Sie hielten die Köpfe gesenkt und ihre Arme unter den weiten Ärmeln verborgen. Im Kreuzgang zündete einer der sechs eine dicke Wachskerze an. Sie schritten an Fra Angelicos Kreuzigungsbildern mit Heiligen vorbei und stiegen rasch die Treppe zum ersten Absatz hoch. Dort blieben sie still vor einem großen Bild stehen, auf dem eine Gruppe junger Männer und Frauen in einem Obstgarten dargestellt war.

Am unteren Rand des Gemäldes blühte ein vielfarbiger Blumenteppich. Über einer elegant gekleideten Dame schwebte ein engelgleicher Kupido, und rechts von diesem vorherrschenden Bildelement waren drei weitere Frauen in durchsichtigen Gewändern zu sehen: Es handelte sich um die Grazien, deren Hände in freudiger Anbetung ineinander verschränkt waren. Im flackernden Kerzenlicht schienen sie zum Leben zu erwachen und mit einem rituellen Tanz die jährliche Wiederkehr alles Grünen und Blühenden zu feiern. Ein junger Mann, der nur einen leichten Umhang trug, stand rechts von den Frauen und schaute aus dem Bild hinaus. Er schien wie magisch von einer Frucht an einem überhängenden Zweig angezogen zu werden und streckte die Hand aus, um die Köstlichkeit zu pflücken. Links von der zentralen Figur stand eine junge Frau mit sanftem Gesicht in einem mit Blättern gemusterten Kleid, und weiter links war noch eine Frau, die anscheinend dem Zugriff eines zweiten Mannes entkommen wollte, der hinter den Bäumen hervorbrach. Alles in allem feierte das Bild die Lebendigkeit, das Aufblühen und die geistige Erneuerung des Frühlings.

Die stille Betrachtung der Mönche endete jäh, als einer der sechs den geflüsterten Befehl gab: »Eilt euch!«

Ein anderer trat vor. Das kurze Aufblitzen einer Klinge.

Als die Mönche wenige Minuten später die Treppe hinabstiegen, lehnte der Bilderrahmen an der Wand. Von dem Gemälde waren nur noch angekokelte Fetzen übrig geblieben, die traurig vom Rahmen hingen.

Die Vandalen verschwanden in der Nacht.

*

Als Leonardo und Niccolò am nächsten Morgen vorbeischauten, fanden sie das Stiftshaus in Aufruhr vor. Gruppen von Dominikanermönchen in schwarz-weißen Kutten standen im Hof und erzählten einander flüsternd von der scheußlichen Tat. Bewaffnete Büttel der Florentiner Stadtpolizei standen mit strengen Gesichtern an der Klosterpforte und am Fuß der Treppe. Sie hielten die Besucher an, doch der Bargello erkannte Leonardo und befahl seinen Männern, ihn passieren zu lassen. Als sie sich der Treppe näherten, wurden sie vom Abt bemerkt, der neben Soderini stand. Er flüsterte dem Gonfaloniere etwas ins Ohr, woraufhin dieser sich umdrehte, sogleich die Treppe herabstieg und die Neuankömmlinge begrüßte.

»Wieder ein Fall von sinnloser Zerstörung!«, verkündete er in greinendem Tonfall. »Und wieder ein Werk von Maestro Botticelli! Der ›Frühling‹! Kann man das fassen? Der ›Frühling‹! Welch ein wunderbares Werk! Ein Meisterwerk! Erst kürzlich von Holz auf Leinwand übertragen – und nun haben diese Vandalen es in Stücke geschnitten und verbrannt und nur noch Fetzen übrig gelassen!« Er legte Leonardo die Hand auf die Schulter. »Ihr kanntet es natürlich, Maestro, nicht wahr?«

»Ja«, antwortete der Meister leise. Er schickte sich an, zum Treppenabsatz hinaufzusteigen. »Darf ich sehen, was sie dem Bild angetan haben?«

Soderini winkte den beiden Posten. Sie zogen ihre gekreuzten Hellebarden zurück und Niccolò folgte Leonardo die Treppe hinauf. Der Abt nickte höflich, als Leonardo zu ihm trat, doch dann entschuldigte er sich und den Bargello und ließ die beiden allein.

Der Gnom sah sich auf dem Absatz um, während Leonardo sich über die verkohlten Überreste beugte.

Ihm war sogleich klar, dass die Leinwand systematisch aufgeschlitzt worden war. Zwar waren noch einige grünende Bäume am oberen Bildrand zu erkennen, doch von der zentralen Figur war nur noch der Kopf geblieben. Das schöne Frauengesicht trug nun eine Narbe, die über Wangen und Nasenrücken verlief, als hätten die Vandalen es besonders auf die gezielte Verstümmelung der Dame abgesehen. Ebenso waren sie mit den drei Grazien verfahren, die kaum noch zu erkennen waren. Auch die Frauengestalt am linken Bildrand war auf rohe Weise abgetrennt worden, sodass der Mann hinter den Bäumen nur noch ein klaffendes Loch in der Leinwand betrachten konnte. Die Fetzen des Gemäldes waren angekokelt worden; daher waren nur in Rahmennähe einige Stellen übrig geblieben, wo noch Farbe leuchtete. Leonardo sah einen Teil des erhobenen Männerarmes, der nach der Frucht griff, und ein Stück vom wehenden Umhang des anderen Mannes. Am unteren Bildrand waren nur noch Reste des dunkelgrünen Rasens und der bunten Blumen geblieben.

»Für die Büßer war es vermutlich eine Darstellung der Sünde«, sagte Soderini ernst. »Botticelli hat die Grazien fast nackt dargestellt, und die Dame in der Mitte war offensichtlich die heidnische Venus mit ihrem Sohn Kupido, der über ihr schwebte. Den Anhängern Savonarolas war dies Anlass genug für die Zerstörung des Bildes.«

»Ja«, sagte Leonardo mit tonloser Stimme. »Oder es war Vergeltung«, flüsterte er Niccolò ins Ohr. »Wenn Pagano Manciano war, der Anführer der Büßer, könnte es ein Racheakt seiner Anhänger sein. Wenn es in den nächsten Tagen weitere Akte von Vandalismus gibt, können wir es mit Sicherheit annehmen.«

»Oder wenn sie aufhören, Bilder zu zerstören und stattdessen die Künstler aufs Korn nehmen«, murmelte der Gnom. »Besonders uns.«

Der Maestro bückte sich, nahm ein kleines Stück Leinwand zwischen seine kräftigen Finger und riss es ab. Er richtete sich wieder auf und drehte den Fetzen nachdenklich hin und her.

Niccolò wusste, dass Leonardo insgeheim Botticellis ›Pallas und der Zentaur‹ verurteilte und dass die Verstümmelung von Ghirlandaios Porträt von Lorenzo dem Prächtigen für ihn eher ein politischer Akt als eine durch Moralismus motivierte Tat gewesen war … aber er wusste auch, dass Leonardo den ›Frühling‹ sehr gemocht hatte.

Der Maestro betrachtete den Leinwandfetzen, auf dem noch ein, zwei von Botticellis Blumen zu sehen waren, und die leuchtenden Farben weckten plötzlich eine Erinnerung.

*

Er war ein Junge und stürmte durch die Blumenwiesen der Toskana. Jede knospende Schlüsselblume, jeder Vogel in seinem bunten, leuchtenden Federgewand fesselte ihn. In seiner Knabenzeit hatte jeder Windstoß, jedes zufällige Bild in den Wolken seine Neugier geweckt und Anlass zu tausend Fragen gegeben. Wieder streifte er glücklich über die Hügel, wanderte Hand in Hand mit seinem Onkel unter den silbernen Blättern der Olivenbäume, lauschte dem Wind, der Zypressen, Lärchen und Pinien Geheimnisse zuflüsterte. Wieder pflückte er eine bittersüße Traube aus den ineinander verschlungenen Reben. Einen kurzen Moment lang verspürte er erneut die Verzauberung und die reine Heiterkeit der Natur – der einzigen Liebe, die er je verstanden hatte.

»Es ist unbegreiflich«, murmelte er.

*

»Ich fühle mich … hilflos«, verkündete Soderini. Wild fuchtelte er mit den Händen herum, um zu zeigen, wie furchtbar verworren die Angelegenheit war. Doch zu Niccolòs Erheiterung wirkten die Gesten eher so, als versuche der Magistratsbeamte unsichtbare Fliegen zu fangen. Er schüttelte den Kopf und unterdrückte den Wunsch zu lachen.

»Es ist ganz eindeutig das Werk der Büßer«, fuhr Soderini

fort zu klagen, »aber ihr Anführer, dieser Manciano, bleibt immer noch der mysteriöse Mann im Dunkeln.«

Leonardo fühlte sich nicht bemüßigt, Soderini mitzuteilen, dass Pagano – der vielleicht jener geheimnisvolle Manciano gewesen war – ›verschwunden‹ sei.

Der Gonfaloniere fuchtelte weiter mit den Händen herum, um zu zeigen, dass er sich dem Problem nicht gewachsen fühlte, doch für Niccolò sah es nun so aus, als werfe er Vögel in die Luft. Er fand, dass solche flammenden und unverständlichen Gesten typisch für die Menschen der Toskana waren; im Kloster hingegen, in der Certosa, war jede Form der Mitteilung so knapp wie möglich gehalten worden – es sei denn, es handelte sich um das Gebet.

»Wir wissen, dass diese Gruppe hauptsächlich aus jungen Klerikern besteht«, fuhr Soderini fort, »aber ich kann doch nicht jeden Mönch und jeden Prediger verhaften, nicht wahr? Und wir können auch nicht an jedem Standbild und vor jedem Gemälde in Florenz Wachen aufstellen. Wachen!«

»Ich bin sicher, Ihr tut Euer Bestes, Messer Piero«, sagte Leonardo. Niccolò fiel auf, dass der Maestro noch immer den Leinwandfetzen in seiner Hand betrachtete.

»Es ist doch unglaublich, nicht wahr?«, stöhnte Soderini. »Unglaublich, dass es Menschen gibt, die glauben, Kunst müsse sich ihren persönlichen Vorlieben unterordnen – oder aber zerstört werden. Nicht wahr?«

»Ja«, sagte Leonardo leise.

Soderini wollte sich abwenden, doch plötzlich wirbelte er wieder herum und packte Leonardo am Ärmel. »Um ganz ehrlich zu sein, Maestro«, flüsterte er, »es gibt einige, die glauben, diese Büßer seien auch für den Mord an dem jungen Herzog von Bisceglie verantwortlich. Meine größte Sorge besteht deshalb darin, dass die Vandalen nicht länger die Kunstwerke angreifen, sondern die Künstler. Dass sie sie vielleicht gar töten! Denkt Euch nur ... *Töten*!«

»Aber der Herzog war kein Künstler, dessen Werke zur Sünde aufgerufen haben«, entgegnete Leonardo und warf dabei den Kopf leicht zurück. »Er wurde aus ganz anderen Gründen ermordet.«

Der Gonfaloniere zuckte mit den Schultern, als sei er gewillt, jegliche Theorie zu diesem Thema zu akzeptieren. Dann machte er auf dem Absatz kehrt und ging hinaus.

*

Der Maler und der Gnom stiegen ins obere Stockwerk zur Bibliothek hinauf.

»Ich kenne Botticelli ja nicht persönlich«, sagte Niccolò, »aber natürlich viele seiner Bilder, und ich sehe, dass Ihr den ›Frühling‹ sehr gemocht habt.«

»Alessandro di Mariano Filipepi«, sagte Leonardo, als sie die Bibliothek betraten. »So heißt er in Wirklichkeit. Und es stimmt, ich mochte sein Bild, weil es Geist und Vision ausdrückte, obwohl Sandro und ich oft Kontroversen bezüglich der Perspektive hatten. Außerdem fand ich, dass er dem Hintergrund nie genug Aufmerksamkeit geschenkt hat. Selbst im Falle des ›Frühlings‹ musste ich ihn darauf hinweisen, dass die Füße der Figuren nicht den Boden berühren.« Er dachte kurz nach. »Und doch war es – eine Vollendung, eine Vision, die er in Farbe und Komposition umzusetzen verstand.«

»Wie ist er zu dem Namen Botticelli gekommen?«

»Ach, Künstler legen sich oft Künstlernamen zu. Manchmal wollen sie ihre Familien schützen, für die die Malerei vielleicht etwas Frivoles bedeutet. Sandro hatte einen älteren Bruder, der ein *battiloro* war, ein Goldschläger. Auch ich habe mich früher einmal seiner Arbeit bedient, um Heiligenscheine für die Madonna und das Kind zu malen – damals, als Heiligenscheine noch in Mode waren.«

»Aber der Name ...?«

»Dieser Bruder hat den Jüngeren immer ›kleines Fass‹ genannt – *botticelli*. Sandro mochte diesen Kosenamen; also machte er ihn zu seinem Künstlernamen.«

Niccolò machte eine Geste, als verstehe er die ganze Sache nicht; dann kletterte er eine kleine Leiter hoch und öffnete ein Fenster.

Sogleich wehte ein kühler Luftzug durch die Bibliothek. Leonardo fühlte sich erfrischt – und stellte im gleichen Augenblick fest, dass er noch immer den bunten Leinwandfetzen in der Hand hielt. »Warum auch noch verbrennen?«, sinnierte er und fuhr mit dem Finger an der angesengten Kante entlang. »Hat es nicht gereicht, das Bild zu zerschneiden?« Er ging zum Fenster. »Und warum sollten die Büßer, die doch wahrscheinlich Dominikaner sind, ein Dominikanerkloster überfallen? Das Bild gehörte ihnen doch schon. Warum haben sie es nicht einfach versteckt, wenn sie es für anstößig gehalten haben?«

Niccolò zog ein kleines, in Leder gebundenes Buch aus einem Eckregal und trug es zum Lesepult. »Ich verstehe es auch nicht.« Er schlug das Buch auf und blätterte in den dicken Seiten, die beidseitig beschrieben waren. Dann schaute er auf und sah, wie Leonardo stirnrunzelnd am Fenster stand und den Fetzen gegen das Licht hielt. »Es liegt, scheint's, in der Natur mancher Menschen, alles Schöne zu zerstören«, bemerkte der Gnom. »Es ist, als würden diese Dinge ihnen Ungemach oder Angst bereiten.«

Leonardo sah, dass ein kleiner Brocken dunkelgrüner Pigmentfarbe sich von der Leinwand gelöst hatte und nun an der Spitze seines Zeigefingers klebte. Behutsam zerrieb er das Bröckchen zwischen Daumen und Zeigefinger, dann tat er dasselbe mit dem ganzen Leinwandstreifen und weitere Farbbröckchen brachen ab und wurden zu Staub.

Niccolò zog die Schultern hoch. »Aber die Büßer sehen die Dinge eben nicht wie wir. Sie bezeichnen beide Bilder von Botticelli als heidnisch und sagen, damit würden die Menschen zur Sünde ermutigt. Und das Medici-Porträt verdammen sie als weltlich.«

Leonardo schüttelte den Kopf, steckte den Leinwandfetzen in seine Tasche und trat zu Niccolò ans Lesepult. »Wenn ich ein Stillleben malen würde, das so wirklichkeitsgetreu ist, dass es den Betrachter nach den Äpfeln oder Pfirsichen gelüstet, würdest du es dann als unmoralisch bezeichnen?«

»Nur, wenn Ihr den Markt für Äpfel kontrolliert«, antwortete Niccolò mit einem Grinsen.

»Wenn ich eine nackte Frau malen würde oder einen nackten Mann, und wenn dieses Bild im Betrachter Staunen und Freude an der Schönheit und Symmetrie des menschlichen Körpers weckte, würde ich damit – vielleicht – zur Unzucht ermutigen?«

»Es geht doch nur darum, dass die Büßer so denken, Maestro«, entgegnete der Gnom.

Leonardo stieß einen Seufzer aus, der aus den Tiefen seiner Seele zu kommen schien. »Somit besteht die einzige Antwort darin, dass man ein Kunstwerk schafft und es vor den Augen aller verbirgt, nicht wahr? Damit niemand es sieht und vielleicht davon in Versuchung geführt werden kann.« Er schüttelte den Kopf, und seine weißen Locken tanzten im Wind. »Aber dann ist es doch keine Kunst! Kunst ist per definitionem dazu da, mit anderen geteilt zu werden. Der Künstler strebt danach, dass sein Werk gesehen und wenn möglich angenommen wird. Er beabsichtigt ...« Jäh hielt er inne und strich sich über den Bart.

»Was?«, hakte Niccolò nach.

Wieder zog der Meister den Fetzen aus der Tasche und drehte ihn im Licht. »Beabsichtigt«, murmelte er. »Was ist die Absicht?« Einen Augenblick lang schwieg er nachdenklich. »Beabsichtigt«, murmelte er wieder und steckte den Fetzen in die Tasche seines Umhangs zurück.

Niccolò musste lächeln. »Ich werde Euch vielleicht nie verstehen können, Maestro, aber ich bewundere Euch«, sagte er leise. »Ihr stellt so viele Fragen. Ich finde das sehr mutig.«

»Nein, Niccolò«, erwiderte Leonardo, während er näher trat, um über die Schulter des Gnoms auf den Text von Euklid zu schauen. »Es braucht nur Mut, die Antworten anzunehmen.«

*

Als sie am Abend aus der Bibliothek traten, blieben sie wie angewurzelt stehen. Zu ihrer Bestürzung sahen sie einen alten Mann, offenbar krank und kaum fähig zu laufen, an Krücken über die Piazza Santo Spirito humpeln.

»Das«, flüsterte Leonardo, »ist Sandro Botticelli.« Er zog

Niccolò unter den Schutz des Portikus. »Seltsam. Ich sehe ihn noch als starken, glatt rasierten Mann mit Augen von der Farbe von Rauch. Er hatte dichtes braunes Haar. Allerdings wirkte er immer ein wenig unbeholfen und ängstlich.«

»Was ist mit ihm?«, fragte Niccolò.

»Nichts. Und alles«, erklärte Leonardo. »Soweit ich es verstanden habe, hat er nach seiner Bekehrung durch Savonarola seine Bilder ins Fegefeuer der Eitelkeiten geworfen. Danach war es um seine Schaffenskraft geschehen: Er hat nichts mehr oder nur wenig gemalt.«

»Welch ein Hohn!«, bemerkte Niccolò. »Ein Mann, der zu dem Glauben gelangt ist, dass bestimmte Kunstformen schädlich sein können, muss nun erfahren, wie seine eigenen Bilder, das kostbare Werk seiner Hände, von den Anhängern jenes Mannes zerstört werden, den er verehrte.«

»Ich glaube, ich sollte zu ihm gehen und ihm etwas Tröstliches sagen.«

»Was denn?«

»Ich weiß es nicht. Doch ich kann ihm seine Trauer über den Verlust des ›Frühlings‹ nachfühlen.«

»Natürlich.« Der Gnom nickte. »Ich könnte mir vorstellen, dass Ihr dasselbe gefühlt habt, als Euer ›Letztes Abendmahl‹ sich in Stücke auflöste.«

»O nein, o nein«, entgegnete Leonardo. »Die willentliche Zerstörung des ›Frühlings‹ geschah nicht auf Grund von Ungeduld. Dies war die feige und geplante Vergewaltigung der Seele des Künstlers, ein Mord an seinem Geist. Der arme Sandro – er ist für immer vernichtet, auch wenn er noch unter uns weilt. Kein Heiliger hat je so schmerzvolle Stigmata getragen.«

Mantua

In der Camera degli Sposi duckte sich der pompöse Kammerherr Andrea Meneghina vor der zornigen Marchesa von Mantua. Isabella d'Este zerknüllte das Schriftstück und warf es ihm an die Brust.

»Dies wünsche ich nicht zu hören!«, kreischte sie. »Ich weigere mich zu glauben, dass ein erfahrener Mann wie Pagano einfach ›verschwunden‹ sein soll! Diese Kröte und ihr Meister haben ihn ermordet! Dessen bin ich sicher! Er ist tot!« Sie wandte sich ab und schlug mit der Faust auf die Armlehne des Stuhls.

Der Knall schreckte den Kammerherrn auf. Er fuhr sichtlich zusammen, fing sich dann jedoch wieder und beeilte sich zu sagen: »Marchesa, unser Agent in Florenz hat mir von seinem Verdacht berichtet, dass Maestro Leonardo Hilfe von den Borgia erhalten hat.«

»Wieder dieser verfluchte Borgia?«, fuhr Isabella ihn an. »Wann werden die Montefeltro und die Este endlich etwas gegen ihn unternehmen? Welchen Sinn haben all die Pläne, die wir in Cesena geschmiedet haben, wenn wir uns nicht daran halten?«

Der Kammerherr hob hilflos die Schultern. »Ich bin sicher, es ist nur noch eine Frage der Zeit, bis ...«

Plötzlich fuhr die Marchesa von ihrem hochlehnigen Thron auf und stieg vom Podest.

»Die Zeit ist mein Feind!«, brüllte sie ihren Untergebenen an. »Mit der Zeit vergisst man die Schmach, die einem angetan wurde! Ich kann nicht warten, bis die Zeit mir Gerechtigkeit widerfahren lässt!« Zornig wanderte sie vor dem Podest auf und ab. »Wir müssen klug sein, Andrea. Sehr klug. Wenn es nicht mit einem Mord geht, muss es einen anderen Weg geben, um diesen vermessenen Künstler zur Strecke zu bringen.« Sie blieb unmittelbar vor ihrem Kammerherrn stehen. »Ich will genau über alle Vorgänge in seiner Bottega informiert werden. Alles ... Ich will alles wissen. Ich will genau wissen, wer ihn besucht und warum. Verstehst du?«

Andrea schluckte und versuchte, sich ein Lächeln abzuringen. »Ich werde Fra Novellara einen Brief schicken, Euer Gnaden.«

»Alles, was ich will, ist Gerechtigkeit!« Isabella drehte sich auf dem Absatz um und bestieg wieder ihr Podest. »Ist das zu viel verlangt?«

»Nein, Euer Gnaden«, stöhnte Andrea.

Meine Güte, dachte er, als er sich unter vielen Bücklingen aus dem Raum verdrückte. *Bin ich froh, dass ich nicht derjenige bin, der ihr sagen muss, dass ihr Hündchen vorhin den Perserteppich im silbernen Empfangszimmer ruiniert hat.*

Florenz

Ein paar Tage später sah Niccolò erstaunt, wie Leonardo unvermittelt seine Arbeit im Stich ließ, den weiten Umhang sowie die weiche Kappe anzog, die zu seinem Markenzeichen geworden waren, und verkündete, er werde nun der Schule einen Besuch abstatten, in der er seinen früheren Schüler gesehen hatte. Da erinnerte sich der Gnom an den Tag, an dem er, Leonardo und der Mathematiker das Findelhaus besucht hatten.

»Ach Gott«, murmelte er unhörbar, da er sich an Salais Verrat in Mailand erinnerte. »Gib, dass er keine Torheit begeht.«

*

Zu Leonardos Erstaunen war die Ferrucci-Schule kaum größer als die Bottega von Andrea del Verrocchio, obschon sie eine viel größere Anzahl von Schülern beherbergte. Er wanderte geraume Zeit durch die Räume mit den hohen Fenstern und der Unzahl von Öllampen, ohne dass ihn jemand erkannt oder nach seinem Begehr gefragt hätte. In den oberen Stockwerken fielen ihm die Oberlichter auf, und in den dunkleren Räumen war für gute Beleuchtung gesorgt, indem man Laternen oder Kerzenleuchter vor große Spiegel gestellt hatte und so Licht bis in die letzten Winkel erhielt.

Die Schüler schienen fleißig wie die Bienen zu sein: Sie arbeiteten mit Ton und Gips und malten von Originalen ab. Leonardo sah die hervorragende Kopie eines Gozzoli, auf dem eine lange Prozession zu Pferde dargestellt war, die von einem Gebirgspass herunterkam. Er sah junge Männer an winzigen Ambossen und Schmieden mit Gold arbeiten; andere setzten Schichten des dünn gehämmerten Edelmetalls auf den Rand von Keramikvasen oder auf Gemälde. Zwei oder drei arbeiteten mit Gips und Pigmenten; offenbar lernten sie die Kunst der Freskenmalerei. Zwei schnitten Leinwand. Leonardo sah sogleich, dass es Leinwand neuester Webart war. Er hatte schon von anderen Florentiner Künstlern gehört, dass dieser Stoff Leim und Farbe viel besser aufnahm; daher hob er einen Fetzen Leinwand auf, drehte ihn zwischen den Fingern und steckte ihn in eine Tasche seines Umhangs, um ihn später in seiner Bottega eingehender zu untersuchen.

Leonardo überlegte, wie hoch wohl die Einkünfte dieser Bottega waren. Wie viele Schüler lebten hier, und was musste man für Essen und Kleidung ausgeben? Der Lohn eines Tutors von sechs Florin im Monat, wie er es erhielt, hätte nie für die Ausgaben so vieler Studenten gereicht. Gewiss musste der Meister ständig für Aufträge sorgen, um so viele Schüler konstant zu beschäftigen.

Als Leonardo leise in das Meisteratelier schlüpfte, traf er dort Maestro Vincente Ferrucci im intensiven Gespräch mit einem seiner Schützlinge an.

Ferrucci war ein kleiner Mann mit einem Spitzbauch. Er trug einen fleckigen Rock und ein Barett und glich stark einer verrunzelten Birne. Sein Bart war weder gestutzt noch gepflegt und hing wie ein ausgefranster Saum unter seinem Kinn, so rot wie sein wirres, verfilztes Haar. Leonardo fand, er wirke eher wie ein Bäcker denn wie ein Maler.

Ferrucci erläuterte gerade seine Theorie an einer Kopie von einem Werk von Verrocchio, Leonardos früherem Lehrer.

Der Anblick erinnerte Leonardo an seinen ersten Auftrag. Er hatte einen Engel zeichnen müssen, der auf Verrocchios ›Taufe Christi‹ links vom Erlöser kniete. Soweit er sich entsann, hatte er den Engel mit dem Rücken zum Betrachter abgebildet, das Gesicht war nur von rechts im Profil zu sehen und mit schulterlangem Haar gekrönt, das unter einem Heiligenschein hervorquoll. Verrocchio hatte es anscheinend so gut gefallen, dass er Leonardo sogleich einen neuen Auftrag erteilt hatte – und dann noch einen und noch einen ... Der Maestro musste insgeheim lächeln, als er sich des alten Liedes erinnerte, das die Studenten über diese ›Aufträge‹ gedichtet hatten:

Leonardo da Vinci malt,
was Meister Verrocchio fällt ein,
Leonardo macht die ganze Arbeit,
Andrea streicht das Geld ein.

Ferrucci hatte den Maestro zuerst nicht gesehen, doch nun erblickte er Leonardo neben der Tür und ging geschwind auf ihn zu. »Maestro Leonardo!«, grüßte er ihn überschwänglich. »Welch eine Ehre! Tretet ein! Tretet ein!«

Leonardo lief rot an und hob eine Hand, als wolle er den Willkommensgruß abwehren. »Ich war gerade in der Nähe,

Maestro, und dachte, ich könnte Euch einen kleinen Besuch abstatten.«

»Aber natürlich!«, rief Ferrucci. »Mit dem größten Vergnügen!«

Er führte Leonardo aus dem großen Atelier in eine kleine intime Kammer, die offensichtlich für Gespräche mit möglichen Kunden reserviert war. Die Wände des Zimmers waren mit schweren Wandteppichen behangen, dazwischen die Bilder der Schüler, sowohl Originale als auch Kopien klassischer Werke. Es war sparsam, aber edel möbliert, und in einem Regal standen mehrere Karaffen aus Murano-Glas.

Einladend wies Ferrucci auf einen Stuhl. »Bitte, setzt Euch. Nehmt Platz. Darf ich Euch einen Schluck Wein anbieten?« Er wartete Leonardos Antwort gar nicht erst ab, sondern ging gleich zum Regal und nahm eine der Karaffen heraus. »Seit ich vor acht Monaten nach Florenz gekommen bin, wollte ich Eure Bekanntschaft machen, aber meine Arbeit hat mich so auf Trab gehalten ...!« Er stellte ein fein geschliffenes Glas mit einer bernsteinfarbenen Flüssigkeit auf den Tisch vor den Maestro.

Leonardo trank einen Schluck Wein. Es war ein vollmundiger fruchtiger Jahrgang, der leicht nach Honig schmeckte, und er konnte nicht umhin, Ferruccis Geschmack zu bewundern, wenn er sich auch fragte, woher der Maler die Mittel dafür nahm.

»Acht Monate?«, fragte er daher. »Ihr habt diese Schule in nur acht Monaten aufgebaut?«

»Ja, in der Tat«, bestätigte Ferrucci stolz. »Es hat mich jede Minute meiner freien Zeit gekostet, ganz zu schweigen von meinen Ersparnissen und einigen großzügigen Wohltätern, die mir Aufträge verschafft haben, aber – nun ja – hier ist sie.«

»Vergebt mir, Maestro Vincente«, sagte Leonardo und beugte sich zu dem Künstler vor, der ihm gegenübersaß, »doch ich muss gestehen, dass ich mit Eurer Arbeit nicht vertraut bin. Wo habt Ihr studiert?«

Einen winzigen Augenblick lang herrschte Schweigen zwischen den beiden Männern, dann bekannte der Maler zögernd: »Oh ... hauptsächlich in Venedig ... und anderswo.«

Diese Eröffnung schien die Schleusen zu einer Flut von Mitteilungen zu öffnen. Ferrucci verbreitete sich eine Zeit lang über die Techniken seiner verschiedenen Lehrer und ihrer Hauptwerke, von denen keines Leonardo bekannt war. Der behäbige Mann beschrieb ihm einige seiner eigenen Bilder, die sich anscheinend auf von der Kirche in Auftrag gegebene religiöse Gemälde und das ein oder andere Porträt der Neureichen in und um Venedig beschränkten. Er schwärmte von seinen Abenteuern in Konstantinopel – er war vom Sultan persönlich eingeladen worden, um ein Porträt seiner Lieblingsfrau zu malen – als sei er ein griechischer Orator, der die Sage von Odysseus nachempfand. Er lobte die Kunst aus dem Fernen Osten: Dort gebe es Bilder von Vögeln, deren dargestellter Flug wie eingefroren wirkte, oder Darstellungen wilder Wasser, die an die geifernden Fänge von Raubtieren gemahnten ... Doch seine Beschreibungen waren die eines zufälligen Beobachters und gaben kaum etwas preis über die Techniken, die von den Künstlern benutzt worden waren. Die Aufzählung seiner Ausbildung und seiner Reisen kam Leonardo vor wie aufgeschrieben und auswendig gelernt. Endlich legte Ferrucci eine Pause ein und fragte: »Billigt Ihr meine Lehrmethode, Maestro?«

Leonardo zuckte mit den Schultern, als wolle er die Frage abtun, doch dann sagte er: »Ich bin der Meinung, ein Maler kann kaum etwas Hervorragendes leisten, wenn er andere Maler zum Vorbild nimmt. Es ist besser, glaube ich, die Schüler nicht zu Kopisten zu machen, sondern sie vielmehr von der Natur lernen zu lassen. Schickt sie aufs Land hinaus, auf die Straße. Lasst sie beobachten und ausprobieren!«

»Da habt Ihr vermutlich Recht, Maestro.« Ferrucci nickte. »Doch immerhin können sie von den Meistern die Grundlagen von Farbe, Ausgewogenheit und Komposition lernen, meint Ihr nicht auch?«

Leonardo stellte das Kristallglas auf den kleinen Tisch neben seinen Stuhl. »Natürlich«, gab er zu. »Doch ich habe festgestellt, dass nur wenige Eurer Schüler mit Ölfarbe experimentieren, und als Venezianer müsste Euch doch bekannt sein, dass Eure Landsleute als Erste diese Technik aus Flandern eingeführt haben und welche Vorteile und Nachteile sie hat?«

»Natürlich.« Ferrucci strahlte wie ein Schuljunge, der soeben ein Lob seines Lehrers eingeheimst hat. »Doch man sollte langsam und methodisch vorgehen. Zuerst müssen sie die traditionellen Techniken lernen. Das Verlässliche, das Etablierte. Dann können wir uns den neuen Techniken zuwenden.«

Leonardo lauschte aufmerksam, wog jede Behauptung im Lichte seiner eigenen Erfahrung ab, und als er sein Glas geleert hatte, hatte er sein Urteil über sein Gegenüber gefällt.

Dieser Mann, dachte er, *ist überhaupt kein Künstler!*

*

Eine Viertelstunde später verabschiedete sich Leonardo von seinem Gastgeber und versicherte ihm, dass er selbst hinausfinden würde. Ferrucci grinste, schüttelte ihm kräftig die Hand und versprach, er werde »den Besuch so rasch wie möglich erwidern«.

Der Maestro war schon fast an der Haustür, als er um Haaresbreite mit einem blonden Schüler zusammengestoßen wäre, der aus einem angrenzenden Zimmer stürzte. Als er den jungen Mann an den Schultern packte, um ihn vor einem Sturz zu bewahren, erkannte er seinen früheren Schüler, den er wegen Diebstahls und Ungehorsams aus seiner Werkstatt verwiesen hatte.

»Giacomo«, sagte Leonardo. »Wie – nett – dich wiederzusehen.«

Der blonde Giacomo Salai zeigte jenes leicht verschlagene Grinsen, das dem Maestro ebenso vertraut wie unangenehm war. »Lieber Meister! Und wie geht es Euch? Gut, wie ich hoffe?«

Leonardo überkam ein Gefühl, als würde ihm ein Messer ins Herz gestoßen. Wieder sah er vor sich das Bild der unvergleichlichen Schönheit, der engelhaften Züge eines Heiligen oder eines Kindes, die er so oft in ein Gemälde eingebaut hatte. Welche Anmut! Welche Zartheit und Reinheit der Haut, welch Schimmer im Haar ...!

Und doch war dies der niedrig gesinnte Junge, der ihn wiederholt bestohlen hatte, der andauernd gelogen hatte, wo er die Wahrheit hätte sprechen sollen, und der sich in Mailand mit Leonardos Feinden zusammengetan hatte, um ihn zu ruinieren und ihm seine Habe zu nehmen. Leonardo wusste, dass er allen Grund hatte, den jungen Mann zu verachten und zurückzuweisen, doch genau wie früher empfand er sogleich diese unbegreifliche Liebe. Er verspürte das nahezu unwiderstehliche Verlangen, Giacomo in den Arm zu nehmen, den jungen Mann zu trösten und ihm zu versichern, dass er etwas wert sei. Dieses engelhafte Gesicht musste doch eine tief in ihm verborgene Gnade widerspiegeln, auch wenn seine Taten in der Vergangenheit dem widersprachen.

Sie vertieften sich ins Gespräch. Wie ging es in Mantua und am Hofe der Gonzaga? Wann war der Maestro nach Florenz zurückgekehrt? Hatte Salai sich nun einen Namen gemacht? Wie kam es dazu, dass Salai in Ferruccis Schule eingetreten war? Wo war er während der letzten sechs Monate gewesen? Hatte er das Gefühl, dass es mit seiner Kunst besser ging?

Die freundschaftlichen Fragen steuerten langsam auf den Punkt zu, der, wie beide sehr wohl wussten, der Sinn ihres Gespräches war.

»Ich habe ... dich vermisst, Giacomo«, gestand Leonardo mit leiser Stimme.

»Und ich habe Euch vermisst, Maestro«, erwiderte der junge Mann. »Ich bedauere, dass ich in der Vergangenheit solch eine Enttäuschung für Euch gewesen bin.«

»Ja«, murmelte Leonardo traurig. »Ja.«

»Es gab Zeiten, in denen ich geglaubt habe, mein Geist habe meinen Körper verlassen, versteht Ihr? Ich habe törichte Dinge getan, ohne darüber nachzudenken. Wenn ich Euch bestohlen habe, Maestro, dann nur, weil ich nie die Erinnerung an jene Jahre habe abschütteln können, in denen ich nichts hatte ... als ich stehlen musste, um zu überleben.«

»Ich kann dich gut verstehen.«

»Ich weiß noch, wie die Edelleute an Feiertagen Karren voller Brot in unseren Teil der Stadt geschickt haben. Natürlich hat es niemals für alle gereicht und die Menschen – gute Menschen, Menschen, die ich kannte und denen ich vertraute – wurden plötzlich zu Bestien. Sie brüllten und traten und kämpften ums Brot. Im schlimmsten Falle hätten sie einander wohl umgebracht. Ich jedoch würde niemals einen Nachbarn töten, um ihm sein Brot zu nehmen.« Er senkte die Stimme. »Ich habe auch nie gebettelt. Ich habe gewartet, bis alle geschlafen haben und sie dann bestohlen.« Er hielt inne und blickte zu Boden. »Das war meine Art.«

Die Erinnerung rührte Leonardo zutiefst, und wieder einmal war der goldhaarige Salai sein Engel der Verkündigung. »Wenn du ... Ich meine ... wenn du irgendwann mit Maestro Ferrucci unzufrieden bist, dann könnten wir es ja noch einmal miteinander versuchen.«

Salai lächelte, doch in seinen dunkelblauen Augen – Augen, die denen Leonardos in Farbe und Eindringlichkeit glichen – stand etwas, das hunderte von Fragen zu stellen schien und hunderte von Antworten darauf ersann. »Das würde mir gefallen«, sagte er ruhig.

»Doch du darfst nicht mehr stehlen«, warnte ihn der Meister sanft. »Bitte. Du würdest es nicht nötig haben, Giacomo. Ich habe nicht viel zu geben, wie du weißt, aber wenn du etwas wünschst, brauchst du mich nur zu bitten. Ich habe dir doch nie etwas abgeschlagen, nicht wahr?«

Es dauerte eine Weile, bevor der blonde Jüngling antwortete. »Nein«, flüsterte er. »Ihr habt mir nie etwas abgeschlagen.« Wieder eine Pause, dann fuhr er noch leiser fort: »Ebenso wenig wie ich Euch.«

Leonardo wusste nicht, was er darauf antworten sollte, oder worauf genau Salai anspielte, doch er zwang sich zu einem Lächeln, nickte und wandte sich zur Tür. »Dann komm in meine Bottega in der Via Guicciardini, sobald du kannst. Bring ein paar deiner neuesten Bilder mit, damit wir sehen können, was du von Meister Ferrucci gelernt hast. Das würde mich sehr interessieren.«

Und er trat auf die Straße hinaus.

Salai blieb in der offenen Tür stehen und sah Leonardo hinterher, als dieser im grauen Nachmittagslicht über die Piazza ging.

»Ich habe dir in Mailand einmal gesagt, dass du nach mir schicken würdest, alter Mann«, flüsterte er vor sich hin, und wieder erschien das Krokodilsgrinsen auf seinem Gesicht. »Du brauchst mich.«

*

Tief in Gedanken über den seltsamen Widerspruch zwischen Salais engelhafter Schönheit und seinen brutalen und eigensüchtigen Taten in der Vergangenheit versunken, sah Leonardo nicht, dass ein Mann auf der anderen Seite der Piazza stand und ihn aufmerksam beobachtete.

Der Fremde in der braunen Kutte wartete, bis Leonardo in der nächsten Straße verschwunden war. Dann drehte er sich um und trat in ein Haus. Er ging auf einen Mann zu, der an einem kleinen Tisch beim Fenster saß, und flüsterte: »Er hat die Schule soeben verlassen, Ser Scarlotti.«

»Allein?«

»Ja.«

»Hatte er etwas bei sich? Sah es so aus, als ob er irgendetwas bei Ferrucci gekauft hat?«

»Ich habe kein Paket gesehen.«

»Ich danke dir«, sagte der Patrizier und legte nachdenklich die Stirn in Falten. Dann stand er auf und warf den Umhang über die Schulter, der sein Familienwappen trug. Von einem Teller mit zerteiltem Obst nahm er ein Messer und steckte es in die juwelenbesetzte Scheide an seinem Gürtel.

»Werdet Ihr uns heute Abend noch brauchen?«, flüsterte der Mönch.

»Falls ja, gebe ich euch Bescheid«, lautete die Antwort.

*

Am Nachmittag des nächsten Tages erhielt Leonardo zu seiner Überraschung und Freude einen Besuch von Francesco Guicciardini. Der junge Mann erschien unangekündigt in der Bottega und brachte einen Korb mit frischem Obst. Der Maestro war gerade mit dem Leinwandfetzen aus der Schule Ferruccis beschäftigt gewesen und hatte herausgefunden, dass die neue Webart den Leim tatsächlich besser aufnehmen konnte. Als Guicciardini hereinkam, steckte er den Fetzen in ein Kästchen und richtete seine Aufmerksamkeit auf den Gast.

»Ich bin gekommen«, begann dieser, »um mich zu vergewissern, dass es Euch gut geht, Maestro.«

»Ich danke Euch für Eure Anteilnahme, mein Freund«, sagte Leonardo, nahm den Korb und reichte ihn an Niccolò weiter.

Eine Weile unterhielten sie sich über politische und gesellschaftliche Skandale, wie sie in jeder modernen, lebendigen

Stadt vorkamen. Sie nahmen eine leichte Vesper von Wein und Kuchen zu sich, während sie darüber redeten, wer welchen Auftrag erhalten hatte, welcher der Florentiner Künstler in Gesellschaft welcher Dame gesehen worden war, und welche Steuern und Kriege zu erwarten waren – beides Furcht erregende Themen. Dann überraschte der junge Mann Leonardo mit der Frage, ob er kürzlich Ferruccis Schule besucht habe.

Leonardo musterte das Gesicht seines Freundes. »Ja«, antwortete er leise. »Das stimmt. Wirklich viele Schüler für so eine kleine Bottega, aber es war sehr interessant.«

»Ferrucci hat so viele Schüler«, erklärte Guicciardini, »weil er kein Lehrgeld berechnet. Die meisten seiner jungen Schüler stammen aus den Armenvierteln.« Nun senkte er die Stimme und grinste anzüglich. »Sicher habt Ihr auch bemerkt, dass Maestro Ferrucci im Grunde kein Künstler ist. Das ist natürlich skandalös – als Lehrer jedoch ist er einigermaßen fachkundig, und seine Schule ist ein Hort für die weniger Begüterten. Dennoch ist allgemein bekannt, dass der Mann gern Kenntnisse vortäuscht, über die er in Wahrheit nicht verfügt.«

»Wir haben einen recht angenehmen Nachmittag verbracht«, erzählte Leonardo. Er sah seinen Freund aufmerksam an, bevor er fortfuhr: »Ich bin überrascht zu erfahren, wie viel Ihr über mein Tun und Lassen wisst, mein junger Freund.«

»O Maestro«, seufzte Guicciardini, »was soll ein neugieriger junger Mann in Florenz mit seiner Zeit denn sonst anfangen? Ich hätte geglaubt, dass Ihr das verstehen würdet. Mein Studium bereitet mir keine Probleme. Meines Vaters Geschäfte gehen gut, und meine Freunde an der Universität haben kaum anderes zu tun als singen, trinken, debattieren und quasseln. Und da natürlich jeder weiß, dass ich mich selbst zu Eurem Beschützer ernannt habe, bin ich folglich ein wandelndes Lexikon für jedes triviale Faktum und jeden müden Klatsch über Euch und Eure Werkstatt. Das ist mir sowohl eine Last als auch mein größtes Kapital.«

Leonardo schüttelte unwillig den Kopf. »Klatsch? Messer Machiavelli hat mir doch zu verstehen gegeben, dass Ihr eher an wahren Geschichten interessiert seid.«

»Ihr würdet überrascht sein zu erfahren, wie viele wahre Geschichten sich unter müdem Klatsch und Gerüchten verbergen«, erwiderte der junge Mann lächelnd. »Wie hässliche Körper unter seidenen Laken.«

*

Wenige Augenblicke, nachdem Guicciardini Leonardos Bottega verlassen hatte, machte Fra Novellara, der ihn vom Portikus des Palazzo Pitti aus beobachtet hatte, auf dem Absatz kehrt, lief durch mehrere Gassen, ging an Santo Spirito vorüber und suchte seine Mönchszelle in Santa Maria del Carmine auf.

Und binnen einer Stunde, während Leonardo seinem Arbeitsheft die Beobachtungen über die neuartige Leinwand anvertraute, flogen zwei Tauben von verschiedenen Plätzen in der Stadt auf, flatterten einen Augenblick lang suchend herum und sausten davon.

Die eine flog nach Norden gen Mantua.

Die andere in südlicher Richtung nach Rom.

Rom

Die Taube, die nach Süden geflogen war, erreichte einen Ruheplatz in einem Holzkäfig, der vor einem Fenster im dritten Stock am Turm von San Domenico in Arezzo hing. Minuten später wurde eine andere Taube freigelassen und flog den Rest des Weges nach Rom. Ein Mönch wurde herbeigerufen, der dem kleinen Behälter am Hals der Taube den Brief entnahm. Er brach das Wachssiegel.

»Er weiß Bescheid«, lautete die Nachricht. »Was, wünscht Ihr, sollen wir tun?«

*

»Was soll in der Sache getan werden?« Im Flüsterton sprach der kränkliche Papst mit seinem Sohn Caesare Borgia, der neben ihm im Dom kniete. »Du hast vermutlich von der Hochzeit und der Taufe in Cremona gehört, oder? Einer Hochzeit, wo alle geladenen Gäste deine Feinde waren.«

Der Herzog war nicht zum Kirchgang, sondern zum Waffengang gekleidet. Über seiner Tunika trug er ein langärmeliges Wams aus schwarzem Leder und einen ›Bischofsmantel‹ – ein bronzenes Kettenhemd. Ein langer Ledergürtel hielt das Schwert an der Hüfte, und die Hände steckten in dicken Stulpenhandschuhen. »Ich weiß, Papa«, murmelte er. »Ich habe meine Ohren überall.«

»Und du glaubst immer noch, dass Maestro Leonardo für deinen Feldzug unverzichtbar ist? Du willst immer noch, dass er zu dir kommt?«

Caesare antwortete nicht darauf. Er wirkte gedankenverloren, schien sich einzig und allein auf das prachtvolle ›Te Deum‹ zu konzentrieren, das in der Basilika widerhallte. Endlich drehte er den Kopf, um seinem Vater etwas ins Ohr zu flüstern. »Habt Ihr jemals eine der Landkarten des Meisters gesehen, Papa? Ihr hättet schwören mögen, dass er auf einer Wolke gestanden haben muss, als er die Landschaft unter sich abgebildet hat. Man kann jedes Tal erkennen. Jeden einzelnen Hügel. Jedes Detail, sei es ein Baum oder ein großer Findling. Die Nebenläufe der Flüsse. Die Furten. Kaum sichtbare Pfade. Als ich das Castello Sforzesco in Mailand eingenommen habe, sah ich einige Modelle seiner Kriegsmaschinen, die mich in Erstaunen versetzt haben.« Einen Augenblick lang schien er entrückt der Musik zu lauschen, dann fuhr er fort: »O ja, ich will ihn haben, und was ich haben will, Papa, das bekomme ich auch – auf die eine oder auf die andere Weise.«

Er stand auf und verließ die Kirche.

*

»Ich kann einfach nicht glauben, dass du seiner Bitte entsprochen und Sangreal nach Florenz geschickt hast«, flüsterte Sancia. Die beiden Frauen knieten in ihren Betstühlen ein paar Bänke hinter dem Papst und neigten die Köpfe in gespielter Demut. Hinter den Damen und den übrigen Edelleuten waren Samtseile gespannt, hinter denen sich das Volk wie eine Herde Schafe drängte.

»Alfonso ist tot«, gab Lucrezia Borgia leise zurück. »Und ich habe Sangreal nicht nur als Beistand für Maestro Leonardo nach Florenz geschickt, sondern auch als Agenten für mich. Inzwischen sind mir nämlich Zweifel gekommen, ob Caesare wirklich nichts mit dem Tod meines Mannes zu tun hat.« Sie stieß einen Seufzer aus. »Im Übrigen ... Was soll es mir nützen, wenn ich meinen Bruder hasse?«

»Und was soll es dir nützen, wenn du ihm seinen Willen lässt?«

Lucrezia legte einen Finger an die Lippen und bedeutete Sancia zu schweigen. Reglos knieten die beiden Frauen und lauschten dem Chorgesang, bis die Blonde sich wieder zu ihrer Freundin hinüberbeugte. »Ich kann Caesare nichts abschlagen. Ich verfluche mich selbst dafür, aber es ist die Wahrheit.« Sie schwieg, und beide lauschten der geistlichen Musik. »Caesare besitzt durchaus Ehrgefühl, musst du wissen«, fuhr Lucrezia fort, »und er wird Herrscher der Romagna werden. Nichts kann ihn davon abhalten.« Wieder seufzte sie. »Auf jeden Fall schuldet mir mein Bruder jetzt einen Gefallen – und da er für seine Großzügigkeit stets eine Rückzahlung erwartet, wird er es bei mir auch so halten müssen.«

*

Am Fuße der Kirchentreppe warteten zwei Männer in hüftlangen Panzerhemden auf Caesare. Ein dritter war in ein Überhemd mit engen Ärmeln und ein Wams aus starkem Leder gekleidet. Auf dem Kopf trug er den geschwungenen Helm, die Celata, die Hinterkopf und Nacken schützte. Alle drei hatten Schwerter und Panzerstecher angelegt. Fünf gepanzerte Pferde tänzelten unruhig auf dem Pflaster und schnaubten, als erwarteten sie nichts sehnlicher, als zu Kampf und Abenteuer davonzugaloppieren.

Caesare nickte seinem Leibarzt Gaspare Torella zu, dem Mann, der das Lederwams und die Celata trug. Der Herzog stellte einen Fuß im glänzenden Lederstiefel in den Steigbügel, schwang sich in den Sattel seines schwarzen Schlachtrosses und lenkte das Tier an die Seite seines Schreibers Agapito Gherardi. Dieser war der Einzige, der weder Kettenhemd noch Helm trug; stattdessen paradierte er in Wams und Beinlingen, beides in Schwarz, der Lieblingsfarbe seines Herrn. Auf seinem Kopf saß eine weiche Samtkappe mit einer langen Pfauenfeder.

»Schickt einen Boten zu Messer Machiavelli in Florenz. Schreibt ihm, ich werde binnen zwei Tagen in Fiesole sein. Es würde mich freuen, wenn er auch dorthin kommen würde und ein wenig Zeit für mich erübrigen kann.«

»Soll ich ihm einen Grund für das Treffen angeben?«

»Der Grund«, gab Caesare tonlos zu verstehen, »ist der, dass ich ihn eingeladen habe.«

Er gab seinem Pferd die Sporen, und die fünf Reiter galoppierten über die Brücke. Hinter ihnen setzte sich ein berittenes Kommando von Bogenschützen und Lanzenträgern in Bewegung und folgte den Herren aus der Stadt.

Der Krieg war in die Romagna zurückgekehrt.

Florenz

Nachmittags erschien Giacomo Salai, um sich in Leonardos Bottega niederzulassen. Er brachte nichts als ein paar Kleidungsstücke und spärliche persönliche Habseligkeiten mit.

Niccolò, der ihm öffnete, war ehrlich erstaunt, dass Leonardo Salai tatsächlich vergeben und alle Taten und Verleumdungen der Vergangenheit vergessen hatte. Er zwang sich zu einem Lächeln und begrüßte den abtrünnigen Lehrling mit so viel Wärme, wie er aufbringen konnte. Er führte ihn in ein leer stehendes Zimmer im oberen Stock und teilte dem jungen Mann mit, welche Pflichten von ihm erwartet wurden und an welchen Tagen der Meister mit seinen Schülern speiste. Sein Status, versicherte er Salai, werde dem Giovanni Beltraffios und Andrea Salainos entsprechen. So war Salai wieder in den Stand der Gnade erhoben; Leonardo schien vergessen zu haben, dass er den verschlagenen Jüngling in seiner Mailänder Zeit aus seiner Werkstatt verbannt hatte.

»Wie ich gehört habe, bist du inzwischen verheiratet«, bemerkte Salai aus heiterem Himmel.

Niccolò war sofort auf der Hut; ihr letzter Streit am Hofe Il Moros war ihm noch in guter und vor allem schlechter Erinnerung. Seine Stimme blieb jedoch kühl und beherrscht. »Ja. Ich bin jetzt verheiratet.«

»Mit einer Frau? Du ziehst Frauen vor?« Salai senkte die Stimme, und seine Lippen verzogen sich zu dem Krokodilsgrinsen.

Niccolò funkelte den Jüngling wütend an. »Ja, Giacomo, ich ziehe Frauen vor.«

Das Lächeln verging dem jungen Mann. Irgendetwas glühte tief in seinen blauen Augen und ließ bei dem Gnom die Alarmglocken klingeln, doch kühl erwiderte er Salais starren Blick. »Deine frisch angetraute Braut, ist das diese schäbige kleine Küchenmagd, die dir den Tripper angehängt hat?«

Am meisten ärgerte Niccolò die kalte Feindseligkeit, die sich hinter der Frage offenbarte. Er packte sein Schwert fester. »Noch ein Wort über meine Frau, du giftige Eiterbeule«, zischte er, »und mein Schwert, so klein es auch ist, wird in deinem Arsch eine neue Scheide finden!« Nun grinste er. »Was dir ja vermutlich gefallen dürfte.«

Salai starrte ihn an, als wolle er ihn im nächsten Moment zum Duell fordern, doch dann verzogen sich seine Lippen zu dem hämischen Grinsen, das Niccolò aus Mailand noch in schlechter Erinnerung war. »Gottverdammt, Freund! Ich hab nur Spaß gemacht! Ich bewundere deine Klugheit und deinen Witz, Niccolò. Heirate doch, wen du willst. Es ist mir gleich.«

Niccolò schaute ihn noch einen Moment streng an, dann schloss er die Tür und begab sich zur Treppe. *Er hat sich nicht geändert*, dachte er. *Wird schon hinnehmen müssen, dass ich ihn im Auge behalten werde.*

*

Am nächsten Nachmittag beauftragte Leonardo Marco d'Oggiono, dafür zu sorgen, dass Salai Beinlinge und ein Wams erhielt und für den Zuschnitt von zwei Hemden zum Schneider geschickt wurde. Dann machte er sich auf den Weg zu Machiavelli.

Am Morgen war in der Bottega ein versiegelter Brief abgegeben worden, worin der Maestro gebeten wurde, den Diplomaten so bald wie möglich aufzusuchen. Leonardo hüllte sich in seinen grauen Wollumhang und schritt über den Ponte Vecchio zur Piazza della Signoria. Bei jedem Schritt ertappte er sich dabei, dass er nach dem Einäugigen Ausschau hielt, und er musste sich immer wieder daran erinnern, dass dieser ja ›entfernt‹ worden war. Am Tribunale di Mercanzia wurde er von den Wachposten angehalten, die das Schreiben von Machiavelli begutachteten; dann winkten sie Leonardo durchs Tor. Er ging unter dem kalten Blick der beiden steinernen Löwen hindurch, die das Christusmonogramm über dem Tor bewachten, passierte das Zeughaus und erklomm die lange Treppe zum Besprechungszimmer und eine weitere Treppe zur Cancelleria.

Machiavelli erwartete ihn hinter seinem Schreibtisch. Zum ersten Mal fiel Leonardo auf, dass der Diplomat zum Lesen eine Augenhilfe benötigte. Als er eintrat, blickte der dünne Mann auf und nahm die Brille hastig ab. Leonardo sah, dass er aufgewühlt und zornig war. »Ist etwas geschehen, Messer?«, fragte Leonardo.

»Es ist wieder passiert, Maestro!«, stöhnte Machiavelli. »Und dieses Mal auf der Ringhiera, der erhöhten Plattform vor diesem Palazzo!«

»Wovon sprecht Ihr?«, wollte Leonardo wissen. »*Was* ist wieder passiert?«

»Die Vandalen haben wieder zugeschlagen!«, rief Machiavelli. »Und dieses Mal hat es eine Statue von Donatello getroffen! Stellt Euch das vor! Donatello!« Wie von einer Armbrust abgefeuert sprang er auf, nahm Leonardo beim Ellenbogen und geleitete ihn eine Treppe zur Ringhiera hinunter. »Ich möchte, dass Ihr es mit eigenen Augen seht«, sagte er.

*

Der Platz, an dem die Statue gestanden hatte, war nur noch ein Schutthaufen aus zerschlagenen Fragmenten einer Skulptur, manche noch erkennbar geglättet und von des Bildhauers Hand geformt, andere brutal zerhackt. Nur der Sockel war heil geblieben.

Leonardo bückte sich und wischte den Staub weg, um die Inschrift am Sockel zu lesen. »Exemplum Salutis Publicae Cives Posuere.«

»Dieses Standbild hat einst einen Brunnen in den Gärten der Medici geziert«, sagte Machiavelli zornig, »aber als die Familie aus der Stadt vertrieben wurde, hat man es hierher gebracht und vor dem Palazzo aufgestellt. Das ist die Bedeutung der Inschrift.«

Leonardo blieb gebückt stehen und ließ den Staub durch die Finger rinnen; dann hob er ein Marmorbröckchen auf. »Es war eine große Statue«, urteilte er. »Seltsam, dass so wenig davon übrig geblieben ist ... Es sei denn, sie hätten karrenweise Marmor fortgeschafft.«

»Warum sollten sie so etwas tun?«

»Tja, warum?« Der Maestro sah sich um. »Dies ist der zweite Akt von Vandalismus innerhalb einer Woche. Die Büßer entwickeln sich zu Berserkern. Das könnte bedeuten, dass Pagano tatsächlich Manciano war, und dass es den Vandalen nun um Vergeltung geht.«

Er zog ein großes Leinenhalstuch aus der Tasche und nahm damit eine Prise Staub auf. Dies und das Marmorbröckchen bewahrte er in dem Tuch, faltete es und verknotete die Enden.

»Was tut Ihr da?«, fragte der Diplomat.

»Ich würde gerne ein Stück der verstümmelten Statue und ein wenig Marmorpulver mit nach Hause nehmen«, antwortete Leonardo ruhig.

»Warum?«

»Weil dies alles ist, was von der Vision eines Mannes übrig geblieben ist«, erklärte Leonardo leise. »Ist das nicht Grund genug?«

*

Der Kurier mit dem Stier der Borgia auf dem Wappen wurde in den Hof geschickt und händigte dem Diplomaten ein gefaltetes Dokument aus. Machiavelli sah sofort das Wort *celerrime* auf dem Siegel, das einen Brief von höchster Dringlichkeit kennzeichnete. Er brach das Siegel und las. Dann seufzte er, faltete das Pergament wieder zusammen und schob es in die Tasche.

»Was ist passiert?«, fragte Leonardo, als er die besorgte Miene des Diplomaten sah. »Kann ich irgendetwas für Euch tun?«

Machiavelli versuchte zu lächeln, konnte aber Verwirrung und Sorge nicht verhehlen. »Nein«, antwortete er schlicht.

»Seid Ihr in Schwierigkeiten?«, wollte Leonardo wissen. »Habt Ihr einen Drohbrief erhalten?«

Machiavelli stieß ein freudloses Lachen aus. »In gewisser Weise ja.«

*

Als Leonardo in seine Bottega zurückkehrte, zog er das Marmorbröckchen aus der Tasche und studierte es unter einem starken Vergrößerungsglas. Dann zerdrückte er einen Teil davon zwischen Daumen und Zeigefinger.

Nun, so viel ist klar, dachte er.

Er schlug sein großes Arbeitsheft auf, machte einen raschen Eintrag in seiner eigentümlichen Spiegelschrift und beendete den Absatz mit einem schriftlichen Gelöbnis. »Ich bin nun mehr denn je entschlossen, mich von diesen Zerstörungstaten fern zu halten«, schrieb er. »Mir ist nun endgültig klar geworden, dass dies nicht meine Sache ist.«

*

Endlich beendete Leonardo seinen Karton für die ›Heilige Anna Selbdritt‹.

Niccolò sah erfreut, dass der Maestro zu seiner ursprünglichen Idee der Dreieckskomposition zurückgekehrt war und den Kopf des Kindes so gemalt hatte, dass es zur Jungfrau blickte und nicht mehr auf das Lamm. Die Heilige Anna schien ihre Tochter jetzt nicht mehr zurückhalten zu wollen, sondern betrachtete die Bemühungen der Madonna, das Kind von dem Lamm zu trennen, mit einem Lächeln, das sowohl belustigt als auch nachdenklich wirkte. Hinter dem Trio hatte Leonardo als Hintergrund eine etwas öde Landschaft mit Steinen und Bäumen und einem wolkenlosen Himmel gemalt.

Das ist der rechte Entwurf, dachte Niccolò.

*

Zum Glück fiel die erste öffentliche Präsentation des neuen Werkes mit einem der zahlreichen Florentiner Feste zusammen. Die Arbeit ruhte zwei volle Tage – genug Zeit für die Kunstinteressierten der Stadt, durch die Werkstatt in der Via Guicciardini zu schlendern und den Karton zu bewundern, der auf große Holztafeln gezogen war. Trotz anderer Attraktionen wie dem Pferderennen von der Porta al Prato zur Porta alla Croce kamen wahre Heerscharen fein gekleideter Herren und Damen vom Morgengrauen bis in die Abenddämmerung und ließen sich durch die Werkstätten führen, meistens von d'Oggiono oder Beltraffio. Wie es die Art der Florentiner war, blieben sie eine Weile schweigend vor der Zeichnung stehen und studierten sie eingehend; dann verteilten sie Lob oder Tadel und verglichen das Werk mit den Bildern ihrer jeweiligen Lieblingskünstler Donatello, Botticelli, Filippo Lippi oder Verrocchio. Und wie es der Brauch war, tauchten plötzlich überall handgeschriebene Sonette und Gedichte auf, die das neueste Werk des Meisters priesen – sie wurden an der Loggia befestigt, vor die Tür der Bottega gelegt oder an öffentlichen Plätzen ausgehängt.

Als anerkannter Freund und Gefährte des Künstlers stolzierte Niccolò mit stolzgeschwellter Brust durch die Straßen. Die meisten Geschäfte waren geschlossen und mit Bändern und Laub für die Festtage geschmückt. In langen Reihen zogen Priester, Mönche, Nonnen und Bürger, manche von ihnen als Heilige verkleidet, Kerzen tragend und singend durch die Via Guelfa und die Via Palazzuolo. Sie erinnerten den Zwerg an Guicciardinis Bericht über die Jungen und Mädchen, die auf Savonarolas Befehl durch die Stadt gestreift waren, um die ›Eitelkeiten‹ aus den Palazzi zu holen und sie auf der Straße in die riesigen Feuer zu werfen. Aus dem Schutz eines Portikus beobachtete Niccolò eine Prozession reich geschmückter Kutschen mit den Reliquien aus dem Duomo, darunter auch, wie ein erregter Zuschauer verkündete, »ein Nagel vom Kreuze Christi«. Die Piazza vor dem Dom war mit einem blauen, mit silbernen Sternen verzierten Baldachin überspannt.

Der Himmel selbst schien das Fest zu segnen, denn es wurde für die Jahreszeit ungewöhnlich warm. Nachts war es angenehm kühl, und es fiel nicht ein Tropfen Regen.

Doch sobald der Karton aufgespannt war, verließ Leonardo seine Bottega und begab sich in die Via Larga, wo er die Reiter mit den bunten Federn und Bändern zeichnete, die einen Wettbewerb mit einem Sandsack an einem Pfahl veranstalteten. Er machte Straßen und Plätze unsicher und studierte die Hände und Gesichter junger Männer, die ein Liebespfand vor die Fenster ihrer Angebeteten hingen – meist Blumen oder Zuckernüsse in Säckchen, die mit vielfarbigen Bändern umwunden waren.

Wie es seine Art war, folgte der Maestro einem interessanten Antlitz und bannte es auf Pergament, wenn er die Gelegenheit dazu bekam.

Nach Einbruch der Dunkelheit verlegte er seine Aufmerksamkeit auf die kostbaren Kleider der Damen, die sich im

Wind blähten und wehten, wenn sie mit ihren Liebhabern auf der Piazza Santa Trinità den Rigoletto tanzten; mehr noch interessierten ihn aber die weiblichen Körper, und er beeilte sich, mit Rötel die sanfte Kurve eines Frauennackens, eines nackten Armes oder einer graziösen Handbewegung einzufangen.

Eine neue Vision begann, sich seiner zu bemächtigen.

*

»Hast du sie gesehen?«, fragte Manciano den jungen Mann in der weißen Kutte, der vor ihm in der kleinen Sakristei stand.

»Ja«, antwortete der junge Mönch. »Alle sind gekommen, um sich die Zeichnung anzuschauen, und es gab viel Lob. Irgend so ein Dichter, ein dünnes Schilfrohr von einem Mann, hat ein Gedicht darüber geschrieben, das heftig beklatscht wurde.« Er hob die Schultern. »Das Werk hat gewiss einigen Wert, aber wie du gesagt hast, sind die Gesichter ...«

Manciano nickte. »Genau. Die Gesichter! Die Gesichter!«

»Was sollen wir tun, Bruder?«

Manciano fuhr sich mit den Fingern durchs dunkle Haar. »Ich ... Ich werde mich schon darum kümmern.«

*

Die Epistel erreichte Leonardos Bottega am Tag nach dem Fest. Es handelte sich um ein gefaltetes Pergament, das nicht persönlich abgegeben wurde, sondern zwischen Tür und Rahmen gesteckt worden war, als wolle der Verfasser unerkannt bleiben. Zuerst dachte der Maestro, es handele sich um ein weiteres Gedicht, in dem die Vorzüge seiner Zeichnung gepriesen wurden, doch stattdessen las er: »Es schmerzt uns zu sehen, wie Ihr als glänzendster Künstler der Republik Florenz die Madonna und die Heilige Anna darstellt: nicht als ehrbare Frauen, die in der ganzen Christenheit verehrt und angebetet werden, sondern ohne Heiligenschein und mit den Gesichtern von Huren – Frauengesichter, wie man sie Tag für Tag in den Straßen der Stadt sieht. Es sind die Gesichter heidnischer Göttinnen! Ihr, Maestro, habt Euch anscheinend von den Werken eitler und überheblicher Künstler in dieser Stadt blenden lassen, und wir sind sehr enttäuscht über Euren Abfall vom Glauben und der Barmherzigkeit Gottes. Wir möchten Euch den Rat geben, in Zukunft die liebsten Heiligen des Herrn sorgfältiger darzustellen, andernfalls könnten Eure Werke ebenfalls verdammt werden von jenen unter uns, die stets danach streben, Anständigkeit und Frömmigkeit in Florenz aufrechtzuerhalten und zu verbreiten.« Der Brief war mit einem schwungvollen ›M‹ inmitten von Wirbeln und Kreisen unterzeichnet.

Zu Niccolòs Erstaunen grinste Leonardo nur und sagte: »Na, das sollte Machiavelli aber freuen.«

*

»Das ›M‹ steht natürlich für Manciano«, sagte der Diplomat, während er sich, den Brief in der Hand, in seinen Sessel hinter dem reich beschnitzten Tisch aus Mahagoni niederließ. »Pagano kann also nicht der Anführer der Büßer gewesen sein.«

»Was mich jedoch ärgert«, sagte Leonardo, »ist ihre Meinung, das Aussehen der Madonna und der Heiligen Anna ähnele – wie haben sie es gleich genannt? – den Gesichtern von ›Huren‹ und ›heidnischen Göttinnen‹. Das Gesicht der Heiligen Anna ist nämlich meiner Mutter Caterina nachempfunden und das Gesicht der Madonna der ersten Frau meines Vaters, Donna Albiera, die eine gerecht denkende, liebevolle Frau war.«

»Aha!« Machiavelli grinste. »Jetzt verstehe ich. Deshalb wirken die beiden Frauen fast gleich alt, obschon eine ganze Generation zwischen ihnen liegt. Das hatte mich schon gewundert.«

»Das ist sowohl künstlerisch als auch ästhetisch gesehen durchaus legitim«, verteidigte sich Leonardo. »Ihr kennt gewiss Buonarottis ›Pieta‹. Darin scheinen die Madonna und der Christus ebenfalls im gleichen Alter zu sein.«

»Diese Drohung ist ernst zu nehmen. Ich werde mich darum kümmern, dass besondere Maßnahmen zum Schutz Eurer Werkstatt ergriffen werden«, sagte Machiavelli. »Soderini, fürchte ich, kann uns da kaum helfen. Guicciardini hatte Recht. Er hat unseren Gonfaloniere schonungslos als ›einen Mann ohne Ideen, Vorstellungskraft und Mut‹ beschrieben.«

»Das hat Guicciardini gesagt?« Leonardo musste lächeln.

Machiavelli nickte nachdrücklich. »Soderini meint es gut«, lenkte er ein, »und er müht sich wacker, trotz seiner Unfähigkeit. Deshalb hat sich Guicciardini zu Eurem Beschützer ernannt. Er ist ein wackerer Mann und kann ebenso gut mit dem Schwert umgehen wie mit der Arkebuse. Bei ihm seid Ihr in guten Händen.«

Er warf einen neuerlichen Blick auf den Brief auf seinem Schreibtisch. Plötzlich stand er auf, trat um den Tisch herum und legte dem Maler die Hand auf die Schulter. »Um von etwas anderem zu reden, Maestro ... Der Herzog von Valentinois sendet Euch seine persönlichen Grüße und Glückwünsche zum Erfolg der ›Heiligen Anna Selbdritt‹ und hofft, dass in Eurer neuen Werkstatt alles zu Eurer Zufriedenheit ist.«

Leonardo kämpfte gegen das ungute Gefühl an, das sich unwillkürlich seiner bemächtigen wollte. »Ihr müsst Seiner Gnaden meinen Dank ausrichten. Ich versichere ihm, dass ich alles habe, was ich benötige.« Langsam streckte er die Hand nach dem Drohbrief aus und nahm ihn wieder an sich.

»Das würde ich mit Freuden tun«, versprach Machiavelli, »aber Seine Gnaden befindet sich zurzeit auf dem Marsch nach Faenza.« Er ließ die Neuigkeit einen Moment wirken, dann fuhr er unvermittelt fort: »Wusstet Ihr, dass der Dichter Serafino Cimino von Aquila, der ›göttliche Aquilino‹, mit Caesare Borgia reist?«

»Nein, das wusste ich nicht.«

»Aber ja! Ebenso der Bildhauer Piero Torrigiani.« Machiavelli stieß ein kurzes Lachen aus. »Der, wie Ihr Euch vielleicht erinnert, Michelangelo die Nase gebrochen hat.«

Leonardo erinnerte sich noch genau, wie Buonarotti in aller Öffentlichkeit Torrigianis Arbeit kritisiert hatte – ein zweifelhafter und unverlangter Dienst, den er dutzenden von Medici-Protegés geleistet hatte. Dieses Mal jedoch hatte Michelangelos ästhetische Ablehnung die Faust des rasch erzürnten Bildhauers herausgefordert, und der Schlag hatte den Jüngeren zu Boden geschickt und seine Nase für alle Zeiten platt gedrückt.

Ich verstehe die Anspielung, dachte Leonardo, *aber ich kann keinen Künstler verstehen, der für einen Kriegsherrn ar-*

beitet, da dessen Profession zwangsläufig zur Zerstörung von Kunst führt.

»Ich bin dem Herzog dankbar für alles, was er für mich getan hat«, sagte Leonardo, »aber es gibt da etwas anderes, was mich im Moment beschäftigt. Sangreal hat angedeutet, dass Pagano Manciano sein könnte, doch Pagano weilt nicht länger unter uns, und doch haben wir soeben eine Drohung von diesem Manciano erhalten.« Er lächelte. »Ich glaube, ich würde gern den Manciano kennen lernen, der dies hier geschrieben hat.«

»Wie wollt Ihr das anstellen? Trotz all unserer Bemühungen ist uns der Mann immer noch völlig unbekannt.«

»Vielleicht habt Ihr ihn nicht höflich genug gefragt«, erwiderte Leonardo lächelnd.

EIN KRIEG ZWISCHEN MEISTERN

»Ich habe Pläne ...
wie man (Brücken) des Feindes
verbrennen und zerstören kann ...
wie man jede Festung, jedes Bollwerk vernichtet ...
Kurz gesagt,
ich werde eine unendliche Anzahl an Dingen
zum Zwecke des Angriffs und der Verteidigung entwerfen.«

Brief an Ludovico Sforza

Florenz

Um die Mitte des Monats erhielten die Lästerzungen der Florentiner, die sich bereits über den Karton des Meisters sowie über das plötzliche Verschwinden Paganos verbreiteten, neue Nahrung.

Michelangelo di Ludovico Buonarotti Simoni war zurückgekehrt.

*

Niccolò kam in die Bottega, um die Neuigkeit zu verkünden, und fand Leonardo bei der Arbeit an einer neuen Skizze: ein Kopf- und Schulterbild eines jungen Mädchens. Das Modell hatte ein blasses, leuchtendes Gesicht mit großen, dunklen Augen und einem verführerischen Mund. Es balancierte unbequem auf der Kante eines hohen Hockers, und Leonardo stand daneben mit einer Palette und mehreren Lagen Strukturpapier und trug in rascher Folge Farbkleckse auf.

»Sie ist eine Magd von Jacopo Tedesco«, flüsterte Giovanni Beltraffio dem Zwerg beim Hereinkommen ins Ohr. »Ist von Jacopo zum Sitzen hergeschickt worden als Ersatz für den Karolin, den er vor Monaten geborgt und nie zurückgegeben hat.« Der Schüler grinste. »Sie soll Marcos Leda darstellen.«

»Marcos Leda?«

»Das Haar stimmt nicht«, murmelte Leonardo und legte Palette und Skizzenpapier beiseite. »Ich werde Oberto bitten, eine Perücke für dich zu machen.«

Das Mädchen rutschte vom Hocker und verließ das Zimmer, wobei es den schwarzen Wollumhang um die nackten Schultern schlang. Leonardo nahm eine andere Palette zur Hand, und Niccolò trat näher, um einen Blick auf die Leinwand zu werfen.

Vor Schreck wäre ihm beinahe das Herz stehen geblieben.

Es war der mit Strichen angedeutete Entwurf für ein Bild, das die sagenhafte Vergewaltigung der Leda durch Zeus in der Gestalt eines Schwanes darstellte. Die weibliche Figur in der Bildmitte war vollkommen nackt und in Vorderansicht zu sehen; sie bildete das dominierende Element. Der Schwan drückte sich eng an ihre Seite, der graziös gebogene Hals folgte der Armlinie der Frau, in seiner Biegung an eine Schlange erinnernd. Der Vogel hatte den rechten Flügel liebevoll um Ledas rechten Oberschenkel gelegt, und mit der linken Hand streichelte sie den Schwanenkopf. Der Fluss Eurotas im Hintergrund war nur durch die Reflektion des Lichtes auf der Wasseroberfläche angedeutet.

Was Niccolò jedoch am meisten erstaunte, waren die vier großen Eier unmittelbar neben dem rechten Fuß der Leda. Alle waren aufgeschlagen und aus den geborstenen Schalen krabbelten vier Babys hervor, die die Frau mit großen Augen anschauten.

»Das sind die vier Sprösslinge, die der Vereinigung entspringen«, erklärte Leonardo, als er Niccolòs verblüffte Miene bemerkte. »Castor und Pollux, Klytemnästra und Helena. Ich stelle sie zwar als Paare, aber auch als Gegensätze dar. Sie sind sehr verschieden und je mehr sie sich unterscheiden, desto mehr sollen sie – und sie tun es auch – miteinander verbunden sein.«

Niccolò tat, als habe er verstanden, und nickte.

In der oberen linken Ecke des Bildes sah er einen Baum als dunklen Umriss, der wie ein Skelett aus zarter schwarzer Spitze wirkte. Er neigte sich von einer Klippe und deutete doch gen Himmel, von dem Zeus in der Gestalt des Schwanes herabgestiegen war: ein dunkler Finger, der die Götter herausforderte.

Der die Götter herausforderte ...

Jäh begriff Niccolò, warum der Meister während der Feiertage auf die Straße gegangen war und Studien an jungen Menschen betrieben hatte. Er wollte ein Werk schaffen, das so heidnisch, erotisch und provokativ war, dass sich die Büßer davon einfach herausgefordert fühlen *mussten*! Sie würden kommen, um es zu vernichten, und Leonardo würde sie erwarten.

Nun verstand der Gnom auch, warum Beltraffio es als ›Marcos Leda‹ bezeichnet hatte. Der Maestro hatte den auf seinen Skizzen basierenden Entwurf gefertigt, doch den Auftrag hatte der älteste Schüler auszuführen. Plötzlich entsann sich Niccolò der Nachricht, derentwegen er gekommen war.

»Michelangelo ist zurückgekehrt, Maestro«, berichtete er und sah zu, wie Leonardo Marco d'Oggiono Hinweise zur Arbeit am Bild gab. »Man hat ihn mir heute Morgen gezeigt. Er ist wie ein Kriegsschiff durch die Via Ghibellina zu seiner Bottega gesegelt, und ich muss gestehen, als er an mir vorübergegangen ist, hat es so gerochen, als hätte er sich schon länger nicht mehr gewaschen.«

Leonardo schien nicht sonderlich an den Neuigkeiten interessiert zu sein. »War er allein?«

»O nein. In seinem Kielwasser zog er eine Flotte von Bewunderern hinter sich her, manche von ihnen bewaffnet. Und eine Horde von Schülern. Vielleicht ist bei denen der Geruchssinn verkümmert.«

Die letzte Bemerkung brachte Leonardo zum Lachen.

»Er trug unordentliche und schmutzige Kleider«, fuhr der Zwerg fort, »und einen Umhang, der vom Schaft seiner Stiefel bis zu der prächtigen Lockenpracht reichte, die sich auf seinem Kopf ringelt wie Medusas Schlangen.«

»Ja, das ist zweifellos eine genaue Beschreibung Buonarottis«, stimmte ihm Leonardo zu.

»Er ist klein«, setzte Niccolò hinzu und spähte um Leonardo herum, um die dünne Linie zu erspähen, die Marco soeben angesetzt hatte. »Und es sieht so aus, als hätte er einen Buckel.«

»Oh, lass dich durch die kurze Begegnung nicht täuschen«, riet Leonardo. »Wie du, Niccolò, besitzt auch er gewaltige Kraft. Er hat breite Schultern und eine mächtige Brust.«

»Er hat einen Schnäuzer und einen Bart«, betonte der Gnom. »Einen dicken Schnäuzer und einen Bart, der so lang ist, dass er im Wind weht. Er hängt ihm in zwei Dreiecken vom Kinn herunter.« Der Maestro erwiderte nichts darauf. »Sein Gesicht gefällt mir. Es drückt Kraft aus. Es ist das Gesicht eines Mannes. Aber die platte Nase macht alles wieder zunichte, weil sie wie eine zerquetschte Knolle auf seinen Wangen liegt.«

»Das hat man davon, wenn man ein strenger Kritiker ist«, sagte Leonardo und unterdrückte ein Lächeln.

Fasziniert sah Niccolò zu, wie der Meister Marcos Hand in die seine nahm und einen schwungvollen Strich ausführte.

»Wie alt ist Buonarotti jetzt?«, erkundigte er sich.

Auch das schien Leonardo nicht sonderlich zu interessieren. »Oh, fünfundzwanzig oder sechsundzwanzig, so genau weiß ich das nicht. Ich erinnere mich daran, dass er mit vierzehn Jahren in den Palazzo der Medici gezogen ist. Dort wurde er wie ein Sohn aufgenommen und durfte sogar an den Versammlungen der Platonischen Akademie teilnehmen.« Er seufzte. »Ich selbst habe ja nur einmal die Großzügigkeit der Medici genossen, als Lorenzo mir einen kleinen Auftrag erteilt hat. Doch ich habe mich geweigert, die Lobhudelei mitzumachen – wie es andere getan haben –, und der große Herr war mit meiner Arbeit nicht recht zufrieden. Also habe ich mich für einen Posten bei der Akademie in Syrien beworben, doch leider haben sie dort darauf bestanden, dass ich vor einer Aufnahme zum Islam übertreten müsse.« Auf einmal wirkte er sehr müde. »Und nun hänge ich wie die meisten Künstler stark von Geschmack und Großzügigkeit meiner Wohltäter ab. Es ist eine äußerst fragile Existenz«, schloss er leise.

Niccolò lutschte eine Traube, die er aus einer Schüssel auf dem Beistelltisch genommen hatte. »Michelangelos Rückkehr nach Florenz bereitet mir einige Sorgen«, sagte er. »Es heißt, seine Anhänger seien ebenso unberechenbar wie ihr Meister. Sie haben bereits die Werke anderer Künstler öffentlich angeprangert und einige Standbilder mit faulen Eiern und Gemüse beworfen.«

»Man kann den Teufel nicht für die Taten seiner Advokaten verantwortlich machen«, hielt Leonardo dagegen.

»Aber manche Künstler ermutigen derartigen Vandalismus noch«, sagte Niccolò.

Leonardo ließ seinen Schüler eine Weile allein arbeiten. Er dachte wieder an Ferrucci. »Nein«, murmelte er dann. »Das mag ich nicht glauben.«

»Aber ich habe die Waffen seiner Anhänger gesehen und ihre mürrischen Mienen. Solche Männer könnten sehr wohl zur Gefolgschaft der Büßer gehören.«

»Die Büßer – Anhänger eines Künstlers?«, entgegnete Leonardo. »Das halte ich nicht für sehr wahrscheinlich.«

»Ihr selbst habt gesagt, dass Michelangelo oft die Werke anderer kritisiert. Vielleicht reicht dies den Kleingeistern als Rechtfertigung, die Werke vollends zu vernichten.«

»Es gibt immer eine andere Möglichkeit«, sagte Leonardo leise.

»Tja.« Niccolò wollte nicht nachgeben. »Selbst wenn Michelangelos Anhänger nicht die Büßer sind, ziehen sie doch bewaffnet und mit brodelndem Blut durch die Stadt. Sie könnten mit den Büßern zusammenstoßen, und damit wäre ein viertes Element zu der explosiven Mischung hinzugegeben.«

Der Zwerg wich einige Schritte zurück, um den Hintergrund des Bildes in Augenschein zu nehmen, auf den Marco soeben hellblaue Pigmentfarbe für den Himmel auftrug.

»Nein, Marco«, belehrte der Maestro seinen Schüler. »Wenn die Sonne die Bäume anstrahlt, werfen sie einen scharfen Schatten und erscheinen dem Betrachter näher, weil ihr Umriss deutlicher zu sehen ist. Ich denke, du solltest ein wenig mehr Grau nehmen. Denke daran, dass das Blau des Himmels von der Dichte der Luft abhängt, die sich zwischen der Dunkelheit darüber und der Erde darunter befindet.«

Marco wusch den Pinsel aus und tauchte ihn in das reine Weiß auf seiner Palette und mischte es sodann mit Schwarz, bis ein helles Grau entstanden war. Daraufhin wischte er die überschüssige Farbe ab und machte sich wieder ans Werk.

Niccolò verließ die beiden und wanderte im Atelier umher. Dann fiel sein Blick auf ein anderes Gemälde, das auf einer Staffelei in Fensternähe stand. Er ging näher heran und schüttelte bestürzt den Kopf.

Noch eine Kampfansage an die Büßer!

In diesem Bild hatte Leonardo Bacchus, den Gott des Weines, als jungen Mann dargestellt, und zwar nackt; nur ein Tuch war unter dem Nabel und über den Knien drapiert. Der Gott saß in einer Landschaft und sah dem Betrachter direkt in die Augen. Seine Rechte deutete auf einen Stock oder Pflanzstab, den er in der Ellenbeuge hielt, und am unteren Bildrand blühten Blumen.

»Das ist Salais Auftrag«, flüsterte ihm Beltraffio zu. »Der schöne, junge Mann darf den schönen, jungen Mann malen.«

»Wir sind am Ende!«, stieß Niccolò ein wenig zu laut hervor. »Sobald sie von diesen beiden neuen Arbeiten erfahren, werden die Büßer uns die Tür einschlagen.«

»Genau darauf hoffe ich ja«, sagte der Maestro und trat zu dem Gnom. »Wenn Soderini die Büßer nicht ausfindig machen kann, so lasst sie doch zu uns kommen. Ich will diesem Manciano ins Gesicht sehen. Ich will wissen, warum er glaubt, dass Kunst gezwungenermaßen sündhaft ist, und ich möchte wissen, warum – oder ob – seine Dominikaner etwas mit Pagano und dem Mord an dem jungen Herzog zu tun hatten.«

»Gefährlich«, murmelte Niccolò.

Leonardo lächelte. »Vielleicht, aber genau darin liegt doch der Reiz, nicht wahr? Bedenkt bitte, meine Herren: Wenn ihr etwas tut im Leben, dann schielt nicht danach, welche Kräfte sich euch entgegenstellen oder euch drohen oder welche klugen Ratschläge euch gegeben werden, sondern achtet immer darauf, dass all eure Handlungen aus *per puro diletto dello spirito* erfolgen.«

Niccolò nickte eifrig. Wie gut der Meister inzwischen das Lateinische beherrschte! Doch die Maxime, dass alles im Leben ›nur aus reiner Liebe‹ versucht werden solle, zwang ihn zu einem Grinsen.

Er kletterte auf einen Hocker und sah zu, wie der Maestro seinem Schüler den Pinsel aus der Hand nahm, ihn reinigte und dann das Grau mit ein wenig Hellgrün auf der Palette mischte. Auch er strich den Farbüberschuss ab und tat dann zwei kühne Striche. Anschließend trat er einen Schritt zurück und begutachtete das Werk.

»Nein«, sagte Leonardo leise, »es ist immer noch nicht richtig. Die Luft schluckt die Abbilder der Dinge, die hinter ihr liegen, und das Blau wird umso schöner, je mehr Schatten dahinter liegt.« Er seufzte und gab Marco den Pinsel zurück. »Für den Augenblick ist es genug. Denk darüber nach. Beobachte. Lerne von der Natur. Geh hinaus auf die Straße, und schau dir den Himmel an und vergleiche, wie unterschiedlich Farbe und Beschaffenheit an verschiedenen Orten wirken. Versuch es mal an der Piazza della Signoria und am Ponte Vecchio.«

Marco tauchte den Pinsel in die Reinigungslösung, rührte zwei, drei Mal damit herum und trocknete ihn mit langen Strichen an dem Tuch, das er über dem Unterarm trug.

Leonardo ging zum Becken, um sich die Hände zu waschen. Er trocknete sie mit einem Leinentuch und sperrte einen Schrank auf, dem er ein Brotbrett mit einem halben Laib und einen Holzteller mit Käse entnahm.

»Soviel ich gehört habe, ist dieser Buonarotti cholerisch und hochnäsig«, sagte Marco, während er Palette und Pinsel auf seinem Arbeitstisch ablegte und ebenfalls zum Becken schritt. »Ein Kardinal hat einmal meinem Vater erzählt, dass er sich sofort hinsetzt, wenn Buonarotti das Zimmer betritt, denn er weiß, Michelangelo kann es nicht abwarten zu sitzen – und der Himmel möge verhüten, dass er erst um Erlaubnis fragen muss.«

»Vielleicht ist der Herr rasch ermüdet«, meinte Leonardo, der mit einem Krug Hauswein und drei Bechern zum Tisch kam.

»Ich glaube, man sollte ihm lieber ein Exemplar von Pier Yergerios Traktat über gute Manieren – ›De Ingenuis moribus‹ – schenken«, brummte Niccolò, der den Hocker zum Tisch schleifte.

Wieder lachte Leonardo leise. Er nahm einen Teller mit Trauben und Oliven aus dem Schrank und stellte ihn auf den kleinen Tisch. Dann blickte er sich suchend um. »Wo ist Salai?«

»Ich habe ihn geschickt, silberne Sattelknöpfe zu besorgen«, sagte Marco. »Vor zwei Stunden.«

Leonardo stieß einen Seufzer aus. »Ich verstehe.«

»Nein, Maestro, es ist nicht, wie Ihr denkt. Ich muss zugeben, früher gab es Zeiten, wo Salai nicht an dem Ort war, den er mir angegeben hatte«, beeilte sich Marco zu versichern, »aber inzwischen finde ich, dass er sich im Grunde liebenswürdig zeigt und meine Anordnungen nicht infrage stellt.«

»Das freut mich zu hören.« Leonardo lächelte.

»Ich habe jedoch gehört, dass er regelmäßig Huren und Tavernen besucht. Wo hat er denn das Geld her?«, fragte Niccolò und begann, sich Essen auf den Teller zu legen.

»Das weiß ich nicht«, räumte Marco ein.

»Ich«, Leonardo warf dem Zwerg einen raschen Seitenblick zu, »schenke Gerüchten keinen Glauben. Wenn Salai sich gebessert hat – gut. Wenn nicht, dann wird es dieses Mal kein Pardon geben. Einstweilen reicht es, dass er den Eindruck macht, als ob er sich zu benehmen weiß.«

Niccolò ließ seine Beine über die Hockerkante baumeln und sagte trocken: »Wenn der Fuchs zum Gebet niederkniet, musst du deine Hühner zweimal zählen.«

*

Im dämmerigen Bogengang des Karmeliterklosters, nur einen Steinwurf von Leonardos Bottega entfernt, betrachtete Fra Pietro de Novellara aufmerksam den jungen Mann, der vor seinem Tisch stand.

»Ich bin überrascht – aber natürlich auch erfreut –, dass Ihr unbedingt in die Dienste meiner Freundin, der Marchesa, treten wollt«, sagte der Mönch. »Aber – nun ja – Ihr wisst, was sie möglicherweise von Euch verlangen wird?«

Der junge Mann nickte. »Ich glaube ja.«

»Ich werde ihr mitteilen, dass Ihr uns Eure Hilfe angeboten habt«, sagte Novellara. »Vermutlich wird sie sehr erfreut sein, besonders im Hinblick darauf, dass unser Partner Ser Pagano ... verschwunden ist. Haltet unterdessen Euren engen Kontakt zum Meister und dem Zwerg aufrecht. Sie dürfen keinen Verdacht schöpfen. Ich werde mich später wieder mit Euch in Verbindung setzen.«

»Ich erwarte bezahlt zu werden – und zwar gut«, sagte der junge Mann. »Ich habe vielerlei Verpflichtungen.«

»Die Großzügigkeit der Marchesa ist sprichwörtlich«, gab ihm der Geistliche hochmütig zu verstehen.

»Davor habe ich ja so große Angst«, grinste der junge Mann.

Rom

Michelangelo ist soeben in Florenz eingetroffen«, sagte Piero de Medici, während er seinem Bruder die Nachricht weiterreichte.

Kardinal Giovanni de Medici las den Brief und gab ihn Piero zurück. »Das weiß ich bereits. Unser Agent in Florenz berichtet auch, dass der Maestro trotz seines Schwures, neutral zu bleiben, und ohne dass man ihm den Auftrag dazu erteilt hätte, zwei neue Gemälde mit heidnischen Themen vorbereitet: eine Leda und einen Bacchus. Er ist wirklich ein mutiger Mann.«

Piero stieß ein leises Lachen aus und setzte sich wieder auf seinen Stuhl hinter den mit Kontobüchern und Briefen überladenen Schreibtisch. Er schlug eines der dünneren Bücher auf, tauchte die Feder ins Tintenfass und schrieb rasch etwas hinein. »Glaubst du, die Büßer wollen diese Bilder zerstören?«

Der Kardinal nickte und schenkte sich ein Glas Wein ein. »Ich bin der Ansicht, dass der Maestro es genau darauf angelegt hat. Unser Agent berichtet, dass er auf diese Weise hofft, Manciano kennen zu lernen.« Piero gab keine Antwort, und der Kardinal seufzte. »Das würde ich auch gern.« Er schlürfte den Wein. »Ehrlich gesagt, glaube ich, dass diese – Gleichgültigkeit – des Meisters nur vorgetäuscht ist. Und der letzte

Bericht unseres Agenten hat meine Vermutungen nur bestätigt.«

»Warum?«

Der Kardinal zuckte mit den Schultern. »Unser Agent berichtet, dass Leonardo sich in Ferruccis Schule wieder mit Salai versöhnt hat und dass er an gewissen Orten gewisse Fragen gestellt hat. Ich glaube, er weiß mehr, als unser Agent glaubt.«

Piero sah ihn finster an und stellte die Feder in ihren Halter. »Hast du etwa Angst?«

Der Kardinal trat nahe an seinen Bruder heran und senkte die Stimme. »Nein, aber ich glaube, seine Nachforschungen werden zwangsläufig zu Gewalt führen.«

»Das wäre eine unglückliche Entwicklung – und unklug dazu.«

Der Kardinal seufzte erneut und schaute auf die Piazza hinunter. »Da stimme ich dir zu, aber ich bin fast sicher, dass es so kommen wird. Dies ist oft der einzige Weg, der verzweifelten Menschen übrig bleibt.«

Piero betrachtete seinen Bruder aufmerksam. »Nun«, sagte er schließlich leise, »wir können wohl kaum etwas anderes tun, als unseren Agenten zu warnen, und ihm raten, Auseinandersetzungen aus dem Wege zu gehen.«

»Sag ihm, er soll insbesondere seine Zunge im Zaum halten«, riet der Kardinal. »Der Maestro ist kein Dummkopf.«

Ferrara

Die Marchesa von Mantua saß im so genannten Spielzimmer, einem Saal mit Wandbildern griechischer Athleten. Die fast nackten jungen Männer warfen Diskusscheiben, schleuderten Speere, sprangen, rannten und trugen Ringkämpfe aus. Die Marchesa hatte ihre Verwandten aus der Familie d'Este zu sich gebeten.

Sie waren zusammengekommen, um über ein förmliches Gesuch des Papstes zu sprechen: Madonna Lucrezia Borgia, verwitwete Herzogin von Bisceglie, sollte den vierundzwanzigjährigen Witwer Alfonso d'Este, Erbe des Herzogtums Ferrara, zum Ehemann nehmen.

Zu jedermanns Enttäuschung wirkte der Päpstliche Gesandte, der das Schreiben überbrachte, nicht übermäßig schockiert aufgrund der Nackten an der Wand.

Nachdem er gegangen war, folgte eine heftige, jedoch fruchtlose Familiendiskussion. Alfonso vertrat den Standpunkt, dass er viel lieber Louise von Savoyen zur Frau nehmen würde. Herzogin Leonora wetterte gegen eine Union mit den Borgia, die sie als Mörder ihres jungen Cousins Alfonso d'Aragona betrachtete, und Isabella selbst vertrat die Ansicht, die d'Este sollten niemals auch nur daran denken, sich mit diesen ›Emporkömmlingen‹ zu verbinden.

Während sie noch ihrer Meinung Ausdruck verlieh, traf per Brieftaube eine Nachricht aus Florenz ein. Isabella kümmerte sich nicht um Höflichkeit und Tradition, sondern brach sogleich das Siegel und überflog die wenigen Zeilen.

Der erste Satz ließ sie zu Eis erstarren.

»Wie Ihr vermutet habt, kann ich nun mit einiger Sicherheit bestätigen, dass Pagano tot ist.«

Die Marchesa wollte das Pergament schon zerknüllen und hinter sich ins Feuer werfen, doch dann entschloss sie sich zum Weiterlesen. »Doch es gibt hier einen anderen, der mich wissen ließ, dass er Euch in der Angelegenheit Maestro Leonardo zu Diensten sein möchte, falls er angemessen entlohnt wird. Sein Name ist ...«

Isabella las den Namen; dann lächelte sie und formulierte bereits im Geiste die Antwort:

»Stellt den Herrn sofort ein!«

Florenz

Die hoch gewachsene Gestalt mit dem gewellten Haar stand an der rechten Wand des Kirchenschiffes von Santa Croce und sah den Mönch eintreten. Sofort zog sie sich in den Schutz von Donatellos Standbild der ›Verkündigung‹ zurück. Der Mönch in der braunen Kutte hatte die Kapuze hochgezogen, um sein Gesicht zu verbergen. Mit verschränkten Armen schlurfte er den Mittelgang hinunter, bis er auf Armeslänge an den Mann im Dunkel herangekommen war, doch er schaute ihn nicht an.

»Ist es vollbracht?«

»Ja, Ser Scarlotti«, flüsterte der Mönch.

»Und du weißt, was jetzt von dir erwartet wird?«

»Wir sind vorbereitet.«

»Sieh in die Armenkasse«, befahl der Mann im Schatten.

Sogleich machte der Mönch kehrt, schritt zum rückwärtigen Teil der Kirche und öffnete den Deckel der Holzkiste, die an der Wand hing. Er holte eine schwarze Lederbörse heraus, steckte sie rasch in seinen weiten Ärmel und trat durch das Portal ins helle Sonnenlicht hinaus.

*

Früh am nächsten Morgen erschienen Machiavelli und Guicciardini ohne vorherige Nachricht in Leonardos Bottega; der Diplomat trug seine Robe des Magistratsbeamten mit der weichen Kappe, Guicciardini ein scharlachrotes Wams mit passenden Beinlingen.

»Es ist eine Schande!«, fauchte Machiavelli, als Leonardo und Niccolò auf die beiden zutraten.

Leonardo bedeutete seinen Gästen, Platz zu nehmen, und legte seine Palette ab.

Niccolò kletterte auf seinen hohen Hocker. Dem Gnom fiel auf, dass Guicciardini sein Schwert abgürten musste, um sich zu setzen, und als er es neben sich auf den Boden legen wollte, fiel es ihm mit lautem Klirren aus der Hand, wofür er sich entschuldigte. Außerdem trug der junge Mann noch immer die juwelenbesetzte Schwertscheide.

Machiavelli, der unbewaffnet ging, warf einen kurzen Blick auf seinen Gefährten und wandte seine Aufmerksamkeit wieder dem Maestro zu. »Gestern Nacht sind die prächtigen Tafelbilder von Paolo di Doni vollkommen zerstört worden! Ihr kennt sie, Maestro: Es sind jene, auf denen der Sieg der Florentiner über die Sienesen bei San Romano im Jahre 1432 dargestellt wird – diese großartige Schlacht mit Pferden und Kriegern!«

»Zerstört?«

»Zerschlagen, wahrscheinlich mit einem Hammer«, erklärte Guicciardini, »und dann die Überreste verbrannt. Die wenigen Überbleibsel wurden – es schmerzt mich, es sagen zu müssen – mit menschlichen Exkrementen beschmiert.«

Niccolò hatte den Eindruck, als sei Leonardo zunächst wie gelähmt ob dieser neuen Obszönität, dann schien er förmlich in sich zusammenzufallen. Seine Schultern sackten herab, und er stieß einen tiefen Seufzer aus.

»Ich nehme an, es ist ein Segen, dass Ucello nicht mehr lebt und daher nicht sehen kann, wie sein Werk besudelt wurde«, murmelte er.

»Ucello?«, fragte Niccolò.

»Ucello war der angenommene Name von Paolo di Doni«, erklärte Leonardo. »Der Mann liebte die Vögel, alle Arten von Vögeln; deshalb nahm er den Namen Ucello an.« Er wandte sich wieder seinen Gästen zu. »Und Ihr glaubt, dass es die Tat der Büßer war?«

»Falls Ihr die Anhänger Savonarolas meint«, sagte Machiavelli achselzuckend, »muss ich Euch zustimmen. Berichten zufolge wurden kurz zuvor Mönche in weißen Kutten beobachtet, die in einer Prozession schritten.«

»Lächerlich«, warf Niccolò ein. »In jeder Stadt Europas gibt es Marschkolonnen des Ordens; zu jeder Tagesstunde ziehen Mönche in Prozessionen über die Plätze, und viele von ihnen tragen Weiß.«

»Habt Ihr gesagt, dass die Tafelbilder vollkommen zerstört wurden?«, hakte Leonardo nach.

»Es ist vielleicht noch ein Fünftel Splitterholz übrig geblieben.«

»Und das kommt Euch immer noch nicht seltsam vor?«

»Was?«

»Wenn sie etwas zerstören wollen, warum vernichten sie es nicht ganz und gar? Warum hinterlassen sie Reste? Es ist, als wollten die Büßer damit eine Botschaft vermitteln.«

»Botschaft?« Machiavelli legte die Stirn in Falten. »Was für eine Botschaft?«

»Ich weiß es nicht«, gab Leonardo zu.

»Ich persönlich teile nicht die Überzeugung Messer Soderinis oder unseres Freundes Messer Machiavelli, dass diese Entweihungen ein Werk der Anhänger Savonarolas sind«, verkündete Guicciardini unvermittelt.

Leonardo erhob sich und ging auf den jungen Adeligen zu. »Ach ja? Warum denn nicht?«

»Weil ich es für mehr als einen Zufall halte, dass viele der zerstörten Stücke einst Eigentum der Medici waren«, erklärte Guicciardini. »Die meisten dieser Arbeiten sind von Lorenzo dem Prächtigen oder seinem Vater Cosimo in Auftrag gegeben worden. Ich halte dies für ein bedeutsames Faktum.«

»Ach ja?«

»Viele in Florenz hassen die Medici und könnten die Entweihungen als eine Art Schlag gegen die Familie betrachten. Diese Akte von Vandalismus könnten sehr wohl ein Versuch sein, jede Spur ihrer früheren Macht zu tilgen. Stellt Euch vor, wie es die Brüder in Rom schmerzen muss zu erfahren, dass die großen Kunstwerke, mit denen sie aufgewachsen sind, methodisch zerstört werden. Was für eine Warnung an die Familie und welch Zeichen, wie verhasst und verachtet sie ist! Wäre ich ein Medici, so würde ich Agenten in Florenz einsetzen, junge Männer, die meine Familie noch immer verehren, und die gewillt sind, die Vandalen zu bekämpfen.«

»Ja, das wäre denkbar«, sagte Leonardo ruhig.

»Empfehlt Ihr Gewalt?«, fragte Niccolò.

»Wenn es nötig ist«, antwortete Guicciardini.

»Durch die Hand der jungen Männer, die die Medici immer noch verehren – die Grauen?«

»Möglicherweise.«

Leonardo wandte sich an Machiavelli. »Vielleicht hat der junge Mann Recht. Es ist durchaus vorstellbar, dass diese Zerstörungen als Angriff auf die Medici gedacht sind, und wenn dem so ist, würden die Grauen als Tatverdächtige ausscheiden, da sie ja bereits die Anhänger Savonarolas verachten. Ein schon ruiniertes Meisterwerk mit menschlichen Exkrementen zu entweihen, ist doch eine klare und überwältigende Botschaft, nicht wahr?« Er wandte sich an Guicciardini. »Aber Ihr habt ja gesagt, dass Ihr nicht die Büßer verdächtigt. Wer sonst sollte demnach für diese Taten verantwortlich sein?«

»Ich glaube, es sind die *arrabiati*«, sagte der junge Edelmann. »Die Verrückten. Solche Akte der Zerstörung zeugen von Wahnsinn, und die Verrückten sind meiner Meinung nach zu allem fähig: zu Zerstörung, ja sogar zu Mord. Und ich habe guten Grund zu der Annahme, dass die Grauen mobilmachen, um diesen Auswüchsen endlich ein Ende zu bereiten.«

»Das wäre eine Möglichkeit«, gab Leonardo zu.

»Überdies«, fuhr Guicciardini fort, »hassen die Verrückten die Medici. Die Zeit, da sie in Florenz geherrscht haben, betrachten die Verrückten als stille Tyrannei. Man könnte daher sagen – wie Ihr ja bestätigt –, dass sie den Brüdern in Rom eine Botschaft senden, indem sie ihren einstigen Besitz entweihen. Es ist eine Warnung, niemals zurückzukehren – oder sie könnten ebenso vernichtet werden.«

»Dem kann ich nicht zustimmen!«, warf Machiavelli ein und erhob sich abrupt. »Es ergibt keinen Sinn, wenn Ucellos Tafelbilder, die ja immerhin einen Sieg der Republik darstellen, von einer Gruppe Männer zerstört werden, die ebenfalls Anhänger der Republik sind. Wenn es nicht Savonarolas Büßer sind, die diese Taten begangen haben, dann kann ich nur zu dem Schluss kommen, dass es die Grauen selbst gewesen sein müssen!«

»Die Grauen unterstützen doch die Medici!«, argumentierte Guicciardini. »Warum sollten sie deren Artefakte zerstören?«

Machiavelli, der sich wieder gesetzt hatte, beugte sich nun eifrig vor. »Vielleicht vernichten sie Eigentum der Medici, um *uns* Folgendes zu sagen: Wenn die Medici sie nicht haben können, dann soll auch kein anderer sie haben. Ganz Florenz, ja, die ganze Menschheit, soll dafür büßen, dass die Medici ins Exil gehen mussten.« Er lächelte grimmig. »Das wäre fürwahr eine Botschaft! Die Brüder in Rom würden sie sicherlich zu schätzen wissen. Sie teilen nicht die Liebe ihres Vaters zu großer Kunst.«

»Einer schon«, widersprach Leonardo. »Der Kardinal, der die Bibliothek der Medici gerettet hat. Man weiß von ihm, dass er die Zerstörung der antiken Kunstwerke in Rom und die Verwendung von Kalkstein und Marmor aus den alten Tempeln für neue Palazzi beklagt.« Er hielt inne und schien die beiden Männer genau zu studieren. Dann lächelte er und fuhr fort: »Doch solche Spekulationen sind nutzlos, wenn man keine greifbaren Beweise hat. Ich glaube, wir können das Geheimnis um diese Zerstörungen nicht entwirren, indem wir zuerst das Motiv ermitteln. Meiner Meinung nach wäre es fruchtbarer, wenn wir zuerst die Identität dieser Vandalen ermitteln und beweisen würden – dann, so glaube ich, wird auch ihr Motiv klar zu Tage treten.«

»Aber ...!«, ereiferte sich Guicciardini.

Leonardo unterbrach ihn mit einer Handbewegung. »Zu

argumentieren, dass dieser oder jener Grund zu solchen Taten hat, verzerrt nur die Wahrheit, so wie ein schlechter Spiegel den Anblick, der sich dem Betrachter bietet, zu einem Zerrbild macht. Was uns größere Sorgen machen sollte, ist die Tatsache, dass die Akte der Zerstörung sich häufen.« Er drehte sich zu Machiavelli um. »Ehrlich gesagt, mein Freund, beginne ich allmählich Soderinis Warnung zu glauben, dass, wer auch immer für diese Taten verantwortlich ist, sich in zunehmendem Maße der Gewalt verschreiben könnte. Ich glaube, der Mord an dem jungen Herzog von Bisceglie bedeutete für die Büßer einen ersten Schritt in eine neue Richtung. Es könnte in dieser Bruderschaft einen Mann geben, der Gewalt als legitimes Instrument zur Durchsetzung seines Willens begreift. Die Frage ist nur: Warum wurde diese neue Art des Feldzuges mit dem Mord an einem jungen, spanischen Adeligen begonnen? Nur, weil er mit einer Borgia verheiratet war, und weil diese Familie von den Büßern verachtet wird, da sie für die Hinrichtung ihres Anführers verantwortlich war? Oder steckt hinter diesem Mord mehr, als wir auch nur ahnen können, weil wir außerhalb der Kreise von Macht und Intrigen stehen, in denen die Anwendung solcher Mittel gang und gäbe ist?«

Alle schwiegen und überdachten das Gesagte.

»Vielleicht, aber ich glaube nicht, dass die Büßer zu einem Mittel wie Mord greifen würden«, sagte Guicciardini schließlich. »Eher traue ich es den Verrückten zu. Ich glaube, dies ist ein gutes Argument für meine Theorie.«

Leonardo starrte auf die Straße hinunter. »Wenn es Savonarolas Anhänger sind, die diese Scheußlichkeiten begehen, dann werden sie sich fast zwangsläufig der Gewalt zuwenden«, sagte er leise. »Wenn man sich als ureigenen Mittler Gottes betrachtet – wie es die Anhänger Savonarolas tun –, wird Mord zu einem moralischen Imperativ.«

*

Am nächsten Nachmittag gingen Leonardo und Niccolò über den Mercato Nuovo, und der Maestro kaufte an einem Stand für drei Dukaten zwei Käfige mit Tauben. Dann schritten sie mitten auf den Ponte Vecchio, und Leonardo schob den Riegel zurück und ließ die weißen Vögel über den Fluss davonfliegen. Seite an Seite standen sie da und sahen zu, wie die Tauben aufflatterten, niederstießen und schließlich jubilierend zum Himmel aufstiegen. Als sie nur noch wie winzige weiße Wolken aussahen, sagte Leonardo leise: »Als Erinnerung an dich, Ucello.«

*

Als Niccolò am Abend die Kamine löschte und die Werkräume schloss, hörte er ein leises Klopfen und gemurmelte, unverständliche Worte an der Pforte, die auf die Via Guicciardini hinausging. Der Zwerg zückte seinen Dolch, schob den Riegel zurück und zog die Tür langsam auf, den Rücken an den Pfosten gedrückt, sodass er den Besucher zuerst sehen konnte. Einen Augenblick später hörte er ein Stöhnen, und eine blutüberströmte Gestalt in zerfetzten Kleidern fiel vor ihm auf den Boden. Niccolò suchte die finstere Straße ab, um den Angreifer auszumachen, doch die Gasse war menschenleer. Er schlug die Tür zu, schob den Riegel vor und beugte sich dann zu dem zerschlagenen und blutigen Bündel hinab, um den Mann zu identifizieren.

Es dauerte einige Zeit, bis er den Mann erkannte. Die Lippen des Unglücklichen waren aufgesprungen und dick, ein Auge mit einem Bluterguss fast zugeschwollen. Aus einem Nasenloch sickerte ein dünner Blutfaden, ebenso aus dem Mundwinkel. Dennoch zwang sich Marco zu einem Lächeln, das seine blutbefleckten Zähne enthüllte. Sein Murmeln war kaum zu verstehen. »Wo – zum Teufel – bist du – gewesen – als ich – dich – gebraucht habe?«

Niccolò schaffte es, den Schüler in einen Stuhl zu hieven. Dann machte er sich sofort daran, die Wunden zu versorgen. Er holte eine Schüssel mit kaltem Wasser, saubere Leintücher und ein paar Heilkräuter aus des Meisters Vorrat. Er wusch die Wunden aus und verband die Schnitte. »Was ist geschehen, Marco. Wer hat das getan?«

»Das ist das Ergebnis einer kleinen – Auseinandersetzung – mit einigen der – fähigeren Bewunderer eines gewissen Michelangelo Buonarotti«, brachte Marco zwischen seinen geschwollenen Lippen heraus. »Sie haben – auf mich gewartet – und ich hatte – keine Waffe bei mir. Ihr Anführer – eine Vogelscheuche in Schwarz – pries Michelangelo und beleidigte den Maestro – und das führte zu – ein oder zwei Schlägen – und dann – waren sie alle über mir.«

»Wie viele?«

»Zehn – mindestens«, stöhnte der Schüler. Er schnappte vor Schmerz nach Luft, als Niccolò eine besonders empfindliche Stelle berührte. »Nein. Eher wohl – ein paar Hundert.«

Marcos Unterarme waren eine Studie von Farbabstufungen: Dunkelrot an den Außenseiten bis hin zu Schwarz an den Innenseiten. Niccolò war sofort klar, dass er die Arme hochgenommen haben musste, um seinen Kopf vor Schlägen und Stichen zu schützen. Die aufgesprungenen Lippen, die geschwollene Wange und das halb geschlossene Auge ließen aber eher darauf schließen, dass die Verteidigung letzten Endes unzureichend gewesen war. »Diese Schweine!«, fauchte Niccolò. »Es ist genau, wie ich dem Meister gesagt habe: Die Hunde sind so jähzornig und wild wie ihr Herr.«

»Ich – werd – ein paar – von unseren eigenen Hunden sammeln«, flüsterte Marco, »und dann – werden wir – ihrem Zwinger einen kleinen Besuch abstatten.«

»Und einen neuen Straßenkrieg entfachen? Einen Krieg zwischen den Meistern? Haben wir davon nicht schon genug gehabt?« Sanft legte der Zwerg ein feuchtes Tuch auf Marcos untere Gesichtshälfte und brachte den Schüler damit wirkungsvoll zum Schweigen. »Dieser Akt der Barbarei verlangt eine geschicktere Antwort«, sagte Niccolò leise, »und du sprichst gerade mit dem Meister der Ränke. Jetzt bringen wir dich erst mal ins Bett, und morgen erzählst du dem Maestro, dass du die Treppe runtergefallen bist. Ich werde die Geschichte bestätigen. Dann werde ich morgen Nachmittag Buonarottis Werkstatt einen kleinen Besuch abstatten und mir die Anordnung der Räume, Fenster und Ausgänge anschauen.«

Marco nahm das Tuch ab. »Und warum willst du das tun?«

»Weil ich ein begabter Dieb bin. Ich habe meine Kunst in Klosterküchen gelernt. Morgen Abend werde ich dann ein zweites Mal zu Buonarottis Werkstatt gehen – und zwar allein – und dich rächen, ohne dass du ein Blutbad auf der Straße anrichten musst.«

»Wie denn?«

»Zunächst werde ich mit den ganzen Zuschauern und Bewunderern eintreten. Michelangelo hält ja jeden Nachmittag in seiner Werkstatt Hof. Dann, wenn ich weiß, wo Fenster und Türen sind, werde ich ihn des Nachts noch einmal aufsuchen.«

»Wie willst du denn am Nachmittag dort hineinkommen? Michelangelos *bravi* weisen jedem die Tür, den sie als Gefolgsmann eines Rivalen kennen. Jeder in Florenz weiß doch, dass du ein Freund und enger Gefährte des Maestros bist. Seine Schüler werden dich an der Tür aufhalten.«

»Nein«, lächelte der Zwerg. »Nicht, wenn ich meinen Zauber gebrauche.«

*

Früh am nächsten Nachmittag packte Niccolò die besonderen Stelzen aus, die Rubini für ihn gefertigt hatte. Er zog Kleider an, die zu seiner neuen Größe passten und die er in einer großen, handgeschnitzten Kiste aufbewahrte, einem Geschenk der Contessa Bergamini. Dann begab er sich auf die Straße und mischte sich unter die Menge von Michelangelos Bewunderern, die wie jeden Tag zu dessen Bottega trottete.

Niccolò war überrascht: Michelangelo und auch sein Atelier sahen ganz anders aus, als sich der Zwerg nach der ersten Begegnung mit dem Maler auf der Straße vorgestellt hatte. Damals hätte man dessen Erscheinung bestenfalls zusammengestückelt – um nicht zu sagen verwahrlost – nennen können; nun jedoch trat der Künstler in einem sauberen Kittel auf, und sein Geruch war auch ganz anders, als Niccolò ihn in Erinnerung hatte.

In der Werkstatt war alles aufgeräumt und einigermaßen

sauber. Gemahlene Pigmente ruhten in Behältern, die ordentlich auf langen Wandtischen aufgereiht waren. Mörser und Stößel, Messinginstrumente und Geräte zum Rahmen hatten ihren festen Platz und standen dem Künstler zur Verfügung, wenn er sie brauchte. An einem Holzbrett hingen eine Anzahl Hämmer und Meißel in den verschiedensten Größen. Leinwand war zugeschnitten und wartete aufgerollt auf ihren Gebrauch. Krüge mit Öl und Firnis standen in langen Reihen auf Wandregalen. Auch gab es eine Vielzahl von Büchern und Manuskripten, manche in Rollen und manche gebunden, doch alle lagerten in sauberen offenen Schränken. Pinsel verschiedenster Größe und Machart standen in Holzbehältern bereit. Zwei oder drei Paletten, zwar bekleckst, doch leidlich gesäubert von angetrockneter Farbe, lagen auf einem der Werktische, daneben Ständer mit Kohlestiften, Stapel von Gewebepapier, fleckige Leinenlumpen und ein Vergrößerungsglas.

Was ist denn hier für ein Wunder geschehen?, fragte sich Niccolò.

Auf einer Staffelei stand ein großes Bild, das mit einem Tuch bedeckt war; allerdings war auf dem Beistelltisch daneben weder eine Palette noch ein Tontopf zu sehen, auch keine eingeweichten Pinsel. Damit war Niccolò klar, dass der Künstler das Gemälde vernachlässigte und sich seiner wahren Liebe widmete: der Bildhauerei. In einem anderen Raum stand denn auch ein riesiger Block Marmor mit dem üblichen Durcheinander rundherum. Splitter und Staub lagen wie Schnee auf dem mit Leinwand ausgelegten Boden. Aus dem Marmor wuchs die Gestalt eines jungen Mannes wie ein schlafender Riese, der Stück um Stück in die Freiheit entlassen wurde. Bei seinem Anblick fielen Niccolò andere Arbeiten des Künstlers ein: Werke, die unvollendet schienen, als sei der Bildhauer der Arbeit müde geworden oder als habe er beschlossen, jeder weitere Stoß mit dem Meißel würde die emporwachsende Figur beschädigen.

Eine junge Frau neben dem Gnom fragte: »Was ist das für ein Stück?«

»Ein neuer Auftrag der Signoria«, flüsterte eine andere Frau. »Der Block war beschädigt, aber sie haben ihn trotzdem Maestro Michelangelo gegeben und dazu – wenn ich glauben kann, was man mir da erzählt hat – eine beträchtliche Geldsumme.«

In diesem Augenblick trat eine Frau hinter Niccolò in den Raum und drängte sich nach vorn durch. Sobald er ihrer ansichtig wurde, ließ Michelangelo die Arbeit ruhen, legte Hammer und Meißel auf die Werkbank und stieg vom Gerüst herab. Er kam auf die Dame zu, ergriff ihre Hand und beugte sich hinab, um ihr einen Handkuss zu geben. Durch die Zuschauermenge ging eine Welle der Überraschung und des Erschreckens, als hätte der Mann sich plötzlich all seiner Kleider entledigt und wolle die Moresca tanzen.

»Wer ist das?«, wollte jemand im Flüsterton wissen.

»Donna Vittoria Colonna natürlich«, lautete die ebenso leise Antwort.

Ah, dachte Niccolò. Ein Bild seiner eigenen Braut kam ihm in den Sinn. *Die Liebe hat also das Wunder bewirkt.*

»Dies ist nur eine vorübergehende Betörung«, spottete eine der beiden Frauen. »Sobald Michelangelo einen hübschen Jungen sieht, wird die Tür zur anderen Seite hin aufschwingen.«

*

Mit der Gewandtheit, die er auf seinen Streifzügen durch die Küchen der Certosa und der Paläste in Mailand und Mantua erworben hatte, schlüpfte Niccolò im Schutze der Dunkelheit wieder in Michelangelos Bottega.

Als er eine Stunde später davonschlich, schwamm Leim in allen Pinseltöpfen und machte die Utensilien unbrauchbar; die Spitzen sämtlicher Meißel waren stumpf oder abgebrochen; Linienzieher aus Kreide waren mit Tinte gefüllt; auf allen Pigmentbehältern und Ölkrügen waren die Beschriftungen vertauscht, und auf einer Holztafel stand mit großen Lettern und Farbklecksen der Hinweis: »Matthäus, 13:28.«

Der Gnom wusste, irgendjemand würde in der Bibel nachschauen und dort Folgendes lesen: »Dies hat ein Feind getan.«

Und es hoffentlich den Anhängern Savonarolas zur Last legen.

*

Manciano stand in einem Winkel der Sakristei und starrte wütend auf den jungen Geistlichen, der ihm die Nachricht überbracht hatte. Während er seinen Talar ablegte, in dem er soeben die heilige Messe zelebriert hatte, bedachte er seine nächsten Schritte.

»Bist du sicher? Eine ›Leda‹ und einen ›Bacchus‹?«

»Das ist bestätigt«, erwiderte der junge Priester. »Unsere Beobachter haben die Kartons gesehen, die unterdessen vielleicht schon auf Leinwand übertragen worden sind. Es heißt, Soderini habe besondere Vorkehrungen zu ihrer Bewachung getroffen. Die gesamte Stadtpolizei steht auf Abruf bereit.«

Manciano nahm die lange lilafarbene Stola ab, küsste den Kragen und legte sie beiseite.

»Dann sehe ich für uns keine andere Wahl«, flüsterte er. »Ruf die Büßer zusammen.«

*

In den ersten Tagen des Dezember stolperte Buonarotti aus der kalten Nacht in Leonardos Werkstatt.

Es war eine Überraschung für Niccolò, den jungen, untersetzten Künstler nach Einbruch der Dunkelheit in der Tür der Bottega zu sehen; er wirkte ungepflegt und war sichtlich betrunken. Die Posten, die auf Machiavellis Geheiß in der Werkstatt auf die ›Leda‹ und den ›Bacchus‹ Acht gegeben hatten, waren nach vier Tagen abgezogen worden, denn der Bargello hatte darauf bestanden, dass sie anderswo dringender gebraucht wurden.

Erst als der Zwerg Michelangelo in das kleine Empfangszimmer geführt hatte, sah er, dass dessen Seidenhemd und die Tunika zerfetzt und blutbefleckt waren. Sofort ließ Niccolò nach Marco und Leonardo schicken, der noch immer in seinem Schlafgemach über Zeichnungen brütete. Einen weiteren Boten schickte der Gnom zu Michelangelos Bottega mit dem Auftrag, dessen Diener herzubitten.

»Was ist geschehen?«, fragte Leonardo beim Eintreten.

Niccolò hatte ein Becken mit kaltem Wasser und eine Menge Tuch besorgt und war nun damit beschäftigt, Buonarottis Kleider aufzuschneiden und das Blut abzutupfen.

»Ich weiß es nicht«, knurrte Michelangelo. »Plötzlich fielen vier oder fünf starke Kerle über mich her, die mir anscheinend das Leben aus dem Leib prügeln wollten. Ich hab zwar ihren großen, dürren Anführer mit meinem Dolchmesser pieksen können, aber dann müssen sie wohl vor irgendetwas Angst bekommen haben und waren fort, bevor sie mich ermorden konnten. Ich habe gemerkt, dass ich in der Nähe Eurer Werkstatt war, also bin ich ...«

»Natürlich. Habt Ihr eine Ahnung, wer es gewesen sein könnte?«, fragte Leonardo.

Michelangelo schüttelte den Kopf. »Einer meiner Feinde, fürchte ich.« Er schaute auf und brachte ein gequältes Lächeln zu Stande. »Es könnten auch Eure Anhänger gewesen sein, Maestro.«

»Unwahrscheinlich.«

»Oder Freunde des Gatten einer gewissen Dame, die ich, hm, getröstet habe.«

»Gut möglich«, grinste Niccolò.

»Zuerst habe ich geglaubt, es sei der alten Geschichte wegen passiert«, fuhr Michelangelo fort. Er stöhnte ein wenig, als Niccolò ihm ein Tuch auf die größte Wunde legte. »Manche Menschen können nicht vergessen – ganz zu schweigen von vergeben.«

»Ja«, murmelte Leonardo. »Das weiß ich nur allzu gut.« Er dachte nach. »Ich habe gehört, dass Eure Pinsel und Öle verdorben worden sind«, fuhr er mit ruhiger Stimme fort. »Es tut mir ja sehr Leid, doch dieser Vandalismus ist weniger schlimm, als wenn man eines Eurer Werke zerstört hätte.«

Michelangelo versuchte, sich aufzurichten, sank aber wieder in sich zusammen. Plötzlich erschrak der Zwerg, denn der Künstler streckte jäh die Hand aus und fasste ihn am Umhang. Er versuchte, sich daran hochzuziehen, doch sein Atem stank nach Knoblauch und Wein, dem er zu ausgiebig zugesprochen hatte. Es war Niccolò ein Leichtes, ihn an beiden Armen festzuhalten, um ihn sowohl zu stützen als auch von Leonardo fern zu halten.

»Ich weiß, was über mich geredet wird, Maestro. Es heißt, ich hätte meinen neuen Auftrag vernachlässigt, weil ich so mit der Dame beschäftigt gewesen bin, aber das stimmt nicht ganz.« Er gluckste belustigt. »Ist aber auch nicht ganz falsch.« Der Bildhauer begann, hin und her zu schwanken, als befände er sich auf dem schlingernden Deck eines Schiffes. »Es ist nur, dass ich – die Bildhauerei lieber mag. Ihr wisst, ich bin – kein – Maler. Ich will nicht meine Zeit damit vergeuden, auf Holz oder Leinwand herumzupinseln. Ich will an meinem David arbeiten oder an einem anderen Block aus Carrara, in dem ich, das schwöre ich Euch, einen Moses sehe, der förmlich danach schreit, geweckt zu werden!«

Niccolò ließ den jungen Künstler los, der sogleich wieder auf den Stuhl fiel. Wie ein kraftloses Bündel nasser Wäsche hing er da.

»Ich versichere Euch, Maestro«, sagte Leonardo, »meine Anhänger – falls es denn solche gibt – sind nicht für Eure Prügel verantwortlich. Und was die Verwüstung Eurer Bottega angeht ... Da hege ich einen gewissen Verdacht.«

Er erhielt keine Antwort von Michelangelo, der in einen Halbschlaf hinübergeglitten zu sein schien. Niccolò sah, wie Leonardo den bewusstlosen jungen Mann lächelnd betrachtete: die unordentlichen Locken, die platte Nase und den Bart mit den zwei Spitzen.

»Ihr wisst, wer in seine Bottega eingedrungen ist?«, flüsterte er.

»Sagen wir, ich habe da so eine Theorie.«
Niccolò zwang sich zu einem Lächeln.
Ich hoffe, Ihr irrt Euch, betete er stumm.

*

Es war Leonardos schlimmster Albtraum, der sich in erschreckende Wirklichkeit verwandelte.

Dort, mitten auf der Piazza della Signoria, brannte ein riesiges Fegefeuer, angefacht vom kalten Wind, gefüttert mit Büchern und Manuskripten!

Leonardo war hinausgegangen, da er eine indirekte Warnung von Guicciardini erhalten hatte, am Abend werde sich »etwas Bedeutendes vor dem Palazzo della Signoria ereignen«. Der Maestro hatte eine Art Feier erwartet; daher stand er nun fassungslos da und sah zu, wie Buch um Buch von bewaffneten Männern aus der Medici-Bibliothek gebracht und in die gefräßigen Flammen geworfen wurde.

Bald war der Platz gerappelt voll mit neugierigen Florentiner Bürgern, denen die Verbrennung der Eitelkeiten noch in guter Erinnerung war. Manche stritten untereinander, ob die Anhänger Savonarolas wieder die Macht an sich gerissen hätten. Andere, offensichtlich Mitglieder der Verrückten, verfluchten die Soldaten. Leonardo kam es so vor, als könne das Ganze sich zu einem Aufstand ausweiten. Einige der Soldaten fühlten die Gefahr wohl auch, denn sie zogen ihre Schwerter, und die Pikeniere richteten ihre langen Waffen geradewegs auf die Menge.

Leonardo streifte am Rande des Mobs entlang und hoffte, einen Magistratsmitarbeiter ausfindig machen zu können, bei dem er sich über diese neue Schandtat beschweren konnte.

Plötzlich wurde ihm ein Leinensack über den Kopf gestülpt. Er war von völliger Dunkelheit umgeben! Dann wurde der Sack bis zu seiner Taille heruntergezogen und ein Seil um seine Brust und seine Arme geschlungen. Die Hände wurden auf den Rücken gezogen und gefesselt. Leonardo schrie vor Zorn, schrie um Hilfe, aber der Mob war von dem Feuer derart entfesselt, dass seine Schreie im Lärm und den Flüchen der Menge untergingen. Der Meister spürte, wie er hochgehoben und dann ohne Aufhebens wie ein Getreidesack auf einen groben, splitterigen Boden geworfen wurde. Er hörte das Knarren von Wagenrädern und spürte die Schwingungen des Vehikels, als es die Piazza verließ.

Er war entführt worden!

*

Stunden schienen vergangen zu sein, bis er endlich wieder auf den Beinen stand und über Kopfsteinpflaster geführt wurde. Dann ging es eine Treppe hinauf und über einen Flur mit weichem Untergrund, offenbar Teppiche. Es folgten Türen und weitere Korridore, bis Leonardo vollkommen die Orientierung verloren hatte.

Endlich hieß man ihn stehen zu bleiben. Die Seile um Brust und Arme wurden gelockert, der Leinensack abgenommen.

Der Meister blickte sich um. Er befand sich in einem großen Raum, der nur von Fackeln an den kahlen Wänden ringsum beleuchtet wurde. Die Decke war niedrig und ebenfalls schmucklos. Keine Wandbilder, Wandteppiche oder Kerzenleuchter. An den Wänden gedieh grüner Schimmel. Die Luft war feucht und kalt, und von irgendwoher drang ein unerfreulicher Gestank. Leonardo glaubte zunächst, sich in einem Kerker zu befinden oder an einem Ort, der einst als Kerker gedient hatte. Er blinzelte, um seine Augen an das Fackellicht zu gewöhnen, und langsam nahm er den Kreis von Männern in schwarz-weißen Kutten wahr. Dann merkte er, dass seine Handgelenke schmerzten und seine Hände noch immer hinter dem Rücken gefesselt waren. Auch die Schultern taten ihm weh.

Eine Weile studierte er seine Entführer; doch einen Grund zur Angst schien es nicht zu geben. Keiner trug eine sichtbare Waffe. Keiner bedrohte ihn.

Dann bemerkte Leonardo, dass der Kreis sich geöffnet hatte; ein Mann, der die anderen ein Stück überragte, schritt auf ihn zu. Er hatte die Kapuze zurückgeschlagen, doch über dem Gesicht trug er eine weiße venezianische Maske, die Leonardo an die leinene Halbmaske von Pagano erinnerte.

»Habt keine Angst«, sagte der Mann leise. »Mein Name ist Manciano.«

Leonardo sah ihn stirnrunzelnd an. »Ich wollte Euch treffen, jedoch an einem neutraleren Ort. Und was haben diese neuen Schandtaten zu bedeuten? Warum verbrennt Ihr jetzt Bücher?«

Manciano starrte ihn an, eine Ewigkeit, wie es schien. Dann sprach er mit leiser, tiefer und beherrschter Stimme, die bar jeden Gefühls und jeder Betonung war, was Leonardo verriet, dass dieser Mann gewiss kein Redner sein konnte. »Wie so viele der vergangenen Ereignisse kann uns auch die Bücherverbrennung nicht zur Last gelegt werden, Maestro. Dies ist das Werk Eures Freundes Piero Soderini und der Signoria.«

»Ich verstehe Euch nicht.«

»Der Rat der Zehn hat eine neue Papstbulle erhalten. Unter Androhung der Exkommunikation und eines Interdikts gegen diese Stadt wird gefordert, dass alle Bücher verbrannt werden sollen, die die Autorität der Kirche infrage stellen. Offenbar hat der Stadtrat ein oder zwei Tage über die Angelegenheit debattiert, sich am Ende aber zum Gehorsam entschlossen. Die Bücher werden verbrannt, wie Ihr ja gesehen habt. Dies ist das Werk der Borgia.«

»Und Ihr hattet nichts damit zu tun?«

»Gar nichts«, antwortete der Geistliche und unterstrich seine Worte mit einem heftigen Kopfschütteln.

Leonardo warf einen Blick auf die Männer, die ihn noch immer umringten. »Ihr seid diejenigen, die man die *piagnoni* nennt?«

Manciano nickte. »Wir nennen uns selbst die Weinenden.« Er deutete auf die Männer. »Wir halten uns streng an die Grundsätze unseres verstorbenen Führers und Vaters, Fra Girolamo Savonarola.«

»Und Ihr habt Euch den Namen ›Weinende‹ zugelegt, um seine Hinrichtung zu betrauern?«

»Nein. Wir glauben, dass er in Frieden bei Gott lebt. Wir weinen ob des Niedergangs der Tugend, der heimtückischen Aneignung der Moral durch säkulare Mächte und ob der Verdammung der Seelen jener Florentiner, die sich von Fra Girolamos weisem Rat und seiner Vision abgewendet haben.«

»Und was ist mit der Zerstörung von Florentiner Kunstwerken? Dafür seid doch Ihr verantwortlich, oder?«

»Nein, das sind wir nicht«, widersprach Manciano schlicht. »Und darum haben wir Euch hierher gebracht.«

»Warum?«

»Um Euch eine Botschaft zu geben, die Ihr Euren Freunden im Stadtrat überbringen sollt. Wir möchten ihnen mitteilen, dass die Weinenden auch nicht eine einzige dieser Zerstörungstaten begangen haben, derer sie beschuldigt werden. Wir hatten auch nichts mit dem Mord an Alfonso d'Aragona zu tun oder den jüngst erfolgten Angriffen auf Euren Schüler und Maestro Michelangelo. Wir sind es leid – sehr leid –, gejagt und für etwas angeklagt zu werden, das wir nicht getan haben! Wir wünschen lediglich in Ruhe gelassen zu werden, um zu beten und uns um die geistige Stärkung der Florentiner zu kümmern.«

»Warum sollte ich Euch das glauben?«, fragte Leonardo.

»Ihr könnt es ruhig glauben«, erwiderte der Mann, »denn ich sage die Wahrheit. Die Wahrheit zu sagen, ist wichtig für einen Weinenden, ebenso wie unsere Verehrung für Fra Girolamo und seine Prinzipien.«

»Ach ja?«

»Wir zerstören keine Kunstwerke. Wir prügeln keine Künstler oder deren Schüler. Und wir haben auf keinen Fall irgendeinen Anteil an der Ermordung von Alfonso d'Aragona. Wir mögen Ereignisse oder Dinge verurteilen, die unserer Meinung nach zur Sünde verführen, und für die Sinnesänderung der Künstler beten – aber wir verbrennen, zerschneiden oder verstümmeln keines ihrer Werke.«

»Fra Girolamo, Euer Anführer, hat es jedoch getan«, entgegnete Leonardo und straffte die Schultern. »Die Verbrennungen der Eitelkeiten sind bezeugt und aufgezeichnet.«

Wieder schüttelte der Mann den Kopf. »Was Fra Girolamo zerstörte, waren nur eitle Dinge aus Handwerkerhand, keine Kunstwerke; es waren weltliche Dinge.«

»Weltlich?«

»Verzierte Spiegel, vor denen Frauen ihre Gesichter bemalten, als seien die von Gott gegebenen nicht genug; extravagante und lächerliche Kleider und Gewänder, mit denen die Reichen ihren Überfluss und ihre Herrschaft über die Armen in prahlerischer Weise zur Schau stellten; Schmuck und Stoffe, mit deren Erlös die Hungrigen hätten gespeist werden können; Möbelstücke mit den Emblemen und Wappen der reichen Familien, als seien diese so etwas wie Götter, deren Symbole statt des heiligen Kreuzes angebetet werden sollten.«

»Ach, tatsächlich?«

»Es war nicht Fra Girolamo, der die Bilder Donatellos und Botticellis in die Flammen geworfen hat. Das haben die Künstler selbst getan.«

»Vielleicht waren sie vom Redefluss Eures Anführers wie von einem Zauber gebannt.«

»Die Wahrheit ist immer ein Zauber.« Manciano stieß einen leisen Seufzer aus und trat einen Schritt auf Leonardo zu. »Nein«, fuhr er fort. »Wir, die Anhänger Fra Girolamos, erkennen sehr wohl, dass manche Künstler nicht begreifen, wie gefährlich die Arbeit ihrer Hände und Herzen sein kann. Sollen wir ihnen darum die Hände abschlagen? Ist es nicht besser, Gott im Gebet darum zu bitten, dass er eine Änderung in ihren Herzen bewirkt? Wir beten für jene, deren Werke Anstoß zur Sünde sind.«

»Wer darf denn beurteilen, was Anstoß zur Sünde ist?«

»Ja, in der Tat, wer darf das?« Wieder nickte der Mann. »Natürlich liegt es bei Gott, sowohl den Künstler als auch sein Werk zu beurteilen, doch jahrhundertelang haben die Menschen die Kirche um moralische Führung angefleht. Die

Kirche ist stets das Taufbecken spiritueller Weisheit gewesen, und wir sind die Kirche. Heutzutage, nach dieser modernen Lehre des Humanismus, werden die Künstler selber als die besten Richter für die Moral ihrer Werke angesehen. Das ist lächerlich! Das ist, als wolle man Wölfe darum bitten, den Wert von Lämmern einzuschätzen.«

Allmählich wurden Leonardos Hände in den Fesseln taub. Er merkte jedoch, dass jeder im Raum ihn anschaute und zum Verstehen bewegen wollte.

»Nehmen wir einmal an, ich würde der Signoria mitteilen, dass Ihr für die Zerstörungen nicht verantwortlich seid«, begann er. »Wie kommt Ihr darauf, dass sie mich anhören werden?«

»Ihr werdet allgemein verehrt und respektiert. Ihr seid der ewige Sucher nach der Wahrheit, nicht nur in Eurer Kunst, sondern auch im Flug eines Vogels, dem Fallen eines Blattes, dem Spiel des Lichts auf dem Wasser. Wir kennen diese Leidenschaft für die Wahrheit aus Euren frühen Madonnendarstellungen, aus Eurer Verkündigung, aus Euren Arbeitsbüchern.«

Einen Moment lang überkam Leonardo blanke Angst. »Woher wisst Ihr, was in meinen Arbeitsbüchern steht?«

»Wir wissen es«, sagte Manciano lediglich mit einem verhaltenen Lächeln. »Wir wissen auch, dass Ihr an zwei Bildern mit heidnischen Motiven arbeitet, doch wie man mir berichtet hat, habt Ihr nur damit begonnen, um mich herauszufordern. Falls dies tatsächlich der Fall sein sollte, so habt Ihr Erfolg gehabt.« Das Lächeln verschwand. »Das Wichtigste ist: Ihr, Maestro, seid ein hoch angesehener Mann, und deshalb könnt Ihr unsere Botschaft an die Mächtigen der Stadt weiterleiten. Sagt ihnen, dass nicht wir diese Bilder und Statuen zerstört haben. Wer auch immer diese Akte von Vandalismus zu verantworten hat, er tat es, um uns in Verruf zu bringen. Alles, was wir tun können – und was wir in Eurem Falle bereits getan haben –, ist, einen Brief zu schicken, in dem wir jene Elemente Eurer Arbeit verurteilen, die wir – unschicklich – finden, sodass Ihr Eure Fehler korrigieren könnt.«

»Warum sagt Ihr dies nicht selbst der Signoria? Warum entführt Ihr nicht Soderini und sagt ihm, was Ihr mir soeben gesagt habt?«

»Er würde uns nicht glauben. Die Herren Machiavelli und Soderini sind Politiker. Sie glauben nur, was ihnen dienlich ist.«

»Und wenn sie mir nicht glauben?«

»Dann haben wir zumindest alles getan, was wir tun konnten, nicht wahr? Die Sünde der Unterlassung kann nicht mehr uns zur Last gelegt werden. Wir haben versucht, die Wahrheit zu enthüllen. Dies ist unser Auftrag: Wir müssen ändern, was wir ändern können, und hinnehmen, was wir nicht ändern können.«

»Das klingt sehr franziskanisch«, bemerkte Leonardo.

»Und praktisch«, fügte Manciano in kaltem Ton hinzu.

*

Am Ende der Unterredung, die noch eine Weile andauerte, entschuldigte sich Manciano für die Entführung. »Ich weiß, dass Ihr mit der Leda und dem Bacchus begonnen habt, um ein Treffen mit mir zu erzwingen«, sagte er, »aber ich durfte nicht wagen, zu Eurer Bottega zu kommen, die, wie ich annehme, zurzeit schwer bewacht wird.«

»Nein«, antwortete Leonardo. »Nach ein paar Tagen hat Soderini die Wachen wieder abgezogen.«

»Ich dachte dabei nicht an Soderinis Wachen«, sagte Manciano. »Eher an Machiavellis Geheimagenten. Er hat seine Augen überall und ist ein überaus listiger Mann. Vertraut ihm nicht, Maestro, ich warne Euch. Er spielt in diesem Spiel für beide Seiten.«

Wieder wurde Leonardo der Sack über Kopf und Schultern gestülpt, wenn auch ein wenig sanfter; dann wurde er ins Herz der Stadt zurückgebracht.

*

Als die Handfesseln gelöst und der Sack mit einem Ruck von seinem Kopf gezogen wurde, fand Leonardo sich vor seiner Werkstatt in der Via Guicciardini wieder.

Seine Entführer hatten sich wie der Morgennebel in Luft aufgelöst.

Leonardo betrat seine Werkräume und fand in seinem Schlafgemach ein prasselndes Kaminfeuer vor. Lange Zeit saß er bei Kerzenschein an seinem kleineren Arbeitstisch und zeichnete zerstreut groteske Gesichter; dabei dachte er über sein Erlebnis und darüber nach, wie viel davon er glauben durfte.

Vieles, fand er. Die Sammlung der Medici, die zahlreichen Kodizes und Manuskripte, war in den Tagen von Savonarolas Herrschaft nicht angerührt worden. Sie war vielmehr in sein Kloster in San Marco verlegt worden, doch, wie Guicciardini angedeutet hatte, nicht auf Befehl Savonarolas, sondern von Kardinal Giovanni Medici, der sich zu diesem Zweck als Dominikaner verkleidet hatte.

Langsam, ganz langsam nahm ein Gedanke in Leonardos Kopf Gestalt an, dann ein anderer. Doch sie passten nicht zusammen.

*

Die Glocken des Doms riefen die Gläubigen zur Frühmesse. Leonardo schloss die Augen. Mit einem Mal fühlte er sich sehr, sehr alt, sehr müde und sehr einsam. Dann spürte er plötzlich starke, schlanke Finger, die seine Muskeln an Genick und Schultern zu massieren begannen. Er fühlte sich wie verjüngt und ließ den Kopf vorsichtig kreisen, um die Spannung abzubauen. Salais Hände krochen unter sein Haar zu den kleinen Einbuchtungen hinter den Ohren und verrichteten dort ihr Zauberwerk, bis Leonardo spürte, wie sie am Hals hinabglitten und auf den Erhebungen liegen blieben, wo Schultern und Nacken ineinander übergehen. Sein Atem beruhigte sich und ging schließlich wieder langsam und gleichmäßig. Allmählich wurde Leonardo wohl zu Mute. Er spürte Salais warmen Atem im Nacken, als der Schüler sich vorbeugte und ihm etwas ins Ohr flüsterte. Der Maestro gab keine Antwort darauf. Sein Schüler half ihm in die Höhe und geleitete ihn zu einer offenen Tür.

Leonardo ging – sowohl mit einem Gefühl der Ergebenheit als auch der Erwartung.

Auch Salai schwieg, nahm die große Hand des Meisters in seine und führte ihn in den angrenzenden Raum.

Doch wie eine Stimme aus den Tiefen seines Geistes vernahm Leonardo erneut Sangreals Warnung: »Liebe ist Schwäche. Sie macht einen verwundbar.«

DIE SONNE BEWEGT SICH NICHT

»Bringt zum Schweigen die Unterdrücker,
denn nur auf diese Weise könnt ihr
den Schöpfer so vieler wunderbarer Dinge verstehen,
und solch großen Erfinder lieben,
denn große Liebe
wird aus umfassendem Wissen geboren ...«

Leonardo über die Malerei

Faenza

Hölle und Verdammnis!«, fluchte Herzog Caesare, während er zusah, wie seine Reiter sich durch den tiefen Schlamm um die Stadt mühten und immer öfter darin versanken. »Wie können sie bloß so lange durchhalten? Wer gibt diesen Schweinen zu fressen?«

Der Herzog von Valentinois hatte auf seinem schwarzen Schlachtross auf einer Hügelkuppe Stellung bezogen, von der aus er die Ebene und die Stadtmauer von Faenza überblicken konnte. Rund um die Stadt unterhielt sein Heer eine Reihe von Lagerfeuern. Der Winter war mit aller Macht hereingebrochen, und der Herzog, seine Offiziere und sein Schreiber steckten in schweren Wollstoffen und Pelzen. Caesare fluchte unaufhörlich vor sich hin, während er seine Männer beim Kampf gegen Kälte und Schlamm beobachtete; sein Atem kam stoßweise und in kleinen weißen Wölkchen. Beim Sprechen sah er aus wie eine kleine Kanone, die jedes Wort förmlich abfeuerte. Er wendete sein Pferd, um den jungen Offizier zu seiner Rechten anzusehen. »Wir hatten doch die Mauer durchbrochen, Savelli! Warum haben wir die verdammte Stadt nicht eingenommen?«

»Der Angriff ist zu früh erfolgt, Euer Gnaden«, antwortete der junge Offizier. »Und da war eine Frau – die anderen nennen sie Diamante –, sie hat die Verteidiger um sich geschart.«

»Ist sie immer noch in der Stadt?«

»Nein, Euer Gnaden. Wir haben sie gefangen genommen.«

»Sehr gut! Ich werde der Hure bei lebendigem Leibe die Haut abziehen!« Erneut wendete er sein Pferd und brüllte einem Untergebenen zu: »Such diesen Astrologen, diesen lügenden Hurenknecht Valgulio, der geschworen hat, dass in den Sternen mein rascher Sieg zu sehen sei! Finde ihn, und brenn ihm ein heißes Eisen auf den Arsch! Das wird ihn lehren, falsche Weissagungen zu machen!« Wieder wendete der Kriegsherr sein Ross, um Chaos und Verwirrung unten in der Ebene zu begutachten. »Dieses Gerät von Maestro Leonardo – diese ausfahrbare Leiter oder wie er es nennt –, mit diesem Gerät hätte ich diesen Dunghaufen binnen einer Woche eingenommen!«

Er schnalzte missbilligend mit der Zunge und trieb sein Pferd den Hügel hinab, gefolgt von Savelli, Gherardi, Michelotto und den schweigenden Offizieren. Der Schreiber hing sozusagen an Caesares Rockzipfel: Er kritzelte auf seinem Handbrett, das sogar ein eingelassenes Tintenfass enthielt. Dabei musste er zusätzlich die beschriebenen Seiten festhalten, damit der Wind sie ihm nicht aus den Händen riss.

»Ich bin es leid!«, schrie Caesare über den Lärm hinweg. »Schreibt an Machiavelli, dass ich Maestro Leonardo sehen will. Er soll die Feiertage bei mir in Cesena verbringen. Wir müssen ein paar Dinge bereden, und ich verspreche ihm gute Unterhaltung und ausgezeichnete Mahlzeiten.« Er runzelte die Stirn. »Und schreibt mit Nachdruck. Der Maestro muss *unbedingt* kommen!«

Florenz

Auch Leonardos Freunde und Schüler hatten nur noch Gedanken an das bevorstehende Weihnachtsfest.

Als der Maestro in seine Bottega zurückkehrte, kam Marco als demütiger Bittsteller zu ihm: Ob er Urlaub bekäme, wollte er wissen, um die Feiertage mit seiner Familie in Vaprio d'Adda zu verbringen?

Niccolò nutzte dies sogleich, um sich ebenfalls zu Wort zu melden: Er müsse nach Cremona zurück zu Frau und Kind. Er sei doch gewiss abkömmlich, da nun das Problem mit dem gedungenen Mörder ›beseitigt‹ sei.

»Es soll bald noch kälter werden«, verkündete der Gnom, »und Ihr wisst, dass darauf meist wochenlang Eisregen folgt. Die Straßen werden sich in Sümpfe verwandeln, wodurch das Reisen arg erschwert wird, und deshalb meine ich, es wäre klüger, wenn Ser Marco und ich so bald als möglich abreisen würden.«

Leonardo gab beiden Bitten statt, und kurz darauf wurden Boten losgeschickt, um eine Kutsche vom Hof der Bergamini für Niccolò und eine von der Villa d'Oggiono für Marco zu ordern.

Salai, der seinen eigenen Worten zufolge keinen Ort hatte, wo er hingehen konnte, versicherte Leonardo, er werde die

Feiertage bei ihm verbringen und sich »um seine Bedürfnisse kümmern«.

Also fuhren vier Tage vor Weihnachten zwei Kutschen von der Werkstatt in der Via Guicciardini ab, und Leonardo wandte sich ruhig der »Verbesserung und Vollendung« des Porträts der Dame zu, die er inzwischen La Gioconda nannte.

Er erzählte keinem Menschen von der Entführung durch die Büßer, zum einen, weil er sich über das wahre Motiv für die Entführung im Unklaren war, und zum anderen, weil er die Verlässlichkeit des Gesagten anzweifelte. Im Gegensatz zu Guicciardinis vehementer Verteidigung der Taten Savonarolas hatte Manciano kalt und objektiv gewirkt – ein logisch denkender, ruhiger Mann. Er hatte nichts von einem religiösen Eiferer an sich, der kleine Kinder dazu bringen konnte, durch die Straßen zu ziehen und ihre eigenen Eltern anzuprangern, wenn diese wertvolle Schmuckstücke und ›Eitelkeiten‹ versteckten.

Leonardo verscheuchte diese Gedanken und konzentrierte sich auf seine Arbeit.

*

Ein paar Tage nach Niccolòs und Marcos Abreise erhielt Leonardo einen kurzen Besuch von Machiavelli, der wieder einmal im Magistratsgewand mit der weichen Kappe und dem Medaillon erschien. Zu des Meisters Überraschung schenkte ihm der Diplomat einen prächtigen Pinselsatz aus Zobelhaar in allen Längen und Größen; jedes Utensil hatte eine Initiale, ein kunstvoll verschlungenes ›L‹ auf dem Holzgriff eingebrannt.

»Ein kleines Zeichen der Wertschätzung, die Ihr bei dem Herzog von Valentinois genießt«, sagte Machiavelli. »Seine Gnaden hat sich dazu entschieden, die Feiertage zusammen mit seinen neuen Untertanen in Cesena zu verbringen.« Er legte eine Kunstpause ein, bevor er fortfuhr. »Der Herzog hat dem Wunsch Ausdruck verliehen, Ihr möchtet kommen und ihn in Cesena besuchen. Er verspricht Euch viel Ruhe und freut sich schon auf ein anregendes Gespräch über Kunst und Wissenschaft. Ihr wisst natürlich, dass er seinen Lieblingsdichtern und -künstlern immer wieder prächtige Zuwendungen zuteil werden lässt.«

»Dessen bin ich mir sicher«, erwiderte Leonardo, »doch ich ziehe die Einsamkeit materiellen Belohnungen vor, besonders zu dieser Jahreszeit. Das ist nun einmal der Fluch des Künstlers.« Er stand auf. »Bitte übermittelt Seiner Gnaden meine Grüße und mein Bedauern. Es ist mir unmöglich, Florenz während der Feiertage zu verlassen, da ich mich auf Grund all dieser Bilderzerstörungen lieber um die Sicherheit meiner Bottega kümmern will.«

Eine unbehagliche Pause entstand, und Machiavellis Lächeln verschwand. »Ich bitte Euch, überlegt es Euch noch einmal«, sagte er gedämpft, doch seine Worte schnitten wie ein scharfes Messer durch den stillen Raum. »Seine Gnaden ist sehr großzügig zu Euch gewesen. Ich brauche Euch doch wohl nicht daran zu erinnern, dass es seinem Einfluss auf die Franzosen zu verdanken ist, dass Eure Habe nach Florenz gebracht wurde. Überdies hat er große persönliche Unannehmlichkeiten auf sich genommen – sich sogar mit seiner Schwester wieder versöhnt –, um Euch einen Beschützer zu stellen, als Pagano Euch bedroht hat. Vom Standpunkt Seiner

Gnaden aus gesehen schuldet Ihr ihm schon aus Höflichkeit einen persönlichen Besuch.«

»Dann, fürchte ich, unterscheiden sich die Standpunkte von Seiner Gnaden und mir; wir sehen alles von einem anderen Blickwinkel aus«, erwiderte Leonardo leise. »Das ist eben das Wunder der Perspektive.«

Rom

Als einen Teil der Lustbarkeiten in den Feiertagen hatte Papst Alexander VI. die ›kleine Ablenkung‹ arrangiert; sie sollte einerseits Donna Lucrezia vom Schmerz um ihren verstorbenen Gatten ablenken, andererseits ihre Augen für einen neuen Antrag öffnen.

Wenn man diese Absicht bedachte, war die Zerstreuung gut gewählt.

Während der Papst und seine Tochter neben den hohen Fenstern standen, durch die man auf den Hof des Vatikan blicken konnte, hechelten sie zunächst den neuesten Klatsch durch und ergingen sich in Scherzen auf Kosten einiger bekannter Kardinäle. Nach und nach wandte sich das Gespräch der Politik zu, und der Papst erzählte Lucrezia, dass König Ludwig von Frankreich zweitausend Fußsoldaten und dreihundert Reiter geschickt habe, um ihren Bruder zu unterstützen.

Die Unterhaltung wurde von einem Trupp Päpstlicher Wachen unterbrochen, die in den Hof stolperten und widerspenstige Pferde mit sich zerrten. Es waren zwei junge Stuten, die sie soeben bei einem Bauern am Porto Viridaria ›konfisziert‹ hatten. Die verängstigten Tiere wurden an zwei im Pflaster verankerte Metallringe gebunden. Im gleichen Augenblick kam aus der entgegengesetzten Ecke des Hofs ein Trupp mürrischer Pferdeknechte, die vier bäumende und schnaubende Hengste aus den vatikaneigenen Ställen brachten. Nun ließen sie die mächtigen Tiere frei und zogen sich rasch in den Schutz der Torbögen zurück.

Sofort verwandelte sich der Hof in ein Schlachtfeld: Hufe droschen und Zähne blitzten, als die Hengste einander im Kampf um die verängstigten Stuten an die Kehle gingen. Blut strömte und befleckte Hälse, Brüste und Flanken der Hengste, und bald waren auch ihre Zähne und Hufe rot. Die Hufeisen schlugen Funken im rasenden Tanz der Tiere auf dem Kopfsteinpflaster. Endlich setzten sich die beiden stärksten Hengste durch, bestiegen die Stuten und hieben ihnen die Zähne in den Nacken. Die Verlierer wieherten schrill und schlugen aus vor Schmerz und Wut.

»Und nun, meine Liebe«, flüsterte der Papst seiner gebannt das Schauspiel verfolgenden Tochter ins Ohr, »lass uns über die Vorzüge – und Pflichten – der Ehe reden.«

Cesena

Am Spätnachmittag des Weihnachtsfeiertages lag Caesare Borgia in tiefem Schlaf, bequem an eine warme, willige Kurtisane mit roten Haaren geschmiegt. Obwohl es zwei Stunden vor der üblichen Weckzeit des Herzogs war, wurde er von Gherardi an der Schulter gerüttelt. Aus Florenz war eine Nachricht eingetroffen. Der herzogliche Schreiber hatte die Epistel pflichtgemäß entschlüsselt und einige Zeit mit sich gekämpft, ob ihr Inhalt wichtig genug war, um seinen Herrn zur Unzeit zu wecken.

»Was ist passiert, verdammt?«, knurrte der Herzog.

»Ein Brief aus Florenz, Euer Gnaden«, murmelte der Schreiber.

»Nun, Ihr glaubt doch wohl nicht, dass ich ihn selbst lese, oder?« Caesare winkte mit der Hand in Gherardis Richtung. »Was steht drin?«

Der Schreiber räusperte sich und versuchte, nicht auf die nackten Hinterbacken der Kurtisane zu starren, als Caesare die Decke von ihr zog, um sich selbst darin einzuwickeln. »Messer Machiavelli schreibt, der Maestro habe beschlossen, während der Feiertage in Florenz zu bleiben«, las er. »Er ... ä hem ... schreibt, dass er es sehr bedauert.«

Caesare setzte sich aufrecht hin und hielt die Decke um

Brust und Schultern zusammen. Seine Gespielin seufzte leise im Schlaf und versuchte, die Laken wieder zu erhaschen. »Wiederholt das noch einmal«, knurrte der Herzog.

Gherardi tat wie befohlen. »Der Maestro bedauert, dass er nicht kommen kann«, schloss er.

»Bis jetzt hat er noch keinen Grund, es zu bedauern«, fauchte der Herzog mit rauer, schlaftrunkener Stimme. »Aber das kann noch werden.«

Cremona

Für Niccolò, der in der Villa Bergamini weilte, war es ein ganz anderes Fest als jene verderbten Ausschweifungen, die er im vorigen Jahr am Hofe der Gonzaga in Mantua miterlebt hatte. Hier stand das Kind, sein rotwangiger Sohn und Erbe, im Mittelpunkt der Aufmerksamkeit. Und irgendwie schien dies passender, da es sich ja um ein Fest handelte, das der Geburt des Sohnes eines armen Mannes vor anderthalb Jahrtausenden in Bethlehem gedachte.

Viele Besucher kamen, um Niccolòs Sohn zu sehen, und der Zwerg stand ein wenig abseits. Er versuchte, sich dem Geist des Festes anzupassen. Er belustigte den ganzen Hof, indem er ungeöffneten Geschenken seine Stimme lieh, Gegenstände miteinander debattieren und seinen Sohn lautstark um Kuchen und Wein für das Morgenmahl bitten ließ, und doch fühlte er, dass er sich mehr wünschte: irgendetwas, das ihn faszinieren oder sogar erschrecken würde, etwas, das das alte Feuer von Verwegenheit und Abenteuer wieder entzünden und ihn auf einen Weg geleiten sollte, der geradewegs in die Gefahr führen musste. In gewisser Weise ging sein Wunsch in Erfüllung, denn gegen Ende des alten Jahres lud ihn die Contessa zu einer intimen Unterredung in ihre Gemächer.

»Ich habe soeben Nachricht von einem Freund in Mantua

erhalten«, flüsterte sie Niccolò in dem kleinen Empfangszimmer zu, in dem anscheinend immer die Intrigen geschmiedet wurden. »Ein enger Bekannter von Maestro Leonardo ist in den Dienst der Marchesa getreten, und soweit ich es verstanden habe, soll dieser neue Agent zu Ende führen, wobei Pagano versagt hat. Ich kann nur annehmen, dass er gewillt ist zu morden, wenn er den Befehl dazu erhält.«

Niccolò furchte die Stirn. »Schon wieder? Wird die Marchesa dieser ganzen Mordversuche nicht müde?«

»Und wie ich ebenfalls gehört habe, hat die Marchesa diesen Mann wieder dem Befehl eines anderen unterstellt, einem Mann in Rom.«

»Wem?«, fragte der Gnom. »Herzog Caesare? Den Medici?« Er zögerte, bevor er seinen nächsten Verdacht aussprach, doch es musste sein. »Machiavelli?«

»Ich weiß es nicht«, seufzte die Contessa. »Vielleicht bilden alle drei zusammen eine unheilige Allianz. Ich habe den Maestro vor Caesare Borgia und Machiavelli gewarnt. Die Taten der Medici sind ebenfalls schwer vorhersehbar.«

»Also«, knurrte der Gnom, »dieser neue Mörder, dieser Bekannte, wer ist das?«

»Dies konnte mir mein Agent leider nicht sagen, aber seine Informanten behaupten, es sei ein Mann, den der Maestro sowohl kennt als auch schätzt.«

»Leonardo muss sofort gewarnt werden!«, drängte Niccolò.

»Ja«, pflichtete die Contessa ihm bei, »und unter den gegebenen Umständen sollten wir lieber nicht auf eine Taube oder einen Kurier vertrauen, der sehr wohl in den Diensten einer anderen Partei stehen mag. Wir leben in einer Zeit der Dunkelheit und der Täuschung. Man kann niemandem mehr vollkommen vertrauen. Ich finde daher, dass Ihr, Messer Niccolò, nach den Feiertagen sogleich nach Florenz zurückkehren und den Meister persönlich warnen solltet.«

»Ja«, sagte Niccolò; es klang, als sei diese Entscheidung herzzerreißend, aber notwendig. »Ja«, wiederholte er.

Die Contessa tätschelte die Hand des kleinwüchsigen Mannes. »Ihr braucht Euch keine Sorgen um Donna Eleonora oder den kleinen Niccolò zu machen. An unserem Hof sind sie in Sicherheit.«

Rasch ging der Zwerg im Geiste die Liste der gemeinsamen Freunde durch, die auch vom Feind eingesetzt sein konnten, doch der Hauptverdächtige war und blieb der junge blonde Schüler der Bottega, der seinem früheren Leben der Lüge und der Dieberei scheinbar abgeschworen hatte:

Giacomo Salai.

Florenz

Eine Woche nach dem Dreikönigstag kehrte Niccolò wie ein kleiner Zauberer nach Florenz zurück; er brachte Geschenke für Leonardo vom Grafen und der Gräfin Bergamini.

Der Maestro nahm die Geschenke als weiteren Freundschaftsbeweis des Herrscherpaares von Cremona entgegen; gewiss sollte er damit auch von den Borgia fern gehalten werden. In diesem Sinne empfing er die Flaschen mit köstlichem Dolcetto aus dem Piemont und die Fischkisten aus der Seenregion, obgleich er sie als unnötig empfand; seine Ablehnung von Caesares Einladung nach Cesena reichte doch schon für eine Abkühlung der Beziehungen aus.

Niccolò erzählte Leonardo von dem neuen Agenten des Mantueser Hofes, der ›ihm nahe stand‹ und der vielleicht als Ersatz für Pagano ausersehen war; doch zur Verblüffung des Gnoms schien der Meister durch diese neuerliche Bedrohung nicht beunruhigt zu sein.

»Wir hatten Angst vor Pagano, als er zum ersten Mal aufgetaucht ist«, meinte Leonardo, »und nachdem diese Gefahr durch Sangreal abgewendet war, bekamen wir Angst, dass die Büßer brutaler werden und die Künstler selbst angreifen würden. Abgesehen von den Angriffen auf Marco und Michelangelo – die nach meinem Dafürhalten Taten unserer jeweiligen Anhänger waren – war diese Angst vor Vergeltung unbegründet. Man kann nicht in einem ewigen Zustand der Angst leben. Ich habe zu arbeiten und werde mich darauf konzentrieren.«

Niccolò sah mit einiger Bestürzung, wie Leonardo sich ungerührt wieder seiner Staffelei und La Gioconda zuwandte.

»Eure Freunde wissen sehr wohl, dass Ihr geschworen habt, Euch niemals in das Netz politischer Intrigen verwickeln zu lassen, das vielleicht hinter all diesen Zerstörungen steckt«, sagte Niccolò bedächtig, »doch manche von Euren Feinden könnten dies als eine Form von Feigheit betrachten.«

»Ich kann mich nicht ständig darum kümmern, was meine Freunde oder meine Feinde denken«, entgegnete Leonardo. »Ich kann nur andeuten, dass das, was sie zu sehen meinen, vielleicht nicht die Wahrheit ist.«

»Ich verstehe Euch nicht.«

»Ich auch nicht – ganz«, schloss der Künstler ruhig. »Aber ich habe genug erfahren, um sicher zu sein, dass meine Politik der Nichteinmischung das Richtige ist.«

*

Da der Maestro auf die neue Bedrohung nicht reagierte, ging das Leben in der Bottega wieder seinen normalen Gang. Abends las der Zwerg aus den griechischen Klassikern vor, und Leonardo fertigte neue Zeichnungen von Donna Lisa an, während die gemieteten Musiker das Ganze mit leisen Melodien untermalten.

*

Zwei Wochen nach seiner Rückkehr nach Florenz saß Niccolò in einem der kleinen Empfangsräume am Kamin und las einen Brief von Eleonora. Sie schrieb, dass sie zu den nächsten Feiertagen nach Florenz kommen und das Baby mitbringen werde.

Kurz nach Mitternacht hörte der Gnom ein Geräusch aus dem großen Atelier. Er legte den Brief auf den Tisch, erhob sich leise und ging zur Tür. Seines Wissens nach sollte sich zu dieser Stunde niemand mehr in dem Raum aufhalten. Salai hatte Nachricht geschickt, dass er, wie es zuweilen seinen Gepflogenheiten entsprach, die Nacht bei den Frauen verbringen wolle, die Glöckchen an ihren gelben Stolen und Hüten trugen und in den Seitengassen der Via dei Malcontenti ihrem Gewerbe nachgingen. Marco schlief, und der Maestro arbeitete wie gewöhnlich die ganze Nacht hindurch in seinen Privatgemächern.

Als der Zwerg den Raum betrat, nahm er zuerst den kalten Luftzug wahr. Er zündete eine der Lampen vor den Spiegeln an und sah fast sofort die offene Tür, die auf die gewundene Gasse hinter der Via della Costa San Giorgio hinausging. Als er den Türrahmen untersuchte, entdeckte er Holzsplitter, als sei die Tür mit Gewalt geöffnet worden. Im Kerzenschein untersuchte er die Splitter, nahm Leonardos Vergrößerungsglas und betrachtete die ausgemeißelten Kerben, dann machte er die Tür zweimal auf und zu. Schließlich stand er da und überlegte, was ihm die Spuren verraten hatten.

Ein weiterer flüchtiger Blick durch den dunklen Raum ergab nichts Ungewöhnliches. Das Porträt der Gioconda und der Karton der Heiligen Anna Selbdritt schienen unberührt zu sein. Auf dem Tisch lag eines der Arbeitshefte des Meisters aufgeschlagen, doch als Niccolò es im Lampenlicht studierte, sah er auf den Seiten lediglich einige Skizzen von Bäumen und Hügeln mit eingezeichneten Winkeln und Zahlen.

Doch in der linken unteren Ecke der rechten Seite stand eine kurze Notiz in des Meisters ›Spiegelschrift‹. Niccolò starrte sie einen Moment lang an, drehte im Geiste die Buchstaben um und las dann schließlich: »Die Sonne bewegt sich nicht«.

Die Sonne bewegt sich nicht?

Der junge Mann schauderte. Diese Beobachtung stand im krassen Gegensatz zur Lehrmeinung der Kirche. Die Sonne drehte sich um die Erde, die den Mittelpunkt des Weltalls darstellte. Wenn Leonardos Kommentar bekannt wurde, wäre dies Rechtfertigung genug, um den Maestro wieder einmal vor ein Kirchengericht zu bringen, und diesmal unter der schlimmsten Anklage, die es gab:

Häresie.

Niccolò klappte das Heft zu und legte es in eine der großen Schubladen des Werktisches. Wieder schaute er sich im ganzen Raum um und leuchtete in jeden Winkel, konnte jedoch nichts Ungewöhnliches feststellen. Doch dann erblickte er in einer dunklen Ecke die Staffeleien von Marco und Salai, die im Winkel von der Wand abgerückt standen. Er ging langsam näher und sah nun, dass die Leda und der Bacchus systematisch aufgeschlitzt worden waren. Nur ein paar dünne Streifen Leinwand waren, kraftlosen, bleichen Fingern gleich, am Rahmen hängen geblieben.

Zwischen Rahmen und Staffelei steckte ein Kärtchen. Niccolò nahm es heraus. Aber alles, was darauf stand, war ein ›M‹.

*

Sofort weckte er Marco und erzählte ihm, was geschehen war. »Es war Salai!«, flüsterte er aufgeregt.

Marco schüttelte den Kopf und versuchte, seine Schlaftrunkenheit zu verscheuchen. »Nein. Ich würde ja auch ihn verdächtigen, Niccolò, aber glaubst du wirklich, er würde die Tür aufbrechen? Er hat doch Zugang zu allen Werkräumen. Und der Bacchus war sein Auftrag. Warum sollte er sein eigenes Bild zerstören?«

»Das ist mir vollkommen egal«, antwortete Niccolò leise und mit mühsam unterdrücktem Zorn. »Der Barbar wusste, wo die beiden Bilder sind, und er wusste auch ganz genau, wo die Arbeitshefte des Meisters zu finden sind, die er für gewöhnlich in die Schränke steckt.«

Wieder schüttelte Marco seinen dunklen Lockenkopf. »Wir haben in letzter Zeit so viele Besucher gehabt, Niccolò. Jeder hätte sehen können, wo der Maestro seine Hefte aufbewahrt.«

»Ich sage, es muss jemand gewesen sein, der sich in der Bottega auskennt«, beharrte Niccolò auf seiner Meinung.

Schließlich beschlossen sie, zu warten und Leonardo am Morgen von der Tat zu berichten. Der Meister würde nach seinem zweiten vierstündigen Nachtschlaf gewiss ausgeruhter sein.

*

Als Leonardo in der Morgendämmerung die verstümmelten Bilder und das Kärtchen zu Gesicht bekam, riss er als Erstes ein Stück Leinwand aus dem unteren Teil des Rahmens und zwirbelte es zwischen den Fingern. Er schaute sich das Ergebnis an, funkelte Niccolò und Marco unter seinen buschigen Brauen finster an und schickte den Gnom, Piero Soderini zu holen.

*

Binnen einer Stunde erschien der Gonfaloniere mit dem Bargello und einer Abteilung Söldner der Signoria, begleitet von Machiavelli und Guicciardini.

»Dies ist natürlich das Werk der Büßer«, verkündete Soderini ein wenig hochtrabend, während er das Kärtchen studierte. »Mit einem ›M‹ haben sie auch die frühere Warnung an Euch unterzeichnet.«

»Aber es ist eine andere Schrifttype«, gab Leonardo zu bedenken. »Und dürfte ich fragen, ob auch an den anderen Tatorten solch ein Kärtchen hinterlassen wurde?«

»Nein.«

»Ist es dann nicht seltsam, dass ich dieser Ehre für würdig befunden wurde?«, fragte der Meister. Er ging zu der Staffelei mit der verunstalteten Leda. »Ich hatte erwartet, dass die Büßer versuchen würden, die Leda und den Bacchus zu verstümmeln, aber diese Idee war nicht länger gültig, nachdem ...« Er verstummte, da er ihnen noch immer nichts von der Entführung und seiner Unterredung mit Manciano preisgeben wollte. »Nun, wollen wir es mal so ausdrücken: Ich glaube nicht, dass dies das Werk der Dominikaneranhänger Savonarolas ist.«

Er enthüllte ihnen nicht, dass Leda und Bacchus ihren Zweck erfüllt hatten, dass er mit Manciano gesprochen hatte; auch erwähnte er nicht den Schwur des Anführers von Savonarolas Schülern, dass diese nichts mit den Zerstörungen zu schaffen hatten. Er wusste, dass Manciano über die Leda und den Bacchus im Bilde war, aber der Geistliche hatte sich ja verteidigt, dass Zerstörung nicht ihre Methode sei. Und wer auch immer diese Vandalen waren – warum zerstörten sie auf einmal Bilder, noch bevor diese fertig waren? Warum nicht nach deren Vollendung? Sämtliche auf die Gemälde verwandte Zeit hätte dann wie Verschwendung gewirkt und die Lektion für den Künstler wäre umso nachhaltiger gewesen.

»Nun, denn«, seufzte Soderini und seine Hände flatterten fahrig um seinen Kopf. »Ich versichere Euch, Maestro: Wer auch immer dafür verantwortlich ist, er wird dafür bezahlen. Ja ... bezahlen.« Dann stand er jäh auf und funkelte zu Leonardos Überraschung Guicciardini an. »Wo, wenn ich fragen darf, wart denn Ihr, Messer Guicciardini? Soweit ich es verstanden habe, solltet Ihr doch persönlich die Sicherheit von Maestro Leonardos Bottega gewährleisten?«

»Ich lag zu der Zeit in tiefstem Schlaf, Messer Soderini«, gab der junge Mann zurück, »wie es meiner Gewohnheit zwischen fünf und zwölf Uhr entspricht.«

Niccolò begriff, dass der junge Mann die Stunden zur Berechnung des Tages nach italienischer Manier gezählt hatte: von Sonnenuntergang bis Sonnenuntergang.

»Ich glaube übrigens auch nicht, dass es die Anhänger Savonarolas waren«, schaltete sich Machiavelli ein, der die zerfetzte Leinwand eingehend betrachtete. »Ich verdächtige immer noch die Grauen als Drahtzieher hinter diesen Anschlägen.«

»Warum besteht Ihr denn nach wie vor darauf?«, grollte Guicciardini. »Schaut doch nur, was in Michelangelos Werkstatt geschehen ist! Leim in den Pinseltöpfen! Vertauschte Aufschriften auf den Krügen! Die Leinwand verdorben! Das ist doch ganz typisch für die Verrückten!«

Niccolò kochte innerlich vor Zorn.

»Darf ich vielleicht mal darauf hinweisen, dass die Leda und der Bacchus nicht – wie die anderen zerstörten Werke – von den Medici in Auftrag gegeben wurden?«, ließ sich nun wieder die leise Stimme Leonardos vernehmen. »Das stellt eine Änderung der üblichen Vorgehensweise der Büßer dar, wie wir sie in den letzten Monaten erlebt haben. Wenn es derselbe Mann gewesen ist, der ein Porträt der Medici zerstört hat und dann noch die Leda und den Bacchus, warum ist dann der La Gioconda nichts geschehen? Denn sie ist doch wirklich ein säkuläres Bild. Sie passt haargenau in Savonarolas Konzept von ›weltlicher und eitler Kunst‹.«

»Ich vermag es nicht zu sagen, Maestro«, antwortete Soderini. »Wisst Ihr's?«

»Es ist doch sonnenklar«, meinte Leonardo. Und mit diesen Worten verließ er den Raum.

*

Als Leonardo am folgenden Nachmittag an der Loggia dei Lanzi vorbeiging, erspähte er Marco d'Oggiono unter dem Portikus in eifrigem Gespräch mit einem Mönch in weißer Kutte.

Fra de Novellara.

Plötzlich kam ihm die Warnung der Contessa wieder in den Sinn: »Die Marchesa hat einen neuen Verbündeten, den Ihr sowohl kennt als auch schätzt, Maestro.«

*

Bei seiner Rückkehr in die Bottega nahm Leonardo Niccolò beiseite und flüsterte ihm ins Ohr: »Ich habe Marco im Gespräch mit dem Spion der Marchesa gesehen, mit Fra de Novellara.«

»Nun«, sagte der Zwerg stirnrunzelnd, »das ist ja wirklich interessant.« Er dachte kurz nach. »Ich glaube, ich sollte es Euch jetzt sagen: Als ich die aufgebrochene Tür im Werkraum untersucht habe, sah ich, dass sich die Kerben auf der falschen Seite befanden.«

»Auf – der falschen Seite?«

»Die Tür ist von innen aufgebrochen worden«, erklärte Niccolò. »Offensichtlich, damit es so aussehen sollte, als sei jemand von der Straße her eingedrungen und habe die Bilder aufgeschlitzt. Wer auch immer es getan haben mag, muss die Tür schon vorher präpariert haben und dann entkommen sein, nachdem er die Bilder zerstört hatte.«

Leonardo schüttelte ungläubig den Kopf. »Ich kann einfach nicht glauben, dass Marco mein Vertrauen derart missbraucht hat!«

»Ich dachte eher an Salai.« Niccolò nahm einen Apfel aus einer Schüssel. »Marco schlief ja, oder zumindest habe ich das angenommen.«

»Vielleicht haben wir uns in Salai ebenso geirrt«, sagte Leonardo.

»Wenig wahrscheinlich«, entgegnete Niccolò. »Immerhin, Fakt ist: Ihr habt Marco mit Fra Novellara gesehen.«

Ja, dachte Leonardo, *das lässt sich nicht bestreiten.*

Und er entsann sich des Aufschreis aus der Bibel:

O Absalom!

*

»Die Sonne bewegt sich nicht?«, wiederholte Novellara die Worte des jungen Mannes, der vor ihm im kleinen Empfangszimmer des Klosters stand. »Bist du sicher, dass genau dies in den Arbeitsheften stand?«

»Ja«, lautete die gedämpfte Antwort. »Ich hab's ja gesehen.«

»Nun, dies könnte genau das sein, was Ihre Gnaden braucht. Sie kann die Kirche einschalten, um den Maestro zu vernichten! Diese Information ist mir gewiss den ein oder anderen Gulden wert, mein Freund.«

Der Mönch nahm eine kleine Geldbörse aus den Falten seiner Kutte und legte seinem Gewährsmann die Münzen in die ausgestreckte Hand.

»Ich brauche mehr«, sagte der junge Mann. »Ich gehe immerhin das Risiko ein, meine Arbeit zu verlieren, wenn ich erwischt werde.«

»Du sollst auch mehr bekommen, doch zuerst musst du noch etwas tun: Bring mir dieses Heft! Es wird als Beweis gebraucht, wenn der Maestro angeklagt und vor ein Kirchengericht gestellt werden soll.«

Der Informant runzelte die Stirn. »Das dauert aber seine Zeit. Ich muss sehr vorsichtig sein.«

»Ich verstehe deine Lage«, sagte der Mönch lächelnd. »Aber ohne Beweise geht es nun mal nicht. Wir brauchen das Heft.«

»Ich werde sehen, was ich tun kann«, versprach der junge Mann.

*

Nachdem er gegangen war, schickte Fra de Novellara eine Taube nach Ferrara.

Und in einem anderen Stadtteil schwang sich ebenfalls ein geflügelter Bote in die Luft und flog gen Süden.

Rom

Die Botschaft, die per Brieftaube aus Florenz kam, führte unter den aufgeregten Bewohnern des römischen Palazzo zu einer Reihe eiliger Verabredungen, heftiger Diskussionen und lautstarker Auseinandersetzungen.

Endlich wurde eine Einigung erzielt, und am frühen Morgen bestieg ein Kurier im Hof des Palazzo einen aschgrauen Wallach und verließ die Stadt im Galopp mit einem Paket voller Briefe und einem Knappsack über der Schulter. Er ritt durch das Pinciantor im Aurelianuswall, folgte dem Tiber in nördlicher Richtung, trieb sein Ross durch Todi und legte in Orvieto eine Pause ein, um ein hastiges Mahl zu sich zu nehmen und ein frisches Pferd zu besteigen.

Binnen einer Stunde war er wieder auf dem Weg.

Ein Araberhengst trug ihn durch Grosseto auf die drei Hügel von Siena zu. Hier wechselte der Kurier erneut das Pferd; diesmal nahm er eine in Spanien gezogene Rotschimmelstute.

Die letzte Etappe der Reise führte ihn nach Florenz, die Via Romano entlang bis zur Via por Santa Maria – und hier gab er viele persönliche und vertrauliche Briefe an verschiedene Männer ab, die in diesem Viertel ihren Geschäften nachgingen.

*

Die Nachricht für Ferrara löste am dortigen Hofe ebenso viel Tumult aus wie jene in Rom, und nach einiger Diskussion wurde eine weitere Taube zu einer großen Villa am Ufer des Lago Trasimeno geschickt.

Zwei Tage später raste eine Abteilung von vier bewaffneten Reitern über die Zugbrücke und galoppierte Richtung Süden.

Der Plan, der in Cremona ausgeheckt worden war, sollte nun in die Tat umgesetzt werden.

Florenz

Am Monatsende erhielt Leonardo den ersten Mahnbrief, dem viele weitere der städtischen Händler folgen sollten. Fast sah es so aus, als hätte einer beim anderen abgeschrieben.

»Lasst mich ohne Umschweife beginnen, Maestro«, las Leonardo. »Ich bedauere, dass sämtliche Käufe nach Erhalt der Rechnung unverzüglich in Gold – entweder Gulden oder Kronen – beglichen werden müssen. Diese Änderung muss ich vornehmen, da der Papst demnächst zehn Prozent des Einkommens der Christen und zwanzig Prozent des Einkommens der Juden als Steuer einzuziehen gedenkt, um einen neuen Kreuzzug gegen die Türken auf dem Peloponnes bezahlen zu können. Auch die Franzosen nehmen sich immer noch, was sie bekommen können, und leisten keinen Ersatz, und um die Verwirrung zusätzlich zu steigern, hat der deutsche Kaiser neue Silbergulden eingeführt, deren Wert in den verschiedenen Provinzen beträchtlich variiert.«

Leonardo las diese Briefe mit Zorn und Verzweiflung und teilte diese Gefühle Niccolò und seinen Schülern mit.

»Was hat das zu bedeuten?«, fragte der Gnom.

»Es bedeutet«, erklärte Leonardo, »dass sämtliche Käufe in Zukunft sogleich nach Rechnungserhalt mit Gold bezahlt werden müssen. Es bedeutet, dass ich nicht länger Verpflegung und Arbeitsmaterial auf Kredit erhalten kann.«

»Ist das eine Erschwernis?«, wollte Niccolò wissen.

»Ja. Natürlich ist das eine Erschwernis«, antwortete der Meister. »Wie alle Künstler ist mir ein gewisser Kreditrahmen eingeräumt worden, im Austausch gegen Aufträge und Lehrtätigkeit. Das ist nun anders geworden. Ich muss sofort zahlen, in Gold, und wie es im Moment aussieht, habe ich keine Rücklagen. Ich brauche Geld, um Material zu kaufen, und ich brauche Material, um die Aufträge fertig zu stellen, die dann wiederum Geld bringen.«

»Vielleicht werden die Servitenbrüder Euch einen weiteren Vorschuss gewähren, Maestro«, schlug der Zwerg vor. »Sie wissen doch, dass der Karton für die ›Heilige Anna Selbdritt‹ fertig ist. Er muss doch nur noch auf Holz übertragen werden.«

»Nein«, seufzte Leonardo. »Ich habe mich natürlich sofort mit ihnen in Verbindung gesetzt. Sie wollen mir keinen zusätzlichen Vorschuss gewähren, bevor das Projekt vollendet ist. Der Abt hat mich daran erinnert – und reichlich anzüglich, muss ich sagen –, dass ich bereits Geld angenommen hatte, um ein Altarbild für die Kapelle in Sankt Bernhard zu malen. Leider konnte ich das Bild nicht fertig stellen, bevor ich nach Mailand gegangen bin.« Er zwang sich zu einem Lächeln, um seinen jungen Freund zu beruhigen. »Wie es scheint, muss ich nun für meine früheren Sünden büßen, Niccolò. Wir müssen vielleicht die letzte Möglichkeit ergreifen, die mir noch bleibt.«

»Wen sollen wir ausrauben?«, fragte Niccolò und grinste.

DIE AUFLÖSUNG

Ein Furcht erregender Mann

»Wie viele Herrscher,
wie viele Fürsten hat es gegeben,
von denen keine Erinnerung bleibt.
Und doch strebten sie nur nach Land und Reichtum,
um ihren Ruf zu sichern?«

Leonardo über die Malerei

Cervia

Die schmale Nebenstraße mit den tiefen Spurrillen zwischen Porto Cesenatico und Cervia wurde schon bei Tag selten benutzt und noch weniger in einer mondlosen Nacht. Turmhohe Pinien und mächtige alte Eichen reichten einander die Äste und bildeten einen dichten Baldachin über dem Fahrweg. Die eisenbeschlagenen Räder der schweren Gefährte, die ein Jahrhundert lang darüber gerollt waren, hatte tiefe Narben hinterlassen, die des Nachts für Pferde und Wagen fast unsichtbare Gefahren darstellten. Folglich gab es eigentlich keinen Grund, warum die Kutsche mit dem Löwensymbol der Republik Venedig ausgerechnet diesen Weg nehmen musste; überdies fuhr sie mit so hoher Geschwindigkeit, dass die beiden Insassen in den Samtpolstern unsanft hin und her geworfen wurden.

Doch die beiden Frauen riefen mitnichten dem Fahrer zu, die Fahrt zu verlangsamen; stattdessen hielten sie sich eisern an den ringförmigen Griffen fest, die zu diesem Zweck in der Kutsche angebracht worden waren.

Der Kutscher, angetan mit einem dicken Wollumhang und einem warmen Filzhut, der beide Ohren bedeckte, knallte mit der Peitsche, um die beiden kastanienbraunen Wallache zu mehr Tempo anzutreiben. Er war wütend, weil er mitten in der Nacht von seiner Herrin aufgeweckt worden war und nun sie und ihre junge Kammerzofe nach Cervia bringen musste. Außerdem gefiel ihm die einsame Straße nicht, und zu seiner Bestürzung hatte die Dame darauf bestanden, weder Diener noch Lakaien oder einen bewaffneten Leibwächter mitzunehmen – ein Umstand, der geradezu eine Einladung für Diebe und Banditen aller Art darstellte, die auf den alten, dicht bewachsenen Römerstraßen die Reisenden zu überfallen pflegten. Der Kutscher trieb die Pferde zu noch größerer Eile an, um so bald als möglich die dunkle Straße hinter sich zu bringen. Der Mann sehnte sich nach einem freundlichen Gasthaus und einem warmen Mahl.

Als die Kutsche in einer scharfen Linkskurve langsamer fahren musste, schwirrte ein kreiselndes Stilett durch die kalte Luft und grub sich tief in die Brust des Unglücklichen. Der bärtige Mann starrte es zunächst an wie eine Sinnestäuschung; dann sackte er in sich zusammen, stürzte vom Bock und fiel in die Büsche am Straßenrand.

Vier Reiter in Panzerhemden und Umhängen mit Kapuze galoppierten aus dem Unterholz hervor und ritten neben der nun führerlosen Kutsche her. Einer der Männer nahm den Fuß aus dem rechten Steigbügel und stand nur noch auf seinem linken Bein, während er sich mit der Hand am Sattelknauf festhielt. Er streckte die Hand aus, um sich auf die schlingernde Kutsche zu ziehen. Binnen weniger Augenblicke saß er auf dem Bock, sammelte die hängenden Zügel und brachte die Pferde zum Stehen.

Zwei Reiter blieben auf ihren Pferden sitzen.

Der vierte Mann galoppierte neben der nun reiterlosen Stute her. Er beugte sich vor, um die Zügel zu greifen, dann führte er das Tier langsam hinter die Kutsche und band es an einem dort angebrachten Eisenring fest. Daraufhin saß er ab, eilte zum Wagenschlag und riss ihn auf.

»Donna Dorotea?«, fragte er flüsternd.

»Ja, Zanetto«, erwiderte die ältere Frau leise aus dem dunklen Wagen. »Ich bin hier.«

»Es ist vollbracht, Madonna«, teilte ihr der Mann mit. »Binnen einer Stunde werdet Ihr bei meinem Herrn sein. Wir bedauern, dass der Kutscher ... Wir hatten keine andere Wahl.«

Kurz herrschte Schweigen, dann murmelte die Frau: »Ich verstehe das sehr gut. Vielen Dank, Zanetto.«

Der Mann mit dem Namen Zanetto nickte zum Gruß, dann schloss er den Wagenschlag und stieg wieder auf sein Pferd.

Während der kurzen Unterhaltung ritt einer der Männer zu der Stelle, an der die Leiche des Kutschers am Straßenrand lag. Er saß ab, zog das Stilett aus der Brust des Mannes, steckte etwas in die Hand des Toten und bestieg sein Pferd.

Die Kutsche, die Zugpferde und die vermummten Reiter zogen nun in gemächlicherem Tempo dahin und verschwanden in der Nacht.

Florenz

Leonardo warf die Feder hin und klappte sein Kontobuch zu. »Es ist hoffnungslos«, klagte er leise. »Ich habe alle meine Reserven erschöpft. Ohne Gold kann ich kein Material beschaffen, und ohne Material kann ich meine Aufträge nicht fertig stellen und kein Geld verdienen.«

»Wie ich gehört habe, hat Machiavelli Euch Unterstützung angeboten«, sagte Niccolò, der auf seinem hohen Hocker vor dem Porträt der Gioconda saß.

»Ja«, gab Leonardo leise zu, »und ebenso Guicciardini, doch ich möchte lieber niemandem etwas schuldig sein. Ich werde versuchen, mich auf meine Art aus dieser Lage zu befreien.« Er seufzte. »Es ist nur ... Das Problem mit den Händlern hätte zu keinem ungünstigeren Zeitpunkt kommen können.«

Niccolò sah ihn stirnrunzelnd an. Dann kletterte er von seinem Hocker und ging auf Leonardo zu. »Maestro«, begann er. »Der ›David‹, an dem Buonarotti zurzeit arbeitet, ist ein Auftrag der Signoria. Sie haben ihm einen kaputten Marmorblock und eine nicht unbeträchtliche Summe gegeben und anscheinend gar nicht erst gefragt, ob ein anderer Künstler in der Stadt die Arbeit übernehmen will.«

Leonardo wirkte verblüfft. »Ist das wahr? Der Auftrag kam unmittelbar von der Signoria?«

Niccolò nickte. »Anscheinend vom Rat der Zehn.« Er räusperte sich. Auf keinen Fall wollte er dem Meister die Quelle seines Wissens verraten: sein verbotener nächtlicher Besuch in Michelangelos Werkstatt. »Buonarotti scheinen die neuen Bestimmungen nicht zu betreffen – andere Florentiner Künstler übrigens auch nicht –; wie es aussieht, seid Ihr der Einzige. Der Auftrag für den David hat Michelangelo einen gewaltigen Vorschuss eingebracht.«

»Was willst du damit sagen, Niccolò?«

Der Gnom begann, in der Werkstatt auf und ab zu marschieren. »Maestro, ich argwöhne, dass Eure Lage nicht nur mit den wirtschaftlichen Bedingungen in den italienischen Stadtstaaten zusammenhängt.«

»Sag gerade heraus, was du denkst, Niccolò!«

»Ich glaube, dies könnte ein Angriff gegen Euch sein, ein Angriff auf einer neuen Ebene. Ich glaube, Ihr seid mit voller Absicht in eine Zwangslage getrieben worden, damit Ihr gezwungen seid, Euch einen anderen Wohltäter zu suchen – jemanden, der nicht in Florenz lebt. Vielleicht will man Euch gar aus der Stadt vertreiben.«

Leonardo starrte seinen jungen Freund lange an; dann murmelte er: »Du glaubst also, dass Herzog Caesare dahinter steckt, ja?«

»Ja. Es ist sonnenklar, dass der Herzog Euch unbedingt für sich gewinnen will, und ich nehme an, er war sehr zornig, als Ihr seine Einladung nach Cesena abgelehnt habt. Und Eure jetzigen Probleme sind gewiss von jemandem geschaffen worden, der über Macht und Einfluss in fast ganz Europa verfügt.«

Nervös fuhr sich Leonardo mit den Fingern durch den Bart. »Der Papst?«

»Natürlich«, sagte Niccolò. »Es ist doch offensichtlich! Eine einzige Depesche vom Vatikan, mit der Gehorsam für die Forderungen des Papstes eingefordert und die neuen Steuern als notwendige Finanzierung für einen neuen Kreuzzug erklärt werden, würde die Bankiers bis ins Mark erschüttern. Ihr habt doch selbst gesehen, wie schnell die Signoria den Papstbefehl befolgt hat, sämtliche Bücher zu vernichten, in denen die Kirchenautorität infrage gestellt wurde. Die Händler und Geldverleiher würden auch alles tun, was der Pontifex ihnen befiehlt – zum Beispiel Euch keinen Kredit mehr zu gewähren.« Angewidert verzog er das Gesicht. »Genau das, was man von einem Caesare Borgia erwarten konnte.«

Überrascht sah der Zwerg, wie viel Wut und Schmerz seine Eröffnung bei dem Maestro geweckt hatte. Der Künstler kniff die Lippen zusammen, und im nächsten Augenblick wirkte er sichtlich verfallen.

»Ja«, seufzte er. »Natürlich.«

An diesem Abend noch schickte er mit einem Gefühl der Angst und der Vorahnung einen Brief, der von Machiavellis Boten zu Caesare Borgia in Cesena gebracht wurde.

Cesena

Zunächst fühlte Caesare Borgia sich lediglich belästigt, als der majestätische Yves d'Alegre, Kommandant der französischen Invasionstruppen, und Maneti, der venezianische Gesandte, in den Palazzo Malatesta stürmten und eine sofortige Audienz verlangten. Die Gewohnheit des Herzogs von Valentinois, sommers wie winters die Nacht zum Tage zu machen, war gestört worden, und als die Morgendämmerung über seine Hauptstadt hereinbrach, wollte er sich eben zurückziehen – diesmal mit der ehrgeizigen und sinnlichen jungen Frau eines städtischen Würdenträgers.

Und da er bereits im Vorspiel gestört wurde, verletzte Caesare absichtlich die Etikette und empfing die Besucher in dem kleineren Empfangsraum nur mit Hemd und Hose bekleidet.

»Ja, meine Herren?« Mit vor Wut funkelndem Blick warf er sich auf einen Stuhl.

Yves d'Alegre richtete sich zu seiner vollen Größe auf. »Vor zwei Tagen wurden Donna Dorotea Caracciolo und ihre fünfzehnjährige Zofe aus der Kutsche der Dame auf der Straße zwischen Porto Cesenatico und Cervia entführt. Der Kutscher wurde ermordet und liegen gelassen.«

Caesare zuckte mit den Schultern, sah die beiden Männer

stirnrunzelnd an und winkte einem Diener, Wein zu bringen. »Und? Was hat das mit mir zu tun? Wer ist Donna Caracciolo?«

Nun war die Reihe an dem venezianischen Gesandten, wütend zu werden. »Sie ist die Gattin des Giovanni Battista Caracciolo«, ereiferte er sich, »des erhabenen Hauptmannes der venezianischen Infanterie!«

Ein Diener kam mit Wein und Becher und schenkte Caesare ein.

»Wir haben vernommen, dass die Entführung von einem oder mehreren Eurer Männer und möglicherweise auf Euren Befehl hin durchgeführt worden sei«, sagte d'Alegre ernst.

»Lächerlich!«, schnaubte Caesare. »Ich hatte genug damit zu tun, Vertrauen und Zuneigung meines Volkes zu erringen.«

In diesem Augenblick erschien die schamlose Bettgespielin im Zimmer. Ihre Beine waren nackt, und sie trug nichts als ihr Hemd. Ihr Haar war offen und hing ihr wirr über die Schultern herab.

»Wie Ihr seht«, grinste Caesare.

»Wie es scheint, hat es sogar einen Kampf gegeben«, sagte der französische Kommandant und wandte sich ab, um die Frau nicht anzustarren. »Meine Männer haben ein Wappen gefunden, dass offenbar einem der Angreifer vom Umhang gerissen wurde. Es war Euer Wappen, Euer Gnaden. Der Kutscher lebte noch, als meine Männer zu ihm kamen. Bevor er starb, konnte er noch den Namen ›Zanetto‹ sagen, den er einen der Angreifer hat rufen hören. Wir glauben, dass Ihr einen Leutnant Zanetto in Eurem Sold habt.«

»Das kann schon sein«, sagte Caesare mit neuerlichem

Schulterzucken. »Ich werde mich erkundigen. Immerhin habe ich über zwanzigtausend Männer im Felde stehen und belagere zurzeit Faenza. Doch selbst wenn ein Mann namens Zanetto in meinen Diensten stehen sollte, was beweist das schon? Glaubt Ihr wirklich, ich würde meine Männer zu einer Entführung ausschicken und sie dabei auch noch mein Wappen gut sichtbar auf den Umhängen tragen lassen? Seid vernünftig, Signori! Ihr seht doch selbst, dass dies nur ein Versuch meiner Feinde ist, mich des Wohlwollens Seiner Majestät zu berauben und vielleicht gar noch einen Krieg mit Venedig zu entfesseln! Mein Vater hat mich vor solchen Bestrebungen meiner Feinde gewarnt. Vermutlich ist es das Ergebnis einer Verschwörung gegen mich, die bereits vor Monaten in Cremona ausgeheckt worden ist.«

»Wir sollen Euch nur mitteilen, Euer Gnaden, dass die Angelegenheit bereits pflichtschuldigst Seiner Majestät berichtet wurde«, donnerte d'Alegre, »und der König ist entschlossen, die Übeltäter sofort vor Gericht zu bringen. Er setzt voraus, dass Ihr unverzüglich Schritte zur Aufklärung einleiten werdet und alles in Eurer Macht Stehende tut, um die Dame und ihre Zofe sicher zu ihrer Familie zurückzubringen.«

»Selbstverständlich.«

»Und die Übeltäter zu bestrafen.«

»Wie Seine Majestät wünscht.«

»Seine Heiligkeit ist ebenfalls über die Angelegenheit informiert worden«, sagte der venezianische Gesandte mit einem üblen Grinsen.

Caesares Geduld war nun erschöpft. Er rammte den Becher auf den Tisch und sprang auf. »Ihr könnt es meinethalben dem Teufel erzählen! Ich sage Euch, ich habe damit nichts zu tun! Wenn einige meiner Männer dafür verantwortlich sind, so haben sie es ohne meine Erlaubnis getan und werden entsprechend bestraft werden. Das ist zu diesem Zeitpunkt und ohne eingehende Untersuchung alles, was ich Euch sagen kann, Signori!«

Die beiden Gesandten wirkten ob dieses Ausbruchs erschrocken. »Euer Gnaden, die beiden Männer verneigten sich und zogen sich zurück.

»Habt Ihr das mitbekommen, Gherardi?«, fragte Caesare, als er wieder Platz nahm und der Frau winkte, die sogleich lächelte, zu ihm kam und sich auf seinen Schoß setzte.

»Ja, Euer Gnaden«, nickte der Schreiber und trat vor. »Tatsächlich haben wir soeben per Sonderkurier ein langes, weitschweifiges Schreiben von Eurem Vater erhalten. Ich wollte warten, bis Ihr heute Abend – erfrischt, ja? – erwacht, um es Euch – äh – vorzulegen.«

»Ach? Und? Was hat Papa zu sagen? Klärt mich doch bitte auf, ja?« Er grub seinen Bart in das Halsgrübchen der Frau, und sie kicherte.

»Es ist das, wovor Euer Vater gewarnt hat: Eure Feinde, die sich vorgeblich zu einer Hochzeit und einer Taufe in Cremona getroffen haben, haben diese schmachvolle Tat ersonnen, um Euch von Euren Verbündeten zu trennen und Krieg zwischen Euch und den Venezianern zu schüren. Der französische König ist anscheinend ob dieser Angelegenheit höchst verärgert und hat sich an den Papst gewandt; er droht, Euch jegliche Unterstützung für den Feldzug in der Romagna zu entziehen, falls Ihr hinter dieser Entführung stecken solltet.«

»Natürlich, das musste er ja«, sagte der Herzog in gelassenem Tonfall, während seine Hand zum Hemdsaum der Dame wanderte und ihn zu Gherardis Verlegenheit über ihre Schenkel schob.

»Ein Satz Seiner Majestät an Euren Vater lautete: ›Wenn ich zwei Söhne hätte und einer von ihnen würde dieses Verbrechen begehen, so würde ich ihn ohne Zögern zum Tode verurteilen.‹«

Die Frau stöhnte leise. Caesare fragte: »Und was hat Papa dazu gesagt?«

»Euer Vater hat dem König zugestimmt, dass diese Tat verwerflich und schrecklich sei, und er hat Ludwig versichert, dass er sich nur die härteste Strafe für einen Mann vorstellen könne, der solch ein Verbrechen an der Menschheit begeht.« Der Schreiber blickte auf die Hand des Herzogs, die zwischen den Beinen der Dame herumtastete. »Dies – äh – dies waren – äh – seine Worte«, stammelte er.

»Ja. Klingt ganz nach Papa«, murmelte Caesare. Er wühlte sich tiefer in den Hals der Frau, die seine Mühen nun mit einem tiefen, kehligen Lachen belohnte.

»Euer Vater meint auch, wenn Ihr tatsächlich dafür verantwortlich wäret, so müsstet Ihr wohl den Verstand verloren haben! Er ermahnt Euch noch einmal, vorsichtig zu sein.«

Einen Augenblick lang hielt Caesare in seiner Zerstreuung inne; eine Hand verweilte in dem dunkel bewachsenen Hügel. Er funkelte seinen Schreiber wütend an und versuchte, trotz der Benebelung durch zu viel Wein und zu wenig Schlaf einen klaren Gedanken zu fassen. »Dient unter mir ein Mann mit Namen Zanetto?«

»*Hat* gedient, Euer Gnaden. Er war Leutnant unter Hauptmann Diego Ramirez. Jener Hauptmann hatte einst, so will es das Gerücht, Donna Dorotea als Geliebte. Beide Offiziere stehen nun im Dienst des Hofes von Urbino.«

»Natürlich!«, donnerte Caesare. Plötzlich stand er auf, sodass die Dame unsanft von seinem Schoß rutschte. »Diese verdammten d'Este und Montefeltro!« Er packte den Becher und trank noch einen tiefen Schluck. Dann tupfte er Mund und Bart mit dem Leinentuch ab, das Gherardi ihm gereicht hatte, während der Schreiber der verärgerten Dame galant wieder auf die Beine half. »Wenn dieser Ramirez die Dame gefangen hält, wo würde sie sich dann befinden? Am Hof?«

»Wohl kaum. Sie könnte erkannt werden, und dann gäbe es gewiss jemanden, der es den Venezianern erzählt.«

Caesare streckte die Hand aus, packte die Dame am Handgelenk und zog sie zu sich. »Wo sonst?«

»Vielleicht in seiner eigenen Villa am Trasimeno-See.«

Caesare führte eine Hand zur rechten Hinterbacke der Dame; zuerst streichelte er sie, dann packte er plötzlich fest zu. Wieder lachte die Frau. »Schickt einen Boten zu diesem Ramirez am Trasimeno-See«, befahl er seinem Schreiber, ohne ihn anzusehen. »Sagt ihm, ich hätte allen Grund zu der Annahme, dass er oder dieser Zanetto hinter der Entführung von Donna Dorotea stecken. Sagt ihm, wenn er sein Leben nicht mit in die Nase gesteckten Hoden beenden will, soll er die Dame unverzüglich zu mir nach Faenza schicken. Wenn er diesem Befehl ohne zu zögern nachkommt, darf er noch ein Jahr den Bariton singen.«

»Ja, Euer Gnaden.«

Caesares Hände trafen sich auf dem Rücken der Dame, als

sie ihm die Arme um den Hals legte. Langsam hob er den leichten Stoff des Hemdes an, bis alles unterhalb der Taille zu sehen war.

Gherardi wandte sich ab.

»Dann schreibt an meinen Vater. Sagt ihm, ich werde die nötigen Schritte unternehmen, um das Problem aus der Welt zu schaffen.« Spielerisch ließ der Herzog das Hemd fallen und machte kehrt, um die Frau in sein Schlafgemach zu führen. »Sagt ihm auch, dass ich nach Faenza zurückkehren werde, um meinen Feldzug fortzusetzen, doch wir beide sollten daran denken, dass der Hof von Urbino nicht länger unser Freund ist, versteht Ihr?«

»Ja, Euer Gnaden.« Der Schreiber nickte. Er wollte schon gehen, drehte sich an der Tür aber noch einmal um. »Ach ja ... Wir haben überdies eine Nachricht von Maestro Leonardo aus Florenz erhalten.«

Caesare blieb an der Tür stehen, gab der Frau einen Klaps auf den Hintern und schubste sie ins Zimmer. Dann fuhr er herum und sah seinen Schreiber finster an. »Ach ja? Und was will der Maestro diesmal? Meine rechte Hand?«

»Wie es scheint, hat er Geldsorgen.«

Langsam breitete sich ein Grinsen auf dem Gesicht des Herzogs aus. »Ach, tatsächlich?«

»Und er erklärt, dass es allmählich an der Zeit sei, dass er und Ihr zusammenkommt, um – Dinge von beiderseitigem Interesse zu erörtern.«

Caesare schwieg eine Weile; dann murmelte er: »Das finde ich ja sehr interessant.« Er kratzte sich den Bart. »Schickt einen Brief und eine Kutsche für Meister Leonardo nach Florenz. Sagt ihm, ich lade ihn ein, den Sturz Faenzas mitzuerleben. Schreibt, es könne ihm bei zukünftigen Aufträgen für die Signoria nützlich sein.«

»Ja, Euer Gnaden.«

Wieder wandte Caesare sich seinem Schlafgemach zu, und wieder hielt er inne. »Diese Donna Dorotea ... Ist sie eine schöne Frau?«

»Man hat sie mir als atemberaubend beschrieben, Euer Gnaden.«

»Atemberaubend? Nun, wenn Ramirez sie freilässt, bringt sie direkt zu mir.« Mit einem leisen Lachen trat er über die dunkle Schwelle. »Wenn es da etwas zu rauben gibt, dann werde ich das besorgen«, versprach er.

Faenza

Als die borgiensische Kutsche von Südwesten her auf Faenza zurollte, blickte Leonardo aus dem Fenster. Zu beiden Seiten der Straße erhoben sich Berge, die allmählich zu flachen Hügeln und einer Ebene ausliefen. Sie passierten die kleinen Städte Razzuolo und Marradi und scheuchten ein paar armselige Hühner und Schweine auf. Die Hunde kläfften. Während das Gefährt durch die Ebene ratterte und auf die Kapitale der Romagna zurollte – oder dem, was davon übrig geblieben war –, bemerkte Leonardo die schwarzen Felder, auf denen kein Vieh mehr graste; die Menschen mussten ihre Felder abgebrannt und die Tiere mit sich hinter die schützenden Stadtmauern genommen haben. Sie hatten den Angreifern nur deren eigene Vorräte gelassen.

Nun erklomm die Kutsche einen sanften Anstieg zur höher gelegenen Stadt. Von hier aus sah Leonardo, dass Caesare seine große Kanone und die kleineren aus Pesaro so ausgerichtet hatte, dass sie nur einen bestimmten Teil der Stadtmauer unter Beschuss nahmen. Nach Tagen der Bombardierung, schloss er, musste der Wall unter dem Dauerbeschuss gefallen sein, und dies war dann der Riss im Panzer gewesen, durch den die Armee der Borgia in die Stadt einmarschiert war. Auch sah er, dass der Boden um den Mauerdurchbruch mit Leichen und

Pferdekadavern übersät war, und er überlegte, ob der Kampf vielleicht noch immer in der Stadt tobte. Doch er hörte keine Einschläge und sah niemanden Widerstand leisten.

Die Kutsche hielt vor einem großen goldenen Zelt auf der Hügelkuppe, vor dem die Standarte mit dem Borgia-Stier und der Schlange aufgepflanzt war. Leonardo stieg aus der Kutsche und trat auf weiche Erde, die noch immer feucht war von den Regengüssen der letzten Tage. Es roch nach Rauch und Blut; tief unter sich in der Ebene konnte er Reiter und langsam dahinratternde Karren sehen.

In diesem Augenblick ritt der Herzog von Valentinois auf seinem schwarzen Streitross heran. Über einem schenkellangen Panzerhemd trug er einen dunklen Brustpanzer und um die Taille die Schärpe des Heerführers aus roter und goldener Seide. Mit den leuchtenden Farben war er selbst im Rauch der Kanone leichter zu erkennen und konnte seine Soldaten rasch um sich scharen. Der Herzog trug nun nicht mehr seine Kettenhaube, sondern sein übliches schwarzes Barett mit dem großen Diamanten; für Leonardo ein Zeichen, dass die Stadt tatsächlich gefallen war und Caesare und seine Soldaten nicht mehr kämpfen mussten.

»Euer Gnaden«, grüßte er Il Valentino und nickte knapp.

Caesare lächelte den Künstler an. »Ach, Maestro Leonardo, wie schön, dass wir uns endlich doch noch treffen. In Mailand habe ich Euch wohl verpasst.« Er deutete auf die Ebene unter ihnen, die im Schlamm erstickte. »Leider kommt Ihr ein wenig zu spät und konntet daher nicht mehr mit ansehen, wie die Stadt gefallen ist; doch es ist immer noch früh genug, um mit mir das Schlachtfeld abzureiten.« Er rief den Befehl, ohne sich im Sattel umzudrehen. »Ein Pferd!«

Um die Ecke kam Michelotto in voller Rüstung und der Schärpe seines Herrn auf einem kastanienbraunen Hengst geritten; hinter sich führte er eine gesattelte Rotschimmelstute am Zügel. Der Riese trieb seinen Hengst vorwärts und beugte sich aus dem Sattel, um die Zügel der Stute in Leonardos Hände zu legen.

»Ich muss Euch warnen, Maestro«, sagte Caesare, »diese Stute ist der reinste Menschenfresser. Unter einer sanften Hand wirkt sie ruhig und brav, doch wenn man sie zu etwas zwingen will, zum Beispiel über einen Zaun, der ihr zu hoch vorkommt, oder einen Mühlbach, der ihr zu tief ist, dann nimmt sie die Trense zwischen die Zähne und versucht, einen unverzüglich in den Höllenschlund zu befördern.« Er lachte kurz auf, während Leonardo aufsaß und seinen Umhang zurechtzog, der die Flanken des Tieres bedeckte.

Der Meister lenkte die Stute neben das Streitross des Herzogs.

»Bereit?«, fragte Caesare.

»Ja, Euer Gnaden.«

»Dann lasst uns mit der unerfreulichen Aufgabe beginnen.«

*

Langsam und vorsichtig lenkten sie ihre Pferde den Abhang hinunter und über die Ebene auf die Stadtmauer zu. Leonardo fand, dass die Stute, entgegen der Warnung des Herzogs, ein sehr sanftes Tier war mit einer Gangart, die einen fast in Schlaf wiegte. Der stets wachsame Michelotto folgte in einiger Entfernung.

»Ich muss gestehen, dass ich Eure Nachricht interessant gefunden habe«, sagte der Herzog mit leisem Lächeln. »Sollte die Möglichkeit bestehen, dass Ihr nun doch an meinem kleinen Feldzug teilnehmen werdet, Maestro? Inzwischen müsst Ihr doch erkannt haben, dass ich Eure Dienste will – und brauche.«

»Nein, Euer Gnaden«, erwiderte Leonardo. »Ich bin gekommen, um Euch von Angesicht zu Angesicht mitzuteilen, warum ich dies nicht kann. So können wir vielleicht dieses kleine Spiel beenden, das wir so lange gespielt haben.«

Das Lächeln verschwand. »Weniger hätte ich auch nicht erwartet, Maestro.«

»Ich weiß Eure vielen Gefälligkeiten durchaus zu schätzen«, begann Leonardo. »Die Rettung meiner Habe aus Mailand und den Beschützer, den Ihr bestellt habt, um die Bedrohung durch den Meuchelmörder abzuwenden.«

Nun lächelte der Herzog wieder. »Sangreal ist wirklich ein guter Mann, nicht wahr?« Er lachte, ein leises, zurückhaltendes Geräusch. »Ein seltsamer Mann. Zu ruhig für meinen Geschmack, aber meiner Schwester ist er treu ergeben. Wenn ich Euch noch in anderen Dingen dienlich sein kann, Maestro ... Tut Euch keinen Zwang an.«

»Mir geht es im Augenblick um meine finanziellen Verhältnisse«, erklärte Leonardo. »Meine Händler in Florenz geben mir keinen Kredit mehr. Ich bin gekommen, um Euch zu fragen, wieso das so ist.«

»Mich?« Caesare legte die Stirn in Falten. »Warum fragt Ihr mich das? Kriegführung mit Geld liegt mir gar nicht, obschon mein Vater darin sehr gut ist. Ich hingegen habe erst kürzlich von dieser neuen Entwicklung erfahren.« Er warf einen kurzen Blick auf Leonardo. »Es ist wahr. Ich war zornig, als Ihr meine Einladung nach Cesena abgelehnt habt, doch zum Glück war ich in den folgenden Wochen zu betrunken – und zu beschäftigt –, um etwas dagegen zu unternehmen – obwohl ich es natürlich beabsichtigte, wenn auch etwas später.« Er drehte den Kopf, um auf die geschändete Stadt zu schauen. »Sicherlich ist Euch doch bewusst, dass nur eine andere Familie die Macht besitzt, diese Art von pekuniärem Chaos mit Währungsänderung und steigenden Steuern durchzusetzen, nicht wahr?« Er drehte sich im Sattel um und schaute Leonardo geradewegs in die Augen. »Ihr habt nicht zufällig die Medici beleidigt, oder?«

Leonardo erwiderte stirnrunzelnd seinen Blick. »Das glaube ich nicht, Euer Gnaden.«

Der Herzog nickte. »Natürlich waren es die Medici. Wer sonst? Ich ziehe den Kampf im Felde vor. Ich mag diese kleinen Spiele um Geld, Vergleiche und Verlust nicht. Wie die meisten Politiker und Bankiers betrachten die Medici das Geld als Lösung aller Probleme.« Die beiden Pferde wateten inzwischen durch ein Feld voller Schlamm, das mit dunkelroten Flecken gesprenkelt war. »Und ich nehme an«, fuhr der Kriegsherr fort, »dass dies auch mit den Kunstzerstörungen in Florenz und der Ermordung meines Schwagers in Rom zu tun hat.«

Tiefe Falten auf Leonardos Stirn zeugten von seinen Gedanken; seine buschigen Brauen beschatteten die Augen.

Das könnte sein, dachte er.

*

Im Weiterreiten sah der Meister zu seinem Entsetzen die leblosen, verkrümmten Körper von Männern, die von Lanzen und Pfeilen durchbohrt worden waren, Männer ohne Arme und Beine oder mit klaffenden Wunden, die nun Fliegen und halb verhungerte Hunde aus der Stadt anzogen. Er sah, wie andere Männer Steine warfen, um die Hunde zu vertreiben, die immer wieder kamen, obwohl die Männer sich mühten, die Leichen zu sammeln und auf zweirädrige Holzkarren zu laden. Sie trugen lange weiße Schürzen, die nun jedoch eher rot als weiß zu nennen waren.

Ab und an sah Leonardo eine Bewegung unter den Gefallenen, doch der Herzog erklärte ihm, dies seien die unwillkürlichen Muskelzuckungen der Toten; ein paar leise Seufzer zeigten jedoch, dass wenigstens einige der Krieger noch im Todeskampf lagen. Immer wieder hallte ein furchtbarer Schrei durch die verrauchte Luft, und ein unglaublich junges, von Blut und Dreck verunstaltetes Gesicht schaute mit leeren, flehenden Augen aus dem Schlamm zu ihnen auf.

»Das ist der Grund, weshalb ich Euch nicht dienen kann, Euer Gnaden«, sagte Leonardo. »Und nicht nur Euch, sondern keinem Kriegsherrn. Ich muss Euch ehrlich gestehen, dass ich den Krieg immer noch für einen Wahnsinn halte, der Menschen zu Tieren macht.«

Caesare schwieg und betrachtete die Toten und die Sterbenden zu ihren Füßen.

»Ich auch, Maestro«, sagte er schließlich leise.

»Wie?«

»Ich auch«, wiederholte der Herzog. »Und jeder andere Soldat wird meine Meinung teilen.« Er stieß einen tiefen Seufzer aus, während er sein nervöses Pferd behutsam an einem Gefallenen vorbeilenkte. »Ich warte immer noch darauf, einen Krieger kennen zu lernen, der den Krieg nicht hasst. Damit meine ich natürlich die gemeinen Soldaten, nicht die Generäle.« Er warf Leonardo einen raschen Blick zu. »Vergebt mir, wenn auch ich ehrlich zu Euch sein will, Maestro, aber es sind die Männer *Eures* Berufs, es sind die Künstler, die stets die Schlacht verherrlicht haben.«

»Die Künstler?«

»Aber ja! Komponisten und ihre Märsche, die das Blut in Wallung bringen und die jungen Männer dazu verführen, in den Krieg zu ziehen und für Gott und Vaterland zu sterben. Es sind nicht die Offiziere im Felde, die zusehen müssen, wie ein Jüngling bei der Erstürmung eines Hügels geopfert wird, wie er im Versuch, einen Wall zu erklimmen, zu Tode kommt. Es sind Eure Dichter, die das Lob auf den tapferen Ritter in seiner schimmernden Rüstung singen und nicht die Weise auf den Reitersoldaten, dessen Pferd bis zum Arsch im Schlamm steckt, der kaum atmen kann unter seinem schweren Helm, der sich fragt, ob sein Panzer stark genug ist, um Pfeil oder Lanze abzuwehren, und der weiß: Wenn er fällt oder aus dem Sattel gerissen wird, ist sein Schicksal besiegelt.« Er hielt inne und deutete auf einen Kopflosen in voller Rüstung, der mit ausgebreiteten Armen im Schlamm lag. Die rot-gelbe Schärpe war eben noch zu erkennen. »Seht Ihr diesen armen Verstümmelten dort? Dies war einmal ein Mann und zwar nicht irgendein Mann, sondern ein kräftiger, hervorragender Offizier. Achille Tiberti. Meine Güte, wie oft haben wir zusammen gelacht und getrunken! Wie viele Huren haben wir uns geteilt! Ein brillanter Kopf. Er konnte sich selbst im schlimmsten Sturm zurechtfinden. Aber in dieser Schlacht fiel er aus dem Sattel, und bevor ich an seiner Seite sein konnte, war eine Horde brüllender Pikeniere über ihn hergefallen und hat ihn in Stücke gehackt.« Er trieb sein Ross ein wenig an, und Leonardo folgte ihm. »Nein, Maestro«, fuhr Caesare fort. »Ihr Künstler seid es, die dieses Blutbad verherrlichen. Maler und Bildhauer wie Ihr stellen in ihren Werken die glorreichen Schlachten und Siege dar. In jedem Palazzo Italiens, auf jeder Piazza kann man die Gedenkstätten sehen, an Wänden, auf Piedestalen: die verzerrte Darstellung des heroischen Kampfes, die vielfarbigen Banner, geschaffen von Künstlern, wallend vor grauem Himmel. Und auch diese werden nie gezeigt wie die hier im Schlamm, zerfetzt und besudelt.«

Er deutete auf eine große zerrissene Standarte. Die Seide war voller Flecken, der Schaft verbogen. Die zerborstene Stange wiegte sich in einer Blutlache wie ein dürrer Betrunkener, der um sein Gleichgewicht kämpft. Caesare wies auf das blutbefleckte starre Bild rings um sie herum.

»Dies ist das wahre Gesicht des Krieges: Es ist grässlich und widerlich!«

*

Eine Weile herrschte Schweigen. Dann wendete der Herzog sein Pferd, und Leonardo und Michelotto folgten ihm. Sie näherten sich dem Durchbruch in der Stadtmauer, wo der Maestro zu seinem Erstaunen einen Mann hängen sah, einen Mann mit grotesk verdrehtem Kopf und auf dem Rücken gefesselten Händen.

Der Herzog schaute seinen Begleiter an. »Dieser Mann war ein Verräter. Er schlich sich bei Nacht aus der Stadt und sagte mir, es gebe kein Essen und keine brauchbaren Waffen mehr. Diese Mitteilung wusste ich natürlich zu schätzen, doch ich verachtete ihn für den Verrat an seinen eigenen Leuten, und deshalb ließ ich ihn hier hängen, damit alle ihn sehen konnten. Das brachte sie schneller zur Kapitulation, und ich ziehe wie die meisten Offiziere die Kapitulation der Schlacht nun einmal vor.«

Sie ritten an der Mauer entlang, bis sie zum offenen Stadttor kamen.

»Ich sage es Euch, Maestro«, begann der Herzog wieder, »der wahre Krieger ist ein Realist. Ich kenne keinen Reiter oder Fußsoldaten, der in den von Euch Künstlern verherrlichten Schlachten gekämpft hat und diesen Albtraum von Blut, Schweiß und Gestank als die glücklichste Erfahrung seines Lebens bezeichnet hätte. Die Generäle beim Mahl mögen ja eine romantische Beschwörung ihrer Kriege erschaffen und stolz über die Tapferkeit ihrer Männer und die Brillanz ihrer Strategie sprechen – doch der gemeine Soldat nicht. Er spricht wenig oder gar nichts, aber mit sich trägt er die Wunde, die niemals verheilt.« Er hielt inne und sah sich um. »Ihr sagt, der Krieg sei ein Wahnsinn. Ich sage, er ist noch viel schlimmer.«

»Aber dürfte ich einwenden, Euer Gnaden«, sagte Leonardo leise, »wenn wir Künstler den Krieg verherrlichen, dann deshalb, weil Fürsten wie Ihr uns den Auftrag dazu erteilt. Wir müssen arbeiten, um zu leben. Wenn ein Künstler eine blutige Schlacht als das darstellen würde, was sie wirklich ist – als törichte Verschwendung von Mensch und Material –, dann würde der Fürst das Werk ablehnen.« Er trieb die Stute an, um mit dem Tempo von Caesares Schlachtross mitzuhalten. »Und *Ihr* seid es, Euer Gnaden, der diese Kriege führt.«

»Gott vergebe mir, das tue ich – doch nur als letzten Ausweg«, erklärte der Herzog leise. »Das ist der Politiker in mir.«

Leonardo hörte etwas in der Stimme des Herzogs, das ihm sagte, dass der Mann die Wahrheit sprach. »Ach ja?«

»Dies ist mein Fluch, Maestro. Ich bin zur Hälfte Politiker, zur Hälfte Condottiere. Der Politiker in mir benutzt den Krieg als Mittel zu mehr Macht und stillt seinen Ehrgeiz; der Condottiere jedoch, der Mann, der wirklich im Felde steht, kann Euch sagen, dass Krieg eine Vergeudung jungen Blutes ist und nur zu weiteren Kriegen führt. Wenn ich die Romagna vereine, bin ich nicht so naiv zu glauben, dass sie auch nach meinem Tode einig bleiben wird. Wenn ich auf dem Sterbebett liege, werden die Geier von Venedig und meine eigenen Verbündeten die Provinz in Stücke reißen.« Sie ritten unter dem Fallgatter hindurch und lenkten ihre Pferde auf die zerstörte Straße. »Und was sagt es über Euren Beruf aus, Maestro, wenn Ihr Euer Genie und Eure Fähigkeiten um des Geldes willen in den Dienst eines Kriegsherrn stellt, ihn und seine blutige Passion verherrlicht, na?«

Leonardo antwortete nicht darauf.

Die Wirkung des Bombardements war deutlich zu erkennen. Der Maestro sah eine erschöpfte Frau vor ihrem zerstörten Haus stehen, die Wangen noch von Tränen befleckt, die wie Bäche durch den verkrusteten Schmutz auf ihrem Gesicht gelaufen waren. Sie funkelte die Reiter zornig an und holte hastig ihre beiden Kinder von der Straße. Auf der in Schutt und Asche liegenden Piazza del Popolo ritten sie an einem noch immer qualmenden Krämerladen vorbei. Leonardo bemerkte die leuchtenden Scherben zerborstener Töpferware inmitten der Trümmer. Plötzlich fiel ihm ein, dass Faenza vier Jahrhunderte lang die berühmte Stadt der Fayence-Keramik gewesen war – und nun war all dies nur noch Schutt. Der Anblick rief ihm auch wieder die zerstörte Leinwand des ›Frühlings‹ in Erinnerung, den Staub der zerstörten Skulpturen.

Krieg ist die schlimmste Form des Vandalismus, dachte er.

Wieder schaute der Herzog Leonardo an und las das Unbehagen in seiner Miene. »Stellt Euch vor, Maestro«, begann er leise und lenkte sein Pferd neben das des Meisters, »ich würde Euch bitten, eine Brücke über einen Fluss zu bauen, eine Brücke, die dem Bauern erlaubt, seine Ware schneller zum Markt zu bringen; eine Brücke, die den Menschen gestattet, einander zu besuchen, ohne nasse Füße zu bekommen; aber auch eine Brücke, die ein Kunstwerk an sich darstellt: symmetrisch, ausgewogen, schön. Würdet Ihr meinem Wunsch entsprechen?«

Sie wendeten die Pferde und ritten wieder zum Tor zurück.

»Ja, Euer Gnaden«, murmelte Leonardo.

»Und nun nehmt an, ich würde Euch bitten, eine Brücke über einen Fluss zu schlagen, damit ich meine Kanone und meine Reiter näher zu einer belagerten Stadt bringen kann – würde Euch das missfallen?«

»Ja.«

»Aber warum?«, murrte Caesare, während sie erneut unter dem Fallgatter durchritten. »Es ist die gleiche Brücke. Es ist nur der Gebrauch, den ich von ihr zu machen gedenke, der Euch stört. Ich könnte Euch bitten, Karten von Städten anzufertigen, damit ich meine Strategie planen kann, doch ich könnte dieselben Karten benutzen, um die dortigen Lebensbedingungen zu verbessern, um Kanäle, Dämme und Aquädukte zu bauen, um Straßen und Märkte anzulegen. Ist der Kartograf allein deshalb ein hilfreicher Geist für den Kriegsherrn?«

Leonardo sah ihn stirnrunzelnd an. »Ich würde annehmen, dass Ihr mehr von mir erwartet als Karten und Brücken, Euer Gnaden.«

»Ja, das muss ich zugeben.« Caesare nickte. »Ich habe Zeichnungen Eurer Wurfmaschinen gesehen, die ein Dutzend Pfeile zugleich abschießen können, ich habe Eure Attrappen gesehen, die den Feind täuschen, Eure genialen Katapulte und anderen Kriegsgeräte – und sie haben mich sehr beeindruckt. Hätte ich jene tragbaren Brücken gehabt, die Ihr in Mailand entworfen habt, dann hätte ich diesen Wall in einer Woche eingerissen.« Wieder überquerten sie die Ebene mit den Toten und Verwundeten. »Ich will Euch nicht belügen, Maestro«, fuhr Caesare fort. »Ja, ich wünsche, dass Ihr mir Kriegsmaschinen baut, aber bedenkt: Jedes Gerät, das Leben tötet, rettet wiederum das Leben anderer. Wenn die Waffen nur beeindruckend genug aussehen, kapituliert die belagerte Stadt, und es muss kein Blut vergossen werden. Jeder Kriegsherr kann Euch versichern, dass er die Kapitulation der Zerstörung vorzieht.«

»Gut gesprochen, Euer Gnaden«, sagte Leonardo mit einem Hauch von Bitterkeit in der Stimme. »Ein Argument, das der Kurie würdig ist.«

Jäh entflammte der Zorn im Herzog. »Meint Ihr etwa, ich sage diese Dinge nur, um Eure Unterstützung zu gewinnen? Das ist eine Beleidigung! Warum gesteht Ihr mir nicht zu, dass ich die gleiche Achtung vor dem Leben hege wie Ihr? Habt Ihr das Porträt der Donna Gallerani gemalt, um ihr zu schmeicheln? Habt Ihr Eure Madonnen und Verkündigungen nur gemalt, um Euch bei der Kirche lieb Kind zu machen? Nehmt Ihr Aufträge der Signoria nur deswegen an, weil Ihr auf das Wohlwollen der florentinischen Herrscher angewiesen seid? Wenn dem so ist, Maestro, dann seid Ihr ein Heuchler und meiner Achtung nicht wert!«

»Ich nehme an, das ist wahr«, gestand Leonardo.

»Warum könnt Ihr dann nicht glauben, dass ich nun ehrlich und mit Überzeugung zu Euch spreche?« Seine Wut schien allmählich zu verfliegen. »Denkt daran, Maestro, Ihr behauptet, den Krieg zu hassen; dennoch habt Ihr Waffen für den Herzog von Mailand entworfen. Was hatte das mit Rechtschaffenheit zu tun?«

Leonardo war auf der Hut und nahm sich für die Antwort Zeit. Schließlich hob er die Schultern und sagte ruhig: »Vergebt mir, Euer Gnaden. Ich möchte es nicht an Achtung fehlen lassen, doch die Umstände waren folgende: Ich kam als Hofmusiker zum Herzog von Mailand.«

Nun war die Reihe am Herzog, erstaunt dreinzublicken. »Als Musiker?«

»Ich hatte eine silberne Leier entworfen, die wie ein Pferdeschädel geformt war. Lorenzo il Magnifico in Florenz war nicht sonderlich davon beeindruckt, daher schickte er das Instrument – und mich – nach Mailand, damit ich es Il Moro zeigen konnte – der daraufhin beides behielt.« Er schwieg kurz und fuhr dann fort: »Es stimmt zwar, dass ich Kriegsgerät für den Mailänder Hof entworfen habe – Waffen, die im Übrigen nie gebaut worden sind –, doch ich muss betonen, dass nach meiner Überzeugung jeder Mensch, der einen anderen Menschen tötet, ein wenig dem Wahnsinn verfallen ist.«

»Nein«, entgegnete Caesare, »um einen anderen Menschen zu töten, genügt die Tatsache, dass man selbst am Leben ist. Leider Gottes, Maestro, leben wir in einer Welt, in der es nötig sein kann, einen anderen zu töten, um selbst zu überleben.«

Leonardo schüttelte den Kopf. »Ich habe schon – vieles über Euch gehört. Es heißt, wenn man Euch ein Verbrechen zur Last legt, würdet Ihr lügen, Euer Gnaden; Ihr würdet alles abstreiten. Nun bittet Ihr mich zu glauben, dass Ihr ehrlich zu mir seid. Wie soll ich Euch das glauben?«

Plötzlich lenkte Caesare sein Ross vor Leonardos Stute, beugte sich aus dem Sattel herüber und flüsterte: »Habt Ihr dereinst vor dem Kirchengericht die Wahrheit gesagt, als Ihr versichert habt, Ihr wäret kein Sodomit?« Er musterte den Maestro eine Weile mit kaltem Blick, wartete jedoch nicht auf die Antwort. Er zog am Zügel, und sie setzten ihren Weg zur Hügelkuppe fort. »Vergebt mir, Maestro«, lenkte Caesare dann ein. »Ich bin nicht in der Lage, den Moralisten zu spielen, und ehrlich gesagt, sind mir Eure geschlechtlichen Vorlieben gleichgültig. Ich wollte damit nur bekräftigen, dass alle Menschen an einem gewissen Punkt lügen.« Er schwieg kurz; dann fuhr er fort: »Aber ich bitte Euch, Folgendes zu bedenken: Alles, was man über mich sagt, könnte auch falsch sein. Doch ich will dieser Lüge nicht widersprechen, denn sie dient meinen Absichten – dass meine Feinde mich fürchten.«

»Ich verstehe.«

»Vergesst, was Ihr gehört habt: Ich habe weder meinen Bruder noch Alfonso d'Aragona getötet. Das musste ich gar nicht. Sie hatten andere Feinde als mich, die höchst entschlossen vorgegangen sind ... Um die Wahrheit zu sagen, ich habe von ihrem Tod profitiert.«

Leonardo schüttelte den Kopf. »Ich glaube nicht ... Ich kann nicht an Mord als Mittel glauben.«

»Was soll das heißen: Ihr glaubt nicht an Mord?«, fauchte Caesare. »Glaubt Ihr, der Regen würde aufhören zu fallen, wenn Ihr nicht daran glaubt?« Er richtete sich in den Steigbügeln auf und deutete auf die Karren voller Leichen, die vom Schlachtfeld geschafft wurden. »Mord existiert! Seht Euch doch um! Menschen bringen andere Menschen um! Manchmal aus Leidenschaft, manchmal mit kühlem Vorsatz! Aber sie töten!«

Er beruhigte sich wieder und ließ sich in den Sattel sinken. Die drei – Michelotto ein Stück hinter ihnen – ritten weiter in Richtung Lager.

»Glaubt Ihr etwa, der Krieg, der reines Menschenwerk ist und seit Menschengedenken existiert, würde nur deshalb aufhören, weil Ihr nicht an ihn glaubt? Solange Menschen eher ihre Unterschiede als ihre Ähnlichkeiten wahrnehmen, wird es immer Krieg geben!«

Schweigend ritten sie weiter.

»Ich glaube nicht, dass ich es über mich bringen könnte, einen anderen Menschen zu töten«, brach Leonardo schließlich das Schweigen.

Caesare drehte sich im Sattel um und starrte den Künstler an. »Wenn da ein Mensch ist, den Ihr liebt, Maestro, ein Mensch, der Euch mehr als alles andere auf der Welt bedeutet, und wenn nun dieser Mensch von einem bedroht wird, der nur durch Mord aufgehalten werden kann – dann würdet auch Ihr töten.«

»Ich ... Ich glaube nicht«, lautete die gemurmelte Antwort.

Caesare zuckte mit den Schultern. »Dann würde Eure Liebste verschwinden und Eure Liebe vermutlich desgleichen, denn wenn die Geschichte uns eines gelehrt hat, dann dies: Wenn ein Mörder erkennt, dass er ungestraft töten kann, dann wird er es immer tun, wo immer und wen auch immer.«

Leonardo schüttelte nur den Kopf und wollte eben etwas darauf erwidern, doch Caesare fuhr unbeirrt fort:

»Lasst uns doch ehrlich miteinander sein. Ihr seid im Bilde über die Ereignisse, ebenso wie ich. Ihr wisst, dass Savonarolas Büßer nicht für den Mord an Alfonso oder die Vandalismen in Florenz verantwortlich sind, aber die Büßer *erlauben* den wahren Vandalen, ihre Praxis fortzusetzen, weil es in ihre Pläne passt! Ich habe Pagano *erlaubt*, Alfonso d'Aragona zu töten, weil es mir passte. Ihr habt Sangreal *erlaubt*, Pagano zu ermorden – ja, zu *ermorden* –, weil es in Eure Pläne passte! Ist denn der weniger schuldig, der es zugelassen hat, als der, der das Verbrechen tatsächlich beging?!« Wieder herrschte einen Moment Schweigen, dann senkte der Herzog die Stimme; seine Wut schien nun endgültig gezähmt zu sein. »Wie ein Fürst – wie ein Kriegsherr – habt Ihr die Tatsache akzeptiert, dass *andere töten*, damit Ihr Frieden habt. Wir unterscheiden uns bei weitem nicht so sehr voneinander, wie Ihr glaubt, Maestro. Bei weitem nicht.«

*

Unterdessen waren sie an Caesares Zelt angelangt und der Künstler stieg vom Pferd. Sogleich nahm Michelotto die Zügel und führte die Pferde fort. Sie betraten das Zelt.

Erstaunt stellte Leonardo fest, dass der Boden mit dicken Teppichen bedeckt war. Außerdem gab es ein breites Bett mit einem Baldachin aus Seide, einen kleinen Schreibtisch und vier Polsterstühle, alle mit der *impresa* von Stier und Schlange. Auf dem Tisch stapelten sich Papiere, und mehrere vergitterte Öllampen standen um Tisch und Bett herum.

Zwei Ordonnanzen erschienen und begannen, die breite Schärpe von des Herzogs Taille abzuwickeln. Sie schnallten den Brustpanzer ab und befreiten ihn von seinem Kettenhemd. Zugleich erschien ein anderer Bediensteter mit einem Tablett, auf dem eine Kristallkaraffe und zwei Trinkbecher standen.

»Wein, Maestro?«, fragte der Herzog.

Leonardo nickte; er hoffte, das starke Getränk würde ein wenig den bitteren Geschmack der Wahrheit auf seiner Zunge betäuben. Drei oder vier Gemälde fielen ihm auf, die von den Zeltpfählen herabhingen. Drei weitere standen an eine Truhe gelehnt.

Der Herzog, seiner unbequemen Panzerung entledigt, schnallte nun einen breiten Ledergürtel mit einer Scheide um, in der ein Dolch steckte. Er füllte Wein in die Becher und reichte Leonardo ein Trinkgefäß. Dann bedeutete er seinem Gast sich zu setzen und nahm selbst den Stuhl gegenüber. Sofort eilte einer der Diener herbei und tauchte einen goldenen Talisman in den Wein des Herzogs.

»Pulverisiertes Horn vom Einhorn«, erklärte Caesare gleichmütig. »Für die Manneskraft.« Er trank einen Schluck Wein und legte den Kopf zurück, als wolle er den Geschmack möglichst lange genießen, dann wandte er sich wieder seinem Gast zu. »Wo waren wir stehen geblieben? Ach, ja! Nun, Maestro, da wir einmal angefangen haben, ohne Täuschung oder Wertung miteinander zu sprechen, lasst mich weiterhin ungeschminkt reden. Ich weiß, warum Ihr in Wahrheit zögert, mein Gefolgsmann zu werden. Ihr habt zusehen müssen, wie einige Eurer besten Arbeiten von den Franzosen zerstört worden sind. Das visionäre Vigevano. Das Tonmodell für die prächtige Statue von Francesco Sforza. Da ich ein Verbündeter der Franzosen bin, gebt Ihr mir einen Teil der Verantwortung dafür. Wie jene Vandalen in Florenz so bin auch ich von Natur aus ein Zerstörer, das ist doch Eure Meinung, oder?«

Leonardo wartete ein wenig und dachte nach; dann nickte er langsam.

Caesare hob die Schultern und nahm noch einen Schluck Wein. »Schön. Ich bin mit den Franzosen nach Mailand geritten. Ich kam zu spät, um Euer Vigevano zu retten oder das Modell der Reiterstatue, aber ich habe dafür gesorgt, dass meine französischen Feldherren die Schuldigen bestraft haben.«

Diese Entschuldigung stürzte Leonardo in einige Verwirrung, doch in kaltem Ton fragte er: »Solch eine Ehrfurcht habt Ihr vor der Kunst, Euer Gnaden?«

Der verschleierte Tadel ließ den Herzog stutzen. Er starrte Leonardo lange an, dann sagte er leise: »Warum seid Ihr so zynisch, Maestro?«

Es klang so schlicht und ehrlich, dass Leonardo spürte, wie ihm die Röte ins Gesicht stieg.

»Nein!«, fuhr der Herzog entschlossen fort. »Ich habe die Soldaten nicht allein aus dem Grunde bestrafen lassen, weil ich Ehrfurcht vor der Kunst habe. Ich halte mich nicht für einen Menschen, der Kunst angemessen beurteilen kann. Ich habe es getan, um die Disziplin wieder herzustellen. Weder von mir noch von einem der französischen Feldherren war der Befehl ergangen, Vigevano oder Euer Tonmodell zu zerstören. Es war ein Verstoß gegen die Disziplin!« Er lehnte sich auf seinem Stuhl zurück und nahm noch einen Schluck Wein. »Disziplin, Maestro! Disziplin! Dieselbe Charaktereigenschaft, die Euch an der Staffelei festhält oder den Komponisten an seinem Instrument! Disziplin!«

Leonardo betrachtete sein Gegenüber aufmerksam: die brennenden, dunklen Augen, den sorgfältig gestutzten Bart, die regelmäßigen weißen Zähne. »Ich kann Euch – nicht recht verstehen, Euer Gnaden.«

Wieder brach der Zorn durch des Herzogs Stimme, und wieder beugte er sich auf dem Stuhl vor, als wolle er Leonardo anspringen. Seine Stimme war fast nur noch ein Flüstern, doch zugleich kalt und hart. »Warum müsst Ihr mich verstehen, um mir zu dienen? Ich bitte Euch nicht um Verständnis oder Beifall.« Er runzelte die Stirn. »Im Grunde geht es darum, dass Ihr Eurer Hände Werk von Soldaten zerstört sahet, und folglich habt Ihr Euch geschworen, niemals mehr einem Kriegsherrn zu dienen. Auf Grund meines Berufes verurteilt Ihr mich für die Zerstörung Eurer Meisterwerke. Ihr betrachtet mich als den schlimmsten aller Vandalen.«

Er sah sich im Zelt um, stand abrupt auf und ging auf die Bilder zu, die an der Truhe lehnten. Er suchte und zog eines hervor, das er Leonardo brachte.

»Schaut her!«, befahl er. »Dies ist ein neues Porträt von mir, gemalt von einem bekannten Meister, der Euch jedoch nicht das Wasser reichen kann. Es ist doch gut getroffen, oder?«

Leonardo nahm das Bild und studierte es. Es war die traditionelle Pose: Kopf und Schultern, der Körper leicht nach links gedreht. Der Maler hatte den Herzog in seiner Lieblingskleidung abgebildet, der weichen Kappe mit dem Diamanten, der prächtigen Tunika. Die Farben waren lebensecht, der Kontrast von Licht und Schatten gut getroffen. Das Gemälde besaß Symmetrie und Ausgewogenheit. Der Künstler hatte den Prinzipien der Malerei gebührende Achtung gezollt.

»Ja«, sagte er lustlos.

»Aber es ist *mein* Porträt!«, sagte Caesare. »Das Bild eines Kriegstreibers! Das Bild eines Mannes, der zugibt getötet zu haben, und der vermutlich wieder töten wird! Eines Mannes, der gelogen und dies zugegeben hat, doch nicht bei dieser Gelegenheit, das schwöre ich Euch!« Mit großer Geste wies er auf das Bild, das der Meister noch immer betrachtete. »Der Mann auf dem Bild stellt all das dar, was Ihr verabscheut! Den Vandalen, den Kriegsherrn, den Kunstzerstörer! So!« Plötzlich zog er seinen Dolch und stieß ihn in Leonardos Armlehne, so jäh, dass der Künstler vor Schreck fast das Bild hätte fallen lassen. »Da!«, flüsterte der Herzog. »Nehmt mein Messer und zerstört das Bild! Denkt daran, wen es darstellt, Maestro. Wen es verherrlicht. Nehmt das Messer. Habt keine Angst. Nach Euren Grundsätzen ist dies doch keine Kunst. Es ist Propaganda. Tut es! Schlitzt es auf – stellvertretend für den Mörder und Zerstörer. Gebt Eurem Gefühl nach. Reißt es in Stücke.«

Verwirrt und erschrocken starrte Leonardo auf den Mann, der drohend über ihm aufragte. Er würdigte den Dolch keines Blickes und versuchte auch nicht, ihn aus der Armlehne zu ziehen. Stattdessen wandte er seine Aufmerksamkeit wieder dem Porträt zu, suchte nach einer Ausflucht, um es nicht zerstören zu müssen.

»Ich ... Ich kann es nicht«, brachte er endlich flüsternd hervor.

»Natürlich nicht«, sagte der Herzog. »Das liegt nicht in Eurer Natur. Für Euch wäre es so, als wolltet Ihr einem Kind das Leben nehmen.«

Jäh streckte er die Hand aus, riss Leonardo das Bild weg und studierte es aufmerksam. Dann wandte er sich um und stellte es wieder zu den anderen. Er leerte seinen Becher und winkte der Ordonanz, ihn wieder zu füllen.

»Sagt mir, Maestro«, verlangte er in ruhigerem Ton zu wissen, »glaubt Ihr, Fra Savonarola hätte Skrupel gehabt, dieses Porträt zu zerstören?«

Leonardo fiel ein, was Guicciardini ihm über die Verbrennung der Eitelkeiten erzählt hatte. »Nein«, gab er zu.

»Genau!« Caesare hielt der Ordonanz seinen Becher hin. Der Mann schenkte Wein nach und tauchte ein weiteres Mal den Talisman in das geistige Getränk. Wieder beugte sich der Herzog im Stuhl vor und sprach mit gesenkter Stimme. »Wen der Künstler auf dieser Welt fürchten sollte, das ist mitnichten der Kriegsherr, sondern der Selbstgerechte, der frömmelnde Inquisitor, der selbst ernannte Richter! Männer, die glauben, mit der Zunge Gottes zu sprechen!« Er lehnte sich auf dem gepolsterten Sitz zurück und hob den Becher an die Lippen. »Die Florentiner sollten nicht um Savonarola trauern, sondern um ihre Kunstwerke. Durch das Werk der Vandalen ist ihnen große Schönheit für immer genommen worden.«

Leonardo versuchte, die Verwirrung abzuschütteln, die ihn zu überwältigen drohte. »Aber Euer Gnaden«, wandte er ein, »als ich aus Florenz abgereist bin, ließ die Signoria auf der Piazza della Signoria Bücher verbrennen, weil Euer Vater, der Papst, befohlen hatte, dass jeder Text vernichtet werden solle, der die Autorität der Kirche in irgendeiner Weise untergräbt. Wie unterscheidet sich solch ein Vorgehen von dem, was Savonarola predigte?«

»Savonarola glaubte, für Gott zu sprechen«, sagte der Herzog und beugte sich im Stuhl vor. »Mein Vater hingegen tut das nicht. Er gibt sich keiner Selbsttäuschung hin. Wie ich ist er Realist. Er weiß ganz genau, dass er kein Theologe ist. Er sieht sich im Vatikan als Politiker – dort geht es im Wesentlichen um Politik und keinesfalls um Religion –, und er liebt es!« Caesare lehnte sich wieder zurück. »Wenn manche Leute glauben, dass er für Gott spricht, dann überrascht mich das gar nicht. Es wird immer Menschen geben, die einen Mittler brauchen.« Er sprang auf. »Aber Papa hat bis jetzt sehr behutsam gespielt, Maestro. Niemals zuvor hat er seine Autorität in religiösen Dingen gebraucht. Er hat Kardinalsposten verkauft, er hat Bischöfe seiner eigenen Kirche besteuert und Könige bestochen. Er hat gestohlen und gelogen, er hat Unzucht verübt und Männer und Frauen ermorden lassen – ja, all dies hat er getan. Doch niemals zuvor hat er *ex cathedra,* vom Petersstuhl aus, eine Kirchenwahrheit verkündet, die alle Christen an sein Wort gebunden hätte. Er hat einfach nur beim Spiel der Leichtgläubigen und der Gierigen mitgemacht.« Einen Augenblick lang schien er von Reue und Schmerz übermannt, dann fuhr er leiser fort: »Das hat seinen Preis, und er wird ihn zahlen müssen – irgendwann –, doch wird dies nicht durch meine oder Eure Hand geschehen.«

Wieder hob der Herzog die Schultern, während er vor dem Maestro unruhig auf und ab schritt. »Ich gebe nicht vor, besser oder schlechter zu sein als Ihr – ein Mann, der Kriegsmaschinen entwirft, während er gleichzeitig gegen den Krieg wettert, ein Mann, der vor einem Kirchengericht steht und seinen ureigenen Trieb verleugnet, ein Mann, der sich heraushält und sagt, er hasse das Töten, während er einem anderen gestattet, eben das für ihn zu tun.« Er hielt kurz inne. »Aber ich bin ebenso wenig ein Zerstörer wie Ihr. Ihr wisst so gut wie ich, dass die Büßer nicht für diese Taten verantwortlich sind. Wenn Ihr aber denkt, *ich* sei der Verantwortliche, dann schaut Ihr in die falsche Ecke.« Nun lächelte er, als wisse er etwas, das der Maestro erst noch herausfinden musste. »Ich biete Euch folgende Lösung an: Betrachtet den Mann, der in der Lage wäre, etwas gegen die Zerstörungen zu unternehmen, der es jedoch nicht tut. Dieser Mann ist Euch ähnlich: Er täuscht Mitgefühl vor, so wie Ihr mit aller Macht auf Gleichgültigkeit besteht. Schaut ihn an und fragt: Wer hat letztendlich den Nutzen von diesen Zerstörungen?«

Er nahm einen Schluck Wein und starrte Leonardo an – eine Ewigkeit, so kam es diesem vor.

»Ich bitte Euch nun noch einmal, zu mir zu kommen und dem Kriegsherrn zu dienen, so wie Ihr Il Moro als Erfinder und Künstler gedient habt.« Caesare senkte die Stimme. »Entwerft und baut mir Brücken und Wurfmaschinen. Zeichnet Karten. Ersinnt Werkzeuge, die meinen Soldaten und meinem Volk das Leben retten.« Er machte eine Pause, um die Einladung wirken zu lassen. »Ich bitte Euch nicht, dem Politiker in mir zu dienen, dem Mann, der plant und intrigiert und gewillt ist zu töten, um seine Macht zu festigen, denn ehrlich gesagt, Maestro, Ihr könnt ebenso schlecht meine politischen Beweggründe beurteilen wie ich Eure Kunst.«

»Ich muss um mehr Bedenkzeit bitten, Euer Gnaden«, gab Leonardo leise zu. »Ich bin ... verwirrt.«

»Natürlich seid Ihr verwirrt, Maestro!«, nickte der Herzog. Er setzte sich wieder und schlürfte seinen Wein. »Nur Heilige und Narren stellen sich selbst nie infrage!«

*

Als die Kutsche Leonardo bei Anbruch der Nacht nach Florenz zurückbrachte, dachte der Meister über Caesares Argumente nach: Nicht der Kriegsherr sei es, den der Künstler auf dieser Welt fürchten müsse, hatte der Herzog gesagt, sondern der Selbstgerechte und der selbst ernannte Richter, der überzeugt ist, dass er im Sinne Gottes spricht! *Schaut Euch den Mann an, der diesen Verbrechen scheinbar gleichgültig gegenübersteht, und fragt Euch, wer den Nutzen davon hat?*

Und ein anderes Zitat eines Gelehrten, der einem Kriegsherrn gedient hatte, kam Leonardo in den Sinn – eine Zeile aus Aristoteles' *Poetik*.

»Der Mensch ist von Natur aus ein politisches Tier.«

Alle Gedanken an Neutralität waren wie weggewischt. Leonardo wusste schon seit einiger Zeit, wie die Vandalen vorgingen und dass Savonarolas Büßer nicht die Schuldigen waren. Er *hatte* jemanden in Verdacht, aber nun, da er sich in die Sache verstrickt fühlte ... Wie konnte er es beweisen?

EIN GRAUES GEBIET

»Wenn er ein wahrer Freund ist,
wird er dein anderes Selbst sein,
und seinen Gegensatz findest du
in einem Feind.
(Doch) ein Freund könnte getäuscht werden ...«

Aus Leonardos Arbeitsheften

Florenz

Während Leonardos Abwesenheit grübelte Niccolò immer wieder darüber nach, was Marco mit Novellara zu schaffen hatte. Er mochte noch immer nicht glauben, dass der Schüler seinen Meister hintergehen könnte, und sprach den jungen Mann eines Tages direkt darauf an.

Folglich ging Marco nach Leonardos Rückkehr unverzüglich zum Maestro, der im Atelier arbeitete, und gab eine Erklärung ab. »Ich wusste, dass Fra Novellara ein Agent Eurer Feinde ist«, sagte er in demütigem Tonfall. »Ich wusste, dass Ihr Euch Sorgen macht wegen der Kunstverheerungen, und dachte, ich könnte die Angelegenheit für Euch erledigen. Also bin ich zu dem Mönch gegangen und habe ihn offen gewarnt: Wenn Euch etwas zustieße, ob durch seine Hand oder die seiner Auftraggeber, würde ich mich darum kümmern, dass er Gleiches zu erleiden habe.« Er hielt inne, senkte den Kopf und fügte verlegen murmelnd hinzu: »Vergebt mir, dass ich Euch Grund gegeben habe, mir zu misstrauen.«

Leonardo musste lächeln bei der Vorstellung, dass sein junger Schüler es persönlich mit den Agenten und Mördern des Mantueser Hofes hatte aufnehmen wollen. »Ich verstehe.« Er fasste den jungen Mann unterm Kinn und hob seinen Kopf. »Dies sind schwere Zeiten, Marco, und ich muss meinen

Freunden vertrauen können. Ich habe schon zu viele Menschen falsch eingeschätzt.« Er legte dem jungen Mann den Arm um die Schulter. »Nun weiß ich, dass ich mich auf dich verlassen kann.«

Nach dem Gespräch mit dem Maestro suchte Marco Niccolò auf und flüsterte ihm ins Ohr: »Ich habe nicht die ganze Wahrheit gesagt.« Er sah sich um, ob auch niemand lauschte. »Ich hatte gar nicht die Absicht, Fra Novellara aufzusuchen.« Nun sprach er so leise, dass Niccolò Mühe hatte, ihn zu verstehen. »Ich bin Salai dorthin gefolgt und habe gehört, wie ...«

*

Am nächsten Nachmittag eilte Giacomo Salai die Via Romana entlang und bog in die Via del Campuccio ein. Größe und Gewicht von des Meisters Arbeitsheft, das er unter seinem Umhang versteckt hatte, erschwerten ihm das Laufen sehr, doch er hatte die Gelegenheit beim Schopf ergriffen und sich Leonardos unerwarteten Besuch im Palazzo Vecchio und die unerklärliche Abwesenheit von Marco und dem Gnom zu Nutze gemacht.

Rasch schritt er auf die wenige Häuserblocks entfernte Kirche Santa Maria del Carmine zu. Als er um die Ecke der Via dell'Orto bog, warf er hastige Blicke in beide Richtungen. Überzeugt, dass er nicht verfolgt wurde, stieg er eilig die Stufen zur Kirche hinauf.

Innen war es dunkel und leer; nur die Votivkerzen vor den Statuen brannten. Salai sah sich um, bis er sicher war, dass sich wirklich niemand in dem Gotteshaus aufhielt, der später seinen Besuch bezeugen könnte. Er sah jedoch nur eine einsame Gestalt in Karmeliterkutte, die betend vor dem Altar kniete. Dort, so hatte Novellara ihm gesagt, sollte die Übergabe stattfinden.

Rasch schritt der junge Mann auf den Altar zu und blieb dicht hinter dem Betenden stehen. Wieder blickte er lauernd nach allen Seiten und legte, da er niemanden sah, das Heft auf die Einfassung des Altars. »Ich habe es«, flüsterte er.

Plötzlich packten starke Hände zu und schlossen sich um seine Kehle; gleichzeitig drehte sich die Gestalt um und schlug die Kapuze zurück.

»Und ich habe dich erwischt!«, fauchte Marco d'Oggiono.

Wie aus dem Nichts tauchten einige von Leonardos Tagesschülern auf, darunter auch Giovanni Beltraffio und Andrea Salaino. Giacomo Salai wurden die Arme heruntergedrückt und dann auf den Rücken gedreht. Andrea hob das Heft auf. Salai konnte nur noch hilflos fluchen und auf Niccolò spucken, der mit gezücktem Schwert vor ihm stand. Der Zwerg sah sich um und führte die kleine Truppe rasch durch den Mittelgang.

»Dein Verräterfreund Novellara liegt nackt, gefesselt und geknebelt da drüben im Beichtstuhl«, teilte er Salai mit einem Kopfnicken mit. »Ich schätze, ein reuiger Sünder, der vergeblich auf seine Absolution wartet, wird ihn dort finden. Und wenn nicht ...« Er zuckte mit den Schultern, und die Schüler lachten. »Marco hat gehört, wie du mit dem Mönch über das Heft geredet hast, dessen Übergabe heute stattfinden sollte, deshalb waren wir vor dir da. Und du, Giacomo, bist für mich nichts als ein widerlicher, kleiner Scheißhaufen. Ich habe die Nase voll von deinen Machenschaften!«

Salai zeigte keinerlei Reue und war rasend vor Wut; er wehrte sich mit aller Kraft gegen die Arme, die ihn festhielten und geschwind zum Ponte all Carraia hinschleiften.

Auf der Straße erregte der Trupp einiges Aufsehen, besonders seitens der Kinder, die neben den jungen Männern herliefen und Schimpfwörter riefen, doch niemand wagte es, sie aufzuhalten. Die Menschen staunten mit offenem Mund über den Anführer in der weißen Mönchskutte und die anderen, die den jungen Mann mit sich zerrten; dazu kam noch die exotische Gestalt des elegant gekleideten und bewaffneten Zwerges.

Salai seinerseits verfluchte seine Fänger, deren Eltern und zukünftige Kinder. Das festigte in den Zuschauern die Überzeugung, dass es sich um eine religiöse Sache handeln müsse – womöglich war der Mann vom Teufel besessen! Sie starrten, überlegten und wichen scheu vor der Prozession zurück.

Auf der Brücke erteilte Niccolò Marco und den anderen Schülern Anweisungen. Sie schleiften den blonden Salai bis zur Brückenmitte, hoben ihn hoch über ihre Köpfe und warfen ihn in den kalten, schnell fließenden Arno hinab.

»Du musst mal dein Gewissen waschen, Giacomo!«, rief Niccolò ihm nach, während er zusah, wie der junge Mann sich seines Umhangs zu entledigen versuchte, der ihn am Schwimmen hinderte.

»Und wenn du dich jemals wieder in der Werkstatt des Meisters blicken lässt«, rief Marco, »schlag ich dir persönlich den Schädel ein, bis die üble Soße darin Blasen wirft und rausquillt!«

Sie wendeten sich ab und grinsten einander an. Marco nickte Beltraffio und Salaino kaum merklich zu, und unversehens hoben sie den Gnom auf ihre Schultern und trugen ihn und das Heft im Triumphzug zur Bottega.

*

Beim Nachtmahl erkundigte sich Leonardo nach Salai. »Er ist fortgegangen, Maestro«, antwortete Niccolò schlicht. »Ganz plötzlich.«

»Ich vermute, er hat eine andere Anstellung angenommen«, fügte Marco hinzu.

»Flussabwärts, glaube ich«, ergänzte Niccolò.

»Er hat mir aufgetragen, Euch zu sagen, dass er nicht wiederkomme, doch er dankt Euch für Eure Freundschaft und die Hilfe, die Ihr ihm habt angedeihen lassen«, sagte Marco.

»Flussabwärts? Wohin? Für wie lange?«, fragte Leonardo.

»Für immer, fürchte ich«, seufzte Niccolò. »Salai hatte das Gefühl, hier – in Florenz – schwimme er nicht im – Hauptstrom der zeitgenössischen Kunst. Deshalb suchte er nach einer Möglichkeit, sich anderswo einzugliedern.«

Irgendetwas in Niccolòs Stimme und das deutliche Feixen der Schüler ließen Leonardo von weiteren Fragen absehen. Traurig schüttelte er den Kopf. »Nun, ich nehme an, er hat sich geschämt, weil er die Leda und den Bacchus zerschnitten hat.«

Marco wechselte einen raschen Blick mit Niccolò. »Das war *Salai*?«

»Aber natürlich«, nickte der Maestro. »Niccolò hat ja festgestellt, dass die Tür von innen aufgebrochen war. Salai hat es einige Stunden vorher getan, damit es so aussehen sollte, als ob in der Nacht jemand von draußen eingebrochen wäre. Und er wusste genau, wo die Bilder standen, doch in einer seltenen Anwandlung von Güte hat er La Gioconda verschont.«

»Er hatte die ... die *Güte*, Maestro?«, fragte Marco ungläubig.

»Vielleicht war er doch nicht so abgrundtief böse, wie du geglaubt hast, Marco«, sagte Leonardo sanft.

Niccolò lief plötzlich rot an. »Woher wusstet Ihr, dass es nicht die Anhänger Savonarolas waren?«

»Weil es einen großen Unterschied gibt zwischen der Art, wie der ›Frühling‹ verwüstet wurde, und der unserer Bilder.«

»Was denn für ein Unterschied?«

»Denkt darüber nach«, riet der Maestro mit stillem Lächeln. »Wie dem auch sei ... Ich denke, wir sollten versuchen, den armen Salai zu finden und uns davon zu überzeugen, dass es ihm gut geht – wo immer er auch sein mag.«

»Ja, das müssen wir unbedingt tun«, stimmte ihm Niccolò bissig zu, »obwohl ich mir vorstellen könnte, dass Giacomo besser dran ist, wenn er in die andere Richtung fährt.«

*

Während der folgenden Woche dachte Leonardo ständig über seine Begegnung mit Caesare Borgia nach. Er konnte nicht leugnen, dass er einst Il Moro gedient hatte, der Caesare in puncto Verschlagenheit und Mordgier gewiss das Wasser reichen konnte. Er leugnete auch nicht, dass er Sangreal gestattet hatte, alles Notwendige zu tun, damit die Bedrohung durch Pagano abgewendet wurde. Somit hatte er einen Mord gerechtfertigt, während er ihn gleichzeitig abgelehnt hatte; im Übrigen glaubte er dem Herzog von Valentinois, dass dieser kein Vandale war, und überdies hatte der Mann etwas an sich – etwas Packendes, Charismatisches –, und Leonardo konnte nicht umhin, seine Stärke und Entschlossenheit zu bewundern.

Er war einfach, dachte der Maestro, ein Mann, der in seine Zeit und seine Umgebung passte.

Aber die Frage, wie all dies ihm helfen sollte, Beweise für die Zerstörung der Florentiner Artefakte zu finden – wie Caesare gedrängt hatte –, diese Frage beschäftigte ihn nun zunehmend. Er ordnete seine Gedanken neu – und jetzt nahmen gewisse Fakten eine ganz andere Gestalt an.

Beweise.

Er brauchte Beweise.

*

Am Abend stieß der überraschte Niccolò auf den Maestro, der Öle und Flüssigkeiten auf Leinwandstreifen strich, die er in Pigmente tauchte. Am nächsten Morgen, wenn sie getrocknet waren, wollte er versuchen, die Farbkruste aufzubrechen und abblättern zu lassen.

»Ich habe mich von der Spekulation auf das Experiment verlegt«, erklärte er dem staunenden Gnom.

*

Zehn Tage nach seiner Rückkehr erhielt Leonardo ein Schreiben von dem französischen Staatssekretär Monsieur Florimond de Robertet mit dem Auftrag, eine Madonna zu malen. Ein nicht unbeträchtlicher Vorschuss war beigefügt.

Leonardo saß mit Brief und Geld in der Hand reglos auf einem Stuhl, als Niccolò mit einem Tablett Kuchen und einer Karaffe Wein hereinkam. Der Maestro erzählte von dem Brief, und Niccolò stellte das Tablett auf dem Werktisch ab und bediente sich mit Kuchen.

»Es ist eine große Ehre, vom französischen Staatssekretär

einen Auftrag zu erhalten, Maestro.« Niccolò strahlte. »Ich bin sehr stolz auf Euch.«

»Lass dich nicht täuschen, Niccolò.« Lächelnd nahm Leonardo ein Glas Wein, das ihm der Zwerg einschenkte. »Ich sehe die geschickte Hand Caesare Borgias in diesem Spiel. Er möchte die Franzosen in Verlegenheit bringen, weil sie ihn dieser Entführung beschuldigt haben – die man inzwischen den Montefeltro anlastet. Das war der Plan, den seine Feinde während deiner Hochzeit und der Taufe ausgearbeitet haben. Deshalb, nehme ich an, hat der Herzog ein wenig Druck auf seine Verbündeten ausgeübt: damit ich einen Auftrag und somit dringend benötigte Mittel erhalte.«

»Ich finde, Ihr seid zu bescheiden, Maestro«, insistierte Niccolò und verschlang ein weiteres Kuchenstück. »Der französische König höchstpersönlich hat doch Eure Arbeiten in Mailand gesehen, und wie ich hörte, hat er sogar gefragt, ob das ›Letzte Abendmahl‹ nicht von der Wand genommen und ihm geschickt werden könne. Ich bin sicher, das Vertrauen in Eure Fähigkeiten hat den Auftrag gebracht, nicht die Intervention des Herzogs von Valentinois.«

Leonardo nahm einen Happen Kuchen und brachte ein Lächeln zu Stande. »Ich danke dir, mein junger Freund; doch es ist wie bei der zeitgenössischen Kunst: weniger daran, als ins Auge fällt.« Er nahm ein frisches Kuchenstück. »Natürlich kann man es auch als Versuch der Borgia sehen, die Medici herauszufordern, denn immerhin haben diese mich in solche Bedrängnis gebracht.«

»Die Medici steckten hinter den Verordnungen, auf Grund derer Ihr keinen Kredit mehr erhalten konntet?«, fragte Niccolò.

»Ja. Die Brüder mögen ja aus Florenz vertrieben worden sein, doch sie beherrschen noch einen Großteil des Bankwesens der italienischen Staaten. Ich hätte erkennen sollen, dass die Medici dahinter steckten, als Maestro Michelangelo Vorschuss und Auftrag erhielt, während ich von allen Seiten bedrängt wurde. Das hätte mich daran erinnern sollen, dass Michelangelo immer schon der Lieblingskünstler der Medici war – auch, als wir noch jünger waren.« Er lächelte schmerzlich, trank einen Schluck Wein und legte den Kopf müde an die Lehne.

»Aber warum?«, fragte Niccolò mit finsterer Miene. »Was habt Ihr getan, um die Medici zu beleidigen?«

»Ich ... Ich habe beobachtet«, bekannte der Maestro leise. Dann seufzte er. »Nun, betrachte das vollständige Bild. Die Medici haben versucht, mich in eine Lage zu drängen, in der zu arbeiten fast unmöglich war. Die Marchesa von Mantua hat uns aus Rache einen Meuchelmörder auf den Hals gehetzt, den gleichen Mörder, den sie vorher an jemanden in Rom ausgeliehen hatte, der unbedingt Alfonso d'Aragona tot sehen wollte. Herzog Caesare schwört, dass dieser Jemand weder er noch irgendein Mitglied seiner Familie war, obschon er von der Verschwörung wusste und nichts gegen das Gelingen des Plans unternahm. Und ich glaube, dass er die Wahrheit sagt, denn es wäre unlogisch, wenn die Marchesa ihren Mörder an eine Familie ausleihen würde, die sie verachtet. Wer also lebt in Rom, der den Herzog tot sehen will? Wer könnte dabei etwas gewinnen? Jemand, der hofft, durch diesen Mord die Borgia in Verruf zu bringen, weil er sie hasst. Mithin musste es die Familie sein, die sich der Wahl von Papst Alexander entgegengestellt hat: die Medici!«

Niccolò nickte. »Verstehe«, sagte er leise.

»Der Mörder könnte mit den Vandalen in Florenz zu tun gehabt haben – oder auch nicht. Die angeheuerten Mörder unter Führung von Pagano könnten Kleidung und Methode der Büßer imitiert haben, um den Verdacht von sich abzulenken. Wir wissen inzwischen, dass Pagano nicht Manciano war und demnach nicht mit den echten Büßern in Verbindung stand. Das Bild wird noch komplizierter durch die Misshandlung von Marco und Michelangelo, doch wie ich bereits sagte, halte ich das für das Werk übereifriger Anhänger und nicht der Vandalen. Es sei denn, die Vandalen hätten beide überfallen, um einen Krieg zwischen Michelangelo und mir auszulösen und einen von uns aus der Stadt zu vertreiben – am besten natürlich mich. Eine Gruppe, die sich selbst die Weinenden nennt, hat mich entführt, um mir einiges über Moral und Kunst zu erzählen und gleichzeitig alle Schuld an den Verheerungen der Kunstwerke von sich zu weisen. Sie haben meine Arbeit als weltlich und unmoralisch verurteilt, sie jedoch nicht zerstört. Warum? Einer meiner Schüler hingegen bricht in meine Werkstatt ein und verwüstet einige meiner Arbeiten: Er stand, wie ich stark annehme, im Dienst der Marchesa von Mantua. Und im Hintergrund wob die ganze Zeit, ohne dass ich es bemerkt hätte, der Herzog von Valentinois seine Fäden, um mich dazu zu bringen, endlich in seine Dienste zu treten.« Der Meister schüttelte ungläubig den Kopf. »Und so kommt es seltsamerweise dazu, dass mein einziger echter Beschützer – abgesehen von dir und der Contessa – der letzte Mann auf der Welt ist, dem ich jemals zu vertrauen gedachte.«

Er seufzte ... und nannte den Namen: »Caesare Borgia.«

*

Während er überlegte, mit welchen Beweisen er die Schuldigen an den Kunstvernichtungen überführen könnte, blieb Leonardo nicht untätig: Seiten um Seiten in seinem Arbeitsheft füllte er mit neuen Skizzen. Alle drehten sich um die Bilder, die er auf dem Schlachtfeld bei Faenza gesehen hatte. Vergessen waren die Studien von Scheinkämpfen, die er während der Florentiner Feiertage angefertigt hatte. Er zeichnete und korrigierte, malte verrenkte Körper, verwundete und sterbende Pferde – alle mit Kot und Schlamm und Blut bedeckt, derweil die Soldaten ihre Hände nach der zerfetzten, ebenfalls besudelten Standarte ausstreckten. Er notierte sich, dass er auch auf den Rauch aus den Artilleriegeschützen achten müsse. Die Luft, so schrieb er in sein Heft, müsse voll fliegender Pfeile sein, manche aufwärts schießend, manche abwärts, und hinter den Geschossen der Musketen müsse ein wenig Rauch fliegen. Er beschloss, die Sieger im Hintergrund zu zeigen, im Laufschritt, mit wehendem Haar und fliegend alles Leichte, das sie am Leibe trugen; die Gefallenen aber sollten im Schlamm zu ihren Füßen kriechen, das Erdreich sich in bluttriefenden Morast verwandelt haben. Seite um Seite füllte Leonardo mit Skizzen von aufgerissenen Mündern und verzerrten Gesichtern, von Kriegern in Schmerz und Angst; die Augen weit geöffnet und die Hände ausgestreckt, als flehten sie um die Gnade eines raschen Todes. Er wollte auch jene zeigen, die dieser Gnade nicht teilhaftig wurden, die langsam unter Zähneknirschen starben und dabei ihre verletzten oder verstümmelten Gliedmaßen umklammerten. Er zeichnete ein reiterloses Pferd mit wehender Mähne, das verzweifelt nach dem Feind ausschlug, die Zähne gefletscht, die Hufe in rasendem Wirbel.

Es war nichts Heldenhaftes oder Verklärendes mehr an diesen Skizzen. Im Grunde war es der Anfang eines Kriegerdenkmals, das ein Mahnmal gegen alle zukünftigen Kriege darstellen sollte. Leonardo wollte die Hölle malen und auf diese Weise dem Betrachter verständlich machen, was Caesare ihm gesagt hatte: »Dies ist das wahre Antlitz des Krieges!«

Außerdem machte er Risszeichnungen für eine neue Leda und einen neuen Bacchus und delegierte das Porträt des Weingottes an Giovanni Beltraffio. Er war entschlossen, den unbelehrbaren Anhängern Savonarolas zu zeigen, dass sie ihn nicht einschüchtern konnten. Außerdem begann er mit einem Karton für ein Bild der Madonna mit einer Spindel für den französischen Staatssekretär.

»Die Madonna scheint in eine Unternehmung wie die unsrige verstrickt zu sein«, bemerkte er zu Niccolò, als der den Karton betrachtete. »Sie versucht auch, verschiedene verhedderte Stränge miteinander zu verbinden.«

Schon bald brauchten sie Nachschub an Material.

*

Bevor der Maestro aus Faenza abgereist war, hatte Caesare ihm zwei Dokumente mit seinem Siegel und seiner Unterschrift mitgegeben, eines für die Händler, das andere an die Bankiers. Nun konnte Leonardo von den Steinmetzen und Apothekern sowie von den Fernhändlern genug Malachit, Hämatit, Lasurstein und Krapprot kaufen, um mit der Herstellung von Pigmenten zu beginnen. Nur noch zwei Grundstoffe fehlten: Lapislazuli und Quecksilber. Ersterer wurde zur Herstellung des blau-grünen Pigmentes benötigt, das unter dem Namen ›Ultramarin‹ bekannt war, so genannt nach den

Halbedelsteinen, die man ›von jenseits des Meeres‹ ins Land brachte. Doch Quecksilber gab es kaum noch zu kaufen, weil man den Stoff als Heilmittel gegen die Syphilis entdeckt hatte, die sich mittlerweile in geradezu epidemischen Ausmaßen über die italienische Halbinsel verbreitete.

Der Maestro kaufte als Ersatz ein Fässchen Zinnober.

*

Auf dem Rückweg zur Bottega kehrten Leonardo und Niccolò in eine Tuchmacherei in der Nähe des Pfarrhauses von San Michele ein. Es war die Straße der Färber, der Calimala-Zunft, und der Abfluss aus den Färbetiegeln ließ das Wasser in der Gosse in allen Regenbogenfarben schillern. Die Lünetten über den Türen trugen alle die *impresa* des goldenen Adlers auf einem Wollballen vor tiefrotem Hintergrund.

Der Tuchhändler, ein dürrer, stahläugiger Mensch in schlichter Kleidung, die auf seine Sparsamkeit hinweisen sollte, nickte kurz zum Gruß, als der Künstler und der Zwerg sein Geschäft betraten.

»Habt Ihr das Bestellte, Ser Jacopo?«, fragte Leonardo.

Der Händler sah in seinem Buch nach. »Ja, Maestro. Vier Ellen, sechs Handspannen. Das Muster, das Ihr mir gegeben habt, war von neuester Webart und viel schwerer als das von letztem Jahr. Im Übrigen war der hiesige Käufer großer Mengen dieser Leinwand genau der, den Ihr mir genannt hattet.« Er befühlte ein Muster, das auf der Ladentheke ausgebreitet lag. »Wie dieser Stoff Farbe und Firnis aufnimmt, einfach wunderbar! Ihr werdet beglückt sein! Ich schicke einen meiner Arbeiter, der Euch morgen Nachmittag in die Werkstatt liefern wird. Wäre Euch das so recht?«

Leonardo nickte. Dann wurde ein Preis genannt, sodann gehandelt. Schließlich hob der Händler hilflos die Schultern und nahm einen kleinen Preisnachlass hin.

»Wir haben doch genug Leinwand«, murmelte Niccolò, als sie den Laden verließen. »Und die Gioconda und die Madonna für den Franzosen werden auf Holz gemalt. Warum habt Ihr mehr bestellt?«

»Ich habe keine Leinwand gekauft, Niccolò«, antwortete der Meister lächelnd. »Ich habe Beweise gekauft, damit wir prüfen können, wer hinter den Vandalismen steckt und wie er vorgeht.«

*

Leonardo und Niccolò überquerten die Piazza della Signoria und bogen in die Via por Santa Maria ein, wo die meisten Florentiner Bankhäuser ihren Sitz hatten. Gemächlich schlenderten sie den Fahrdamm entlang, auf dem die Embleme der Bankiersfamilien eingelassen waren, und machten unter einem Holzschild Halt, auf dem eine Birne sowie der Name der Familie – Peruzzi – zu sehen waren.

Im Haus stießen sie auf eine menschliche Birne, einen kleinen rundlichen Mann, Ser Giancarlo Peruzzi, der hinter seinem Schalter präsidierte, auf dem ein reich bestickter Teppich lag. Schalter und Teppich gaben seinem Beruf den Namen – *banco* – und zeigten an, dass der Herr seinen festen Rang in der Arte del Cambio hatte, der Geldwechslerzunft.

»Dieser würdige Herr stammt aus Rom«, flüsterte Leonardo seinem jungen Freund zu, während sie an der Tür warteten, »und ist daher höchstwahrscheinlich dem Papst untertan – umso mehr, als die meisten seiner Angehörigen im Schatten der Vatikanburg leben.«

Doch das Geschäft war rasch erledigt, nachdem der Bankier den Brief mit dem Namenszug des Herzogs von Valentinois zweimal durchgelesen hatte. Er schwitzte und nickte, rang sich ein Lächeln ab und schlug einen Kredit vor, über den der Künstler unverzüglich mittels *polizza* oder Wechseln verfügen konnte. Leonardo erklärte sich mit der Regelung einverstanden, und das Geschäft wurde per Handschlag und Unterzeichnung eines Dokumentes besiegelt, mit Niccolò und dem Banklehrling als Zeugen.

Leonardo sah gespannt zu, wie der entsprechende Eintrag im Hauptbuch vorgenommen wurde: ein dickes Buch, das nicht nur die letzten Verkäufe und Zahlungen enthielt, sondern auch Multiplikationstabellen und Wechselkurse. »Ein sehr interessantes Buch«, bemerkte er.

»Die Krücken des Bankiers«, erwiderte Ser Peruzzi lächelnd.

»Ich möchte Euch noch eine Frage stellen, Ser Giancarlo«, sagte Leonardo in beiläufigem Ton, als sie sich bereits zum Gehen wandten. »Wie ich gehört habe, betreut Ihr die Konten für Ferruccis Werkstatt in Florenz. Ich bin beeindruckt von der Zahl der Schüler und der Lehrmethoden, die dort angewandt werden. Könnt Ihr mir bitte verraten, wer der Mäzen dieser Schule ist?«

»Mäzen?«

»Meister Ferrucci kann ein solches Unternehmen doch nicht ohne Unterstützung am Leben erhalten. Ich meine, er ist erst seit kurzem in Florenz, er nimmt keine Lehrgebühr und ihm ist auch kein besonderer Ruf vorausgeeilt. Ergo nehme ich an, dass er von irgendwoher Hilfe erhält. Vielleicht von einem speziellen Wohltäter?«

Dem Bankier lief der Schweiß von der Stirn. »So etwas kann und darf ich Euch nicht preisgeben, Maestro«, sagte er in flehentlichem Ton. »Das wäre eine Verletzung des Bankgeheimnisses; das versteht Ihr doch, oder?«

Leonardo lächelte und nickte verständnisvoll; er erinnerte sich an die Glasbläser in Murano, die auch vom Vertrauen der Kundschaft gesprochen hatten, damals, als er ›Die Tränen der Madonna‹ hatte untersuchen wollen. »Natürlich«, sagte er sanft, »ich dachte nur, ich frag mal nach, bevor der Herzog von Valentinois Euch irgendwann die gleiche Frage stellt.«

»Der Herzog? Herzog Caesare interessiert sich für Ferruccis Werkstatt?«

»Aber sicher«, schaltete sich Niccolò grinsend ein. »Ihr glaubt doch nicht etwa, dass der Maestro solch eine Frage stellen würde, wenn sie ihn nur selbst beträfe?«

Sogleich änderte sich die Haltung des Bankiers. Er nickte und dienerte und versicherte ihnen ein ums andere Mal, dass die Frage durchaus berechtigt sei. Dann zog er ein anderes Kontobuch unter dem Schalter hervor und blätterte eifrig.

»Hier!«, rief er aufgeregt. »Die Schule wird unterstützt von ... ach Gott!« Er brach ab, warf Leonardo einen hastigen Blick zu und fuhr dann flüsternd fort: »Sie erhält Mittel durch unsere Hauptstelle in Rom, und zwar stammen die Gelder von einem Kardinal!«

»Und welcher Kardinal könnte das sein?« Auch Leonardos Stimme war zu einem Flüstern geworden.

»Medici«, lautete die gehauchte Antwort. »Kardinal Giovanni de Medici.«

»Ach ja. Der Kunstliebhaber.«

*

Am frühen Morgen erschien Francesco Guicciardini in der Bottega und verkündete, dass es einen weiteren Fall von Vandalismus gegeben habe.

»Wo denn? Und was ist es diesmal?«, fragte Leonardo unmutig. »Es ist doch seit einiger Zeit nichts mehr passiert. Ich hatte angenommen, die Vandalen gäben Ruhe, weil man Druck auf sie ausgeübt hat.«

»Wieder im Kloster San Marco«, berichtete der junge Mann. »Diesmal hat es Benozzo Gozzolis ›Zug der Heiligen Drei Könige‹ getroffen. Es ist zerschlagen und angesengt worden – wie der ›Frühling‹.«

Leonardo kochte vor Zorn. »Nein, Signore! Das kann nicht sein! Dies ist doch ein frommes Werk! Keine nackten Menschen, keine Frauen, die – wie haben die Weinenden das doch gleich bei meiner Heiligen Anna genannt? – die *weltlich* aussehen! Warum sollten sie ein solches Bild zerstören? Was glaubt Ihr?«

Guicciardini zuckte ratlos mit den Schultern. »Gozzoli hatte einige Zeitgenossen in das Bild gemalt, darunter auch sich selbst. Und nicht nur das, er hat auch noch seinen Namen auf seine Kappe geschrieben. Vielleicht haben die Büßer diesen Zusammenklang von weltlichen und religiösen Dingen als anstößig empfunden.«

»Hat nicht auch dieses Bild früher den Medici gehört?«

»Ja, irgendwann einmal, glaube ich«, gab der junge Mann zu.

»Nun, da habt Ihr es!«, erklärte Leonardo triumphierend.

*

Am späten Nachmittag erhielt der Meister nochmals unerwarteten Besuch.

Er hatte in seine Arbeitshefte geschrieben und Skizzen gemacht sowie die Materialien vorbereitet, die er für die abendliche Sitzung mit Donna Lisa benötigte. Da erschien Machiavelli. Der Diplomat streifte die neue Leda und den neuen Bacchus mit flüchtigem Blick; beide waren fast fertig.

»Sehr schön«, lautete sein Kommentar. »Und doch können die Büßer Euch immer noch an die Tore des Palazzo Vecchio nageln.«

Leonardo lachte kurz und nickte.

»Habt Ihr schon von der jüngsten Nachahmertat gehört?«, wollte Machiavelli wissen und ließ sich neben den Bildern auf einen Stuhl fallen.

»Ja. Gozzolis ›Zug der Heiligen Drei Könige‹. Guicciardini hat mir davon berichtet.«

»Soderini und der Rat der Zehn sind außer sich. Die Tat wurde kurz nach Mittag entdeckt und ließ die Signoria wieder einmal lächerlich aussehen, da die Vandalen ihre Anschläge anscheinend völlig unbehelligt verüben. Zum Glück haben sie dieses Mal einen möglichen Mittäter ergreifen können.«

»Ach ja? Und wen?«

»Offenbar hat es eine Art Unfall gegeben«, erklärte der Diplomat lächelnd. »Einer der Vandalen ist verletzt worden; die

Blutspur führte vom Kloster zum Haus eines Arztes auf der anderen Seite der Piazza. Wie ich gehört habe, übernahm der Gonfaloniere vor einer Stunde einen Mann aus dem Gewahrsam des Bargello und brachte ihn zum Verhör in den Palazzo Vecchio. Offenbar haben sie eine Franziskanerkutte gefunden, allerdings gehört der fragliche Mann nicht der Geistlichkeit an. Man hat mir erzählt, dass der Saum eines Ärmels geflickt war.«

»Und? Passte der Stoff zu dem Gewebe, das bei einem früheren Anschlag gefunden wurde?«

Machiavelli hob die Schultern. »Das weiß ich nicht. Ich weiß nur, dass Soderini bereits den Namen des Verdächtigen hat. In vier oder fünf Tagen wird er vom Palazzo Vecchio wieder in den Kerker des Bargello gebracht.«

»Und wie lautet der Name?«

»Soderini behauptet, es sei Manciano.«

*

Der erste Tag der folgenden Woche war wieder ein Feiertag für die Florentiner, der Tag eines Heiligen. Er wurde mit mächtigem, in der ganzen Stadt widerhallendem Glockenklang eingeläutet. Selbst die ärmsten Tagelöhner bekamen an diesem Morgen ein reichhaltiges Frühstück mit Leberwürsten – *fegatelli* –, Melonen und Kuchen, die mit Gewürzkirschen belegt waren.

Donna Eleonora und Niccolòs Sohn waren zwei Tage vorher eingetroffen und hatten einen rätselhaften Brief der Contessa mitgebracht; darin stand, dass sie sich für den »Verrat in Cremona« und den »Fehlschlag unseres Plans, den Herzog in Verlegenheit zu setzen« entschuldige und hoffe, der Maestro habe nicht eingewilligt, in die Dienste des »borgiensischen Bastards« zu treten.

Eleonora und der glückliche Ehemann schwelgten während der Feiertage in den Schönheiten der Stadt. Eleonora ging es wie Niccolò bei seinem ersten Aufenthalt in Florenz; auch sie war von den Statuen, den Brunnen und der Heiterkeit der Menschen wie verzaubert. Sie ergötzte sich an den Dichtern, die ihre Balladen an Straßenecken vortrugen, und an den Minnesängern, die Lieder auf jede schöne vorübergehende Dame sangen. Besonders hatte es ihr der Mercato Vecchio angetan, wo es an Wochentagen ruhig und besonnen zuging, der jedoch während der Feiertage zu einem riesigen Freiluftballsaal wurde, auf dem Maskenbälle stattfanden. Ferner bestaunte sie die Rundrennen auf der Piazza della Signoria und zuckte vor Furcht zusammen, als die reiterlosen Pferde mit den lose herabhängenden Dornenkugeln wie rasend durch die Gassen galoppierten und sämtliche Zuschauer, ja sogar die lachenden Unerschrockenen in Hauseingänge flüchten oder von den Brücken springen mussten. Besser gefielen Eleonora die friedlichen Nachmittagsrennen: Der Sieger pflegte stolz auf seinem Pferd voranzureiten und seinen Preis durch die Luft zu wirbeln: ein kostbares Banner aus Seide, den *pallio.*

Für Niccolò, der in keiner Weise zölibatär veranlagt war, war diese Zeit wie eine Erneuerung seiner Jugend.

*

Der Maestro, Niccolò und Donna Eleonora mit dem Kind auf dem Arm standen in einer Ecke der Piazza und schauten zu, wie sechs bewaffnete Büttel des Bargello versuchten, ihren Gefangenen durch die überfüllte Via del Proconsolo zum Gefängnis zu bringen.

»Es scheint«, flüsterte Leonardo Niccolò ins Ohr, »als hätten Soderini und der Bargello sich keinen schlechteren Zeitpunkt aussuchen können, um ihren Häftling, diesen Manciano, zu verlegen.«

Donna Eleonora sah mit Entsetzen, dass die Hände des Gefangenen so fest gebunden waren, dass die Handgelenke zu bluten begannen. Schlimmer noch: Auf seinem Gesicht und seinen nackten Armen waren Spuren angetrockneten Blutes zu sehen – ein deutlicher Hinweis auf das ›Verhör‹ durch Soderini und den Rat der Zehn. Die Fesseln des Häftlings waren straff gespannt und wurden von zwei Bütteln unerbittlich festgehalten.

»Wie brutal!«, murmelte sie und drückte das Baby enger an ihre Brust.

Der Gefangene und seine Bewacher hatten eben den Platz betreten, als etwas von einem Dach heruntergeschleudert wurde. Genau vor der kleinen Prozession zerschellte das gläserne Behältnis auf dem Straßenpflaster.

Erschrocken schrie Donna Eleonora auf. Eine Wolke von gelbem Rauch hüllte die erschrockenen Polizisten ein, die trotz Hustens und Würgens noch die Kriegsäxte hochrissen. Zugleich erblickte Eleonora in der Menge gegenüber eine Bewegung: Frauen und Kinder schrien in Panik und versuchten, sich vor dem von hinten kommenden Ansturm in Sicherheit zu bringen. Wie ein Gewitter raste eine Schar junger Männer durch die Menge; sie brüllten und fuchtelten mit Prügeln, überrannten die Bewacher und den Gefangenen. Panik brach aus; die Menschen rannten blindlings umher; Langsame und Schwache wurden zu Boden getrampelt. Eleonora sah, wie Kinder rasch auf den Arm genommen und weggetragen wurden. In diesem Moment erhob sich über dem Lärm der Ruf *»Popolo e libertad!«* und hallte weithin über den Platz.

Von den umliegenden Dächern hagelte es Steine und verfaultes Obst, und bald folgte ein Schwall übler Flüssigkeiten aus dutzenden von Nachttöpfen. Eleonora schirmte das Kind mit ihrem Körper ab, und Niccolò legte schützend einen Arm um die beiden und sah sich nach einem rettenden Unterschlupf um.

Alles war in Auflösung begriffen, doch der Maestro erkannte bald, dass hier ein Kampf zwischen den Aufrührern selbst ausgebrochen war. Er hörte Metall gegen Metall klirren und die Schreie der Verletzten.

Der Kriegsschrei der Verrückten erhielt bald eine Antwort von ihren Widersachern: *»Palle! Palle!«*

Die Anhänger der Medici waren gekommen.

*

Unversehens sah sich Leonardo von seinen Freunden durch eine tobende Menschenmenge getrennt. Er spürte, dass sich jemand an ihn presste, und als er sich umdrehte, gewahrte er einen Mann in einer Kutte mit Kapuze, der ihm fast in die Arme fiel. Im gleichen Augenblick hörte er einen klirrenden Aufprall und wusste sofort, dass der Mann ein Messer fallen gelassen hatte.

Plötzlich war Guicciardini an seiner Seite. Der junge Mann legte sich den Arm des Bewusstlosen um die Schulter und schlang seinen rechten Arm um dessen Taille. Mit leiser Stimme befahl er: »Helft mir, Maestro!«

Leonardo stützte den Ohnmächtigen und fühlte, dass Ärmel und Rücken der Kutte feucht waren. Er musste nicht erst hinschauen um zu wissen, dass es Blut war.

Zusammen schleppten sie den Mann in einen schützenden Hauseingang. Niccolò folgte mit der bestürzten Eleonora im Arm, die ihr Baby fest an sich gedrückt hielt.

In der Sicherheit des Hauseingangs und außer Sicht der Menge ließen die beiden die Leiche fallen. Guicciardini beugte sich hinab und wischte das Blut auf seinem Stilett an der braunen Kutte seines Opfers ab. Dann steckte er das Messer in die Scheide. Der Maestro schlug die Kapuze des Toten zurück und betrachtete das Gesicht. Hinter ihm drehte Niccolò Eleonora weg, damit sie den Toten nicht sehen musste.

»Kennt Ihr ihn?«, fragte Leonardo.

Der junge Mann nickte. »Er gehört der Partei der Grauen an. Sein Name ist Cennino Bracchi.« Nach einer kurzen Pause fuhr er fort. »Er wurde geschickt, um Euch zu töten, Maestro. Als ich davon erfahren habe, bin ich ihm zuvorgekommen.«

Erschrocken sah Niccolò, dass der Meister lächelte. Er starrte in die blicklosen Augen des Opfers. »Ja«, sagte er dann langsam. »Ich verstehe.«

*

Als der Platz fast leer war, weil die beiden Kriegsparteien sich gegenseitig in die Gassen gejagt hatten, traten Leonardo und seine Freunde aus dem Hauseingang hervor.

Rasch brachte Niccolò Donna Eleonora und das Baby nach Hause.

Allein gelassen stellte der Maestro fest, dass noch drei Büttel des Bargello blutend und stöhnend auf dem Platz lagen; auch sah er viele weitere Verwundete und weinende Frauen. Der Gefangene war natürlich verschwunden. Bewaffnete Stadtwachen stürzten aus dem Palazzo und marschierten in Abteilungen in Richtung des Kampflärms. Guicciardini war fort und hatte Bracchis Leiche in dem Hauseingang liegen lassen.

»In der allgemeinen Verwirrung«, hatte er Leonardo noch zugeflüstert, »wird er sicherlich nur für ein weiteres Opfer der Kriegsparteien gehalten.«

Wenigstens weiß ich jetzt, dass ich Recht habe, dachte der Meister.

*

Dieser zweite Anschlag auf Leonardos Leben brachte Niccolò dazu, Donna Eleonora Recht zu geben. Folglich schickte er Frau und Sohn am nächsten Tag zum Hof von Cremona zurück und hoffte, sie würden dort außer Gefahr sein.

Die Neuigkeit erreichte Machiavelli bei seiner Rückkehr nach Florenz. Sogleich eilte er zur Bottega des Maestros.

»Ich habe Euch schon einmal gesagt, dass Ihr Freunde habt, die Euch beschützen«, sagte der Diplomat ernst. »Einer von ihnen ist Francesco Guicciardini, und daher erstaunt es mich gar nicht, dass er zur Stelle war, um den Mörder aufzuhalten.«

»Mich auch nicht«, gab Leonardo lächelnd zurück. »Würdet Ihr mir vielleicht mal erklären, woher Guicciardini wissen konnte, dass ein Anschlag auf mich geplant war? Woher er wusste, wann und wo es geschehen sollte, sodass er zur Stelle war und es verhindern konnte? Würdet Ihr uns nun bitte aufklären, wie er den Mörder so rasch hat ausfindig machen können?«

Das Lächeln des Diplomaten ließ ihn kaum die Mundwinkel heben. »Ich glaube, man braucht kein Genie zu sein, um zu erkennen, dass ein neuer Anschlag auf Euch geplant war. Wir alle wussten, dass die Marchesa einen neuen Agenten in Florenz hatte, einen Mann, der Euch nahe stand.«

»Aber dieser Mann war weder ein Bekannter noch ein Freund. Ich habe ihn noch nie gesehen.«

»Ich vermute, er wurde von dem Mann angeheuert, der im Dienst der Marchesa steht. Vielleicht weigerte sich ihr neuer Agent, Euch persönlich zu meucheln, und fand einen anderen, der die Aufgabe an seiner Statt übernahm.«

»Dessen bin ich sicher«, stimmte ihm Leonardo zu. »Und dieser neue Agent der Marchesa ... Wer könnte das wohl sein, was meint Ihr?«

Ein langes Schweigen entstand, während die beiden Männer einander lächelnd musterten.

»Ihr habt ein hervorragendes Einfühlungsvermögen, Maestro«, sagte Machiavelli schließlich. »Ja, Guicciardini war der neue Meuchelmörder im Dienst der Marchesa von Mantua. Ja, seine Mission war, Euch zu töten, und er hat sich geweigert. Der Bund, dem er beigetreten war – in meinem Auftrag, muss ich dazu sagen –, schickte den anderen Mann, um die Tat zu vollziehen.« Er strich sich über das glatt rasierte Kinn und die Wangen. »Wann habt Ihr zum ersten Mal vermutet, dass er mein Agent war und mit den Vandalen zusammengearbeitet hat?«

»An Euren Scheindebatten über die möglichen Schuldigen war etwas Theatralisches«, erklärte Leonardo. »Und Ihr und Euer junger Agent wart immer als Erste über die Untaten im Bilde – und stets als Erste da, um unsere Sicherheit zu gewährleisten. Guicciardini war es, der mir erzählte, es werde sich etwas ›Bedeutendes‹ auf der Piazza della Signoria ereignen – und zwar in ebenjener Nacht, in der ich entführt worden bin. Wollte er, dass ich auf den Platz ging? Wolltet Ihr, dass ich mir diesen Manciano gut ansehen sollte, um ihn später für Euch zu identifizieren?« Leonardo schüttelte den Kopf. »Ihr müsst sehr enttäuscht gewesen sein, als ich die Entführung nicht gemeldet habe, doch Ihr wusstet ja ganz genau, dass nicht Manciano und seine Anhänger für die Zerstörungen verantwortlich waren; deshalb war dies nur ein geringfügiges Ärgernis. Überdies sind einige der Untaten in unmittelbarer Umgebung der Cancelleria verübt worden. Jemand muss den Tätern den Weg freigegeben haben – jemand mit viel Macht –, jemand wie Ihr, mein Freund.«

Machiavelli brach in Lachen aus.

»Ich vermute, es waren nur drei Dinge, die Euch davon abgehalten haben, diesen Zerstörungen zu gegebener Zeit ein Ende zu bereiten«, fuhr Leonardo fort. »Erstens: Ihr wart besorgt, der Bund, dem Guicciardini angehörte, könne sich von Kunstverheerung auf die Ermordung von Künstlern verlegen, und dies wolltet Ihr verhindern. Daher habt Ihr abgewartet und beobachtet, bis irgendjemand offen etwas unternahm. Zweitens: Ihr hattet wie ich keinerlei Beweise dafür – greifbare Beweise –, wer hinter den Zerstörungen steckte. Drittens

– und vielleicht am wichtigsten: Ihr seid schon längere Zeit als Mittelsmann für Herzog Caesare tätig, um mich davon zu überzeugen, in seine Dienste zu treten. Das lag natürlich klar auf der Hand, weniger klar jedoch ist die Tatsache, dass Ihr die ganze Zeit über gewusst habt, wer hinter den Vandalismen und Mordversuchen steckte, doch Ihr habt geschwiegen und mich insgeheim beschützt, weil Ihr mich von der Großzügigkeit und Macht eines Caesare Borgia abhängig machen wolltet. Das hat er selbst mir verraten, als er gesagt hat, ich solle nach dem Manne Ausschau halten, der etwas gegen diese Verbrechen unternehmen könne und solle, es jedoch nicht tue.«

Der Diplomat schüttelte den Kopf. »Lauft nicht in die Irre, Maestro. Ich stehe mitnichten in den Diensten von Caesare Borgia. Ich diene allein Florenz. Doch in diesen schweren Zeiten ist es für Florenz die beste Strategie, sich – wie soll ich es ausdrücken? – mit dem Herzog zusammenzutun. Seine Macht ist Furcht erregend. Er ist gefährlich. Wenn er sich anders besinnt und beschließt, Florenz wäre eine lohnende Eroberung für den Kirchenstaat, könnten wir ihn nicht davon abhalten.«

»Ich verstehe.«

Machiavelli seufzte. »Ja, mein Freund, ich weiß, wer die Täter sind, und wie Ihr weiß ich auch über ihre Vorgehensweise Bescheid. Doch es stimmt auch, dass ich nicht *beweisen* kann, wer im Hintergrund die Fäden zieht.«

Leonardo beugte sich vor und sagte bedächtig: »Ich hingegen schon. Und ich bin der Einzige, der es beweisen kann. Guicciardini wird Euch nicht länger von Nutzen sein. Seine Gruppe weiß nun, dass er den Meuchelmörder getötet hat, und er muss sich eine Zeit lang verbergen, bis diese Gruppe dingfest gemacht werden kann. Es ist sogar möglich, dass die Vandalen einen anderen Mörder auf mich und ihn hetzen. Sie wissen ja jetzt, dass ich Witterung aufgenommen habe und ihnen auf den Fersen bin.«

»Es stimmt, dass ich Guicciardini fortschicken musste. Allgemein wurde das Gerücht verbreitet, er sei in die Ferien gefahren. Sein Vater gibt an, dass er nicht im Familiensitz aufgetaucht ist, und keiner seiner Freunde hat ihn an jenen Orten gesehen, wo cr üblicherweise Zerstreuung sucht. Mehr wissen sie nicht – und mehr sollen sie auch gar nicht wissen.« Wieder seufzte er. »Wir müssen uns keine Sorgen machen. Er ist in Sicherheit und wird gut beschützt.« Er betrachtete den Maestro gespannt. »Wie könnt Ihr beweisen, wer hinter den Zerstörungen steckt?«

»Ich werde noch ein wenig Zeit brauchen«, antwortete Leonardo, »aber ich habe schon einiges in Bewegung gesetzt.«

»Was denn?«

Das Unbehagen seines Freundes schien Leonardo zu gefallen. »Beunruhigt Euch nicht allzu sehr«, sagte er. »Ich habe – eine Vereinbarung – mit dem Herzog von Valentinois getroffen, und ich glaube, er wird uns ein paar Türen öffnen können.«

Rom

Die Kanonen der Engelsburg donnerten über die Stadt und verkündeten den Vertrag zwischen dem Vatikan und dem Hof von Ferrara: die Hochzeit Alfonso d'Estes mit Lucrezia Borgia. Die Braut fuhr mit einem Gefolge von französischen und spanischen Gesandten, einer Schar Bischöfe und einem kleinen Heer berittener Leibwächter durch die Stadt, um der Jungfrau von Santa Maria del Popolo ihre Fürbitten zur Anerkennung der Heirat vorzulegen.

Doch als Lucrezia mit ihrem Vater in der Kutsche allein war, fiel die Maske der liebenden Braut und Wohltäterin ihres Volkes von ihr ab. Kochend vor Wut hockte sie in ihrem prächtigen Kleid aus rosa Satin auf der Sitzbank und fauchte den Papst an, der ihr gegenübersaß und den Menschen auf der Straße leutselig zuwinkte.

»Warum müssen immer Ferrara und König Ludwig die Bonbons bekommen, Papa?!« Sie spie die Worte förmlich aus, während sie holdselig lächelte und den Menschen winkte, die zu beiden Seiten des Weges standen und sie hochleben ließen. »Was ist mit *mir*, Papa? Was bekomme *ich* dafür?«

»Du wirst Herzogin von Ferrara!«, betonte der Papst, ohne einen Augenblick mit Winken innezuhalten.

»Ich bin überwältigt«, sagte Lucrezia schneidend. »Aber

Papa, ich möchte auch einige Konzessionen, verflucht nochmal!«

»Konzessionen?«

»Gebraucht doch Euren Kopf, Papa! Wenn Herzog Ercole durch diese Heirat alles gewinnt, wie, glaubt Ihr, wird das auf die Franzosen und die Spanier wirken? Ich sag es Euch! Es sieht aus, als müsse der Vatikan der armen hässlichen Tochter einen neuen Ehemann kaufen! Wo ist denn Euer Stolz geblieben, Papa?«

»Stolz ist ein Luxus, den ich mir nicht leisten kann«, brummte der rundliche Pontifex. »Denk doch nur an das Geld, das ich in den Feldzug deines Bruders in der Romagna stecken muss.«

»Verflucht sei Caesare!«, wetterte Lucrezia. »Und verflucht sei die Romagna! Ich sag Euch eins, Papa: Wenn ich nicht bekomme, was ich will, werden die Emissäre aus Ferrara morgen einer Harpyie aus der Hölle begegnen – und die wird ihnen schon sagen, wo sie ihren verfluchten Ehevertrag hinstecken sollen!«

Der Papst zog ein Spitzentaschentuch aus dem Ärmel seiner Soutane und wischte sich den Schweiß von der Stirn. »Na schön! Na schön!« Er sah aus dem Fenster und winkte der Menge mit dem Taschentuch zu. »Sag mir, was du haben willst.«

Wieder lächelte Lucrezia lieblich und winkte den Leuten zu; gleichzeitig flüsterte sie: »Mein Sohn Giovanni soll zum Herzog von Nepi ernannt werden und mein Sohn von Alfonso, der junge Rodrigo, zum Herzog von Sermoneta.«

Der Papst stieß einen Seufzer aus. »Es sei dir gewährt«, sagte er mit einem neuerlichen Umdrehen und Winken aus dem Fenster.

Auch Lucrezia wandte sich wieder dem Fenster zu und lächelte und winkte. »Und wisst Ihr noch? Das schöne Kleid, das ich gestern gesehen habe? Weißer Samtbrokat, mit Staubperlen und Luchspelz besetzt? Dieses Kleid muss ich haben!«

»Aber es kostet zwanzig Goldkronen!«

»Und wenn es ein Fass Herzblut kosten würde, Papa! Müsst Ihr mir jeden Dukaten und Scudi vorrechnen, den ich von Euch erbettele? Für Caesares kleine Zerstreuungen habt Ihr hundertmal so viel ausgegeben! Und nun, verflucht, möchte ich einmal etwas für mich haben!«

Wieder seufzte der Pontifex aus tiefstem Herzen. »Na schön«, murmelte er. »Einverstanden. Du sollst es haben.«

»Und noch eine kleine Bitte.«

»Was?!«

»Caesare hat mich gebeten, zwei weitere Gäste einzuladen. Er möchte, dass sie in – oder in der Nähe von – unserem Quartier untergebracht werden. Und ich möchte, dass der Mann weiterhin in meiner Schuld steht: Deshalb setzt bitte Maestro Leonardo da Vinci und Ser Niccolò da Pavia auf die Gästeliste.«

Neuerlicher Seufzer. »Na schön. Na schön. Ich sage Troches, er soll die Namen hinzufügen.«

Jäh wandte sich die blonde junge Frau um. Noch immer strahlend und lächelnd küsste sie ihren Vater auf die Wange.

»Ihr seid solch ein liebenswerter Papa«, sagte sie mit zusammengebissenen Zähnen.

Florenz

Ein paar Tage darauf sprach der Kurier Caesare Borgias in Leonardos Bottega vor. In dem Schreiben erklärte sich der Herzog mit Leonardos Vorschlag einverstanden und freute sich, seiner Bitte nachkommen zu können. Der Maestro und Niccolò sollten während ihres Aufenthaltes in Rom seine Gäste sein. Außerdem stand dort zu lesen, dass sie während der Trauungszeremonie von Sangreal beschützt werden sollten.

Marco d'Oggiono war so aufgeregt, als sei er derjenige, den man zur Hochzeit nach Rom geladen hatte, und freute sich, dass der Maestro und der Gnom dieser Verbindung zweier Adelshäuser beiwohnen durften.

»Gott allein weiß, wie viele Männer Donna Lucrezia in Zukunft noch ehelichen wird«, erklärte Niccolò mit einer Miene durchtriebener Weisheit. »Bedenke, dass die Dame bereits zweimal verlobt und später mit ganz anderen Herren verheiratet war, ebenfalls zweimal. Und einer von ihnen ist erst vor einem Jahr gestorben! Wir könnten unsere ganze Zeit damit verschwenden, zu den neuesten Eheschließungen der Dame zu pilgern.«

Marco war ein wenig verblüfft von Niccolòs Ansichten. »Wenn Ihr so wenig davon haltet, warum, äh, fahrt Ihr dann hin?«

»Ich hatte um die Einladung ersucht«, erklärte Leonardo leise, »damit wir einen Vorwand für unseren Aufenthalt in Rom haben.«

»Demnach fahrt Ihr aus einem ganz anderen Grund dorthin?«

»Es ist uns inzwischen klar geworden«, flüsterte Leonardo, »dass ein Ende des verwickelten Garns – soll heißen der Kunstverwüstungen in Florenz – in Rom befestigt sein muss.«

*

Am Nachmittag des nächsten Tages ›verschwand‹ Donatellos ›David‹ von seinem Sockel auf der Piazza della Signoria.

Wieder sorgte Machiavelli dafür, dass der Meister die Neuigkeit als Erster erfuhr.

Leonardo und Niccolò hörten schweigend zu, dann nickte der Maestro. »Dieses Mal ist nichts liegen geblieben? Keine Marmorbrocken?«

»Nein«, erwiderte Machiavelli mit einem seltsamen Lächeln.

»Nein«, wiederholte Leonardo und fuhr sich mit den Fingern durch den Bart. »Natürlich nicht.«

»Hatte diese Skulptur etwa auch mit den Medici zu tun?«, erkundigte sich Niccolò.

»Ja«, sagte Machiavelli. »Sie hat einst auf dem Hof des Palazzo Medici gestanden.«

»Tja, da haben wir's!«, sagte Leonardo.

»Genau«, grinste Machiavelli.

*

Binnen einer Woche waren der Meister und Niccolò nach Rom abgereist. Caesare Borgia hatte eine seiner Kutschen geschickt; auf einer Tür prangte das Wappen des Herzogs von Valentinois, auf der anderen das neu erworbene Wappen der Romagna. Vor der Reise gab Leonardo Marco einen Brief für Piero Soderini.

Darin stand: »Bei meiner Rückkehr oder nach Erhalt anderer Anweisungen bitte ich Euch, so zu verfahren, wie ich es Euch gestern angeraten habe. Falls ich in Rom das finde, was ich erwarte, dann werdet Ihr, Messer, das Rätsel um die Büßer von Florenz gelöst haben.«

Soderini las das kurze Schreiben schulterzuckend durch und legte es beiseite. »Ich weiß wirklich nicht, was der Mann damit sagen will«, sagte er in das leere Zimmer hinein.

LICHT UND SCHATTEN

»Der Geist ... sollte stets darauf ausgerichtet sein,
Zergliederungen aller nur möglichen Formen vorzunehmen ...
Er sollte sowohl Ort und Umgebung
als auch Licht und Schatten
in Betracht ziehen ...«

Leonardo über die Malerei

Rom

Obwohl Leonardo und Niccolò in der komfortablen Kutsche Herzog Caesares nach Rom fuhren, gestaltete sich die Reise lang und mühselig, unter anderem durch die langen Wartezeiten an den Grenzen von Siena und dem Kirchenstaat. Sie übernachteten in Gasthöfen in San Casciano im Val di Pesa, in Siena, Montepulciano, Orvieto und in der Nähe von Montefiascone, wo ihnen Zimmer mit Aussicht auf den Lago di Bolsena und die Civita Castellana gegeben wurden. Endlich, nach acht Tagen, trafen sie in Rom ein.

Die Reise hätte jedoch anders enden können. In der Nähe von Orvieto wurden sie beim Mittagsmahl von Kundschaftern der Räuber aus den Hügeln beobachtet und als mögliche Opfer anvisiert, doch die zwei Abteilungen bewaffneter Leibwachen, die Caesare Borgia zum Schutz mitgeschickt hatte, hielten die Banditen von ihrem Vorhaben ab. Später hörte Niccolò, dass in der Gegend drei Pilger auf dem Weg nach Rom überfallen, ausgeraubt und ermordet worden waren. Die Reisenden waren leicht als Pilger zu erkennen gewesen, denn sie trugen Dinge bei sich, die gesegnet waren und eigentlich zu ihrem Schutz hätten dienen sollen: Wanderstäbe, Proviantbeutel und Kappen mit dem Emblem der Kammmuschel – das von den Kreuzfahrern übernommene Symbol der Überquerung des Meeres.

Als Leonardo und Niccolò zum Vatikan gelangten, wurden sie in eine bescheidene Unterkunft im Borgia-Flügel geführt. Die Fenster der Zimmer gingen nach Norden, wo der Winterhimmel mit seiner Last bleifarbener Wolken voller Regen und Schnee dräute. Die graue Farbe des Himmels ließ den Künstler stutzen und seinen Plan überdenken – doch sein Entschluss stand unerschütterlich fest, und am nächsten Morgen wurden er und Niccolò auf seine Bitte hin zu Sangreal geführt.

Sie tauschten die üblichen Begrüßungen aus, dann führte sie der Beschützer der Borgia durch drei Empfangsräume in den Nordflügel zum Versammlungsort, der Sala dei Misteri della Fede.

Niccolò bemerkte, dass der Saal mit blauem Stuck und einigen Wandbildern geschmückt war, auf denen in Goldrahmen sechs Szenen aus dem Neuen Testament dargestellt waren. Eines zeigte die Auferstehung Christi. Papst Alexander VI. kniete am Grab des Erlösers und erhielt dessen Segen. Die Botschaft war eindeutig: Ob man den Papst billigte oder nicht, Rodrigo Borgia war nun einmal der gewählte Oberhirte der katholischen Kirche, und man konnte nichts anderes tun, als diese Tatsache hinzunehmen und das Beste daraus zu machen.

Leonardo hatte beim Betrachten des Wandbildes ganz andere Gedanken. Er erinnerte sich an die Worte Caesares über seinen Vater: Dem Papst sei durchaus bewusst, dass er kein Theologe war. Der Maestro grübelte auch darüber nach, warum der Künstler, dem die Fehler des Papstes doch bewusst gewesen waren, sich dennoch dafür entschieden hatte, den Mann auf dem Wandbild zu glorifizieren. Er hatte den Mythos der päpstlichen Unfehlbarkeit gestützt. Das erinnerte Leonardo an Caesares Anschuldigung, dass es die Künstler seien, die den Krieg verherrlichten. Dies warf die Frage wieder auf, die bereits während des ganzen vergangenen Jahres an ihm genagt hatte: Gab es so etwas wie moralisch verwerfliche Kunst? Und war die Antwort darauf vielleicht in dem Begriff ›Propaganda‹ zu finden – der bewussten Verbreitung einer Lüge zur Erreichung eines politischen Zwecks?

*

Als Leonardo und Niccolò mit Sangreal eintraten, wurden sie bereits vom Herzog und seinem Schreiber Gherardi erwartet. Im Saal war es fast unerträglich warm, denn im Kamin brannte ein loderndes Feuer, und sämtliche Fenster waren fest geschlossen. Überdies lag eine seltsame Duftmischung in der Luft – Leonardo konnte Lorbeer und Rosen herausriechen.

Caesare, der saloppe Kleidung angelegt hatte – langärmeliges Hemd mit einfachem Kragen, dazu bequeme Hausschuhe –, erhob sich von seinem Stuhl vor dem Kamin und trat auf den Maestro zu, um ihn zur Begrüßung zu umarmen. Offenbar litt er Schmerzen, denn sein Gesicht war leicht verzerrt. Höflich verbeugte er sich vor dem Zwerg, der ebenfalls einen Bückling machte. Dann bedeutete der Herzog seinen Gästen, auf den prächtigen dunklen Stühlen mit rotem Samtbezug Platz zu nehmen.

Als alle saßen, ließ auch Caesare sich vorsichtig auf seinem Stuhl nieder und streckte die Beine aus. »Ich muss mich für die Hitze entschuldigen, aber leider ist mein altes französisches Leiden wieder ausgebrochen und mein Unterleib muss ständig in Salben und Umschläge gehüllt werden. Mein Leibarzt Maestro Gaspare hat mir Wärme verordnet, die, wie er betont, ein unverzichtbarer Bestandteil dieser neuartigen Behandlung ist. Soviel ich verstanden habe, enthält die Salbe Quecksilber und einen Mulch aus heiligem Holz, einer besonderen Rindensorte, die von den portugiesischen Seefahrern nach Spanien gebracht worden ist. Allerdings riecht sie äußerst unangenehm, deshalb habe ich Lorbeerzweige ins Feuer legen und den Saal mit Rosenessenz besprengen lassen.«

Sangreal bezog mit unbeteiligter Miene Posten neben der Tür.

»Nun, Maestro«, fuhr Caesare mit einem Seufzer fort, »ich habe Eurer Bitte entsprochen und Euch und Ser Niccolò nach Rom geholt. Was kann ich sonst noch für Euch tun?«

Leonardo strich sich mit der Linken über den Bart. »Zunächst, Euer Gnaden, muss ich einiges wissen. Könnt Ihr mir sagen, wie der Plan für die nächsten Tage aussieht?«

Caesare winkte seinem Schreiber. »Agapito! Lest die Anweisungen vor, die Papa gestern geschickt hat.« Er zwang sich zu einem Lächeln. »Papa ist immer sehr akkurat.«

Der Schreiber – als Einziger in der Runde elegant in Brokat gekleidet – wühlte in seinen Papieren, wischte sich den Schweiß von der Stirn und fand endlich das gesuchte Pergament. »Mal schauen.« Er begann zu lesen. »Nach ihrer Ankunft wird die Delegation aus Ferrara mit Mitgliedern der Kurie zusammentreffen. Die Delegation kommt am Porto del Popolo an. Mit dabei sind Francesco Bagnacavallo …«

»Das ist der wichtige Mann«, warf Caesare leise ein. »Er bringt den Schmuck, der als Geschenk für meine Schwester gedacht ist. Lucrezia weiß noch nichts davon, aber sie werden darauf dringen, dass sie ein Dokument unterzeichnet, in dem die Rückgabe des Schmuckes bestimmt wird, falls sie ihrem Gatten jemals untreu werden sollte.« Er stieß ein kehliges Lachen aus, das alsbald in einem Stöhnen verebbte. »Ich möchte ja zu gern sehen, wie die aus Ferrara es anstellen wollen, ihren Schmuck zurückzubekommen, wenn Lucrezia erst mal ihre zarten Fingerchen darum gekrallt hat!«

Leonardo lächelte höflich. »Fahrt fort, Ser Gherardi.«

Der Schreiber fuhr mit dem Zeigefinger an den Zeilen entlang. »Ihr, Herzog Caesare, sollt die Delegation vom Ponte Molle zum Vatikan begleiten. Die folgende Anweisung ist unterstrichen: ›Ihr werdet Kardinal Ippolito umarmen.‹ Wenn Ihr Euch dem Castello nähert, werden die Hauptleute als Salut zweiundzwanzigmal die Kanone abfeuern …«

Caesare hob protestierend die Hand. »Ich hab sie gewarnt, dass das die Pferde der Gäste erschrecken wird. Wahrscheinlich werden sie durchgehen und – falls es einen Gott im Himmel gibt – Ippolito in den Tiber werfen.«

Niccolò konnte sich ein Lachen nicht verkneifen. »Das würde immerhin die Stimmung heben!«

Caesare warf einen Blick auf den Gnom und grinste. Offenbar ließ sein Schmerz etwas nach, denn er ließ sich tiefer in den Stuhl sinken und seufzte ein wenig vor Erleichterung. Dann nahm er einen Apfel aus der Schale auf dem Tisch, der neben ihm stand.

Gherardi schaute seinen Herrn an und suchte dann die Stelle, an der er unterbrochen worden war. »Wo war ich? Ach ja, hier: ›Dann wird die Delegation Eure Schwester im Palast Santa Maria in Portico aufsuchen, wo Erfrischungen und Geschenke gereicht werden – Silberbecher oder silberne Teller.‹

Die folgenden Zeilen sind ebenfalls unterstrichen. ›Lucrezia soll sich sittsam kleiden und den Busen züchtig bedecken. Das Haar soll glatt gestrichen und nicht gelockt sein. Und bitte nicht zu viel Schmuck.‹«

»Dann trägt sie bestimmt ein Kleid, das bis zum Nabel ausgeschnitten ist, nur um den Alten zu ärgern.« Caesare biss herzhaft in den Apfel. »Il Prete wird noch der Schlag treffen.«

Leonardo furchte die Stirn. »Wer ist Il Prete?«

»Ein Priester, der als römischer Agent für die Marchesa von Mantua arbeitet.« Erneut nahm er einen Happen von seinem Apfel. Leonardo und Niccolò tauschten einen besorgten Blick. »Ich weiß«, sagte der Herzog. »Es stimmt, was unser Freund Machiavelli einst sagte: ›Die Kirche hat Italien den Glauben geraubt.‹«

»Nun folgen die wichtigsten Instruktionen«, verkündete Gherardi – sein Ton war viel zu pompös, fand Niccolò. »›Am Nachmittag wird die Ferntrauung in der Sala Paulina stattfinden, Don Ferrante vertritt dabei seinen Bruder. Ihr werdet anwesend sein!‹ Das ist unterstrichen. ›Am Abend findet ein Ball in der Sala del Papagallo statt, danach wird ein Theaterstück aufgeführt. Ihr werdet anwesend sein.‹ Wieder unterstrichen. ›Darauf folgt ein Gedichtvortrag und ein Abendessen im engsten Kreise. Ihr werdet anwesend sein.‹ Unterstri...«

»Ich weiß schon!«, fauchte Caesare. »Unterstrichen!« Er schnappte vor Schmerz nach Luft, schnellte jäh von seinem Stuhl hoch und begann, ruhelos im Raum auf und ab zu wandern.

Der Schreiber fuhr fort: »›Am nächsten Tag findet eine Parade statt, und eine Mimentruppe der Commedia dell'Arte gibt auf der Piazza eine Vorstellung zur Belustigung des Volkes. Für den Abend ist ein Maskenball in der Sala dei Pontifici vorgesehen, mit Euch als Gastgeber. Am dritten Tag werdet Ihr auf der Piazza gegen Stiere kämpfen, unterstützt von sechs Spaniern mit Schwertern ...‹«

»Genügt nicht. Es müssen mindestens acht mit einer Kanone sein!«, donnerte Niccolò mit gespielter Feierlichkeit dazwischen.

Caesare verharrte mitten im Schritt und grinste den Zwerg erheitert an. »Maestro«, bemerkte er sodann an Leonardo gewandt. »Ich mag diesen jungen Hund. Darf ich ihn hier behalten?«

»Leider«, antwortete Niccolò an Leonardos Statt, »bin ich schon an ein Weib vergeben – meine Gattin nämlich.«

Caesare lachte; dann stöhnte er wieder und humpelte zu seinem Stuhl.

Der Schreiber fuhr fort. »Dies ist der letzte Punkt. ›Am nächsten Tag reist Lucrezia nach Ferrara ab. Ihr werdet zweihundert Reiter stellen, die ihren Zug begleiten, der aus der Braut, zwei oder drei Bischöfen, hundertfünfzig Maultieren ...‹«

»Das reicht gerade mal, um ihre Garderobe zu transportieren«, seufzte der Herzog.

Wieder strich sich Leonardo über den Bart. »Nochmal zurück«, mahnte er leise. »Dieser ... Was habt Ihr da eben vorgelesen? Ein Maskenball soll stattfinden? Und Ihr, Euer Gnaden, seid der Gastgeber?«

Caesare nickte. »Der heiterste, unterhaltsamste Teil der Feiern, wenn ich das so sagen darf.« Er senkte die Stimme zu einem verschwörerischen Flüstern. »Dies ist natürlich *ex officio*

– Ihr versteht, Signori.« Verstohlen sah er sich im Saal um, als erwartete er tatsächlich eine Schar ungebetener Zuhörer zu sehen, dann wandte er sich wieder dem Maestro zu. »Nach dem Ball werde ich ein intimes Nachtmahl geben. Es gibt Wein und exotische Speisen und Tanz – und fünfzig der schönsten und geistreichsten Kurtisanen von Rom. Jeder wird sich seiner Kleider entledigen – wirklich jeder, ob Gast, Domestik oder Kurtisane! Dann stellen die Diener Kerzenleuchter kreuz und quer auf den Fußboden – eine Art Parcours. Ich lege Kastanien dazwischen und die Kurtisanen müssen auf Händen und Knien herumkriechen und sie auflesen, möglichst ohne Zuhilfenahme der Hände. Diejenige, die die meisten Kastanien aufliest, bekommt zur Belohnung ein sehr schönes und, wie ich hinzufügen darf, wirklich teures Kleid geschenkt. Dann beenden wir den Abend mit dem üblichen Wettbewerb und einem großzügigen Preis für den Mann, der vor dem Zubettgehen die meisten Kurtisanen beglücken kann.«

»Ihr werdet doch wohl nicht mitmachen, Euer Gnaden, oder?«, fragte Niccolò.

»Nein, verflucht!«, seufzte Caesare. »Ich bin gezwungen, den Schiedsrichter zu spielen. Glaubt mir, Signori, dafür werde ich die Frauen von Cesena noch zur Rechenschaft ziehen!«

»Wird Piero de Medici auch an den Lustbarkeiten teilnehmen?«, erkundigte sich Leonardo.

»Mein lieber Maestro, dies ist ihm die liebste Zerstreuung von allen!«

Leonardo warf Niccolò einen Blick zu. »Dann ist dies der richtige Zeitpunkt für unsere Unternehmung.«

Caesare starrte den Künstler und den Zwerg verständnislos

an, während er die bequemste Lage auf seinem Stuhl zu finden suchte. »Zeitpunkt wofür? Was soll das heißen?«

»Ich glaube, die Beweise für die Kunstzerstörungen in Florenz sind hier zu finden, in Rom, im Kontor des Palazzo Medici, wahrscheinlich im Schreibtisch des älteren Bruders. Niccolò und ich hoffen, irgendwie in den Palast zu gelangen und diese Beweise zu finden.«

»Wie Diebe in der Nacht? Warum wollt Ihr Euch dafür hergeben?«

»Weil alles, das wichtig sein könnte, sicherlich streng bewacht wird. Die Medici wissen, dass ich sie verdächtige. Würdet Ihr, Euer Gnaden, oder Messer Machiavelli oder sonst ein berühmter Mann mitten während der Feier verschwinden, erführen es die Medici sofort. Keiner jedoch wird das Verschwinden eines Florentiner Künstlers bemerken, der ohnehin dafür bekannt ist, dass er solche Lustbarkeiten meidet. Auch seinen kleinwüchsigen Freund wird man nicht vermissen. Übrigens ist dieser, wie ich hinzufügen möchte, ein meisterhafter Einbrecher.«

»Und was hofft Ihr dort zu finden?«

»Ein Buch«, antwortete Niccolò schlicht.

»Ich werde Euch ein vom Papst unterzeichnetes Dokument verschaffen«, sagte Caesare nachdenklich, »das Euch dazu berechtigt – mal überlegen – ein Verzeichnis der Altartücher und Kelche in der Medici-Kapelle aufzunehmen. Ich besitze ein paar gefälschte Papstbullen von Priestern, die den rechten Pfad der Tugend verlassen haben. Das sollte Euch die Anstrengung ersparen, auf Bäume zu klettern und durch Fenster kriechen zu müssen. Mit diesen Dokumenten und im geistlichen Gewand könnt Ihr die Wachen passieren.« Er wandte sich an

Niccolò. »Ich fürchte jedoch, mein junger Herr, dass ich kein Gewand in Eurer Größe habe.«

»Das macht nichts, Euer Gnaden«, grinste Niccolò. »Wenn die Gelegenheit es erfordert, kann ich mich größer machen.«

»Ich brauche noch die genaue Lage von Pieros Kontor im Palazzo«, mahnte Leonardo.

»Ich werde Euch einen Gebäudeplan anfertigen«, versprach Caesare.

»Zeigt ihn mir nur einmal«, sagte Niccolò. »Ein Blick darauf, und ich habe den Grundriss im Kopf.«

»Und könnt Ihr Piero de Medici so lange beschäftigen?«, wollte Leonardo wissen.

»Mein lieber Maestro! Er soll das Turnier gewinnen – und wenn es die ganze Nacht dauert!« Der Herzog grinste, doch plötzlich übermannte ihn der Schmerz aufs Neue, und er stöhnte. »Ihr dürft Euch allerdings nicht außerhalb der Kapelle erwischen lassen, da Ihr ja angeblich mit dem Verzeichnis beschäftigt seid. Falls es doch geschieht, müsst Ihr Euch auf Eure eigene Gewitztheit verlassen – oder auf Sangreals Kraft. Mein Vater und ich werden vorgeben müssen, von Eurem Vorhaben nichts gewusst zu haben.«

»Ich will nicht, dass Blut vergossen wird«, grübelte Leonardo. »Ich weiß nicht, ob wir Sangreal hinzuziehen sollten.«

Caesare schüttelte den Kopf. »Ich bestehe darauf. Ihr wäret überrascht, wie schnell Sangreal schwierige Situationen entschärfen kann.«

Leonardo erhob sich und lächelte den Herzog an, der bereits mit einer Lageskizze der Villa begonnen hatte. »Ihr seid sehr großzügig, Euer Gnaden.«

Caesare erwiderte das Lächeln nicht. »Ich bin so selbstsüchtig wie der Teufel, Maestro«, sagte er mit Nachdruck. »Und Ihr wisst das nur allzu gut.«

*

Nach der Besprechung und nachdem Niccolò die Skizze studiert und sich den Bauplan des Medici-Palastes eingeprägt hatte, begleitete Sangreal Leonardo und den Gnom zu ihrem Quartier. Dann teilte er Leonardo mit, dass er den Auftrag habe, sie beide während der Dauer ihres Aufenthaltes in Rom zu beschützen.

»Das freut mich«, sagte der Meister.

Schweigend schritten sie durch die langen Korridore. Als sie die Treppe von der Sala delle Sibille herabstiegen, brach der graubärtige Beschützer das Schweigen und flüsterte Leonardo ins Ohr: »Habt Ihr Euch Gedanken darüber gemacht, was wir bei unserer letzten Begegnung erörtert haben? Das Siegel des Salomon und die Initialen ›P‹ und ›S‹?«

»Nein, Ser«, gestand Leonardo. »Ich wusste nicht, was ich davon halten sollte. Ich weiß nicht, was diese Buchstaben bedeuten oder warum Ihr mit mir darüber gesprochen habt.«

»Nun, Ihr werdet es erfahren, wenn Ihr nach Frankreich geht«, versicherte ihm Sangreal.

Leonardo blieb unvermittelt stehen. »Frankreich? Ich beabsichtige keinesfalls, nach Frankreich zu gehen, mein Freund.«

»Und doch werdet Ihr dorthin reisen, Maestro«, gab der große Mann ungerührt zurück. »Und dort werde ich Euch wiedersehen.«

Niccolò merkte, dass Leonardo und Sangreal zurückgeblieben waren, und drehte sich zu ihnen um. Dann nahmen sie ihre Wanderung zu ihrer Unterkunft schweigend wieder auf. Leonardo war tief in Gedanken versunken. Er suchte nach dem Sinn von Sangreals rätselhaften Worten. Ein undurchschaubarer Mensch – warum war ausgerechnet er zu ihrem Beschützer bestellt worden?

Florenz

Der kleine, dicke Mann im fleckigen Kittel richtete sich so hoch auf, wie er konnte, und funkelte Piero Soderini wütend an.

»Was soll das bedeuten?«, tobte Vincente Ferrucci, und sein roter ungepflegter Bart zitterte vor Wut.

»Eine äußerst wichtige Angelegenheit«, gab ihm der Gonfaloniere zu verstehen. »Ein hiesiger Kaufmann, Ser Laurenzio, hat uns berichtet, dass jemand in sein Geschäft eingebrochen ist und Leinwand entwendet hat. Ein Informant, der ungenannt bleiben will, gab an, dass einer oder mehrere Eurer Schüler für die Tat infrage kämen. Meine Männer, Maestro, werden nun Eure Bottega nach Leinwänden mit dem Stempel des geschädigten Kaufmannes durchsuchen.«

»Das ist eine lächerliche Anschuldigung! Es ist absurd!«, donnerte Ferrucci. »Meine Schüler sollen Diebe sein! Das ist unerträglich!« Der Meister stand mitten in seinem Atelier. Die Büttel des Bargello mischten sich unter die verblüfften Schüler und begannen mit der Durchsuchung.

Eine Viertelstunde später sammelten sie sich um ihren Vorgesetzten, und einer flüsterte Soderini etwas ins Ohr.

»Was? Das ist alles?«

Der Mann nickte.

Sogleich lief Soderini rot an, wandte sich an den beleibten Meister und stammelte eine Entschuldigung. »Ich bin ehrlich bestürzt, dass wir Euch solcherart belästigt haben, Maestro. Eure Schüler sind vollkommen unschuldig. Wenn ich herausfinde, wer diese unverschämte Anschuldigung gegen Euch und Eure Werkstatt erhoben hat, werde ich mich persönlich um seine Bestrafung kümmern!«

Damit drehte sich der Beamte um und verließ die Schule. »Schickt eine Nachricht an Maestro Leonardo in Rom!«, fauchte er. »Und bestellt ihm, dass er mich in Verlegenheit gebracht hat! Die Leinwand sowie die Rahmen waren hier, genau wie man es in einer Bottega erwarten würde – doch sonst *nichts*! Bestellt ihm, wenn er das nächste Mal eine Theorie hat, soll er seine eigene Untersuchung anstellen!«

Rom

Während der folgenden Tage ertrugen Leonardo und Niccolò Pomp und Prunk der Festlichkeiten. Wie vom Papst geplant und in seinen Anweisungen an Caesare ausführlich dargelegt, traf die fünfhundert Mann starke Abordnung aus Ferrara schließlich in Rom ein, und Niccolò erfuhr, dass Machiavelli als Vertreter der Signoria dazugebeten worden war, während die Delegation in Florenz Halt gemacht hatte.

Überdies war Francesco Guicciardini unvermutet in Siena aufgetaucht und hatte sich dem Tross angeschlossen.

Nach seiner Ankunft in Rom suchte Machiavelli Leonardo und Niccolò zu einer kurzen Unterredung in ihrem Quartier auf. Der Florentiner Abgeordnete teilte ihnen mit, dass »Soderini getan hat, worum ich ihn in Eurem Auftrag gebeten habe. Er hat Ferruccis Bottega unter dem Vorwand durchsuchen lassen, dass ein Florentiner Kaufmann bestohlen worden sei. Die Leinwand war dort, wie Ihr gesagt hattet, ebenso die Rahmen, doch es reichte nicht für eine Anklage gegen den Mann; Soderini konnte sich lediglich entschuldigen und Ferrucci versichern, dass alles in Ordnung sei.«

»Sonst hat er nichts gefunden?«, fragte Leonardo zweifelnd. »Nur die Leinwand und die Rahmen?«

»Das war alles.«

Nachdenklich strich sich der Meister den Bart. »Dann *muss* die Antwort irgendwo in Piero de Medicis Kontor zu finden sein. Wir müssen unserem Plan gemäß fortfahren.«

»Ihr wollt Euch in die Löwengrube begeben – wie Daniel? Was ist, wenn sie Euch dabei überraschen?«

Niccolò zuckte mit den Schultern. »Meint Ihr, es nützt etwas, wenn wir sagen, wir hätten uns auf dem Weg zum Kolosseum verlaufen?«

*

Neunzehn Kardinäle standen zum Empfang der Delegation bereit. Auch Caesare hatte sich wie geheißen eingefunden und begrüßte die Männer aus Ferrara. Dem Anlass entsprechend war er in Wams und Umhang mit Gold und Silber gekleidet. Sein Streitross trug ein Zaumzeug, das mit Perlen und Edelsteinen besetzt war. Die Begrüßungsansprachen der römischen Würdenträger schienen endlos zu dauern, doch endlich setzte sich die Prozession in Bewegung; sie zog über die Brücke, während die Kanonen donnerten. Wie Caesare vorausgesagt hatte, ließ der Lärm die Pferde scheuen.

Leider blieb Kardinal Ippolito fest in seinem Sattel sitzen.

Die Tramontana fegte über die Stadt und blies die Wolken hinweg; die Festlichkeiten würden also bei schönem Wetter stattfinden. Alles verlief wie geplant, und der Herzog von Valentinois, nun auch offiziell Herzog der Romagna, führte seine Mannen in den Scheinkampf, focht gegen Stiere und tanzte den ganzen Abend mit seiner Schwester und ihrer hübschen jungen Kusine Angela.

Vier Männer der Delegation machten sich unverzüglich ans Werk und zählten in einer Kammer des Vatikan die Münzen – Lucrezias versprochene Mitgift von hunderttausend Dukaten.

*

Am Abend des Maskenballes und Caesares ›kleiner Zerstreuung‹ trafen sich Leonardo, Niccolò und Sangreal zu einer kurzen Besprechung mit dem Herzog in einem kleinen Zimmer im Nordflügel des Vatikan. Caesare hatte ihnen Karmeliterkutten mitgebracht und übergab ihnen die amtlich wirkende Papstbulle, die sie zum Eintritt in den Palazzo der Medici berechtigte, um dort »ein Verzeichnis der Kirchenhabe aufzunehmen, das in der Palastkapelle aufbewahrt wird«.

»Seid auf der Hut«, warnte sie der Herzog. »Wenn Ihr gefasst werdet und ich nichts davon erfahre, lassen Euch die Medici – verschwinden – bevor Euch jemand helfen kann. Sangreal wird alles in seiner Macht Stehende tun, aber wenn es zu viele sind ...« Schulterzuckend reichte er ihnen drei schwarze Masken. »Die solltet Ihr lieber tragen. Dann werdet Ihr nicht erkannt.«

»Pflegen Mönche bei der Aufnahme eines Inventars Karnevalsmasken zu tragen?«, fragte der dreiste Niccolò.

»Aber wir haben doch Karneval«, erwiderte der Herzog lächelnd, »und wenn man Euch Fragen stellt, könnt Ihr guten Gewissens das Papstsiegel vorweisen. Glaubt mir, dieses Siegel erstickt alle Fragen im Keim.«

»Wir wissen ja mehr oder weniger, wonach wir suchen«,

überlegte Niccolò. »Ich schätze, es wird höchstens eine halbe Stunde dauern.«

»Bis dahin«, lachte der Herzog, »ist Piero vielleicht schon auf seiner vierten Hure.«

*

Die Villa Medici lag dem Vatikan gegenüber auf der anderen Seite des Tiber in einem Stadtteil, der an die Piazza del Popolo und die nördliche Stadtmauer grenzte. Es war ein dunkles Viertel hinter der Via Trinità di Monti, zu Fuß jedoch leicht zu erreichen. Niccolò stellte sich auf seine Stelzen und war froh, dass das Wetter umgeschlagen war, denn auf nassen oder eisbedeckten Straßen hätte er schlecht laufen können.

Die drei Männer streiften ihre Kutten über und setzten die Masken auf.

Sie gingen zu Fuß, weil sie fanden, dass eine Kutsche für Mönche nicht angemessen wäre und verdächtig aussähe. Die *bravi* fürchteten sie nicht, denn als Mönche würde man sie kaum überfallen, und überdies lugte ein kleiner Teil von Sangreals Schwert unter der Kutte hervor.

Es war eine sehr kalte, mondlose Nacht. Als sie ihrem Ziel näher kamen, sahen sie, dass es im Palast vollkommen dunkel war. Vermutlich war kein einziger Dienstbote im Haus, da auch die Domestiken mit ihresgleichen irgendwo in der Stadt feierten. Lediglich vier Männer standen am eisernen Tor des Haupteingangs: drei Posten und ein Offizier, der sich an einem kleinen Feuer wärmte.

Schweigend schritten die Mönche näher; Niccolò schwankte nicht einmal auf den künstlichen Beinen. Leonardo reichte dem Offizier die Bulle, und der hielt sie ans Feuer, um besser sehen zu können. Rasch überflog der Leutnant das Pergament, dann funkelte er die drei Mönche wütend an.

»Ihr wollt *was*?«

»Das steht doch deutlich in dem Dokument«, erwiderte Leonardo friedfertig. »Wir sind gekommen, um ein Verzeichnis der Kirchenhabe aufzunehmen, die gegenwärtig in der Kapelle der Medici aufbewahrt wird.«

»Mitten in der Nacht? Ihr wollt *jetzt* eine Inventur vornehmen?«

Leonardo zuckte mit den Schultern. »Ihr habt doch gewiss den Trubel in der Stadt mitbekommen, aus Anlass der bevorstehenden Hochzeit von Donna Lucrezia mit Alfonso d'Este.«

»Natürlich!«, fuhr ihn der Offizier an. »Meint Ihr etwa, ich hause irgendwo in einer Höhle? Was hat das mit Eurer Inventur zu tun?«

»Nun«, setzte der Maestro an, »die Delegation aus Ferrara muss wissen, ob die Kirche liquide genug ist, um Donna Lucrezias festgesetzte Mitgift und Pfründe zu gewährleisten. Da jetzt alles in Aufruhr ist und Donna Lucrezia bereits morgen nach Ferrara abreist, wurden wir beauftragt, das Verzeichnis unverzüglich zu erstellen, damit die Delegation morgen über die Zahlen verfügen kann.«

»Na, das hört sich für mich ziemlich verrückt an«, brummte der Offizier und las das Schriftstück noch einmal durch, »aber der Herzog von Ferrara ist ja für seinen Geiz bekannt und die Adeligen sind ohnehin überkandidelt. Die Unterschrift des Papstes scheint echt zu sein, und dies hier ist das Siegel Seiner Heiligkeit.« Abrupt faltete er das Pergament zusammen und drückte es Leonardo in die Hand. »Ihr dürft passieren! Aber beeilt Euch und verlasst den Palazzo durch dieses Tor, damit ich weiß, dass Ihr fort seid. Und ich warne Euch: Wenn Ihr etwas im Schilde führt und stehlen wollt, werdet Ihr beim Hinausgehen durchsucht, egal ob Ihr nun fromme Brüder seid oder nicht.«

»Selbstredend.« Leonardo nickte feierlich.

Der Offizier zündete eine Laterne an und gab sie dem Maestro. »Die werdet Ihr brauchen. Die Herren sind zu den Feiern im Vatikan gegangen und die meisten Diener wohl im Bett oder auf ihren eigenen Feiern. Der Haushofmeister sollte jedoch noch wach sein; also zeigt ihm das Dokument. Sagt ihm, ich hätte meine Einwilligung gegeben, und er solle Euch den Weg zur Kapelle zeigen. Wird es lange dauern?«

»Nein.«

»Gut!«, brummte der Offizier. »Ich mache nämlich beim nächsten Wachwechsel Feierabend!«

*

Wie der Leutnant gesagt hatte, fanden sie den dösenden Haushofmeister in der Empfangshalle des Palazzo. Auch er warf im Laternenlicht einen Blick auf das päpstliche Schreiben – wobei er sich offenbar scharf konzentrieren musste –, zuckte dann mit den Schultern und winkte den drei angeblichen Mönchen, ihm zu folgen. Er führte sie zwei Treppen hoch und einen langen dunklen Korridor entlang zur Kapelle.

Niccolò hatte einige Mühe, die Treppe mit seinen Stelzen zu bewältigen.

»Was ist denn mit dem?«, herrschte der Hofmeister Leonardo an.

»Kranke Beine«, antwortete der Maestro kurz und knapp. »Er ist schon sehr alt.«

Mit Hilfe von Leonardo und Sangreal schaffte Niccolò es schließlich bis auf den Treppenabsatz.

»Da wären wir!«, murmelte der Mann. »Bleibt nicht die ganze Nacht hier.«

Und er ließ sie allein.

*

Sie sahen sich in der weiträumigen Kapelle mit der gewölbten Decke um und studierten die Fresken und die goldenen Weihrauchgefäße, die von den Deckenbögen herabhingen. Alles wurde sanft erhellt durch Kerzen, die vor den Statuen der Jungfrau und dem Geweihten Herzen auf jeder Seite des Hochaltars flackerten.

»Das Kontor von Piero de Medici ist ein Stockwerk tiefer«, flüsterte Niccolò.

»Lasst den Haushofmeister erst einmal zu seinem Stuhl zurückkehren«, riet Leonardo leise, »dann gehen wir hinunter.«

*

Überrascht und erzürnt fuhr Caesare Borgia auf, als sich Kardinal Giovanni de Medici plötzlich aus dem Stuhl neben ihm erhob und sich vor dem Herzog verneigte. »Es war ein überaus unterhaltsamer Abend, Euer Gnaden«, sagte er, »und ich bin überzeugt davon, dass mein Bruder die Ehre der Medici auch ohne meine Anwesenheit verteidigen wird.«

»Aber Ihr könnt jetzt nicht gehen, Eminenz«, widersprach Caesare, erhob sich und versperrte dem Kardinal den Weg. »Donna Fiametta hat mir zugeflüstert, sie habe ein besonderes Geschenk für Euch.«

»Ich bin mit Donna Fiamettas Geschenken bestens vertraut«, stöhnte der Kardinal. »Das letzte Mal war es ein Hautausschlag, der mich zwei Monate geplagt hat.« Er hob die Hand, um jeden Widerspruch im Keim zu ersticken. »Es tut mir Leid, Euer Gnaden, aber dringende Geschäfte rufen mich in die Villa zurück. Entschuldigt mich bitte bei der Dame – und außerdem hoffe ich, dass Ihr meinen armen Bruder nach seinem Sieg in eine Kutsche setzt, damit er wohlbehalten zu Hause ankommt.«

Caesare starrte finster drein, doch er begriff, dass der Kardinal sich von seinem gefassten Entschluss nicht würde abbringen lassen. »Selbstverständlich, Eminenz«, sagte er daher. »Ich verstehe vollkommen.«

Ich hoffe nur, Maestro Leonardo versteht auch, dachte er.

*

Behutsam schlichen die falschen Mönche aus der Kapelle und durch die Korridore und stiegen eine Treppe hinab – ein Unterfangen, das Niccolò mit seinen Stelzen noch schwerer fiel als der Aufstieg. Mühelos erinnerte er sich indes an Caesares Lageplan des ersten Stocks, obwohl er ihn nur einmal gesehen hatte. Das Trio fand sofort den richtigen Raum.

Das Kontor war nicht sonderlich groß. Die hohen Fenster

waren mit Damastvorhängen verhüllt. An einer Wand hing ein gewaltiger Wandteppich, der die mannigfaltigen Begabungen Lorenzos des Prächtigen zeigte. Die anderen Wände waren mit Wappenschilden und Bannern geschmückt. In der Mitte des Zimmers standen ein wuchtiger Holztisch und drei Stühle mit reichem Schnitzwerk.

Schweigend bezog Sangreal seinen Posten an der Tür.

Sogleich begann Niccolò, den Stapel Papiere auf einer Ecke des Tisches durchzuwühlen, während Leonardo sich einer Überprüfung der Hauptbücher am anderen Ende widmete.

»Das sind die Aufzeichnungen des Bankhauses Medici«, flüsterte er sodann. »Davon brauchen wir gar nichts.«

Rasch sah Niccolò die Papiere durch. »Hier ist auch nichts«, sagte er leise. »Was wir suchen, muss eher etwas Ungewöhnliches sein – etwas, mit dem man hier nicht rechnen würde. Wir können aber nicht erwarten, dass die Medici so etwas offen herumliegen lassen.«

»Dennoch bin ich sicher, dass die Beweise hier irgendwo im Raum sein müssen«, erklärte Leonardo. »Es würde ihrer Gewohnheit entsprechen.«

Der Maestro und der Gnom streiften im Zimmer umher und spähten in jede Truhe und auf jedes schmale Regalbrett.

Als Niccolò sich umwandte, fiel ihm etwas ins Auge. »Maestro«, flüsterte er, »erinnert Ihr euch noch, wie ich damals in Mantua das rote Buch versteckt habe? Das Buch, das die Marchesa unbedingt hat haben wollen, und weswegen sie ihre Agenten auf uns gehetzt hat?«

Leonardo nickte. »Du hast ein Loch in ein anderes Buch geschnitten – es war eine trockene Abhandlung über physikalische Eigenschaften, wenn ich mich recht entsinne. Du hast dir gedacht, die Agenten würden sich nicht damit aufhalten, in ein Buch zu schauen, das so offenkundig langweilig ist und dann noch für alle zugänglich herumliegt. Deshalb hast du das rote Buch darin versteckt.«

Er sah in die Richtung, in die der Finger des Zwerges deuteten.

Das Brevier des Kardinals, ein in rotes Leder gebundenes Buch.

»Warum sollte der gute Kardinal wohl sein Brevier in seines Bruders Kontor herumliegen lassen?«, fragte Niccolò verschmitzt.

Sofort nahm Leonardo das Buch zur Hand und klappte es auf. Die Seiten enthielten weder Latein noch Psalmen oder Fürbitten. Stattdessen erblickte er Zahlenkolonnen und vielfältige Aufzeichnungen.

»Das ist es!« Er reichte das Buch Niccolò. »Jetzt haben wir den Beweis!«

*

Als Kardinal Giovanni de Medici in seinem schweren Umhang, der ihn bestens vor der Kälte schützte, aus dem Nebel auf das Tor zuschritt, wurde er sogleich von dem Offizier angehalten.

»O Verzeihung, Eminenz«, brachte der Mann stotternd hervor. »Ich hatte nicht gedacht, dass Ihr so früh wieder zurückkommen würdet.«

»Ach ja?«, brummte der Geistliche.

»Die Mönche, die Seine Heiligkeit geschickt hat, um die

Altartücher und Kelche in Eurer Kapelle aufzulisten, sind immer noch am Werk.«

Der Kardinal erbleichte.

»Die Mönche? Welche Mönche?«

»Sie hatten ein Schreiben von ...!«

Doch der Kardinal wartete das Ende des Satzes nicht ab. Er winkte den drei Posten, ihm zu folgen. Sie waren schon fast im Palazzo verschwunden, als der Offizier beleidigt die Schultern zurücknahm und sich wieder seinem Feuer zuwandte.

»So ein Wichtigtuer!«, brummte er in die Dunkelheit.

*

»Das ist es!«, flüsterte Leonardo in Pieros Kontor. »Hier stehen Einträge von regelmäßigen Zahlungen an Ferruccis Schule, wie wir bereits angenommen haben, und ... da ist noch etwas ...«

»Was?«, fragte Niccolò und spähte an ihm vorbei auf das Buch.

»Einträge über ein regelmäßiges, monatliches Gehalt an einen ›Ser Scarlotti‹ in Florenz.« Der Meister blickte vom Buch auf.

Niccolò grinste. »Scarlotti? Ja, natürlich! Der Anführer der Grauen!«

»Perfekt!«, rief Leonardo.

Niccolò wollte eben seine Suche fortsetzen, als plötzlich die Zimmertür aufgestoßen wurde. Vier Gestalten standen auf der Schwelle.

Gütiger Himmel!, schalt Leonardo sich selber. *Der Bruder!*

Sofort schlugen die drei Eindringlinge ihre Kapuzen hoch.

Der Kardinal stand im Türrahmen und starrte die falschen Mönche zornig an; die Posten vom Haupttor drängten sich im Korridor. »Der Wachoffizier hat mir gesagt, dass ich Euch hier finden würde, Fratres!« Er trat ein und bedeutete den Posten, neben den Mönchen Aufstellung zu nehmen. Dann warf er einen argwöhnischen Blick auf das rote Buch, das Leonardo immer noch in Händen hielt. »Ihr scheint Euch auf dem Weg zur Kapelle verlaufen zu haben.«

»O ja, Eminenz«, begann Leonardo. »Wir sind in einem Korridor falsch abgebogen und ...«

»Und seid im Kontor meines Bruders gelandet, um unsere Papiere einzusehen? Ist das Eure übliche Vorgehensweise, wenn Ihr ein Inventar aufnehmen sollt?«

»Nein, Eminenz, ich ...«

»Hört mit dem Unsinn auf!«, donnerte Giovanni, während er die drei langsam umkreiste. »Was glaubt Ihr, mit wem Ihr sprecht? Wer seid Ihr? Was habt Ihr hier zu suchen?«

Leonardo wollte eben antworten, als er zu seiner Bestürzung sah, dass ein Ärmel von Sangreals Kutte lose herabhing. Der Beschützer war im Begriff, sein Schwert zu ziehen!

»Ich bin aus Florenz, Eminenz!«, schaltete sich plötzlich Niccolò ein. »Ihr kennt mich unter dem Namen – Scarlotti!«

Die Reaktion des Kardinals versetzte Leonardo in Erstaunen. Der Geistliche wurde sichtlich blass. Offenen Mundes stand er da und starrte die maskierte Gestalt mit der Kapuze an wie eine Erscheinung. Dann wandte er sich an die Posten. »Lasst uns allein!«

Die verhinderten Diebe sahen zu, wie die verwirrten Söldner einander anschauten und den Raum verließen. Sie schlossen sogar die Tür.

Kaum waren sie gegangen, ging der Kardinal rasch auf Niccolò zu. »Meine Güte! Scarlotti! Was tut Ihr hier? Wir hatten doch vereinbart, einander nie zu treffen!«

Niccolò hob die Schultern und sagte mit verzagter Stimme: »Die Zeit drängt, Eminenz. Wir laufen Gefahr, von den Florentiner Behörden enttarnt zu werden, und einige Agenten sind uns, glaube ich, sogar nach Rom gefolgt!«

»Sie wissen, dass meine Familie hinter den Taten der Vandalen steckt?«, rief Kardinal Giovanni aus, und seine Stimme schraubte sich angstvoll einige Töne höher.

»Sie wissen alles«, erklärte Niccolò, »und ich muss Euch warnen: Seine Heiligkeit ist ebenfalls außer sich vor Zorn.«

»Der Papst? Außer sich? Das ... Das ist eine Katastrophe! Er wird uns in die Engelsburg stecken, bevor unsere Verwandten überhaupt wissen, dass wir verhaftet worden sind! Worüber regt er sich denn so auf?«

»Weil – ähm – weil er nicht in die Intrige mit einbezogen war«, erklärte der Zwerg. »Er fand, er hätte dabei auch ein wenig gewinnen können – so wie Ihr.«

»Aber das ist doch gar nicht wahr!«, heulte Giovanni. »Wir haben keinerlei Gewinn aus dieser Sache gezogen! Seine Heiligkeit kann doch nicht *deswegen* erzürnt sein!« Er begann, unruhig vor den beiden Mönchen auf und ab zu wandern. »Seid Ihr sicher, dass der Heilige Vater uns wirklich zürnt?«

Niccolò sah in den Augen des Kardinals die Furcht, die dieser vor dem Pontifex hegte. »O ja«, bestätigte er sanft. »Er hat uns sogar eine Bulle gegeben, die uns Zutritt zu Eurem

Palazzo verschafft hat. So erzürnt ist er!« Er wandte sich an Leonardo. »Zeig sie seiner Eminenz, Sebastiano!«

Der Maestro brauchte einen Moment, bis er begriff, dass der Gnom mit ihm sprach, doch dann trat er vor und gab dem Kardinal das Pergament. Der Kirchenmann las es im Licht der Laterne, die sie mitten auf den Tisch gestellt hatten.

»Ja. Ja. Es ist wahr«, murmelte der Geistliche. »Das ist sein Siegel.« Er faltete das Dokument und gab es Leonardo zurück. Erleichtert sah Niccolò, dass Sangreals beide Arme nun wieder in den Ärmeln seiner Kutte steckten. »Nun, ich verstehe Eure Lage, Ser Scarlotti, doch könnt Ihr mir erklären, was Ihr mit unserem Hauptbuch vorhabt?«

»Wir wollen es mitnehmen und vernichten!«, rief Niccolò aus. »Ohne dieses Buch und die Kunstwerke kann nichts bewiesen werden!«

»Warum habt Ihr mir keine Nachricht gesandt? Ich hätte es vernichtet!«

»Wir hatten keine Zeit, Eminenz. Ich musste flüchten; es ging um mein Leben. Ich hielt es für das Beste, herzukommen und mich persönlich um die Angelegenheit zu kümmern.«

»Ihr vertraut mir kein bisschen, nicht wahr?«, fragte der Kardinal mit gedämpfter Stimme.

»Nicht mehr als Ihr mir, Eminenz«, gab Niccolò zurück.

Der Kardinal streckte die Hand aus. »Da wir nun alle zusammen sind, können wir das Buch auch gleich vernichten; das ist am besten.«

Leonardo erwiderte Niccolòs Blick, und Sangreal zog wieder einen Arm aus dem Ärmel seiner Kutte.

Plötzlich vernahmen sie eine donnernde Stimme aus dem Korridor: »Binnen einer Stunde liegt Giovanni auf der Streckbank! Ich weiß, dass dieser verfluchte fette Schweinehund ein Vermögen damit gemacht hat, und entweder bekomme ich meinen Anteil oder den Kopf jedes einzelnen Medici in Rom!«

Der Kardinal erbleichte. »Wer ist das?«

»Das ist der Papst höchstpersönlich! Ich kenne seine Stimme!«, rief Niccolò voller Angst. »Er muss von dem Buch erfahren haben! Jetzt ist er selbst gekommen, um es zu holen!«

»Mein Gott«, flüsterte der Kardinal, »Ihr müsst das Buch unverzüglich hinausschaffen! Sofort!«

»Aber wie?« Leonardo sah sich im Zimmer um. »Er steht doch vor der einzigen Tür!«

»Hier!«, schrie Giovanni, während er einen der Wandteppiche beiseite schlug, hinter dem eine Geheimtür sichtbar wurde. Er drückte gegen ein Paneel, und die Tür schwang auf. »Sie führt ins Nebenzimmer. Dort ist ein zweiter Ausgang, von dem aus Ihr direkt auf die Straße gelangt. Niemand wird Euch sehen! Beeilt Euch!«

Schon erstaunlich, dachte Sangreal, der sich an die Ereignisse im Palazzo Pitti erinnert fühlte. *Hat jeder Palast in Italien solche verborgenen Gänge?*

*

Der Kardinal wartete im Kontor, um den dreien Zeit zur Flucht zu geben; dann öffnete er langsam die Tür zum Korridor. Die drei Posten starrten ihn an.

»Wo ist Seine Heiligkeit?«, fragte Giovanni leise.

Die Posten tauschten ungläubige Blicke, dann zuckte einer mit den Schultern. »Seine Heiligkeit ist im Vatikan, Eminenz ... wenigstens nehme ich das an.«

»Aber ich habe ihn doch eben noch gehört ... vor dieser Tür!«

»Hier vor der Tür war niemand außer uns«, stellte der Offizier fest.

Der beleibte Kardinal machte den Eindruck, als müsse er gleich das Zeitliche segnen.

*

Auf der Straße schlug das Trio falscher Mönche sogleich den Weg zum Vatikan und zu seinem Quartier ein.

»Deine Bauchrednerkunst hat uns vor einer peinlichen und lange währenden Gegenüberstellung gerettet, mein junger Freund«, lobte Leonardo flüsternd.

»Ich übe, wann immer ich kann«, erwiderte eine Stimme mitten aus den dunklen Wassern des Tiber.

Florenz

Die Taube umkreiste die Domkuppel zweimal, flatterte über die Piazza della Signoria und flog dann zu ihrem heimischen Schlag unter einem Fenster im zweiten Stock der Cancelleria. Ein Milizionär nahm den Vogel sanft heraus, band die Nachricht vom Bein des Tierchens und eilte damit zu den Amtsräumen des Gonfaloniere.

Binnen einer Stunde verließen Piero Soderini und eine Abteilung der Miliz den Palazzo, liefen die Via de Calzaiuoli zum angeblich verlassenen Stadthaus der Medici hinauf, schoben sich an den beiden Hausmeistern vorbei, die ihnen den Weg versperren wollten, und stürmten durch die Zimmer im Erdgeschoss.

Als sie wieder herauskamen, trugen sie einige Gemälde mit sich, darunter den ›Frühling‹, den ›Zug der Heiligen Drei Könige‹, Ghirlandaios Porträt von Lorenzo dem Prächtigen und das Bild ›Pallas und der Zentaur‹. Jeweils mehrere Männer waren nötig, um den ›David‹, den ›Putto mit Delfin‹ und ›Judith und Holofernes‹ zu tragen. Sie stellten die Bilder und Skulpturen unter den Fenstern mit den heruntergelassenen Läden ab und warteten auf die Karren, die sowohl die Kunstwerke als auch die Hausmeister abtransportieren sollten – Erstere zum Palazzo Vecchio,

Letztere zum zwei Straßenzüge nördlich gelegenen Bargello.

»Dieser verschlagene Bastard«, brummte Soderini. »Ich frage mich, woher er das gewusst hat.«

Rom

Am letzten Tag der Hochzeitsfeiern schlug der Wind jäh um, und es schneite – eine Seltenheit in Rom. Donna Lucrezia, Caesare Borgia und das Gefolge der frisch gebackenen Braut brachen nach Ferrara auf, begleitet von dröhnendem Glockengeläut und den Jubelrufen der Menschen; viele waren auf die Straße gelaufen, nur um die makellosen Schneeflocken über die Piazze tanzen zu sehen.

In aller Stille trafen sich Machiavelli und Guicciardini mit Niccolò und Leonardo in deren Unterkunft im Vatikan vor dem lodernden Kamin. Leonardo hielt das zusammengerollte kleine Pergament in Händen, das eine Stunde zuvor per Brieftaube gekommen war.

»Nun, Maestro«, begann Machiavelli, der sichtlich müde wirkte, »habt Ihr alles erreicht, was Ihr erreichen wolltet?«

Leonardo überlegte, ob der Florentiner Staatssekretär auch an einer von Caesare Borgias ›kleinen Zerstreuungen‹ am Vorabend teilgenommen hatte, doch er erkundigte sich nicht danach. »Ich dachte, es würde Euch interessieren, was wir in der Villa Medici gefunden haben«, sagte er, »und inwiefern es zur Klärung der Taten der Büßer von Florenz beiträgt.«

»Nun, bei allem schuldigen Respekt, Maestro, wir wissen doch genau, was Ihr finden wolltet: Die Aufzeichnungen, die beweisen, dass die Medici für die Taten der Büßer verantwortlich waren – und wir wissen, dass Ihr sie gefunden habt. Was bleibt da noch zu sagen?«, knurrte Machiavelli. »Ich sterbe vor Hunger, und ich muss noch ein wenig Schlaf bekommen, bevor ich nach Florenz reise, besonders, wenn dieser verfluchte Schneefall anhält.«

Leonardo ging zum Fenster und blickte nach Norden, wo der Himmel die Farbe von geschmolzenem Blei angenommen hatte. »Nun«, begann er, »wie Ihr bereits gesagt habt, ward Ihr ebenso wie Guicciardini über die meisten Vorfälle genau im Bilde, denn der junge Mann war Euer Mittelsmann zu den Grauen, eben jener mysteriöse Scarlotti. Wir sind Euch zu Dank verpflichtet, da Ihr einmal erwähnt habt, Ihr hättet die Gebrüder Medici nie persönlich kennen gelernt. Das hat uns die Flucht außerordentlich erleichtert.«

Guicciardini grinste verschmitzt. »Hätte ich von Eurem Plan gewusst, dann hätte ich Euch begleitet.«

»Die Weinenden von Florenz – die wahren Anhänger Savonarolas – waren natürlich niemals die Täter.« Leonardo warf einen kurzen Blick auf Guicciardini, der kaum merklich nickte. »Das Erste, was mich an den Verheerungen der Kunstwerke stutzig gemacht hat – die Grundfrage – war Folgendes: Warum wurden stets Überreste hinterlassen? Das kam mir seltsam vor. Wenn man etwas vernichten wollte, warum dann nicht ganz und gar? Wenn die Vandalen keine Zeit dazu hatten oder vor der drohenden Gefangennahme zitterten, warum schafften sie die Werke nicht einfach weg und beseitigten sie in aller Ruhe? Warum sollte man ein Kunstwerk an Ort und Stelle verstümmeln und dann Fragmente hinterlassen?«

»Sehr seltsam«, murmelte Machiavelli.

»Ich kam zu folgendem Schluss: Die Büßer wollten darauf hinweisen, dass gerade dieses besondere Kunstwerk zerstört worden war. Aber warum?« Wieder wandte er sich dem Fenster zu. »Ich habe mir die hinterlassenen Spuren genauer angeschaut, die Leinwandstreifen, den Staub und die Marmorbrocken der Skulpturen. Als ich die Leinwand des ›Frühlings‹ durch meine Finger gleiten ließ, wurde mir sogleich klar, dass dies nicht die Leinwand von Botticellis Gemälde sein konnte; sie war schwerer und von moderner Webart. Als Botticelli am ›Frühling‹ arbeitete, war sie noch gar nicht erfunden!«

Er wandte sich vom Fenster ab, ging zu einem Stuhl und ließ sich darauf nieder. »Außerdem muss Leinwand, wie Euch jeder Maler versichern kann, für die Aufnahme der Farbe präpariert werden, und zwar mit einer Schicht Leim, den man mit Gips oder kohlensaurem Kalk vermischt. Dann kommt gewöhnlich eine Schicht Weißblei darauf und manchmal auch noch eine Lasur, die nach einer gewissen Zeit durchscheint. Und endlich, wenn das Gemälde zur Zufriedenheit fertig gestellt ist, tragen die meisten meiner Zunft noch einen Firnis auf, der mit der Alterung des Bildes nachdunkelt. Diese Arbeitsschritte sind nötig, damit die Farben so wenig wie möglich an Leuchtkraft und Reinheit verlieren, da jedes Gemälde im Laufe der Jahre unterschiedlichen Temperaturen, Feuchtigkeit oder Licht ausgesetzt wird.«

»Ihr habt uns zusammengerufen, um uns eine Vorlesung über Malerei zu halten, Maestro?«, fragte Machiavelli ungeduldig.

Leonardo erwiderte lächelnd: »Mir fiel sogleich auf, dass die Fetzen des ›Frühlings‹ weder mit Lasur noch mit Firnis behandelt worden waren, und die Farbe blätterte bereits ab. Warum? Lag es in Botticellis Absicht, dass sein Bild sich im Laufe der Zeit auflösen sollte? Nein, natürlich nicht. Die einzig logische Antwort war die, dass diese Leinwandfetzen nicht von Botticellis Gemälde stammten. Sie stammten von einem Bild, das erst für die Vernichtung *geschaffen* wurde.«

»Aha!«, rief Guicciardini fröhlich.

»Die Fetzen, die man am Tatort fand, stammten nicht vom ›Frühling‹. Man hatte sie dort liegen lassen, um uns glauben zu machen, dass es Botticellis Bild sei, das zerstört worden war. Was jedoch verstümmelt wurde, war eine *Kopie* – und nicht einmal eine besonders gute.«

Machiavelli lehnte sich im Stuhl zurück. Niccolò schien es, als werde er gleich einschlafen. Auch fiel ihm auf, dass Guicciardini nicht mehr lächelte.

»Das ist richtig«, gab der junge Mann nach einem Augenblick des Schweigens zu. »Die Vandalen haben nur Kopien zerstört.«

Leonardo nickte. »Der Herzog von Valentinois hat mir folgende Frage gestellt: ›Wer hatte bei diesen Taten etwas zu gewinnen?‹ Und die Antwort lautet: niemand. Aber wer hätte etwas dabei zu gewinnen, wenn die Zerstörungen nur *vorgetäuscht* waren? Antwort: die Medici, die ihre eigenen Artefakte retten und dafür verstümmelte Kopien aufstellen ließen. Wie sonst hätten sie ihre von der Signoria konfiszierten Kunstwerke retten können, ohne dass man mit anklagendem Finger auf sie gezeigt hätte?« Er schüttelte den Kopf. »Meine Theorie wurde weiterhin gestützt durch Marmorstaub und Marmorbrocken, die ich vom Standplatz der zerstörten Donatello-Skulptur aufgelesen habe. Es handelte sich dabei nicht um bearbeiteten Marmor. Damit meine ich: Die Vandalen konnten es sich nicht leisten, ein größeres Stück der Statue – eine Hand etwa – liegen zu lassen, denn dann hätte jeder den Unterschied bemerkt, und sie hätten Donatellos Arbeit auch niemals kopieren können –; deshalb ließen sie einfach Marmorbrocken und Staub an der Stelle liegen. Die Spuren an den Brocken bewiesen, dass sie von einem größeren Block abgehauen worden waren. Die Skulptur selbst und der Zierbrunnen sind einfach mit einem Karren fortgeschafft worden. Niccolò hat ja einmal erwähnt, dass eine Mönchsprozession oder der Versorgungskarren eines Klosters, der mit Segeltuch bedeckt über eine Piazza rattert, ein ganz alltäglicher Anblick sind und niemandes Aufmerksamkeit erregen.«

»Bis jetzt genau erfasst«, bemerkte Guicciardini.

»Natürlich«, sagte Niccolò grinsend. »Und außerdem habe ich auch gesagt, dass es einen Heidenlärm machen würde, wenn man eine Skulptur mit Hammer und Eisenstangen zerschlägt. Und doch hat niemand etwas gehört. Das lag natürlich daran, dass die Statue lediglich vom Sockel gehoben, auf einen Karren geladen und mit einem Tuch bedeckt wurde. Dann haben sie Staub und Bröckchen verstreut, die sie in Beuteln mit sich trugen, und im Handumdrehen war alles getan, und erneut senkte sich Stille über den Hof.«

Leonardo seufzte, stellte sich wieder ans Fenster und betrachtete den Geleitzug der Braut, der auf das Stadttor zustrebte. »Es wurde der Eindruck erweckt, als würden die Artefakte der Medici systematisch zerstört, während sie doch in Wirklichkeit entfernt und versteckt worden sind«, fuhr er fort. »Nachdem ich festgestellt hatte, dass es sich nicht um echten Vandalismus handelte, beschloss ich, mich aus der Angelegenheit herauszuhalten. Niccolò sagte mir, das könne wie Feigheit erscheinen. Es war aber keine Feigheit. Ich sah nur keinen Sinn darin, noch irgendwelche Zeit auf die Sache zu verschwenden. Ich wusste, dass die Originale irgendwo in Sicherheit waren, und insofern es um Politik ging, hatte ich nichts damit zu schaffen. Ich vertiefte mich vielmehr in den Versuch, die Anhänger Savonarolas zu verstehen. Wenn ich mit ihrem Anführer, mit Manciano, sprechen könnte, würde es mir vielleicht gelingen, sie zu einer Änderung ihrer Anschauungsweise zu bewegen. Deshalb schuf ich die Leda und den Bacchus.«

»Doch Eure Bilder«, warf der junge Adelige ein, »waren nicht Eigentum der Medici; als sie verwüstet wurden, konnten es folglich nicht die Büßer gewesen sein.«

»Ja«, fuhr Leonardo fort. »Es tut mir Leid, sagen zu müssen, dass mein eigener Schüler Salai die Bilder aufgeschlitzt hat. Damit wollte er vertuschen, dass er eigentlich nach etwas suchte, das mich belasten sollte, etwas, das die Marchesa von Mantua benutzen konnte, um mich wieder vor ein Kirchengericht zu bringen, und für dessen Raub Salai eine kleine Belohnung erhalten hätte. Er braucht immer Geld, dieser Junge, und bestehlen konnte er mich nicht mehr. Indem er die Bilder zerstörte, wollte Salai es so aussehen lassen, als wären die Büßer in meine Werkstatt eingebrochen. Aber sein Fehler war, dass er nicht den Mut besaß, die Madonna und das Christuskind zu zerstören, das Bild, das von den Büßern bereits kritisiert worden war. Es schien nicht logisch, dass sie zwei Gemälde mit heidnischen Motiven ruinierten, jedoch nicht das eine, über das sie bereits ihr Missfallen bekundet hatten. Außerdem wies mich Niccolò darauf hin, dass die Tür Meißelspuren von innen aufwies. Da begriff ich, dass der Vandale Salai die Spuren hinterlassen hatte, als er hinauswollte.«

»Aha!«, rief Guicciardini. »Aber wie habt Ihr mich enttarnt? Woher wusstet Ihr, dass Salai nicht der ›enge Freund‹ war, den die Marchesa in ihren Dienst genommen hatte, damit er Euch ermorden sollte?«

»Weil Mord ebenfalls nicht zu Salais Charakter passt«, erklärte Leonardo und dachte daran, wie unmöglich es ihm selbst gewesen war, das Porträt von Herzog Caesare zu verstümmeln. »Diebstahl. Betrug. Das ja. Aber nicht Mord. Das musste jemand anderer sein.« Er lächelte kurz und fuhr fort. »Doch die wahren Vandalen wussten ja nicht, dass ich nicht mehr an ihren Spielchen interessiert war; sie glaubten, ich wolle ihre Identität aufdecken, und versuchten deshalb, die Anhänger von Michelangelo und mir gegeneinander auszuspielen. Sie lauerten dem armen Michelangelo auf und schlugen ihn brutal zusammen. Vorher hatten sie dasselbe mit meinem Schüler Marco getan – alles, um einen kleinen Privatkrieg auszulösen, der zum Glück niemals stattgefunden hat. Michelangelo beschrieb ihren Anführer als langen dürren Menschen, und das passte auch auf den Mann, dessen Schläger Marco so böse mitgespielt hatten. Marco beschrieb ihn als ›Vogelscheuche‹, und daher wusste ich, dass es die gleichen Männer waren.«

»Ihr wusstet, dass Marco verprügelt worden war?«, fragte Niccolò stirnrunzelnd.

Leonardo lächelte den Gnom an. »Ich studiere die menschliche Anatomie, Niccolò. Glaubst du, ich kann keinen Unterschied erkennen zwischen einer Beule, die man sich durch einen Fall zuzieht, und der, die mit einem Prügel beigebracht wird? Am nächsten Tag habe ich Marco die Wahrheit auf den

Kopf zugesagt, und er hat alles gestanden und mir eine Beschreibung des Anführers gegeben.« Nun wandte sich der Meister wieder an die anderen. »Die letzte Gewissheit erhielt ich, als der ›David‹ verschwand. Bei diesem Diebstahl wurde keine Zerstörung vorgetäuscht. Sie haben die Skulptur einfach gestohlen und weggeschafft. Sie glaubten nämlich nicht, dass ich immer noch kein Interesse an ihren Machenschaften hatte. Vielmehr waren sie der Auffassung, die Zeit laufe ihnen davon und sie könnten sich nicht länger mit fingierten Verwüstungen aufhalten.«

»Sehr gut«, sagte Machiavelli trocken und verlagerte sein Gewicht auf dem Stuhl. »Und würdet Ihr uns nun bitte aufklären, woher die Büßer ihre Kopien hatten?«

»*Ihr* wisst es«, gab der Maestro zurück, »doch ich musste hart an der Lösung arbeiten. Eine schwere Frage in einer Stadt, in der jeder Meister ein guter Kopist sein muss, um seinen Schülern etwas beizubringen. Aber ich hatte einen Anhaltspunkt: Wer auch immer für die Kopien verantwortlich zeichnete, war ein schlechter, weil ungeduldiger Künstler. Er nahm sich nicht genügend Zeit, die Leinwand zu präparieren oder das Gewicht zu verdoppeln, was ja die Entdeckung beträchtlich erschwert hätte. Er stellte rasch eine Kopie her, zerstörte sie und gab den Büßern einige Fetzen davon mit, die sie dann verstreuten, nachdem sie das Originalgemälde gestohlen hatten. Es war nicht das Werk eines Künstlers, sondern das eines Restaurators. Und was tut der Restaurator, wenn er ein Kunstwerk vor dem Angriff durch die Elemente schützen will? Er fertigt eine Kopie an! Und genau das haben die Medici getan. Sie gründeten eine Schule für Kopisten, die Ferrucci-Schule, und ließen dort die Plagiate herstellen.«

»Sehr gut«, sagte nun auch der junge Adelige. »Ich bin beeindruckt.«

Leonardo durchmaß das Zimmer mit langen Schritten. »Der erste Verdacht kam mir, als ich sah, dass keiner von Ferruccis Schülern in Öl malte. Da Ferrucci angeblich aus Venedig stammte, wo Domenico Veneziano die neue Technik aus Flandern lehrte, hätte er Experte für Ölmalerei sein müssen und ein begeisterter Anhänger dazu. Die Lösung war ganz einfach: Er kam gar nicht aus Venedig, sondern aus Rom – wie die Contessa uns bereits sagte –, und dort hat er in den Diensten der Medici gestanden. Kunst hat er nie gelernt. Er ist Handwerker. Seine Kenntnisse sind begrenzt, reichen jedoch für die Grundlagen aus. Ihr habt sicher bemerkt, dass er jeden in seine Schule nahm, auch die Armen, aber nicht unbedingt die Begabtesten. Er brauchte Hände, die arbeiten konnten – nicht zwingend begnadete Hände. Außerdem fehlte mir etwas in seiner Bottega. Seine Schüler schienen sich allein mit Malerei und Bildhauerei zu beschäftigen, doch jeder Künstler kann Euch sagen, dass eine Werkstatt nur dann bestehen kann, wenn auch kleinere Aufträge angenommen werden, die für ein regelmäßiges Einkommen sorgen. Wo waren denn Ferruccis Dekorationsmaler? Die Fabrikateure reich verzierter Hochzeitstruhen oder der *gentilezze*, für die die Adeligen hohe Preise bezahlen? Wo waren die Schüler, die er mit der Herstellung jener kleinen Heiligenbildchen beschäftigte, nach denen stets große Nachfrage besteht? Wo waren seine Sattelvergolder, seine Flaggen- und Bannermaler und jene besonders Begabten, die Pferdegeschirre und Festdekorationen aus Papier und Holz fertigen können? Wo waren die Bühnenbildner für die Spiele und Aufzüge bei Hofe?

Alle Schüler waren nur eifrig damit beschäftigt, Kopien herzustellen!«

»Bravo!«, murmelte Machiavelli.

»Ich hatte den Gozzoli sogar in Ferruccis Werkstatt gesehen! Das Bild, das sie zerschlugen, bevor sie das Original gestohlen haben!« Leonardo nahm seine ruhelose Wanderung wieder auf. »Und zu guter Letzt bestätigte mir der Hauptlieferant für Leinwand in unserer Stadt, dass die Ferrucci-Bottega in der Tat ein beträchtliches Quantum an Leinwand bestellt habe!«

»Bis jetzt habt Ihr uns allerdings nichts mitgeteilt, was wir nicht bereits wussten«, mahnte Machiavelli. »All dies lag doch auf der Hand! Wer war der Sponsor dieser Bottega? Kardinal Giovanni de Medici! Wer verkleidete sich als Dominikaner – allein dies war schon verräterisch! – und rettete die Medici-Bibliothek? Kardinal Giovanni! Wer brachte Euch in eine finanzielle Zwangslage, sodass Ihr Euch nicht mehr mit der Ermittlung befassen konntet? Die Medici! Wem gehörten die Artefakte, die angeblich zerstört wurden? Den Medici! Wer also konnte davon profitieren, wenn jemand diese Artefakte stahl und gleichzeitig ihre Vernichtung vortäuschte? Die Medici! Tja ...« Er grinste. »Wollt Ihr uns jetzt nicht verraten, wer wirklich die Schmutzarbeit verrichtet hat? Wer hat so getan, als zerstöre er die Kunstwerke – und wie habt Ihr es herausgefunden?«

Leonardo hielt mitten im Schritt inne. »Wenn es nicht die Büßer waren, so musste es eine der beiden anderen Krieg führenden Parteien in Florenz sein, eine Partei, die den Medici ergeben war. Und die Medici mussten sich eines Anführers dieser Partei bedienen, der nur unter dem Namen Scarlotti bekannt war.«

Er drehte sich zu Guicciardini um, der ihm zunickte und dabei immer noch lächelte. Leonardo erwiderte das Lächeln.

»Es war der Herzog von Valentinois, der mich zuerst darauf gebracht hat, wo ich nach der wahren Identität jener Vandalen suchen musste, die man allgemein nur die Büßer nannte«, fuhr er fort. »Er sagte mir, der Feind des Künstlers sei der Moralist, der Selbstgerechte, und solche Menschen würden nicht zögern, Kunstwerke zu verbrennen oder zu zerschlagen, die sie für eine Ausgeburt der Sünde hielten. Aber die Werke wurden ja gar nicht zerstört! Mithin konnten wir unter den drei dominierenden Fraktionen in Florenz die Anhänger Savonarolas ausschließen, denn sie sind Moralisten und hätten, davon bin ich mittlerweile überzeugt, die fraglichen Kunstwerke wirklich restlos vernichtet. Somit blieben die Verrückten und die Grauen, die politisch orientierte Gruppen sind. Von diesen beiden sind es die Grauen, die die Medici wieder an der Macht sehen wollen, die Verrückten hingegen wollen eine starke Republik ohne ›wohlwollende Tyrannen‹, wie Ihr selbst gesagt habt, mein Freund«, bemerkte er mit einem Kopfnicken zu Guicciardini.

Der junge Mann zeigte keinerlei Regung. »Das soll ich gesagt haben?«

»Aber ja!«, bestätigte Niccolò und nickte.

»Also waren die Grauen, jene Partei, die die Medici unterstützt, die wahren Büßer«, fuhr Leonardo fort. »Sie beschafften sich die Kopien und führten ihre Anschläge unter Leitung dieses Scarlotti durch. Sie kaschierten die Diebstähle mit Fragmenten der Kopien und schafften die echten Kunstwerke in den Palazzo der Medici. Bei Tage trugen einige von ihnen die Kutte der Franziskaner, da sie wussten, dass nur Mönche in weißen Kutten verdächtigt wurden, und niemand schenkte ihnen besondere Beachtung, da so viele Mönche in unserer Stadt umherwandern. Das fiel mir auf, als Sangreal berichtete, Niccolò und ich würden von zwei Klerikern beobachtet, einem in weißer Kutte, der Novellara gewesen sein muss, und einem in Braun, der niemals beim Betreten einer Kirche oder eines Klosters gesehen wurde – und dies war der Spion der Grauen. Sicher war ich, dass die Grauen die wirklichen Täter waren, als Soderini seinen ›Manciano‹ vor dem versammelten Volk zur Schau stellte. Dies war nicht der Manciano, der mich hatte entführen lassen, denn Soderinis Manciano war überhaupt kein Mitglied der Weinenden. Er gehörte zu den Grauen.«

Wieder blieb er stehen und lächelte Guicciardini an. »Stimmt es etwa nicht, Ser Scarlotti?«

»Ich bin wahrlich beeindruckt, Maestro«, gab der junge Mann mit leiser Stimme zu.

»Ihr wart das Bindeglied zwischen den Grauen und Kardinal Giovanni«, sagte Leonardo mit einem Kopfnicken. »Doch ich wusste nicht, dass Ihr auch den Agenten für unseren Freund Messer Machiavelli gespielt habt. Außerdem, vermute ich, wart Ihr der Mann, der mich töten sollte, als die Medici fürchteten, ich würde sie als Drahtzieher im Hintergrund entlarven.« Nun lächelte er Machiavelli an. »Ihr hättet Euch keinen besseren Spion aussuchen können. Ein erklärter Anhänger der Medici, der zudem wegen seiner adeligen Stellung freien Zugang zum Palazzo Vecchio hatte – wo die meisten angeblichen Verwüstungen stattgefunden haben – sowie zu fast jedem anderen Ort in der Stadt. Er konnte das Gebäude mit dem zu stehlenden Artefakt betreten, absichtlich eine Tür offen oder unverriegelt lassen und dann seine Männer benachrichtigen, die in der Verkleidung der weißen Kutten kamen. Ich könnte mir auch vorstellen, dass ein paar Wächter von Messer Guicciardini oder von den Grauen bestochen worden sind.«

»Geld öffnet viele Türen«, gab Guicciardini zu. »Selbst solche, die einem auf Grund politischer Loyalität verschlossen sind.«

»Zum Glück, mein junger Francesco, habt Ihr Euch geweigert, mich umzubringen. Die Medici fanden einen anderen Mann unter den Grauen, und so musstet Ihr diesen Mann töten, einen der Euren, als er geschickt wurde, mich zu ermorden.« Wieder lächelte Leonardo den jungen Mann an; dann wandte er sich ab. »Ich danke Euch dafür, Francesco, obgleich ich fürchte, dass die Grauen Euch jetzt jagen werden.«

»Das ist nun ohne Belang, Maestro«, sagte Guicciardini in gleichmütigem Tonfall. »Ich bin überzeugt, das es nur eine Frage der Zeit ist, bis die Medici nach Florenz zurückgebeten werden. Darüber streite ich schon lange mit meinen Bundesgenossen. Die Stadt und die Medici sind eins. Ihr habt selbst gesehen, dass das Zeichen des *palle* auf allen Mauern steht und nicht übersehen werden kann. Wie Bologna die Stadt der Bentivoglio und Ferrara die Stadt der d'Este ist, so wird Florenz immer die Stadt der Medici sein.«

»Da habt Ihr wohl Recht«, gab Leonardo zu.

»Ich sah nichts Schlimmes darin, wenn die Medici retten wollten, was doch ihnen gehörte«, erklärte Guicciardini. »Es wurde ja kein Verbrechen verübt.« Lächelnd schaute er Machiavelli an. »Mord war stets etwas, gegen das ich mich verwahrt habe. Außerdem war ich nur dabei, um Messer Machiavelli über den Fortgang der Ereignisse zu berichten. Ich sollte nur so lange dabei bleiben, bis ich Beweise für die Verbindung mit den Medici hatte. Wahrlich ein Abenteuer, immer so zu tun, als sei ich ein anderer!«

Leonardo nickte beifällig und stellte sich an Niccolòs Seite. »Natürlich waren meine Schlussfolgerungen über die angeblichen Zerstörungen zunächst nur theoretischer Natur«, fuhr er fort. »Messer Machiavelli, Ihr habt mir gesagt, Ihr brauchtet Beweise, bevor der offizielle Apparat in Bewegung gesetzt werden könne. Als Niccolò und ich die Banken aufsuchten, um Kredite für die Beendigung meiner Aufträge zu erhalten, erkannte ich, dass die Buchführung für Bankiers eine Art Kunstform darstellt, und die Medici sind nun einmal Bankiers und werden es bis zu einem gewissen Grade immer bleiben. Somit war klar, dass es irgendwo im Palazzo Medici – höchstwahrscheinlich im Kontor des älteren Bruders, der stets die Bankgeschäfte der Familie führte – Aufzeichnungen geben musste – Hauptbücher –, in denen Zahlungen an die Bottega Ferruccis und die Grauen eingetragen waren. Dies war der greifbare Beweis, den Ihr haben wolltet. Deshalb drangen Niccolò, Sangreal und ich in die Villa ein und fanden das Buch, in dem die Leistungen an Ferrucci und ›Ser Scarlotti‹ verzeichnet waren.«

Der Gnom grinste verschmitzt. »Als wir im Palazzo von dem Kardinal ertappt wurden, fiel mir ein, dass Ihr uns erzählt habt, Ihr hättet die Brüder nie kennen gelernt; deshalb setzte ich alles auf eine Karte und benutzte geschwind den Namen Scarlotti. Zu meinem Erstaunen nahm der Kardinal meine Geschichte hin und bestand darauf, wir sollten so rasch wie möglich mit dem Buch verschwinden.« Er strahlte Leonardo an. »Und dass ich dann noch meine Bauchrednerstimme benutzt habe, um den Eindruck zu erwecken, der wütende Papst stünde höchstpersönlich vor der Tür ... Das war, wie ich bescheiden gestehen muss, ein Geniestreich.«

»Die ganze Angelegenheit wurde allerdings durch die Tatsache ein wenig verworren«, ergriff Leonardo wieder das Wort, »dass Niccolò und ich uns in eine Verschwörung von Feinden der Borgia verwickelt sahen, die seine Hochzeit und die Taufe seines Sohnes als Vorwand für die Ausarbeitung ihrer Intrige nutzten. Dadurch kam es zu der vorgetäuschten Entführung der Gattin eines venezianischen Adeligen – ein geschicktes Unterfangen, um Herzog Caesare in Verruf zu bringen. Ich muss gestehen, der Herzog war nicht übermäßig entsetzt darüber, denn, wie er mir sagte, zieht er nicht wenig Gewinn aus diesen Geschichten, die seine Rohheit und Grausamkeit betonen. Es führt dazu, dass die Menschen ihn fürchten, und das verringert natürlich die Machtansprüche anderer Potentaten.« Er wandte sich an Machiavelli. »Was werdet Ihr nun unternehmen?«

»Nichts«, gab der Diplomat zurück. »Die Medici sind sehr mächtig, und wir wagen es nicht, gegen sie vorzugehen. Nebenbei gesagt, was haben sie getan – außer ihr Eigentum zurückzuerobern? Nun haben wir es wieder und das sollte ihnen Strafe genug sein!«

»Unvorsichtig«, sagte Guicciardini kopfschüttelnd. »Ich war immer schon der Meinung, dass man belastende Dinge nicht schriftlich niederlegen sollte, aber vermutlich ist es so, wie Ihr gesagt habt: Ein Bankier muss Buch führen. Es liegt in seiner Natur.«

»In diesem Falle war es sogar noch belastender«, sagte der Maestro. »Denn das Verzeichnis verriet uns sogar, wo sich die

›zerstörten‹ Artefakte befanden. Ich hatte bereits vermutet, dass sie noch in Florenz waren, aber wo konnten sie sicher verwahrt werden? Und dann fiel es mir ein: Natürlich im verwaisten Palazzo der Medici! Er wurde nur von ein paar Hausmeistern bewacht, und wie passend war es doch, die Kunstwerke zu stehlen, durch die verstümmelten Kopien zu ersetzen und dann einfach quer durch die Stadt zum Palazzo zu schaffen! Viel einfacher, als zu versuchen, sie aus der Stadt zu schmuggeln und nach Rom zu bringen!« Er hielt inne, lächelte in sich hinein und setzte sich. In einer abschließenden Geste hob er die Hände. »Und damit, meine Herren, ist die wahre Identität der Büßer von Florenz entlarvt worden.«

»Bravo!«, jubelte Guicciardini. »Wenn Ihr nach Florenz zurückkehrt, wird man Euch feiern wie einen Kriegshelden, Maestro.«

»Nein«, entgegnete Leonardo mit einem Hauch von Melancholie in der Stimme. »Ich fürchte, dazu wird es nicht kommen, mein Freund.«

Florenz

»Was soll das bedeuten – er wird vermisst?«

Finsteren Blickes musterte Piero Soderini den Zwerg, der vor ihm im Palazzo Vecchio stand. Niccolò schüttelte den Kopf und hob die Hände in einer beredten Geste: Mehr wisse er auch nicht.

»Maestro Leonardo ist nach den Hochzeitsfeierlichkeiten nicht mit mir zurückgekehrt«, sagte er. »Er hat mich vorausgeschickt. Die Signori Machiavelli und Guicciardini sind kurz nach mir gefahren und haben ihn, wie sie sagen, zuletzt im Vatikan gesehen – doch mit ihnen ist er auch nicht gefahren, und ich habe seit drei Wochen nichts mehr von ihm gehört. Troches, der Schreiber des Papstes, weiß auch nicht, wo der Maestro stecken könnte, und der Herzog von Valentinois hat die Stadt verlassen, um seine Schwester nach Ferrara zu begleiten und seinen Feldzug in der Romagna fortzuführen – ihn können wir also auch nicht fragen. Was mich betrifft, so muss ich in Kürze zu meiner Frau und meinem Sohn nach Cremona reisen und kann mich daher nicht um die Suche kümmern.«

»Aber ich verstehe nicht, wieso Ihr dann zu mir kommen musstet«, schnaubte der Gonfaloniere. »Hegt Ihr etwa den Verdacht, der Maestro sei wieder entführt – oder gar ermordet worden?«

»Wäre doch möglich, oder?«, erwiderte Niccolò schulterzuckend. »Die Medici sind bestimmt nicht allzu glücklich darüber, dass wir ihre Machenschaften entlarvt haben, um die Artefakte zurückzuerobern, und die Grauen haben ja einen der ihren zu betrauern, nicht wahr? Und die Marchesa schäumt immer noch vor Wut.«

»Aber wen habt Ihr denn nun in Verdacht? Die Dominikaner? Die Grauen? Die Marchesa? Wen?«

Niccolò schüttelte den Kopf. »Ich weiß es nicht. Nur habe ich folgendes Problem: Der Maestro hat einige unfertige Aufträge hinterlassen. Die ›Heilige Anna Selbdritt‹ für die Servitenbrüder, ein Madonnenbild für den französischen Staatssekretär, und schließlich das Porträt der Kaufmannsfrau, für das er bereits einen Vorschuss erhalten hatte.«

»Kaufmannsfrau?«

»Ein Tafelbild auf Holz, das der Maestro ›La Gioconda‹ nennt.« Niccolò seufzte und rieb sich die Stirn. »Und das ist auch ein Teil des Rätsels.«

»Ich kann Euch nicht ganz folgen.«

»Das Porträt von Donna Lisa wird auch vermisst!«

*

Als Niccolò in die Werkstatt zurückkehrte, wartete dort bereits eine Nachricht auf ihn. Wie Marco d'Oggiono ihm sagte, war sie von einem bewaffneten, gerüsteten Kurier aus Cesena überbracht worden und an ihn persönlich adressiert. Niccolò erkannte das Wachssiegel des borgiensischen Stieres und der Schlange, schlitzte es mit seinem Stilett auf und entfaltete das Schreiben.

Er las: »Wenn du diese Zeilen erhältst, lieber Freund, machst du dir gewiss schon Sorgen um mich; deshalb lass mich versichern, dass ich lebe und mich wohl befinde. Ich werde Florenz einige Zeit fern bleiben, bitte also Marco darum, dass er die Bottega unterhält, bis ich ihm andere Anweisungen sende. Immerhin war die Werkstatt ein Geschenk meines neuen Dienstherrn Caesare Borgia, des Herzogs von Valentinois – der nun auch von seinem Vater offiziell als Herzog der Romagna bestätigt wurde. Ich bin als ›Architekt und Baumeister‹ in die Dienste des Herzogs getreten, als Dank für seine Hilfe in Rom. In gewissem Sinne war es eine Frage der Ehre, denn ich stehe tief in der Schuld der Familie, und ich kann den Dienst für Seine Gnaden nicht antreten, indem ich ihn beleidige und die Werkstatt schließe, die er für mich bereitgestellt hat.

Ich werde Marco von Zeit zu Zeit Geld schicken. Messer Machiavelli soll es an ihn weiterleiten, damit er das benötigte Material kaufen kann. Er muss begreifen, dass er nun mein einziger Schüler sein wird; alle Tagesschüler sollen entlassen oder auf andere Schulen geschickt werden. Allerdings möglichst nicht zu Ferrucci – falls der Kopist immer noch sein schmutziges Geschäft betreibt.

Ich glaube, du bist froh, zu deiner Frau, deinem kleinen Sohn und deinem Leben als Höfling und Gesandter zurückkehren zu können. Mit deiner Klugheit und Gewitztheit sollte es dir nicht schwer fallen, bald zu einem sehr wichtigen Mann bei Hofe zu werden. Was mich angeht, so werde ich wohl eine Weile allein mit dem Latein und Griechisch kämpfen müssen, das du mir beigebracht hast, denn dort, wo ich mich aufhalte, kannst du mich nicht besuchen.

Im Augenblick jedenfalls nicht.

Mein letzter Auftrag für dich mag ein wenig unangenehm sein. Du musst versuchen, Ser del Giocondo zu beruhigen – und vielleicht auch den jüngsten Bruder der Medici; ich glaube nämlich, dass er der Mann war, der das Bild seiner Geliebten in Auftrag gegeben hat. Ich habe das Porträt der Dame mitgenommen. Ich weiß, dass beide es kaum verstehen werden, aber diese Arbeit verlangt noch viel Zeit und Hingabe. Es muss stimmig sein, und deshalb muss ich weiter daran arbeiten. Versuche, es ihnen verständlich zu machen.

Was meinen Auftrag für den Franzosen betrifft, so findest du in meinem Wandschrank einen Karton für ein Bild der Heiligen Jungfrau mit einer Spindel. Lass es von Marco auf Leinwand übertragen und bitte ihn, Seiner Exzellenz Florimond Robertet mitzuteilen, dass ich es beenden werde, sobald meine Zeit es erlaubt. Ich glaube nicht, dass er allzu verärgert sein wird, da ich immer noch der Überzeugung bin, dass Caesare Borgia hinter dem Auftrag steckte – um mir eine unabhängige Einkommensquelle zu verschaffen, nachdem die Medici mich von meinen Kreditgebern abgeschnitten hatten.

Ich nehme an, dass mein Entschluss, den Borgia zu dienen, für dich ein wenig überraschend kommt, besonders nachdem ich in vielen Gesprächen meinen Abscheu über den Krieg – den größten aller Zerstörer – dargelegt habe. Ich habe Manciano zugehört, der mir seine Gründe dargelegt hat, warum anstößige Kunst versteckt, jedoch nicht zerstört werden sollte – doch zugleich wusste ich ja, dass es die Fegefeuer *wirklich* gegeben hatte und dass Kunst *zerstört* worden war. Ich habe Herzog Caesare gelauscht, nach dessen Überzeugung etwas moralisch Falsches dennoch richtig sein könne, wenn es um Politik geht ... aber die Geschichte lehrt uns, dass Gewalt und

Korruption sich selbst verschlingen und am Ende untergehen, weil sie ein hohles Gebilde schaffen, das nicht lebensfähig ist. Was mich daran so beeindruckt hat, war, dass keiner der beiden Männer seine Worte als Lüge betrachtet hat; vielmehr waren beide – wie auch der Künstler – in ihrer eigenen Perspektive gefangen. Der eigene Standpunkt bestimmt die Sichtweise, und das Auge und das Gehirn können leicht getäuscht werden, wie Mantegna uns gezeigt hat.

Und doch hat der Herzog etwas Wahres gesagt. Er hat mich gefragt, wer ich sei, dass ich mich zum Richter über ihn aufspielen wolle – oder zum Richter über seinen Vater, der die Macht des Papsttums missbraucht. Er erinnerte mich daran, dass ich selbst mein ganzes Leben lang gerichtet worden bin – ob als Sodomit, als Künstler, als Baumeister oder als Mensch. Das persönliche Urteil ist zwar unbedingt erforderlich für den Aufbau der persönlichen Meinung, doch glaube ich nicht, dass die Ansichten eines Menschen einem anderen als absolute Wahrheit aufgezwungen werden sollen.

Im Grunde geht es darum – und ich als Maler hätte daran denken sollen –, dass ein makelloses Weiß sich aus allen anderen Farben zusammensetzt. Nimm einen Farbton oder eine Nuance fort, und du hast kein Weiß mehr. Nimm alle Farben fort und du hast Dunkelheit. Die anderen Wahrheiten, die ich aus meiner eigenen Erfahrung kennen sollte, sind die, dass es in der Natur kein makelloses Weiß gibt, und dass Weiß umso intensiver leuchtet, wenn man es vom schwärzesten Hintergrund absetzt.

Ich selbst bin kein makelloses Weiß, doch das Wenige, was ich an Tugend besitze, wird erstarken, wenn man es vor den schwarzen Seidenbannern der Borgia betrachtet.

Ich bin auch zu der Ansicht gekommen, dass der Herzog ein komplexer Mensch ist, allerdings auch ein Mann von Ehrlichkeit – jedenfalls, soweit es mich betrifft. Er ist faszinierend. Das ist die einzige Beschreibung, die ich von ihm geben kann. Vielleicht war ich immer schon von starken Männern wie ihm und Il Moro verzaubert. Ich habe gemerkt, dass wir uns an Geschichten von Verbrechern und gewalttätigen Menschen erfreuen, während die Heiligenlegenden uns langweilen. Warum wohl? Das wäre mal ein Gebiet, dem man sich eingehender widmen müsste ...

Wie dem auch sei, der Herzog hat seine Einwilligung gegeben, dass ich meine Experimente fortsetzen kann, und während ich immer noch darüber nachdenke, welche Art von Seelenverwandtschaft zwischen einem Künstler und einem Kriegsherrn bestehen könnte, werde ich meinen ersten Auftrag in Angriff nehmen: einen Kanal von Cesena bis Porto Cesenatico, ein Projekt, das friedlich genutzt wird und große Herausforderungen an mich stellt. Wenn ich mich mit solchen Arbeiten beschäftige, werde ich vielleicht dem entgehen, was der Herzog allem Anschein nach wirklich will – nämlich, dass ich Kriegsspielzeuge für ihn entwerfe und baue.

Bleib gesund und bete für mich. Ich habe mich jetzt auf eine Reise begeben, die mich zum Rande der Hölle führen kann. Werde ich bestehen?

In Liebe ...«

Darauf folgte die vertraute Unterschrift, die Niccolò so oft auf des Meisters Bildern und in seinen Arbeitsheften gesehen hatte:

»Ich, Leonardo.«

Erstes Buch der neuen Reihe von Bestsellerautorin Anne Perry

Die Welt scheint in Ordnung für den Vikar Joseph Reavley und seine beiden Schwestern, bis ihnen ihr Bruder Matthew eine schlimme Nachricht überbringt: Die Eltern der vier Geschwister sind bei einem merkwürdigen Autounfall ums Leben gekommen. Matthew, der für den britischen Geheimdienst arbeitet, hatte von seinem Vater ein streng geheimes Dokument in Empfang nehmen wollen. Doch das Dokument ist im Autowrack nicht zu finden. Hatte es etwas mit dem Tod der Eltern zu tun? Joseph und seine Geschwister wollen der Sache nachgehen, und eine unglaubliche Geschichte nimmt ihren Lauf ...

ISBN 3-404-15087-2

BASTEI LÜBBE

Ein Genie der Malerei und der Liebe

Barbara Goldstein
DER MALER DER LIEBE
Historischer Roman
768 Seiten
ISBN 3-404-15281-6

Raffaello Santi, ein junger, ehrgeiziger Maler, kommt 1504 nach Florenz, um sich mit den größten Maestros der italienischen Renaissance des Cinquecento, Leonardo da Vinci und Michelangelo, zu messen. Er lernt Felicia della Rovere kennen, die Tochter von Papst Julius II., und folgt ihr nach Rom, obwohl sie mit einem Orsini verheiratet ist. Dort wird er als Maler, Dichter, Archäologe und Architekt des neuen Petersdomes umschwärmt, wird er zum Vertrauten von Päpsten, Fürsten und Bankiers. Doch bald steht Raffaello im Mittelpunkt der blutigen Auseinandersetzung zwischen den Medici und den della Rovere um die Macht im Vatikan. Seine unsterbliche Liebe zu Felicia della Rovere treibt ihn an den Rand des Abgrunds ...

Bastei Lübbe Taschenbuch